JOANNE FLUKE

Das Rätsel des Teekuchens

JOANNE FLUKE

Das Rätsel des Teekuchens

EIN FALL FÜR HANNAH SWENSEN

Kriminalroman

Aus dem Englischen von
Angela Koonen

lübbe

Dieser Titel ist auch als Hörbuch und E-Book erschienen

Die Bastei Lübbe AG verfolgt eine nachhaltige Buchproduktion. Wir verwenden Papiere aus nachhaltiger Forstwirtschaft und verzichten darauf, Bücher einzeln in Folie zu verpacken. Wir stellen unsere Bücher in Deutschland und Europa (EU) her und arbeiten mit den Druckereien kontinuierlich an einer positiven Ökobilanz.

MIX
Papier aus verantwortungsvollen Quellen
FSC www.fsc.org FSC® C014496

Vollständige Taschenbuchausgabe

Deutsche Erstausgabe

Titel der englischen Originalausgabe: »Strawberry Shortcake Murder«
Originalverlag: Kensington Publishing Corp., New York
Published by Arrangement with
Kensington Publishing Corp., New York, NY 10018 USA

Dieses Werk wurde vermittelt durch die Literarische Agentur Thomas Schlück GmbH, 30161 Hannover

Titelillustration: © IvancoVlad/iStock/Getty Images Plus; GordonBellPhotography/iStock/Getty Images Plus; terng99/iStock/Getty Images Plus; Selin Aydogan/shutterstock; stock_studio/shutterstock; Kachergina/shutterstock; New Africa/AdobeStock; laperla_foto/iStock/Getty Images Plus
Umschlaggestaltung: Guter Punkt, München | www.guter-punkt.de
Satz: hanseatenSatz-bremen, Bremen
Gesetzt aus der Bembo Std
Druck und Verarbeitung: GGP Media GmbH, Pößneck
Printed in Germany
ISBN 978-3-404-18499-6

2 4 5 3 1

Sie finden uns im Internet unter
luebbe.de
Bitte beachten Sie auch: lesejury.de

Für meine Kinder

Ihr habt um eure Lieblingsrezepte gebeten.
Hier habt ihr sie in Romanform.

1

Hannah Swensen fuhr aus dem Schlaf hoch. Da hatte etwas geklirrt! Es war mitten in der Nacht, sie lebte allein, und in ihrer Wohnung war jemand. Sie packte das Erstbeste, das in Reichweite lag, und hatte ihr Daunenkissen in der Hand – keine effektive Waffe, wie ihr schläfriger Verstand leicht verzögert erfasste. Sie sollte erst mal richtig wach werden, bevor sie zur Tat schritt. Ein zweites Geräusch kam aus Richtung Küche. Der Einbrecher schleifte offenbar etwas über den Linoleumboden.

Sie spähte mit klopfendem Herzen in die Dunkelheit, sah aber nur die Umrisse des Fensters. Wenn sie die Nachttischlampe einschaltete, würde sie sich zu einem sichtbaren Ziel machen. Das schied also aus. Leise verließ sie ihr warmes Bett, um sich den Baseballschläger aus der Schlafzimmerecke zu nehmen. Da lehnte er seit jener Nacht, als sie angenommen hatte, Ron LaSalles Mörder (der sich später als Mörderin entpuppte) stünde vor ihrem Haus. Zum Glück konnte der es nicht sein, da er hinter Gittern saß.

Die Geräusche aus der Küche setzten sich fort. Den Schläger in beiden Händen, schlich Hannah den Flur hinunter. Ein nicht ganz so mutiger Mensch hätte von dem Nebenapparat im Schlafzimmer den Notruf gewählt. Doch bei der Vorstellung, dass jemand bei ihr eingedrungen war, sah sie rot. Auf keinen Fall würde sie sich im Schrank verstecken und warten, bis die Polizei kam. Außerdem war sie dem Einbrecher gegenüber im Vorteil: Sie kannte jeden Quadratzentimeter der Wohnung, und sie lief mit nackten Füßen geräuschlos über den dicken Teppichboden, während der Einbrecher Lärm machte. Mit etwas Glück und einer besseren Schlagtechnik als zu ihrer Zeit in der Little League würde sie dem Kerl eins überbraten, bevor der wusste, wie ihm geschah.

Das Zwielicht, das durch die Lamellenjalousie am Küchenfenster drang, zeigte ihr keine dunkle Gestalt, die sich an die Wand drückte, keinen bedrohlichen Kerl, der sich unter den Tisch duckte. Stattdessen hörte sie, als sie in den Durchgang trat, unablässige Kaugeräusche. Was für ein Einbrecher würde sich die Zeit für einen Mitternachtssnack nehmen? Schlagbereit schlich Hannah zwei Schritte weiter in die Küche und atmete auf, weil zwei gelbe Augen in Bodennähe sie erschrocken anblickten. Moishe. Sie hätte die Katzenminze nicht auf dem Küchentresen stehen lassen dürfen.

Hannah trat den Rückzug an und ließ ihren orange-weißen Kater genüsslich kauen. Mit Moishe zu schimpfen hatte keinen Sinn. Der Schaden war angerichtet, und er würde ihren Tadel einfach ignorieren. So waren Katzen nun einmal, das hatte sie lernen müssen. Sie würde die Schweinerei später aufwischen.

Als der Wecker klingelte, kam es ihr vor, als wäre sie gerade erst wieder ins Bett gestiegen und hätte die Augen geschlossen. Blinzelnd sah sie auf die Uhr. Sechs. Sie fluchte noch kräftiger als sonst und streckte den Arm aus dem Bett, um den Weckalarm aus- und die Lampe einzuschalten. Herzhaft gähnend rieb sie sich den Nacken. Moishe war wieder bei ihr im Bett und hockte laut schnurrend auf ihrem Kissen. Kein Wunder, dass ihr Nacken steif geworden war. Er hatte wieder ihr bestes Kissen mit Beschlag belegt.

Schwer seufzend begann sie, sich mental auf die tausend Dinge einzustellen, die sie heute zu erledigen hatte. Am vergangenen Abend war es spät geworden. Mike Kingston, der neue Supervisor der Detectives im Polizeirevier des Sheriffs vom Winnetka County, hatte sie zu der Party im *Lake Eden Inn* mitgenommen, und sie war erst nach Mitternacht nach Hause gekommen.

»Rutsch rüber, Moishe.« Sie schob den schändlichen Kater ein Stück hinüber, um ihr Kissen wieder in Besitz zu nehmen, schlüpfte in die Schaffellmokassins und begab sich in die Küche. Um diese Uhrzeit war Kaffee für sie unverzichtbar, und dank der Zeitschaltuhr an der Kaffeemaschine war er bereits fertig.

Es war Dezember in Minnesota, deshalb sah der Morgenhimmel wie der Nachthimmel aus. Der Tag würde erst in anderthalb Stunden anbrechen. Gerade hatte Hannah die Leuchtstoffröhren eingeschaltet, die der Küche die Atmosphäre eines Operationssaals gaben, da klingelte auch schon das Telefon. Kein normaler Mensch rief derart früh an, und Hannah stöhnte, als sie zum Hörer griff. »Guten Morgen, Mutter.«

Selbstverständlich wollte Delores Swensen alles über ihr Date mit Mike erfahren. Hannah gab ihr eine Kurzfassung in wenigen Sätzen, während sie sich einen Kaffee eingoss und die ersten brühheißen Schlucke trank. Was war ein bisschen Schmerz verglichen mit der Wohltat von Koffein?

Mike sei mit ihr zum *Lake Eden Inn* gefahren, berichtete sie. Sie hätten vom Buffet gegessen, zusammen mit den Kandidaten des Hartland-Flour-Backwettbewerbs, hätten sich die Rede von Clayton Hart angehört, dem Eigentümer von Hartland Flour, und seien später zur Backstube gefahren, um den Teig für die heutige Backshow herzustellen. Mehr gebe es nicht zu erzählen. »Das ist alles, Mutter. Mike war sehr nett, und ich hatte einen schönen Abend.«

Sie klemmte sich den Hörer unters Ohr und nahm sich den Besen, um Erde und Tonscherben aufzukehren. Von der Katzenminze waren nur noch die Stümpfe übrig. Die Blätter hatte Moishe allesamt gefressen. Danach öffnete sie eine neue Packung Trockenfutter für den Kater, der ihr hartnäckig und geradezu unsanft um die Knöchel strich, und antwortete auf die Frage ihrer Mutter. »Nein, Mike hat nicht übers Heiraten gesprochen. Das Thema kam nicht auf.«

Augenrollend schüttete sie Futter in den Garfield-Napf, den sie im Secondhandladen erstanden hatte. Nach Delores' Ansicht gab sich eine Frau, die mit fast dreißig Jahren noch ledig war, nur nicht genug Mühe. Hannah war prinzipiell und erst recht in ihrem persönlichen Fall anderer Meinung. Sie wollte gegenwärtig nicht heiraten und war sich nicht mal sicher, ob sich das je ändern würde.

»Hör zu, Mutter ...« Bewusst nahm sie die Anstrengung auf sich, einen freundlichen Ton zu wahren. »Es ist nichts falsch daran, Single zu sein. Ich führe ein erfolgreiches Geschäft, habe eine Eigentumswohnung und viele Freunde. Kannst du kurz dranbleiben? Ich muss Moishe frisches Wasser geben.«

Sie legte den Hörer auf den Tresen, drehte den Wasserhahn auf, füllte den Napf bis fast zum Rand und stellte ihn neben die Futterschüssel. Dabei flüsterte sie Moishe zu: »Gleich fängt sie mit dem Baby-Thema an. Am besten schreite ich sofort ein.«

»Es ist nicht so, dass mir der Kinderwunsch unter den Nägeln brennt, Mutter.« Sie klemmte sich den Hörer wieder unters Ohr. »Ich habe Tracey und sehe sie fast jeden Tag. Neben dem Geschäft und dem Catering hätte ich sowieso keine Zeit, um Mutter zu sein.«

Delores brachte ihre gewohnten Argumente vor. Hannah hörte nur mit halbem Ohr zu, während sie sich den zweiten Kaffee eingoss. Dieselbe alte Leier. Ihre Nichte Tracey könne kein eigenes Kind ersetzen, Hannah wisse nicht, was ihr entging, und es sei eine unvergleichliche Freude, sein eigenes Baby im Arm zu halten. Als Delores zu der Stelle mit der tickenden biologischen Uhr kam, schaute Hannah zu ihrer apfelförmigen Küchenuhr, auch eine Anschaffung aus dem Secondhandladen. Es war Zeit, die Unterhaltung zu beenden, und das würde schwierig werden. Delores ließ sich nicht gern bei einem ihrer Vorträge unterbrechen.

»Ich muss mich beeilen, Mutter. Ich habe zugesagt, in einer knappen Stunde in der Schule zu sein.«

Damit ließ sich Delores jedoch nicht von ihrem Zweck abbringen. Sie musste unbedingt noch einmal vor Mike Kingston warnen, denn sie glaube nicht, dass er an Heirat interessiert war. Hannah war gezwungen, der Einschätzung zuzustimmen. Mikes Frau war vor zwei Jahren getötet worden, und Hannah wusste, dass er es nicht eilig hatte, wieder zu heiraten.

Daraufhin fing Delores von Norman Rhodes an, dem ledigen Zahnarzt von Lake Eden, und Hannah seufzte ungehalten. Ihre Mutter hatte sich mit Carrie verbündet, Normans Mutter, die sie ebenfalls zusammenbringen wollte, seit Norman in die Stadt gezogen war und die Praxis seines Vaters übernommen hatte.

»Ich weiß, du bist mit Carrie befreundet, aber ihr macht mehr daraus, als es ist«, erwiderte Hannah hastig, bevor Delores wieder ihr Loblied auf Normans Tugenden anstimmen konnte. »Ich mag ihn. Er ist nett und intelligent, und er hat einen großartigen Humor. Doch wir sind nur gute Freunde. Mehr ist da nicht.«

Delores war trotzdem noch nicht fertig. Deshalb griff

Hannah zu einem Trick, den sie von ihrer jüngeren Schwester gelernt hatte. Sie drückte ein paar Mal auf den Tasten herum und sagte: »Ich glaube, die Leitung ist gerade gestört. Falls das Gespräch gleich unterbrochen wird, rufe ich dich später zurück, wenn ich im Laden angekommen bin.« Nach ein paar weiteren Worten legte sie mitten im Satz auf.

Eine Minute lang starrte sie auf den Apparat. Es klingelte nicht wieder, und sie lächelte zufrieden. Ein super Trick. Niemand wird Absicht vermuten, hatte Andrea beteuert.

Zwanzig Minuten später war Hannah frisch geduscht und zog sich eine Jeans an, die inzwischen ein bisschen zu eng saß, und dazu den beigefarbenen Pullover mit der roten Aufschrift *GOT COOKIES?*. Sie trug sehr gern Rot, hatte aber noch keine Schattierung gefunden, die sich nicht mit ihrer Haarfarbe biss.

Nachdem sie Moishes Futternapf nachgefüllt und ihm ein paar Leckerli zugeworfen hatte, die angeblich aus echtem Lachs hergestellt waren, eilte sie die Treppe zur Tiefgarage hinunter und stieg in ihren paradiesapfelroten Suburban. Vor zwei Jahren hatte sie ihn zur Geschäftsgründung gekauft und von einem örtlichen Schildermaler den Namen ihres Geschäfts, *The Cookie Jar*, in goldenen Buchstaben auf die Türen malen lassen, sodass der Wagen eine mobile Werbeanzeige darstellte. Jedenfalls behauptete das Lake Edens einziger Steuerberater, Stan Kramer, dessen Dienste sie in Anspruch nahm.

Hannah wollte gerade aus der Parkbucht zurücksetzen, da hörte sie jemanden rufen. Phil Plotnik, ein Nachbar aus der Etage unter ihr, winkte mit beiden Armen, zeigte auf ihre vordere Stoßstange und bedeutete ihr, stehen zu bleiben. Dann ging er zu den Steckdosen an der Garagenwand und zog den Stecker ihres Zuheizers heraus. Er wickelte ihr sogar das Kabel um die Stoßstange, und Hannah nickte ihm dankend zu. Jeden Winter riss sie ein, zwei solcher Kabel kaputt, bevor sie sich wieder daran gewöhnt hatte, den Wagen vor dem Losfahren auszustöpseln. Dank Phil hatte sie nun das Geld für eine Ersatzanschaffung gespart.

Es schneite nicht, als sie die Rampe heraufkam und in die eisige Dunkelheit hinausfuhr, aber der Wind peitschte den in der Nacht gefallenen Schnee vom Boden hoch. Als sie ihr Fenster herunterkurbelte, um an der Grundstücksausfahrt mit der elektronischen Karte die Schranke zu heben, pfiff die eisige Luft in den Wagen. Schaudernd klappte sie den Pelzkragen ihres Parkas hoch. Es waren bestimmt fünf Grad unter null.

Die Heizung erbrachte den ersehnten heißen Luftstrom erst, als sie nach Norden auf die Old Lake Road abbog. Es würde noch volle fünf Minuten dauern, bis sich der große Innenraum erwärmt hatte, und deshalb ließ sie den Kragen hochgeklappt. Aber sie zog die Lederhandschuhe aus und griff hinter sich nach einem Beutel Plätzchen.

Ware vom Vortag bot sie nicht zum Verkauf an, und diese Plätzchen waren gestern übrig geblieben. Wenn sie den Laden abends zuschloss, packte sie sie in Tüten ab und legte sie auf den Rücksitz. Sie landeten nie im Abfall. Ihre Großzügigkeit war in Lake Eden allseits bekannt. Die kleineren Kinder nannten sie die »Cookie Lady« und strahlten, wenn sie mit ihrem Wagen anhielt und Gebäck verschenkte. Ein verschenktes Plätzchen konnte einen Kauf nach sich ziehen, besonders wenn ein Kind nach Hause lief und lautstark darum bettelte, Mom solle zum *Cookie Jar* gehen und Nachschub besorgen.

Hannah aß ein Old Fashioned Sugar Cookie, während sie sich der Molkerei näherte und an der Ampel Ecke Old Lake Road und Dairy Avenue anhielt. Pete Nunke stand an seinem Lieferwagen und prüfte die Bestellungen unter den hellen Lampen an der Laderampe, und Hannah hupte zum Gruß, als die Ampel auf Grün sprang und sie vorbeifuhr. Pete machte seinen Job gut, aber sie vermisste Ron LaSalle noch immer.

Zehn Minuten später bog sie auf den Parkplatz der Jordan High ein. Es war sieben Uhr, noch viel zu früh für Lehrer und Schüler, sodass sie einen Parkplatz direkt vor der Aula bekam. Über der Doppeltür hing ein grünes Spruchband, das die Schule zum Schauplatz des Hartland-Flour-Backwettbewerbs erklärte.

»Guten Morgen, Hannah.« Herb Beeseman, Lake Edens Marshall und einziger Gesetzeshüter auf der Gehaltsliste der Stadt, grüßte sie lächelnd, als sie durch die Tür kam. »Pünktlich auf die Minute.«

Hannah erwiderte das Lächeln und gab ihm einen kleinen Beutel mit Plätzchen aus dem Wagen. »Ich trage praktisch Eulen nach Athen, doch das sind Ihre Lieblingskekse, Molasses Crackle Cookies.«

»Eulen nach Athen?« Herb schaute zuerst ratlos drein, dann lachte er. »Hab's kapiert. Sie meinen, die Kandidaten werden mich als Verkoster engagieren wollen?«

»Würde mich nicht überraschen. Schließlich sind Sie der Einzige hier.«

»Das stimmt.« Herb machte ein erfreutes Gesicht. »Ich muss auf meinem Posten bleiben, aber Mr Hart sagt, Sie können reingehen. Ich habe Ihnen schon Licht gemacht.«

Hannah war überrascht, als sie durch die nächste Tür eintrat. Sie hatte die Jordan High absolviert und war unzählige Male in der Aula gewesen. Heute sah die jedoch vollkommen anders aus. Auf der Bühne, die für Theateraufführungen und andere Events genutzt wurde, hatte man vier Küchen aufgebaut, mit hüfthohen Trennwänden dazwischen. Elektrische Kabel und Wasserleitungen verliefen in Rohren unterhalb der Küchenzeilen und würden sich nach dem Ende des Wettbewerbs leicht entfernen lassen. Der Bühnenboden durfte nicht beschädigt werden. Das war eine der Bedingungen, die Direktor Purvis gestellt hatte.

Nachdem Hannah die Stufen zur Bühne hochgestiegen war, begutachtete sie die einzelnen Küchen. Sie waren mit nagelneuen Elektrogeräten und Spülbecken ausgestattet und völlig identisch. Die Kühlschränke brummten leise, die Herdplatten und Küchenutensilien glänzten. Nach Ende des Wettbewerbs, wenn der Sieger gekürt war, würde Mr Hart die Ausrüstung der Schule für den Hauswirtschaftsunterricht spenden. Er hatte auch versprochen, die Cafeteria und die Schulküche im Laufe des Sommers zu renovieren. Deshalb pries Edna Ferguson, die Chefköchin der Schule, ihn in der ganzen Stadt.

Es dauerte eine Weile, die Geräte und Utensilien zu prüfen. Als Vorsitzende der fünfköpfigen Jury musste Hannah sicherstellen, dass die Küchen in jeder Hinsicht gleich waren und alles funktionierte. Nachdem sie sich davon überzeugt hatte, verabschiedete sie sich von Herb und eilte zurück zum Wagen. Es war nun halb acht. Gleich würde sie zusammen mit ihrer Angestellten Lisa Herman alles für die morgendliche Kundschaft vorbereiten, die schon vor dem Laden stand, wenn sie um acht Uhr öffneten.

Als sie hinter dem Haus an der Backstube den Suburban abstellte, parkte Lisas alter Wagen auf dem Platz neben ihr. Die Windschutzscheibe war dick vereist. Es dauerte zwei Stunden, bis sich solch eine Schicht gebildet hatte. Lisa Herman musste am Morgen sehr früh zur Arbeit gekommen sein.

Lisa zog gerade zwei Bleche aus dem Ofen, als Hannah

die Backstube betrat, schob sie in das Abkühlgestell und wischte sich die Hände an dem Handtuch ab, das sie um das Schürzenband geschlungen hatte. An Hannah war die Schürze etwas länger als knielang, aber Lisa war zierlich und musste sie an der Taille in eine Querfalte legen, damit sie beim Gehen nicht auf den Saum trat. »Hi, Hannah. Hast du daran gedacht, den Zuheizer einzustöpseln?«

»Na klar. Wie lange bist du schon hier?«

»Seit fünf. Ich dachte, du wirst bestimmt mit den Kandidaten beschäftigt sein und wollte bis acht alles fertig haben. Die Plätzchen sind gebacken, und der Kaffee ist gebrüht, falls du welchen möchtest.«

»Danke. Ich könnte einen gebrauchen.« Hannah hängte den Parka an einen der Wandhaken und ging zu der Schwingtür, die in den Verkaufsraum führte. Dabei fiel ihr die Katzenminze ein, die Lisa ihr für Moishe mitgegeben hatte, und sie kehrte um. »Moishe hat sich sehr über deine Katzenminze gefreut. Er hat den Topf heute Nacht kahl gefressen.«

»Hast du ihn etwa stehen gelassen, wo er leicht herankommen konnte?«

»Ja. Mein Fehler.« Hannah beschloss, nicht zu erzählen, dass sie mit dem Baseballschläger bewaffnet im Dunkeln den Flur entlanggeschlichen war. »Was machen die Erdbeeren? Sind sie reif, oder soll ich für heute Abend tiefgekühlte nehmen?«

»Sie sind reif. Jetzt, da ich weiß, wie es geht, werde ich jeden Winter Erdbeeren ziehen. Sie liegen im Kühlraum in einer Schüssel, falls du eine kosten willst.«

Hannah lehnte dankend ab. »Ich bin nur gegen eines allergisch, und das sind Erdbeeren. Das Gewächshaus bringt also etwas?«

»Zumindest Erdbeeren und Tomaten. Mehr baue ich dieses Jahr nicht an. Dad isst für sein Leben gern Sandwiches mit Speck, Salat und Tomate und weiß nicht mehr, dass man im Winter nicht wirklich aromatische Tomaten kaufen kann.«

»Es ist nett von dir, dass du das extra für ihn tust.« Hannah ging zur Kaffeemaschine. Jack Herman litt an Alzheimer, und Lisa hatte ihr College-Studium aufgegeben, für das sie ein Stipendium erhalten hatte, um sich zu Hause um ihn zu kümmern. Es war schade um ihre Chancen, aber Lisa hatte sich so entschieden und bereute das auch nicht.

Hannah schaltete die altmodischen Deckenlampen ein, zapfte sich an der großen Kaffeemaschine hinter der Ladentheke einen Kaffee und ging wieder in die Backstube, um die Kuchen zu prüfen, die sie vor zwei Tagen gebacken hatte. Es waren vier Stück, eingewickelt in Plastik- und in Alufolie. Sie nahm sich ein scharfes Messer und ging in den Kühlraum, um zwei dünne Scheiben vom Testkuchen abzuschneiden. Anschließend wickelte sie ihn wieder ein und brachte eine der beiden Kostproben zu Lisa, die auf einem Hocker an der Arbeitsinsel saß.

»Ich liebe Kuchen zum Frühstück. Dabei fühle ich mich reich.« Lisa biss ab und kaute genießerisch. »Schmeckt wunderbar, Hannah. Wie findest du ihn?«

Hannah kostete und nickte. »Besser kann er nicht werden. Ihn zwei Tage ruhen zu lassen ist genau richtig.«

»Frisch war er schon großartig, aber jetzt ist er noch besser. Schmeckt fast wie Käsekuchen ohne Käse.«

Hannah war zufrieden mit Lisas Urteil. Der Teekuchen für den Strawberry Shortcake, den sie am Abend vor laufender Kamera fertigstellen würde, war nahezu perfekt. »Du sprichst auf die Dichte an. Der Teig wird umso schwerer, je länger er durchkühlt.«

»Der wird bei den Nachrichtensprechern ein Riesenhit,

wart's nur ab.« Lisa aß den letzten Bissen ihres Stücks und stand auf. »Es ist so weit, Hannah. Soll ich aufschließen gehen?«

»Das übernehme ich. Du kannst die Plätzchen für die Weihnachtsfeier des Dorcas Circle verzieren.«

Hannah ging nach vorn in den Laden. Es machte sie noch ein wenig nervös, dass sie am Abend im Fernsehen auftreten würde. Das war Mr Harts Idee gewesen, und jeder in der Stadt, einschließlich Hannah, wollte Mr Hart gefällig sein. Denn das war der erste Backwettbewerb seines Unternehmens, und alle hofften, dass er von nun an alljährlich im Ort stattfinden würde.

Der Backwettbewerb hatte Lake Eden nämlich aus dem Winterschlaf geholt. Die Einwohnerschaft, die am Ende des Sommers schrumpfte, weil die Großstädter ihre Hütten am See verließen, war mit dem Eintreffen der Kandidaten, ihrer Familien und der Zuschauer wieder gestiegen.

Sally und Dick Laughlin, denen das *Lake Eden Inn* gehörte, waren hocherfreut, außerhalb der Saison ein volles Haus zu haben, und fast jedes Geschäft in Lake Eden verzeichnete einen Zustrom neuer Kundschaft. Der Ort boomte, während man sonst um diese Jahreszeit nur knapp über die Runden kam.

Mr Hart hatte für alle anfallenden Aufgaben Einheimische beauftragt, vom Tischler über den Installateur bis zum Platzanweiser für die Aula. Der Bürgermeister hatte Hannah am vergangenen Tag noch angerufen und seiner Hoffnung Ausdruck verliehen, Mr Hart möge den Backwettbewerb auch weiterhin in Lake Eden veranstalten.

Um für das viertägige Event mehr Publikum anzuziehen, sollte Hannah während der Lokalnachrichten von KCOW, die vor Ort in der Aula auf Sendung gehen würden, live im Hintergrund Desserts zubereiten. Mason Kimball, der

KCOW-Produzent, der auch in Lake Eden lebte, hatte Hannah geraten, etwas Farbiges zu backen, zum Beispiel einen Kuchen mit Erdbeeren.

Hannah hatte seinen Vorschlag aufgegriffen und sich für einen Strawberry Shortcake entschieden. Natürlich war die Sendezeit zu kurz, als dass sie den Teig im Studio zubereiten und backen könnte. Vielmehr würde sie den Teig für den Teekuchen vor der Kamera herstellen, in die Form füllen und in einen Ofen schieben, der jedoch kalt bleiben würde. Dann würde sie einen der Kuchen, die sie in ihrer Backstube gebacken hatte, vor der Kamera garnieren und den Nachrichtensprechern servieren. Gleichzeitig würde auf dem Bildschirm eine Telefonnummer für die Zuschauer eingeblendet werden, damit sie beim Sender anrufen und das Rezept erbitten konnten. Aus der Anzahl der Anrufer würden man schließen können, wie viele Leute sich die Sendung ansahen.

Kurz nachdem sie das Schild an der Tür auf *Geöffnet* gedreht hatte, klingelte das Telefon. Hannah wusste, dass Lisa den Anruf in der Backstube annehmen würde, und schloss die Tür auf, um die wartenden Kunden hereinzulassen.

Die Ersten in der Schlange waren ihr Schwager Bill Todd und Supervisor Mike Kingston. Hinter ihnen standen Mr Hart und Mason Kimball sowie ihre Schwester Andrea und Tracey, deren vierjährige Tochter. Andrea hatte sich die blonden Haare zu einem kunstvollen Knoten geschlungen und trug ein schickes dunkelblaues Kostüm, das sie einen Wochenlohn gekostet haben musste. Sie sah aus, als wäre sie gerade einem Magazin für exklusive Businessmode entstiegen.

Hannah empfand einen Anflug von Neid, überspielte ihn aber rasch mit einem herzlichen Lächeln. Sie hatte, was die äußere Erscheinung anging, noch nie mit Andrea mithalten können und versuchte es auch gar nicht mehr. Das hatte sie schon aufgegeben, als sie noch zusammen zur Highschool gegangen waren. Andrea und ihre jüngste Schwester Michelle glichen ihrer Mutter, die noch immer eine auffallende Schönheit war.

Hannah hatte als Einzige den schlaksigen hohen Wuchs und die krausen roten Haare ihres Vaters geerbt. Zum Glück hatte Tracey die Schönheitsgene ihrer Mutter abbekommen und war eine Miniaturausgabe von Andrea, bis hin zu den glänzenden blonden Haaren.

Als Allerersten setzte Hannah ihre liebste und einzige Nichte auf einen Hocker und versorgte sie mit Milch und Keksen, denn Tracey hatte für sie oberste Priorität. Dann erst wandte sie sich den anderen Kunden zu. Sie führte gerade die erste Bestellung aus, als Lisa durch die Schwingtür kam. Hannah servierte Mr Hart einen schwarzen Kaffee und die Regency Ginger Crisps und drehte sich zu ihr um. »Ist etwas nicht in Ordnung?«

»Sieht ganz so aus.« Lisa senkte die Stimme, damit die anderen sie nicht verstehen konnten. »Norman Rhodes ist am Telefon. Er sagt, es ist ein Notfall. Geh nach hinten, ich kann dich hier ablösen.«

Hannah trat zur Seite, um sie vorbeizulassen, und eilte in die Backstube. Norman war ein nüchterner Mensch, überhaupt nicht der Typ, der leichtfertig von einem »Notfall« sprach.

Lisa hatte den Hörer des Wandtelefons runterhängen lassen, und Hannah holte tief Luft, bevor sie ihn nahm. »Hallo, Norman. Lisa meint, es gibt einen Notfall?«

»Mr Rutlege kam mit einem schmerzenden Backenzahn zu mir, und jetzt habe ich eine schlechte Nachricht für dich.« Norman klang sehr besorgt.

Hannah schossen unheilvolle Bilder durch den Kopf. Norman wusste, dass sie Bill geholfen hatte, zwei Mordfälle aufzuklären, und im Umgang mit dem gewaltsamen Tod kein Neuling war. War Mr Rutlege etwa auf dem Zahnarztstuhl gestorben? Und wer war er eigentlich? Der Name kam ihr vage bekannt vor, aber sie konnte ihn nicht einordnen. »Wer ist Mr Rutlege?«

»Du musst ihm gestern Abend im *Lake Eden Inn* begegnet sein. Er ist groß und dünn und hat graue Haare, erinnert mich an Ricardo Montalbán.«

Sie hatte im *Lake Eden Inn* Dutzende fremder Leute gesehen. Die Namen wusste sie nicht mehr, konnte sich aber noch an den älteren Herrn erinnern, den Norman beschrieb. Er gehörte zur Jury. »Was ist mit ihm passiert?«

»Es begann als simple Extraktion, da der Zahn nicht mehr zu retten war. Aber er hat auf das Betäubungsmittel allergisch reagiert, und zu allem Übel musste ich feststellen, dass seine Blutgerinnung gestört war.«

Hannahs Faust schloss sich um den Hörer. »Er ist doch nicht … tot?«

»Tot?« Norman klang bestürzt. »Natürlich nicht. Aber er kann bei dem Wettbewerb nicht mitwirken. Er wird eine Woche lang nur pürierte Nahrung zu sich nehmen können.«

Strawberry Shortcake à la Hannah Swensen

Für 12 Personen
(oder 6, wenn jeder ein zweites Stück möchte)

Für dieses Dessert brauchen Sie einen Teekuchen, drei Packungen reife Erdbeeren und Hannahs geschlagene Crème fraîche (sagen Sie »kräm fräsch«, und jeder denkt, Sie könnten Französisch).

*Teekuchen**

Den Ofen auf 165 °C vorheizen.

- 320 g weiche Butter
- 400 g weißer Zucker
- 4 Eier
- 225 g Sauerrahm (für einen leichteren Teig können Sie auch Joghurt verwenden)
- ½ TL Backpulver
- 1 TL Vanille-Extrakt
- 240 g Mehl (nicht sieben)

* Der Teig muss 48 Stunden durchkühlen. Bereiten Sie ihn zwei Tage vor dem Servieren zu. Sie können ihn auch backen, abkühlen lassen, in Frischhalte- und Alufolie einwickeln und einfrieren, bis er gebraucht wird. Dieses Rezept ergibt zwei Kuchen für je 6 Personen.

Zwei runde Springformen mit Butter einfetten und bemehlen. (Verwenden Sie kein Backspray – das wird nicht funktionieren.)

Die Butter und den Zucker in einer Schüssel mit dem Handmixer schaumig schlagen. (Sie können den Teig auch mit dem Backlöffel anrühren, aber das erfordert Muskelkraft.) Die Eier nach und nach zugeben und schlagen, bis die Masse glatt und schaumig ist. Dann Sauerrahm, Backpulver und Vanille hinzufügen und verrühren. Anschließend das Mehl in zwei Portionen zugeben und rühren, bis der Teig glatt und frei von Klümpchen ist.

Den Teig in die Springformen füllen und bei 165 °C 45 bis 50 Minuten backen. (Der Kuchen sollte goldbraun sein.)

In der Form 20 Minuten abkühlen lassen. Mit einem Messer vom Rand der Springform lösen und aufs Abkühlgitter setzen.

Wenn er völlig ausgekühlt ist, in Frischhalte- und dann in Alufolie einwickeln und für 48 Stunden in den Kühlschrank stellen. Eine Stunde vor dem Servieren herausnehmen, aber erst auswickeln, wenn Sie ihn mit Erdbeeren und Sahne anrichten.

Die Erdbeeren

(einige Stunden vor dem Servieren zubereiten)

Die Erdbeeren waschen und die Stiele entfernen. (Am einfachsten ist es, den obersten Teil der Früchte abzuschneiden.) Die zwölf größten und schönsten Erdbeeren im Ganzen beiseitestellen, um sie später zum Garnieren zu verwenden. Die übrigen in Stücke schneiden und zuckern, falls sie zu sauer sind, dann zugedeckt kalt stellen.

Hannahs geschlagene Crème fraîche

(Sie bleibt mehrere Stunden fest. Sie können sie entsprechend eher zubereiten und kühl stellen.)

½ Liter Schlagsahne (mindestens 30 % Fett)
100 g weißer Zucker
110 g Sauerrahm (Sie können ihn durch Joghurt ersetzen, aber dann bleibt die Masse nicht so lange steif, und Sie müssen sie direkt vor dem Servieren zubereiten)
100 g brauner Zucker (zum Bestreuen, wenn Sie das Dessert anrichten)

Die Sahne mit dem weißen Zucker steif schlagen. Wenn feste Spitzen stehen bleiben, ziehen Sie den Sauerrahm unter. Das können Sie mit dem Löffel oder mit dem Handmixer auf kleinster Stufe tun.

Anrichten

Die Teekuchen in je 6 Stücke schneiden und auf Dessertteller verteilen. Die klein geschnittenen Erdbeeren daraufhäufen, einen großen Löffel von Hannahs Crème fraîche dazugeben und mit braunem Zucker bestreuen. Zuletzt mit einer ganzen Erdbeere garnieren. Servieren und überschwängliches Lob einstreichen.

Das Dessert habe ich für Norman, Carrie und Delores zubereitet und nur einen Teekuchen verwendet, den anderen eingefroren – das Crème-fraîche-Rezept halbiert und nur zwei Packungen Erdbeeren verarbeitet.

2

Hannah gab Zucker zur Sahne und schaltete den Handmixer ein, um sie während des Wetterberichtes steif zu schlagen. Hoffentlich wird sie fest, dachte sie, denn unter den Scheinwerfern war es heiß. Aber es gelang, und als beim Herausziehen der Quirle Sahnespitzen stehen blieben, hob sie den Sauerrahm unter. Der fügte nicht nur eine Geschmackskomponente hinzu, sondern trug auch zur Festigkeit der süßen Sahne bei. Hannah war im Begriff, den Finger einzutauchen und zu kosten, da fiel ihr ein, dass eine Kamera auf sie gerichtet war, und sie griff nach einem Teelöffel. Anschließend schöpfte sie eine Kelle voll von Lisas Erdbeeren und eine großzügige Portion selbst gemachte Crème fraîche auf das Stück Teekuchen, legte eine ganze Erdbeere obendrauf und bestreute alles mit braunem Zucker. Ihre Kreation Strawberry Shortcake à la Hannah Swensen konnte den Nachrichtensprechern serviert werden.

Der Inspizient, ein kleiner gedrungener Mann voller Energie, gab ihr das Zeichen, sich bereitzuhalten. Der Wetterbericht war zu Ende, und Chuck Wilson, der gut aussehende Moderator, riet den Zuschauern, sitzen zu bleiben und sich den Hartland-Flour-Backwettbewerb anzusehen, der gleich nach den Auslandsnachrichten übertragen werden sollte.

Hannah bekam Herzklopfen, sowie sie das Tablett in die Hand nahm. Sie hatte das alles geprobt, aber es war ein großer Unterschied, ob man ein leeres oder ein mit Kuchen, Tellern und Gabeln beladenes Tablett über die Bühne trug. Aufmerksam stieg sie über die dicken Kabel, die mit einem Klebeband namens Gaffertape auf dem Boden befestigt waren. Dabei setzte sie ein strahlendes Lächeln auf und ging zu dem langen gebogenen Pult, an dem die vier Nachrichtensprecher saßen. Genauso strahlend – Mason hatte ihr eingeschärft, das Lächeln unter allen Umständen beizubehalten – servierte sie jedem einen Teller mit ihrem Dessert.

Hannah blieb bei ihnen stehen, während die vier »Ah« und »Oh« riefen und eine Gabel voll kosteten. Chuck Wilson merkte an, wie teuer Erdbeeren um diese Jahreszeit waren. Wo Hannah sie denn herbekommen habe, wollte er wissen. Sie erklärte lächelnd, dass ihre Angestellte Lisa Herman sie im eigenen Gewächshaus gezogen habe. Dee-Dee Hughes, die Co-Moderatorin, fragte, wie viele Kalorien in solch einem Stück Kuchen steckten. Hannah antwortete, sie wisse es nicht und halte es auch nicht für wichtig, weil Leute auf Diät gewöhnlich das Dessert ausließen. Wingo Jones, der Sportkommentator, empfahl den Profisportlern, den Strawberry Shortcake à la Hannah Swensen vor dem Spiel zu essen, um sich schnell verwertbare Kohlenhydrate zuzuführen.

Inzwischen wurde Hannahs Lächeln immer dünner, aber ihr fiel noch ein zu sagen, dass sie das für eine gute Idee hielt. Der Einzige im Sprecherteam, der keine fade Bemerkung von sich gab, war Rayne Phillips, der Wettermann, der sich den Kuchen in den Mund schaufelte und bis zum letzten Krümel verputzte.

Sobald die Nachrichten zu Ende waren, ging Hannah zu ihrer Showküche, um ihre Sachen zusammenzupacken. Sie öffnete den Ofen und fand ihn so leer wie Schmalhans' Küchenschrank. Edna Ferguson hatte sich den ungebackenen Kuchen schon geholt, um ihn in der Schulküche abzubacken.

Anstatt mehrere halb volle Schüsseln zu jonglieren, beschloss Hannah, das Dessert zusammenzufügen und so nach Hause zu bringen. Sie kippte die restlichen Erdbeeren über den Kuchen und die Sahne obendrauf, ebenso die ganzen Früchte, die sie zum Garnieren beiseitegestellt hatte, und schließlich den Rest des braunen Zuckers, setzte die Haube auf den Tortenbutler, packte ihre benutzten Schüsseln und Utensilien in die mitgebrachten Pappkartons und trug sie von der Bühne.

»Du warst großartig, Hannah.« Andrea empfing sie hinter den Kulissen und half ihr, die Sachen nach hinten zu den Stahlregalen zu tragen.

Hannah bedankte sich für das Kompliment und sah sich suchend nach ihrer Nichte um. Nachdem Mr Hart erfahren hatte, dass einer der Juroren ausfiel, hatte er Tracey gebeten, mit ihm das neue fünfte Jurymitglied auszulosen. »Wo ist Tracey?«

»Sie ist noch in der Maske. Bill bringt sie her, sobald sie fertig ist.«

»Sie ist nicht nervös, oder?«

Andrea schüttelte den Kopf. »Für sie ist das ein Spaß. Du nimmst die Sendung doch auf, ja? Bill hat unseren Videorekorder programmiert, bevor wir das Haus verlassen haben, aber ich möchte auf jemanden zurückgreifen können, falls etwas schiefgeht.«

»Du bist sogar doppelt abgesichert. Mutter nimmt die Sendung auch auf.«

»Mutter?« Andrea zog die Brauen hoch. »Sie kann ihr Gerät noch immer nicht programmieren. Als unser Kabelempfang gestört war, habe ich sie gebeten, einen Film für mich aufzunehmen, und bekam zwei Stunden Fitness mit Richard Simmons.«

Hannah klopfte ihr mitfühlend auf die Schulter. »Keine Sorge, Andrea. Lisa nimmt ebenfalls auf, vermutlich auch die meisten meiner Kunden. Tatsächlich bist du zehnfach abgesichert. Das kann ich dir garantieren.«

»Hoffentlich. Das ist Traceys erster Fernsehauftritt, und wer weiß, vielleicht sieht sich ein großer Produzent die Sendung an. So werden Kinderstars entdeckt.«

Hannah rang sich ein Lächeln ab, das gleiche wie gegenüber den drei Studiosprechern, als sie sich ihre idiotischen Bemerkungen über den Strawberry Shortcake hatte anhören müssen. Nein, sie würde ihrer Schwester nicht entgegenhalten, dass sich ein berühmter Produzent wohl kaum einen Backwettbewerb auf einem kleinen Lokalsender anschaute.

»Ich sehe mal besser nach, wo sie bleibt.« Andrea wandte sich zur Tür und drehte sich noch mal um. »Du solltest etwas mit deinen Haaren machen, bevor die Sendung anfängt. Sie sind in der Scheinwerferhitze kraus geworden.«

Hannah fühlte sich plump und unsicher, als die Kamera zu den Juroren hinüberschwenkte. Zumindest brauchte sie nicht zu befürchten, dass *sie* entdeckt werden könnte. Kein bedeutender Produzent würde bei einer zu großen, nicht übermäßig schlanken Frau von Ende zwanzig mit mehlbestäubtem Gesicht zwei Mal hinsehen. Aber ihre Nichte schaute hübsch aus, und Hannah war stolz auf sie.

Traceys blonde Haare sahen im Scheinwerferlicht aus wie gesponnenes Gold, und sie wirkte selbstsicher, als sie in die große Glasschüssel griff und eins der Lose mit den Namen der Lake Edener Stadträte herausnahm.

»Danke, Tracey.« Mr Hart strahlte sie an, als sie ihm den Zettel übergab. »Du hast nicht den Namen deines Daddys gezogen, nicht wahr?«

Tracey schüttelte den Kopf. »Er ist kein Stadtrat, Mr Hart. Mein Daddy ist Detective im Polizeirevier Winnetka County.« Andrea hatte ihr offenbar erklärt, dass der Ersatz für Mr Rutlege unter den Stadträten ermittelt werden sollte.

»Weißt du, was ein Detective tut, Tracey?«, fragte Mr Hart.

»Ja. Er klärt Verbrechen auf. Wenn jemand ermordet wurde, sammelt mein Daddy alle Beweise. Dann fängt er den Mörder und sperrt ihn in einer Zelle ein. Und dann kommt er vor Gericht.«

Mr Hart war sichtlich erschrocken, brachte aber ein Lächeln zustande. »Das war eine sehr gute Antwort, Tracey. Ich würde dich bitten, uns den Namen des neuen Jurymitglieds vorzulesen, doch du gehst noch nicht zur Schule, nicht wahr?«

»Nein, in die Vorschule. Aber ich kann schon ein kleines bisschen lesen. Wenn Sie mir den Zettel geben, kann ich vielleicht sagen, was darauf steht.«

Die Kamera zoomte auf Mr Harts überraschte Miene. Er gab Tracey den Zettel, die ihn auseinanderfaltete. Zunächst las sie den Namen mehrmals lautlos für sich, dann blickte sie zu Mr Hart hoch und verkündete: »Der neue Preisrichter ist … Mr Boyd Watson.«

In der Aula gingen die Lichter an, und die Zuschauer applaudierten, während Boyd Watson, der erfolgreichste Trainer der Jordan High, von seinem Platz aufstand. Seine Schwester Maryann saß neben ihm, wie Hannah sah, aber Danielle, seine Frau, war nicht bei ihm.

Hoffentlich gibt es dafür einen harmlosen Grund, dachte Hannah, denn vor einigen Monaten hatte sie entdeckt, dass Coach Watson seine Frau schlug. Danielle war nicht bereit gewesen, ihn anzuzeigen, doch Hannah hatte Bill darüber informiert, und er hatte versprochen, Boyd im Auge zu behalten und notfalls einzuschreiten.

Nachdem Boyd auf dem freien Stuhl neben Hannah Platz genommen hatte, stellte Mr Hart die Kandidaten dieses Abends vor und schickte sie in die Küchen, damit sie ihren Desserts den letzten Schliff geben konnten. Während die Kandidaten schnitten, verzierten und auf Tellern arrangierten, erklärte er, wie der Wettbewerb ablaufen würde.

Zwölf Teilnehmer, die bei lokalen und regionalen Wettbewerben gewonnen hatten, traten an drei Abenden hintereinander im Halbfinale an. Die ersten vier Kandidaten hatten schon am Nachmittag gebacken und würden gleich ihre Desserts den Juroren vorsetzen. Während die Jury kostete und kritisierte, würde den Zuschauern zu Hause und im Saal ein Film über die Kandidaten und ihre Familien gezeigt werden. Anschließend würden die Punkte vergeben werden, und jeder Preisrichter würde seine Wertung begründen. Der Sieger würde ermittelt werden, und der glückliche Kandidat würde am Samstag an der Endausscheidung teilnehmen.

Hannah wartete, bis die Kandidaten ihre Desserts präsentiert hatten und der Kandidatenfilm auf dem Bildschirm lief, und neigte sich zu Boyd. »Wo ist Danielle?«

»Zu Hause.« Er schob sich eine Gabel von dem Kirschkuchen in den Mund und kaute. Boyd sah nicht zufrieden aus, als er schluckte. »Genau wie der meiner Mutter: so süß, dass einem die Zähne wehtun.«

Hannah probierte ihr Stück und fand, dass er recht hatte. »Wollte sie nicht mitgehen?«

»Meine Mutter?«

»Nein, Danielle.« Hannah notierte ihre Punktzahl und wandte sich dem zweiten Dessert zu, einer Scheibe Nussstrudel.

»Danielle ist krank.«

»Etwas Ernstes?« Hannah achtete darauf, ob er schuldbewusst wirkte, doch er schaute völlig ungerührt.

»Nur eine Erkältung. Sie nimmt einen Haufen rezeptfreies Zeug dagegen.« Boyd kostete das Nussgebäck und verzog das Gesicht. »Meine Mutter hat den auch oft gebacken. Ich kann es nicht leiden, wenn Zimt derart vorschmeckt.«

Hannah kostete von ihrem Stück und musste ihm auch diesmal recht geben. Vor lauter Zimt und Muskat schmeckte man die Nüsse nicht. Sie schrieb ihre Punktzahl auf und nahm das dritte Dessert in Angriff, ein Stück Orangenkuchen. »War sie beim Arzt?«

»Sie meint, das ist nicht nötig. Danielle hasst Arztbesuche.«

Hannah enthielt sich einer Bemerkung und kostete stattdessen den Kuchen. Sie konnte verstehen, warum Danielle auf ärztliche Behandlung verzichtete. Ärzte stellten Fragen und waren verpflichtet, Anzeichen für Gewalt zu melden.

»Der schmeckt zu bitter.« Boyd schob den Teller weg und zog das vierte Dessert zu sich heran.

Hannah kaute ihren Bissen und seufzte. Auch diesmal musste sie sich Boyds Urteil anschließen. Der Kandidat hatte offenbar von der Orangenschale zu viel Weiß hineingerieben.

»Nicht übel«, bemerkte Boyd, als er das vierte Dessert gekostet hatte, eine Zitronen-Tarte. »Das ist das beste. Bei der Konkurrenz natürlich keine Kunst.«

Hannah begutachtete die Zitronen-Tarte. Die Kruste war zart und blättrig von der Butter und die Füllung aromatisch und süß. Definitiv der Sieger. Boyd hatte bei allen vier Beiträgen recht gehabt, und sie teilte seine Kritik in allen

Punkten. Trotzdem konnte sie ihn nicht leiden. Er war arrogant und schonungslos, wenn auch ein Feinschmecker.

Das rote Licht an der Kamera, die auf die Jury gerichtet war, leuchtete wieder auf, und die Juroren hatten das Wort. Als Vorsitzende würde Hannah zuletzt nach ihrer Meinung gefragt werden, und bis dahin hörte sie den Kollegen interessiert zu. Die äußerten sich bei allem, was sie bemängelten, sehr taktvoll, und schon die ersten drei fanden die Zitronen-Tarte am besten.

Nun kam Boyd an die Reihe. Hannah zuckte innerlich zusammen, als er kurzerhand seine Bemerkungen von eben wiederholte. »Der Coach sagt, was er denkt«, hörte man eines seiner Teammitglieder sagen, aber Hannah fand, Boyd hätte seine Kritik mit ein wenig Lob versüßen können.

Hannah selbst war auch kein besonders taktvoller Mensch, und deshalb überlegte sie sich jedes Wort, als sie ihr Urteil abgab. Sie lobte die Kandidaten für ihre Mühe und erinnerte das Publikum, dass alle vier bereits lokale Wettbewerbe gewonnen hatten. Über jedes Dessert sagte sie etwas Nettes, aber der Schaden war angerichtet, und sie sah die gekränkten Mienen. Nachdem der Sieger das blaue Band erhalten hatte, endete die Sendung, und Hannah ging mit Boyd zusammen hinter die Kulissen.

»Sie hätten ein bisschen netter sein können«, bemerkte sie, sowie sie die Bühne verlassen hatten. »Man muss die Kandidaten nicht unnötig kränken.«

Boyd starrte sie verwirrt an. Er hatte sichtlich keine Ahnung, worüber Hannah sich aufregte. »Bei solch einem Wettbewerb hat gekränkte Eitelkeit nichts zu suchen. Entweder hat man den Sieg verdient oder nicht. Es hat keinen Sinn, etwas zu beschönigen.«

Hannah war sprachlos, was bei ihr selten vorkam. Sie nahm sich vor, Boyd bis zum nächsten Abend eine andere

Haltung abzuringen, wusste nur noch nicht, wie sie das anstellen sollte. Sie würde zu Hause darüber nachdenken und ihn am nächsten Vormittag anrufen. Fürs Erste war es am besten, Frieden zu halten.

»Ich habe gesehen, wie Sie den Strawberry Shortcake gemacht haben.« Boyd wechselte das Thema. »Zu schade, dass Sie nicht am Wettbewerb teilgenommen haben. Ich wette, Sie hätten mit links gewonnen.«

Das brachte Hannah auf eine Idee. Da Danielle krank war, würde sie sich vielleicht freuen, wenn sie nicht zu kochen brauchte. »Von dem Kuchen ist noch etwas übrig. Würden Sie den gern nach Hause mitnehmen?«

Boyd sah sie überrascht an. »Sicher. Teekuchen mit Erdbeeren essen wir am liebsten.«

»Gut. Sie haben einen feinen Gaumen und können mir sagen, wie Sie ihn finden.« Hannah ging zu dem Regal, in dem ihr Tortenbutler stand, und drückte ihn Boyd in die Hand. »Ich erweitere das Angebot im *Cookie Jar* demnächst um einige Süßspeisen.«

Boyd freute sich sichtlich, als er die Erdbeeren durch die Plastikhaube leuchten sah. »Ich sorge dafür, dass Danielle die meisten Erdbeeren bekommt. Frische Früchte helfen bei Erkältung. Danke, Hannah.«

Nachdem er gegangen war, schüttelte sie den Kopf. Boyd liebte Danielle, daran bestand in ihren Augen kein Zweifel, trotzdem schlug er sie. Und Danielle liebte Boyd, obwohl er sie immer wieder verletzte und kränkte. Hannah würde diesen Widerspruch wohl nie verstehen und war sich auch nicht sicher, ob sie ihn verstehen wollte. Sie hoffte nur, die Ehe würde nicht mit einer Katastrophe enden, wie man es ja häufig in der Zeitung las.

»Ich bin wieder da, Moishe.« Hannah bückte sich, um ihren Kater zu streicheln, der sich an ihre Knöchel warf, sowie sie die Wohnungstür öffnete. Er war immer froh, wenn sie nach Hause kam, besonders, wenn sie den Abend über weg gewesen war. Sie nahm gern an, dass er sie vermisste, aber das tat er vielleicht nur, weil er sich den Futternapf nicht selbst füllen konnte. Sie kraulte ihn unterm Kinn. »Lass mich nur eben etwas Bequemes anziehen, dann bekommst du dein Betthupferl.«

Sie hängte das hübsche mokkabraune Kleid aus Claire Rodgers Boutique auf einen Bügel, schlüpfte in ihre älteste Trainingshose und ein weites Oberteil und ging in die Küche, die für sie der Mittelpunkt eines Zuhauses war. Sie füllte für Moishe eine Kristallschale mit Vanillejoghurt, goss sich aus der Flasche in ihrem Kühlschrank ein Glas Weißwein ein und machte es sich auf der Couch bequem, um sich die aufgenommene Sendung anzusehen.

Die Lokalnachrichten, die sie bereits kannte, brachten wenig Interessantes. Sich selbst im Hintergrund agieren zu sehen war dagegen ein Schock. Dabei sah sie gar nicht mal schlecht aus. Die weiße Latzschürze mit dem roten Schriftzug ihres Geschäfts machte sich vor der Kamera gut. Stan Kramer wäre zufrieden, denn er hatte die Kosten für ihre Schürzen als Werbeausgabe abgezogen.

Hannah begutachtete ihren Auftritt und fand nichts daran auszusetzen. Sie arbeitete effizient, kleckerte nicht mit den Zutaten herum und handhabte Mixer und Kuchenspatel wie ein Profi. Und tatsächlich war sie ein Profi, worüber sie immer wieder freudig verblüfft war.

Moishe zeigte kein Interesse an dem Programm, bis er Hannahs Stimme hörte, als sie auf Chuck Wilsons Frage antwortete. Mit angelegten Ohren hob er den Kopf von seinem leer gefressenen Schälchen und starrte auf den Bildschirm.

Hannah streckte die Hand nach ihm aus, um ihn beruhigend zu streicheln, doch er wich aus. Kurz blickte er sie an, seine Schwanzspitze zuckte, und dann fauchte er tief im Rachen.

»Das ist nur eine Fernsehsendung, Moishe.« Hannah griff zur Fernbedienung und schaltete auf Pause, sodass Dee-Dee Hughes' perfektes Gesicht erstarrte und sie mit offenem Mund in die Kamera guckte. Sowie der Ton verstummte, sprang Moishe auf den Fernseher, wo er einen Buckel machte und den Schwanz auf den dreifachen Durchmesser sträubte. Er war ganz offensichtlich aufgeregt. Nach kurzer Überlegung kam sie auf einen möglichen Grund.

»Komm herunter, Moishe.« Hannah klopfte neben sich auf das Polster. »Ich bin nicht in dem Gerät, sondern hier auf der Couch.«

Aber Moishe ließ sich nicht gut zureden, und Hannah setzte die Wiedergabe fort, um zu sehen, ob sie richtig vermutete. Sowie ihre Stimme aus den Lautsprechern kam, miaute Moishe kläglich und drehte den Kopf zwischen ihr und dem Fernseher hin und her. Sie dichtete ihm also keine menschlichen Eigenheiten an. Er reagierte tatsächlich auf etwas, das er als Verstoß gegen die physikalischen Gegebenheiten empfand.

»Ich geb's auf«, murmelte Hannah und drückte die Stummtaste, um auf das Empfinden ihres Schoßtiers Rücksicht zu nehmen. Wenn Moishe während der ganzen Sendung miaute, würde sie sowieso kein Wort verstehen. Sie wollte gerade vorspulen, um sich zu vergewissern, dass auch der Backwettbewerb vollständig aufgenommen war, als das Telefon klingelte.

Hannah schaute zur Uhr, bevor sie abnahm. Es war zehn. Wahrscheinlich war es Andrea, die hören wollte, ob die Aufnahme von Traceys Fernsehdebüt geklappt hatte.

»Hannah! Ich bin so froh, dass du zu Hause bist! Hier ist … Danielle.«

»Hallo, Danielle.« Hannah fing das orange-weiße Bündel auf, das auf ihrem Schoß landete. Moishe hatte ihr offenbar verziehen, dass sie ihn verwirrt hatte. »Was macht deine Erkältung?«

»Hannah … Bitte! Kannst du zu mir kommen? Sofort? Ich … ich wusste nicht, wen ich sonst anrufen soll.«

»Was ist los?« Hannah stellte sich das Schlimmste vor. Beim letzten Mal, als sie zu Danielle gefahren war, hatte sie sie mit einem blauen Auge angetroffen. »Wieder Boyd?«

»Ja. Mehr kann ich nicht sagen. Bitte, Hannah!«

»Beruhige dich, ich bin schon unterwegs.« Sie legte auf, schob den Kater von ihrem Schoß und nahm Handtasche und Parka. Danielle hatte sehr aufgewühlt geklungen, und vielleicht war sie diesmal bereit, den Mann anzuzeigen, der sie immer wieder misshandelte.

Nach einer knappen Viertelstunde schellte Hannah an Danielles Haustür. Wenn Boyd zu Hause war, würde es unangenehm werden, vielleicht sogar gefährlich. Laut Bill war die Meldung von häuslicher Gewalt ein Albtraum für jeden Polizisten und rangierte gleich hinter der Funkdurchsage »Officer verletzt«. Die Tür ging auf, und Danielle zog sie herein. Dabei hielt sie sich an ihr fest wie eine Ertrinkende.

»Was ist denn los?« Hannah schloss die Tür. Die Nachbarn sollten Danielle nicht in dieser Verfassung sehen. Sie weinte, hatte ein blaues Auge und war so blass, dass Hannah fürchtete, sie könnte ohnmächtig werden.

»Es ist … es ist Boyd«, brachte Danielle mühsam hervor. »Er ist … er ist … in der Garage.«

»Bring mich hin.« Hannah hakte sich bei Danielle unter und stützte sie, während sie durch die Küche in die angrenzende Garage gingen.

Auf den ersten Blick war nichts Ungewöhnliches zu entdecken. Beide Wagen standen an ihrem Platz, und über der Werkbank war die schmale Leuchtröhre eingeschaltet. Alles war ordentlich und sauber, von den vielen Ölflecken am Boden einmal abgesehen. Einer der Wagen verlor anscheinend Öl. Die Werkzeuge hingen alle am Lochbrett, wo ihre Umrisse blau angezeichnet waren. Keines fehlte, bis auf eins, und im nächsten Moment bemerkte Hannah einen glänzenden Kugelhammer auf dem Boden neben Danielles Auto.

Sie starrte auf den Hammer, der im Licht schimmerte. Er hing nicht an seinem Platz.Vielleicht hatte Boyd etwas repariert und vergessen, ihn wegzuräumen?

»Er ... ist da drüben.«

Als Danielle mit ihr auf Boyds Grand Cherokee zuging, sah Hannah die Haube ihres Tortenbutlers am Hinterrad hervorlugen. Dann traten sie um den Kotflügel herum, und Hannah keuchte auf. Der Basketball-Coach der Jordan High lag ausgestreckt auf dem Zementboden mit dem Kopf in einem rötlichen Brei aus Kuchenbrocken, Schlagsahne und zerdrückten Erdbeeren.

Ihr erster flüchtiger Gedanke galt seltsamerweise der Süßspeise. Was für eine Vergeudung! Danielle hätte sie genossen. Dann trat sie näher und schluckte den Kloß herunter, der sich in ihrem Hals bildete. Die rote Farbe kam nicht von den zerdrückten Erdbeeren, sondern von Boyds Kopfwunde. Er war tot. Daran war nicht zu zweifeln. Niemand konnte so viel Blut verlieren und am Leben bleiben.

3

Bill war in der Garage und half Doc Knight, den Toten auf eine Bahre zu legen, damit er ins Leichenschauhaus gebracht werden konnte. Doc Knight war sowohl der Allgemeinmediziner der Stadt als auch der Gerichtsmediziner des Winnetka Countys. Dadurch blieb ihm kaum Zeit für etwas anderes, und er reagierte immer gereizt, wenn jemand von den angeblichen Golftagen der Ärzte sprach.

Hannah war im Wohnzimmer, wo Mike gerade Danielle befragte. Sie hatte ihn überredet, sie zuhören zu lassen, und argumentiert, dass sie mit Danielle befreundet sei und Danielle in dieser Situation eine Freundin nötig hätte.

»Ich habe mir den Backwettbewerb im Fernsehen angesehen und ihn dabei aufgenommen.« Danielles Hände fingen an zu zittern, sodass sie ihr Glas Wasser auf den Sofatisch stellte. »Dann habe ich auf ein anderes Programm umgeschaltet und mir einen Film angesehen, doch dabei bin ich eingeschlafen. Die Erkältungsmedizin hat mich müde gemacht, und eigentlich wäre ich gern ins Bett gegangen.«

Mike nickte. Er war sehr um Danielle bemüht, und Hannah war ihm dafür dankbar. »Aber Sie sind auf der Couch sitzen geblieben?«

»Ja. Boyd möchte, dass ich auf ihn warte. Das tue ich immer. Wenn nicht, ist er … aufgebracht. Aber ich nehme an, das wissen Sie.«

Hannah sah zu Mike, der ihren Blick auffing und unauffällig nickte. Sie wussten beide, was passierte, wenn Boyd schlechte Laune bekam. Danielles blaues Auge war der umfassende Beweis dafür.

»Wann hat er Ihnen das blaue Auge geschlagen, Danielle?« Mike klang angespannt, und Hannah sah ihm an, dass er sich mühsam beherrschte. Sie hatten über Danielles Problem gesprochen, kurz nachdem sie sich Hannah anvertraut hatte, und Mike hatte zugegeben, dass er für Männer, die ihre Frau schlugen, keine Geduld aufbrachte.

»Das war gestern. Boyd kam zum Mittagessen von der Schule nach Hause und hat … sich über mich geärgert.«

»Waren Sie beim Arzt?«

»Nein. Ich kann das selbst behandeln. Und es ist nicht so schlimm, wie es aussieht. Es tut kaum noch weh.«

Mike warf Hannah einen warnenden Blick zu. *Nicht einmischen.* »Wenn mir jemand ein blaues Auge schlagen würde, wäre ich ziemlich wütend auf ihn«, sagte er zu Danielle. »Waren Sie wütend auf Boyd?«

»Nein. Ich weiß, wie frustriert er manchmal ist, und es tat ihm nachher wirklich leid. Er hat mir eine Kühlpackung geholt und sich um mich gekümmert.«

Wieder ein warnender Blick von Mike, sodass Hannah die Lippen zusammenkniff. Boyd Watson war ein brutaler Kerl gewesen, der seine Frau schlug, und Danielle hatte ihn nie angezeigt, sondern lieber die Misshandlung hingenommen, als ihn öffentlich bloßzustellen. Wie Hannah wusste, waren die meisten misshandelten Ehefrauen emotional stark im Nachteil. Sie glaubten, etwas getan zu haben, das die Misshandlung rechtfertigte. Nun, da Boyd tot war, würde Danielle nicht mehr in Angst leben müssen. Und auch wenn

Hannah niemandem solch einen gewaltsamen, blutigen Tod wünschte, konnte sie dem Mann, der ihre Freundin terrorisiert und geschlagen hatte, keine Träne nachweinen.

»Kommen wir noch mal darauf zurück, was heute Abend passiert ist.« Mike sprach mit sanfter Stimme, um Danielles Vertrauen zu gewinnen. »Sie sagten, Sie sind auf der Couch eingeschlafen?«

»So ist es.«

»Um welche Zeit sind Sie aufgewacht?«

»Genau weiß ich das nicht. Der Film war vorbei, also muss es nach halb zehn gewesen sein. Ich habe den Fernseher ausgeschaltet und nach Boyd gerufen, aber er hat nicht geantwortet. Ich dachte, vielleicht ist er heimgekommen und hat sich gleich schlafen gelegt. Darum ging ich nachsehen, ob sein Wagen in der Garage steht.«

Mike runzelte die Stirn. »Sie haben nicht oben nachgeschaut?«

»Nein, dazu war ich zu müde. Ich wollte nicht die Treppe hochsteigen und dann wieder nach unten gehen müssen. So war es einfacher.«

»Schildern Sie mir genau, was Sie sahen, als Sie die Garagentür öffneten.«

»Nun ja … es war dunkel. Deshalb habe ich das kleine Licht über der Werkbank eingeschaltet. Sein Wagen stand da. Also dachte ich, er sei heimgekommen und zu Bett gegangen. Dann sah ich das offene Garagentor und habe es geschlossen.«

»Das Tor stand offen, doch das Licht brannte nicht?«

Danielle nickte. »Die große Deckenröhre ist gestern durchgebrannt. Boyd wollte sie auswechseln, war aber noch nicht dazu gekommen. Und dann sah ich den Hammer am Boden liegen und wusste sofort, dass etwas passiert war.«

»Wieso?«, fragte Mike.

»Boyd ist sehr penibel mit seinen Werkzeugen. Jedes hat seinen festgelegten Platz am Lochbrett, und er hängt sie sofort dorthin, nachdem er sie benutzt hat. So wurde er erzogen.«

»Benutzen Sie seine Werkzeuge auch?«

»Nie.« Danielle schien das abwegig zu finden. »Er hat mir einen Satz Werkzeuge fürs Haus gekauft. Die bewahre ich in der Küchenschublade auf.«

Hannah konnte sich denken, wie Danielles Strafe ausgefallen wäre, wenn sie eines von Boyd benutzt und nicht zurückgelegt hätte.

»Und Boyds Hammer? Haben Sie den angefasst?«

»Ja. Ich hatte ihn zwar nicht benutzt, wollte aber nicht, dass er sich aufregt, wenn er ihn da liegen sieht. Er … hätte es mir zum Vorwurf gemacht. Darum habe ich ihn aufgehoben. Aber er fühlte sich klebrig an.« Danielle schauderte. »Ich habe hingesehen und … ihn fallen lassen.«

»Haben Sie erkannt, dass daran Blut klebte?«

»Ich erinnere mich nicht. Doch es muss wohl so gewesen sein, sonst hätte ich ihn nicht losgelassen. Ich bin zu Boyds Wagen gegangen, und da … sah ich ihn. Auf dem Boden.«

»Was haben Sie als Nächstes getan?«

»Mich hingekniet und nach dem Puls getastet. Da war keiner. Und dann habe ich versucht, ihn wiederzubeleben. Er war noch warm, und ich dachte, vielleicht …« Sie unterdrückte ein Schluchzen und holte tief Luft. »Aber das hat nicht gewirkt. Ich habe ein paar Augenblicke dagehockt und ihn angestarrt. Ich … ich konnte es nicht glauben! Und dann bin ich in die Küche gelaufen, um Hannah anzurufen.«

Hannah gab die Antwort, bevor Mike die Frage stellen konnte. »Ich habe auf die Uhr gesehen, als das Telefon klingelte. Es war zehn. Als sie mich bat, zu ihr zu kommen, bin ich sofort losgefahren, und um Viertel nach war ich hier.«

»Verstehe.« Mike schrieb die Zeitangabe in sein Notizbuch und wandte sich Danielle wieder zu. »Gibt es noch etwas, woran Sie sich erinnern? Wurden Sie durch ein Geräusch geweckt? Ist ein Wagen am Haus vorbeigefahren?«

Danielle überlegte kurz. »Ich glaube, nicht. Vielleicht hat mich etwas geweckt, aber ich erinnere mich nicht daran.«

»Nur eins noch.« Mike schaute sehr mitfühlend. »Ich weiß, was Ihr Mann Ihnen angetan hat, und denke, dass Sie doch manchmal auf ihn wütend waren. Trifft das zu?«

Sie räumte das ein, und eine Träne lief ihr über die Wange.

»Haben Sie mal zurückgeschlagen, nachdem Boyd Sie geschlagen hat?«

»Um Gottes willen!« Danielle schaute bestürzt. »Das hätte alles nur schlimmer gemacht. Mir war immer klar, dass er mich eigentlich nicht schlagen will. Er hat mich geliebt, doch er konnte einfach nicht anders.«

Mike legte einen Arm um ihre Schultern. »Vielleicht hat er Sie geliebt, aber er hat Sie auch sehr schlecht behandelt. Viele Ehefrauen gelangen an einen Punkt, an dem sie es nicht mehr länger ertragen können. Einige verlassen den Mann, andere finden den Mut zurückzuschlagen. Wenn Ihr Mann Sie bedroht hat und Sie sich mit dem Hammer verteidigt haben, wäre das vollkommen gerechtfertigt.«

»Ich weiß.« Sie schluckte schwer. »Doch so ist es nicht gewesen. Boyd war schon tot, als ich ihn fand. Jemand hat ihn getötet, aber das war … nicht ich!«

Sie weinte still vor sich hin, und Mike reichte ihr ein Papiertaschentuch aus der Schachtel auf dem Sofatisch. »Gut. Ich wollte nur wissen, ob Sie verstanden haben, dass Ihnen niemand einen Vorwurf machen würde, wenn Sie in Notwehr zugeschlagen hätten. Das ist alles.«

Mit einem mulmigen Gefühl überdachte Hannah die Tatsachen. Auf der Mordwaffe befanden sich Danielles Fingerabdrücke, sie hatte Blut an ihrer Kleidung, und sie hatte zugegeben, dass Boyd sie am Dienstagmittag geschlagen hatte, was ihr blaues Auge bewies. Oft genug schlug eine misshandelte Frau erst Stunden, Wochen oder gar Monate später zurück. Es gab keine Zeugen für den Mord, zumindest noch nicht, und alle Indizien deuteten darauf hin, dass Danielle durchgedreht war und Boyd mit dem Kugelhammer den Kopf eingeschlagen hatte.

»Sie … Sie glauben mir doch, oder?«, fragte Danielle.

Mike drückte sie kurz an seine Seite und stand auf. »Ja, das tue ich.«

Hannah atmete auf. Mike war einer der anständigsten Menschen, die sie kannte. Lügen war nicht seine Art, und deshalb war sie sich sicher, dass er Danielle glaubte. Doch wie verhielt es sich mit Sheriff Grant? Er wollte dieses Jahr wiedergewählt werden, und das *Lake Eden Journal* würde den Mord an Coach Watson als Fall von großem öffentlichen Interesse behandeln. Wenn Sheriff Grant Danielle für schuldig hielt, würde er seine Detectives vielleicht von einer gründlicheren Ermittlung abhalten. Als sie aufblickte, stellte Mike fest, dass er sie bei ihren Überlegungen betrachtet hatte. Hatte er erraten, was ihr durch den Kopf ging? Sie musste mit ihm reden, und je eher, desto besser.

Sie ging zu Danielle und nahm Mikes Platz auf der Couch ein. »Das war ein furchtbarer Schock für dich. Ich finde, du solltest jetzt versuchen zu schlafen.«

Danielle betupfte sich die Augen mit dem durchfeuchteten Taschentuch. »Ich … kann nicht. Ich muss … Boyds Familie anrufen und …«

»Es ist schon zu spät, um das heute noch zu tun«, unterbrach Hannah. »Morgen früh werde ich dir bei allem helfen.«

Danielle lehnte sich erleichtert an sie. »Danke, Hannah.

Aber ich werde sicher nicht schlafen können. Sobald ich die Augen zumache, sehe ich Boyds Gesicht mit all dem … dem Blut!«

»Denk nicht daran.« Hannah war klar, wie wenig ihr Rat nützen würde. Sobald jemand sagte, denk nicht daran, konnte man an nichts anderes mehr denken. Aber sie musste Danielle irgendetwas raten. »Ich mache dir eine heiße Schokolade. Dann fühlst du dich besser.«

»Das ist lieb von dir, doch ich habe keine Trinkschokolade mehr da.«

»Hast du denn Kakaopulver?«

»Ich glaube, ja. Irgendwo im Schrank müsste welches sein.«

»Wie ist es mit Zucker und Milch?«

»Zucker ist in einer Blechbüchse, und Milch steht im Kühlschrank.«

»Dann koche ich dir einen richtigen Kakao. Das ist besser.«

»Wie macht man richtigen Kakao? Ich … ich bin keine gute Köchin.«

Hannah lächelte. Wenigstens dachte Danielle einen Augenblick mal nicht an ihren grausigen Fund, auch wenn ihre Frage eher halbherzig geklungen hatte. »Das zeige ich dir beim nächsten Mal. Streck dich lieber auf der Couch aus und versuch, dich zu entspannen. Du brauchst deine Kräfte.«

»Na gut.« Danielle war ein wenig grau im Gesicht, ihre Stimme zitterte. »Danke.«

Hannah faltete die Decke auseinander, die über der Rückenlehne lag, und packte Danielle darin ein. »Mach die Augen zu. Mike und ich gehen in die Küche.«

Er verstand den Hinweis und folgte ihr. Während sie in den Schränken die Zutaten ausfindig machte, setzte er sich auf einen Stuhl und sah ihr zu. Danielle hatte anscheinend nicht übertrieben, als sie sich als schlechte Köchin bezeichnet hatte. Ihre Vorräte bestanden hauptsächlich aus Fertignahrung. Es gab Kartoffelbreipulver, Instantnudelgerichte und -pudding, Minutenreis, Kartoffelgratin-Packungen und sogar löslichen Kaffee und Tee.

»Worum geht es?«, fragte Mike.

Hannah blickte von dem Topf auf, in dem sie die Milch erhitzte. »Was meinst du?«

»Warum kochst du Kakao?«

»Ganz einfach.« Hannah rührte mit einem Schneebesen in der Milch, damit sie nicht am Topfboden ansetzte. »Danielle ist erkältet und hat wahrscheinlich nichts Richtiges gegessen. Sie braucht Kohlenhydrate, Kalorien und Koffein, außerdem setzt Schokolade Endorphine frei und wird ihre Stimmung hoffentlich wenigstens ein bisschen aufhellen.«

»Das meine ich nicht. Warum wolltest du, dass ich mit dir in die Küche gehe?«

»Ach so.« Hannah vermengte Zucker und Kakao in einer Schale und goss etwas von der heißen Milch dazu. »Ich muss dich allein sprechen, und das war ein guter Vorwand.«

»Weswegen?«

»Ich mache mir Sorgen um sie. Sie ist mit den Nerven am Ende. Du musst sie nicht heute noch aufs Revier mitnehmen, oder?«

Mike schüttelte den Kopf. »Ich habe erst mal, was ich brauche, und es geht ihr zu schlecht, als dass sie noch mehr Fragen beantworten sollte.«

Hannah rührte, bis sich der Zucker auflöste und eine pastöse Masse entstand. »Ich bleibe besser bei ihr. Ihre Mutter lebt in Florida. Sie hat keine Verwandten in der Nähe. Sie sollte jetzt nicht allein sein.«

»Sie wird die Nacht nicht im Haus verbringen. Ich habe mit Doc Knight gesprochen. Er hat im Krankenhaus ein Zimmer für sie organisiert.«

Hannah gab die Kakaopaste in die heiße Milch und rührte sie mit dem Schneebesen ein. Doc Knight hatte Danielle untersucht, gleich nachdem er Boyds Leiche hatte abtransportieren lassen. »Hält er sie für so behandlungsbedürftig?«

»Nein, aber ich will nicht, dass sie mit irgendwem redet, und im Krankenhaus wird sie gut versorgt. Morgen früh kann ich sie wieder befragen.«

Hannah drehte sich alarmiert zu ihm um. »Gilt sie als verdächtig?«

»Die Ehefrau ist immer verdächtig.« Mike wich ihrem Blick aus. »Rühre besser weiter, damit es nicht anbrennt.«

Während Hannah den Rat beherzigte, dachte sie über Mikes Antwort nach. Sie hätte das gern mit ihm erörtert, wollte das Gespräch aber erst fortsetzen, wenn Danielle im Krankenhaus untergebracht war. »Soll ich sie hinfahren?«

»Nein. Bill wird sie im Streifenwagen mitnehmen.«

Erschrocken drehte Hannah sich um. »Auf der Rückbank? Wie eine Kriminelle?«

»Natürlich nicht. Danielle wird nicht festgenommen. Ich hätte die Ambulanz rufen können, doch ich denke, es ist für sie angenehmer, mit Bill zu fahren. Ich halte mich lediglich an die Vorschriften, Hannah.«

Sie goss die heiße Schokolade in die größte Tasse, die sie finden konnte. »Ich bringe ihr den Kakao, damit sie ihn noch trinken kann, bevor sie gehen muss.«

»Gut. Bill sucht noch die Einfahrt ab, dürfte aber gleich so weit sein.«

Hannah hielt in der Küchentür inne und blickte über die Schulter. »Hast du Zeit, bei mir vorbeizukommen, wenn du hier fertig bist?«

Er zog die Brauen hoch und grinste. »Das könnte spät werden. Was hast du vor?«

»Dich ausquetschen natürlich.«

»Ach.« Seine Augenbrauen senkten sich wieder. »Ich versuche, spätestens um eins bei dir zu sein. Aber ich werde dir nicht viel sagen können. Die Ermittlungsergebnisse sind vertraulich.«

»Das ist okay. Ich springe schnell im Schnapsladen rein und besorge Bier für dich. Cold Spring Export, richtig?«

»Jep.«

Mit einem ziemlich selbstzufriedenen Lächeln trug sie die Tasse ins Wohnzimmer. Mike würde ihr schon verraten, was sie wissen musste, um Danielle zu helfen. Das war ihm bloß noch nicht klar.

»Womit fütterst du ihn? Mit Ziegelsteinen?« Mike musterte Moishe, der ihm gerade auf den Schoß gesprungen war.

»Jede Menge Trockenfutter. Er hat immerzu Hunger.« Sie hob ihren Kater hoch und setzte ihn auf ein Kissen. »Wie geht es Danielle?«

Mike trank einen Schluck Bier. »Gut. Laut Doc hat sie nur eine starke Erkältung. Aber er lässt sie zur Beobachtung ein paar Tage dort. Er hat ihr ein Beruhigungsmittel gegeben, damit sie heute Nacht schläft.«

»Schlaf ist jetzt das Beste für sie.« Hannah nippte an ihrem Wein. Sie reichte Mike eine Tüte Brezeln mit Zwiebelgeschmack, die sie auch im Schnapsladen gekauft hatte. »Habt ihr einen Zeugen aufgetan?«

»Noch nicht.«

»In der Auffahrt etwas gefunden?«

Mike schüttelte den Kopf und kaute eine Brezel. »Die sind lecker.«

»Das sind bayerische.« Sie holte tief Luft und ging aufs

Ganze. »Sag mir die Wahrheit, Mike. Es sieht für Danielle nicht gut aus, oder?«

»Tja ... es gibt allerhand Indizien, die gegen sie sprechen.«

»Ihre Fingerabdrücke an der Mordwaffe, das Blut an ihrer Kleidung und das blaue Auge?«

»Ja, und außerdem hat sie kein Alibi. Sie hat nicht mal mit jemandem telefoniert, bevor sie dich angerufen hat. Du hast gehört, dass ich ihr einen Ausweg angeboten habe. Keine Jury würde sie in einem Strafprozess verurteilen.«

»Das gilt nur, wenn sie ihn getötet hat.« Hannah biss von einer Brezel ab. Die war ziemlich hart. Vielleicht sollte sie Norman einen Tipp geben. Wenn er solche zu Weihnachten als Werbepräsent verteilte, würden ihm neue Patienten zuwachsen. »Was, wenn sie es gar nicht war?«

»Dann war es ein anderer.« Eine ebenso nüchterne wie überflüssige Feststellung.

»Ich dachte, du glaubst ihr.«

»Tue ich.« Er kaute nachdenklich. »Ich glaube, sie sagt die Wahrheit ... oder was sie dafür hält. Es ist möglich, dass sie die Tat verdrängt hat und sich nicht erinnert.«

»Denkst du wirklich, sie kann ihren Mann umbringen und das gleich danach vergessen?«

»Möglich ist es, Hannah. Sie hat ausgesagt, dass sie müde war und Erkältungsmittel eingenommen hat. Sie könnte benommen gewesen sein, desorientiert, in einem traumähnlichen Zustand.«

»Auf keinen Fall«, widersprach Hannah bestimmt. »Sie war aufgeregt, als sie mich anrief, aber vollkommen klar im Kopf. Und als ich hier ankam, redete sie auch kein wirres Zeug.«

»Mag sein.«

Das hatte ihn offenbar nicht überzeugt. Hannah seufzte

schwer. »Nehmen wir mal an, sie hat Boyd nicht getötet. Du wirst doch noch nach anderen Verdächtigen suchen, nicht wahr?«

»Wir werden routinemäßig ermitteln. Wenn nichts dabei herauskommt, wird Sheriff Grant den Fall rasch abschließen wollen.«

»Typisch.« Hannah rollte mit den Augen. »Er will in einem Wahljahr nicht mit einem ungelösten Mordfall dastehen. Da ist es viel einfacher, Danielle als Schuldige hinzustellen, auch wenn sie es gar nicht getan hat. Aber er kann den Fall nicht abschließen, wenn neue Beweise auftauchen, nicht wahr?«

»Das stimmt.« Mike zog die Brauen zusammen. »Hör mal, Hannah, ich möchte nicht, dass du anfängst, herumzuschnüffeln und Leute zu befragen. Überlass das den kompetenten Profis.«

Jetzt behandelte er sie also von oben herab. Sie verkniff sich die scharfe Erwiderung, die ihr auf der Zunge lag, und bemühte sich um einen ruhigen, vernünftigen Ton. »Aber die *kompetenten Profis* werden lediglich routinemäßig ermitteln. Das hast du selbst gesagt. Danielle braucht jemanden, der ihre Unschuld beweist.«

»Das ist leichter gesagt als getan.« In Hannahs Ohren klang er noch immer herablassend. »Ich will nicht, dass du in der Sache aktiv wirst. Wenn Danielle die Tat nicht begangen hat, läuft der Mörder noch frei herum.«

»Das ist wahr. Und?«

»Stell dir vor, du findest zufällig einen Hinweis. Was, wenn der Mörder glaubt, dass du ihm auf der Spur bist? Das kann für dich lebensgefährlich werden.« Mike griff nach ihrer Hand. »Du bist mir wichtig, Hannah. Du bist der beste Freund, den ich in Lake Eden habe, und ich weiß nicht, was ich tun würde, wenn dir etwas passiert. Versprich mir, dass du dich raushältst.«

Hannah war still. Sie wollte ihn nicht belügen, war jedoch auch nicht bereit, sich herauszuhalten. Nicht, solange Danielle ihre Hilfe brauchte. Sie musste irgendwie erreichen, dass Mike *glaubte*, sie würde auf ihn hören, ohne dass sie das wirklich versprach.

»Hannah?«

Sie lächelte ihn unschuldig an. Zumindest hoffte sie, dass es so rüberkam. »Mach dir keine Sorgen, Mike. Ich bin nicht auf deinen Job aus.«

»Meinen Job?« Mike grinste. »Glaubst du wirklich, den könntest du ausfüllen?«

»Natürlich nicht. Wie sollte ich? Denk nur mal an deine Ausgehuniform.«

Mike sah sie an, als wäre sie nicht ganz richtig im Kopf. »Was ist damit? Das dunkelbraune Hemd zu der hellbraunen Hose sieht klasse aus.«

»Ja, stimmt. Aber zu meinen Haaren?«

Mike starrte sie an, dann kicherte er. »Da hast du recht. Kastanienbraun zu diesem Rotton geht nicht.«

»Genau. Du kannst deinen Job behalten, Mike. Ich backe lieber Plätzchen. Da brauche ich wenigstens nicht zu befürchten, dass ich ein Mordopfer im Backofen finde. Und apropos Backofen, Boyd hatte Maryann zu dem Wettbewerb mitgenommen. Wisst ihr schon, wann er sie hinterher nach Hause gebracht hat?«

»Ja. Wir waren bei ihr, um ihr die Nachricht vom Tod ihres Bruders zu überbringen. Das ist das Einzige, was ich an meinem Job hasse.«

»Das ist bestimmt keine leichte Aufgabe.«

»So ist es. Bill hatte mir geraten, sie als Erstes danach zu fragen und sie dann erst über Boyds Tod zu informieren. Das war auch gut so.«

»Warum?«

»Sie wurde so hysterisch, dass wir sie ins Krankenhaus bringen mussten.«

»Ach du je.« Hannah stöhnte. Maryann und Danielle waren noch nie miteinander ausgekommen. Beide zur selben Zeit im Lake Eden Memorial, das war wie Katz und Maus im selben Sack, erst recht, wenn Maryann ihre Schwägerin für die Mörderin hielt. »Sag mir, dass sie nicht im Zimmer nebenan liegt.«

»Nein, Doc Knight hat die beiden jeweils am anderen Ende des Flurs untergebracht. Und damit es keinen Ärger geben kann, habe ich einen Kollegen vor Danielles Tür gestellt.«

»Zu ihrer Sicherheit? Oder weil du nach Vorschrift vorgehst?«

»Beides«, räumte er ein.

»Das dachte ich mir. Wann ist Boyd von seiner Schwester weggefahren?«

»Um zwanzig nach acht. Sie hat ihm einen Kaffee angeboten, aber er sagte, er müsse um halb neun zu Hause sein, weil es Danielle nicht gut ging.«

»Wenn Boyd um zwanzig nach acht von dort weggefahren ist, muss er zwischen halb neun und zehn ermordet worden sein.«

»Das stimmt. Doc Knight hat die Lebertemperatur gemessen, konnte den Todeszeitpunkt aber nicht weiter eingrenzen.«

»Wie misst man …?« Hannah stockte. »Sag es mir nicht. Ich will es nicht wissen. Was hat die Befragung der Nachbarn ergeben? Hat jemand etwas gehört oder gesehen?«

»Nichts.«

»Und ihr habt auch keine Hinweise vor dem Haus gefunden?«, fragte Hannah.

»Etliche Reifenspuren. Aber alle Nachbarn fahren durch

die Gasse. Es lässt sich unmöglich unterscheiden, welche Spur die jüngste war. Und in der Garage haben wir nur die Mordwaffe und deine Kuchenbox gefunden. Du kannst sie wiederhaben, sobald das Labor die Fingerabdrücke genommen hat. Hast du noch Brezeln? Die sind wirklich gut.«

Hannah ging in die Küche und kehrte mit der zweiten Tüte und einem kalten Bier zurück. »Bitte sehr. Die sind mit Knoblauchgeschmack.«

»Toll! Ich stehe auf Knoblauch.« Mike griff sich die Tüte, öffnete sie jedoch nicht. »Du isst auch welche, oder?«

»Wahrscheinlich.« Hannah glaubte zu wissen, welcher Gedankengang hinter seiner Frage steckte, doch sie wollte sichergehen. »Wieso?«

»Knoblauch riecht stark, besonders wenn man selbst keinen gegessen hat.«

»Das spielt nur eine Rolle, wenn du davon ausgehst, dass ich dich küssen und mit dir schlafen will.«

Mike lachte schallend. »Das mag ich an dir, Hannah. Du sagst immer, was du denkst.«

Hannah wünschte, sie hätte sich die Bemerkung verkniffen. Sie ging nicht einfach mal eben mit einem Mann ins Bett, hatte sie noch nie getan. Ein Mal hatte sie eine kurze Affäre mit einem Professor am College gehabt, in den sie sehr verliebt gewesen war. Die hatte ein unschönes Ende gefunden, und bevor sie diesen Schritt wieder wagte, wollte sie sichergehen, dass sich die Geschichte nicht wiederholte. »Essen wir doch einfach unsere Brezeln, trinken noch ein Glas und legen uns aufs Ohr.«

»Klingt gut.«

»Jeder bei sich zu Hause«, ergänzte sie, um Missverständnissen vorzubeugen.

»Ach so.« Mike zog die Brauen zusammen. »Na gut, wenn du es so haben willst.«

Hannah bezwang den Impuls, mehr zu sagen. Eigentlich wollte sie es nicht so haben, doch so würde es sein. Mit der Gegenseite zu schlafen kam nicht infrage, und im Augenblick war Mike die Gegenseite.

Als er eine halbe Stunde später ihre Wohnung verlassen hatte, war Hannah mit sich zufrieden. Sie hatte ihn weder angelogen noch versprochen, nicht in dem Mordfall zu ermitteln.

4

Als Hannah am nächsten Morgen in die Küche tappte und den frisch gebrühten Kaffee vorfand, dankte sie Thomas Edison im Stillen für ihre Kaffeemaschine und die Zeitschaltuhr. Kaffee war lebenswichtig für jemanden, der nur vier Stunden geschlafen hatte. Sie trank den ersten heißen Schluck und lächelte. Es ging nichts über eine Koffeinspritze am Morgen. Sie goss sich gerade die zweite Tasse ein, als das Telefon klingelte.

»Na toll. Ausgerechnet«, murmelte sie und warf einen finsteren Blick in Richtung des Wandapparats. Während sie hinüberging, um abzunehmen, ermahnte sie sich, dass das Telefon Komfort bedeutete. Trotzdem rutschte Alexander Graham Bell auf den untersten Platz ihrer Hitliste der Erfinder. Der Anrufer war um diese frühe Stunde wahrscheinlich Delores. Allerdings mochte es sich auch um einen Notfall handeln, und ein Anruf um sechs Uhr früh durfte nicht ignoriert werden.

»Hannah?«

»Ja, Mutter.« Hannah zog ein Gesicht. Hätte sie sie doch auf den AB sprechen lassen!

»Ich habe gerade die KCOW-Nachrichten gehört. Weißt du schon, dass Boyd Watson tot ist und die Polizei einen Mord vermutet?«

»Ja, Mutter.« Hannah zog das Spiralkabel auseinander

und ging zu dem Schrank, in dem sie Moishes Futter aufbewahrte. Sie löste das Gummiband vom Griff und holte die Schachtel heraus. Das Gummiband war eine Notwendigkeit. Moishe hatte schon am zweiten Tag bei ihr gelernt, die Schranktür zu öffnen, und er war nicht gerade der Ordentlichste, wenn er selbst für sein Frühstück sorgte.

»Ich dachte, du hörst morgens kein Radio«, bemerkte Delores überrascht.

»Tue ich auch nicht. Ich weiß es seit gestern Abend.«

»So? Hat Bill es dir erzählt?«

»Nein.« Hannah wusste genau, wie Delores reagieren würde, wenn sie erfuhr, dass ihre Älteste schon wieder vor der Polizei am Schauplatz eines Mordes gewesen war, und dafür hatte sie noch nicht die Nerven. »Bleib kurz dran, Mutter. Ich muss Moishe sein Futter geben.«

»Kann das nicht warten?«

»Nicht, wenn meine Knöchel unversehrt bleiben sollen.« Sie legte den Hörer hin und schob den Kater mit dem Fuß beiseite. Wahrscheinlich lag es daran, dass er sehr lange auf der Straße gelebt hatte, doch er benahm sich allzu enthusiastisch, wenn er sein Futter bekommen wollte. Nachdem sie den Napf gefüllt und ihm frisches Wasser gegeben hatte, nahm sie den Hörer auf. »Da bin ich wieder.«

»Wie hast du es erfahren, wenn Bill es dir nicht erzählt hat? Von Mike Kingston?«

Hannah setzte sich an den Tisch und schickte sich ins Unvermeidliche. Sie hatte sich den Mund verbrannt, als sie zugegeben hatte, von dem Mord zu wissen, und jetzt musste sie den Preis dafür zahlen. »Nein, auch nicht. Danielle hat mich gestern Abend angerufen.«

»Wieso das?« Delores klang verwundert.

»Weil ich mit ihr befreundet bin und sie nicht wusste, was sie sonst tun sollte.«

»Hat sie dir erzählt, dass Boyd tot ist?«

»Sie war nicht in der Verfassung, etwas zu erzählen. Sie hat mich nur gebeten, zu ihr zu kommen, und nachdem ich Boyd gesehen hatte, habe ich Bill und Mike informiert.«

»Also hast du wieder eine Leiche gefunden.« Delores stieß die Worte aus wie einen Fluch. »Du musst damit aufhören, Hannah. Wenn du nicht achtgibst, werden die Männer in Lake Eden denken, dass sich ständig Unheil über deinem Kopf zusammenbraut.«

»Und keiner möchte einen Flirt mit dem Unheil?«

»Der war gut.« Delores gab ein kleines Lachen von sich. »Du hast Humor, Hannah. Und du kannst sehr attraktiv aussehen, wenn du es darauf anlegst. Ich verstehe nur nicht, warum du noch keinen …«

Hannah fiel ihr ins Wort. »Lass es gut sein, Mutter. Soll ich dir nicht von gestern Abend erzählen?«

Kurz herrschte Schweigen, und Hannah stellte sich vor, wie ihre Mutter innerlich umschaltete. Delores hatte sich gerade auf einen Vortrag eingestellt, doch die Aussicht, Details aus erster Hand zu erfahren, die sie an ihre Freundinnen weitergeben konnte, war unwiderstehlich. »Aber natürlich. Erzähl nur, Liebes.«

»Er lag auf dem Garagenboden neben seinem Grand Cherokee. Ihm wurde der Kopf mit einem Hammer zertrümmert. Es war furchtbar blutig.«

»Kein Grund, so anschaulich zu werden«, meinte Delores. Doch Hannah war sich sicher, dass sie jedes Wort weitergeben würde. »Nimmt Danielle es sehr schwer?«

Hannah verbiss sich eine scharfe Erwiderung. Was glaubte ihre Mutter denn, wie eine Frau es aufnahm, wenn sie ihren Mann mit eingeschlagenem Schädel fand? »Sie ist in ziemlich schlechter Verfassung. Sie ist stark erkältet, sodass sie Boyd nicht zu dem Backwettbewerb begleitet hat. Und der Schock, ihn so zu finden, war zu viel für sie. Bill hat sie gestern Abend noch ins Krankenhaus gebracht.«

»Die Ärmste! Und wie geht es Maryann? Sie stand ihrem Bruder ja sehr nahe. Sie hat ihn praktisch aufgezogen, weil ihre Mutter berufstätig war, weißt du?«

»Maryann liegt auch im Krankenhaus. Mike sagt, sie hat sich furchtbar aufgeregt, als sie ihr die Nachricht überbracht haben.«

»Meinst du, ich sollte die beiden besuchen? Maryann ist Mitglied im Regency Romance Club, und ich habe beim letzten Dorcas-Circle-Treffen neben ihr gesessen.« Delores war einem Dutzend Klubs beigetreten, nachdem Hannahs Vater gestorben war. »Eigentlich kenne ich Danielle nicht gut, doch ich möchte ihr gern kondolieren.«

Hannah zuckte zusammen bei dem Gedanken, dass ihre Mutter im Lake Eden Memorial Klatsch von einem Krankenzimmer ins andere trug. »Ich weiß nicht, ob sie Besuch bekommen dürfen. Warum schickst du keine Beileidskarte?«

»Das werde ich tun. Hätte ich so oder so gemacht. Aber Karten sind so unpersönlich.«

»Bitte doch einige deiner Klub-Vorsitzenden, Blumen zu schicken. Danielle und Maryann würden sich bestimmt darüber freuen.«

»Eine ausgezeichnete Idee. Ich werde mich sofort darum kümmern. Übrigens hast du gestern im Fernsehen hübsch ausgesehen. Ich wollte die Sendung mit dem Videorekorder aufnehmen, aber das hat nicht geklappt. Mit dem Ding stimmt etwas nicht.«

Hannah grinste. Das Problem war nicht beim Gerät zu suchen, sondern bei der Benutzerin. »Woher weißt du dann, dass ich hübsch ausgesehen habe?«

»Carrie hat die Sendung aufgenommen. Als wir wieder zu Hause waren, ist sie mit dem Band zu mir gekommen, und wir haben uns die Aufnahme zusammen angeschaut. Tracey war ganz entzückend.«

»Ja, das war sie.« Hannah trank einen stärkenden Schluck Kaffee und überlegte, wie sie die Unterhaltung beenden konnte.

»Ich kann nicht glauben, dass in Lake Eden schon wieder ein Mord passiert ist! Das kann nur am Fernsehen liegen. Die viele Gewalt hat einen schlechten Einfluss auf die Leute. Gibt es schon einen Verdächtigen?«

Hannah kreuzte Zeige- und Mittelfinger, ein Reflex aus Kindertagen, und log Delores rundheraus an. »Ich weiß es nicht, Mutter.«

»Nun, lass es mich wissen, wenn du etwas erfährst. Ich muss jetzt auflegen, Liebes. Ich will Carrie anrufen und sie bitten, mir bei der Auswahl der Blumen zu helfen.«

Hannah legte lächelnd auf. Soeben war sie auf einen exzellenten Trick gestoßen, Telefonate mit ihrer Mutter zu verkürzen. Sie brauchte ihr nur etwas zu tun zu geben, und Delores' Tatendrang war garantiert stärker als ihr Redebedürfnis.

Zehn Minuten später war sie geduscht und fast fertig angezogen. Sie schaute auf das Außenthermometer am Schlafzimmerfenster und schauderte. Die Quecksilbersäule stand bei zwölf Grad unter null. Das würde ein kalter Tag werden.

Sie zog sich eine saubere Jeans an und öffnete den Schrank, um sich einen langärmligen Pullover herauszusuchen. Hannah hatte reichlich Auswahl. Sie bekam viele Dinge mit einem Keksmotiv geschenkt und hatte auch etliche T-Shirts und Pullis mit Plätzchen oder Kuchen darauf. Einige waren witzig, andere niedlich und ein paar schlichtweg albern. Sie entschied sich für den blauen Pullover mit dem goldenen Spruch darauf: *Glück ist ein Keks voll dicker Schokosplitter.*

Hannah schloss die Schranktür und betrachtete sich im

Spiegel. Sie sah müde aus und hatte dunkle Ringe unter den Augen, aber dagegen war nichts zu machen. Sie bürstete sich die Haare, fasste sie mit der goldenen Spange zusammen, die Andrea ihr zum Geburtstag geschenkt hatte, und ging in die Küche, wo die letzte Tasse Kaffee auf sie wartete.

Moishe sprang vom Bett, sowie sie einen Schritt auf die Tür zumachte, und strich ihr unterwegs durch den Flur um die Beine. Das hieß, sein Futternapf war wieder leer. Als sie ihn damals bei sich aufgenommen hatte, war er nur Fell und Knochen gewesen, und jetzt wog er sage und schreibe elf Kilo. Bob Hagaman, ihr Tierarzt, sagte, der Kater sei gesund, und das war in ihren Augen die Hauptsache. Mit seinem eingerissenen Ohr und einem blinden Auge würde er in Lake Edens Katzenliebhaberklub keinen Schönheitspreis gewinnen.

Nachdem sie seine Schale gefüllt hatte, machte er sich glücklich über sein Futter her, und sie goss sich den letzten Kaffee ein. Ihr blieben noch fünfzehn Minuten, bevor sie das Haus verlassen musste, und das war ihre liebste Zeit des Morgens. Delores hatte bereits angerufen, es würde also keine Störung mehr geben, und so konnte sie in Ruhe ihren Tag planen.

Sie setzte sich an den weißen Resopaltisch aus dem Secondhandladen und griff nach dem grün linierten Stenoblock, von dem sie in jedem Raum der Wohnung einen liegen hatte. Ein leeres Blatt Papier hatte etwas Wunderbares. Die Linien warteten darauf, gefüllt zu werden, und aus der Seite konnte alles werden, von einer Einkaufsliste bis zum Anfang eines erstklassigen Romans.

Ihren allerersten Block, es war ein rot eingebundener Zeichenblock gewesen, hatte sie mit Freude zum Kindergarten getragen. Auf dem Deckblatt war ein Indianerhäuptling abgebildet gewesen, eine schwarze Federzeichnung eines erhabenen, scharfkantigen Gesichts mit gefiedertem Kopfputz.

Die Zeichnung von dem stolzen, schönen Mann hatte sie so beeindruckt, dass sie sie bis heute nicht vergessen hatte.

Sie nahm sich einen Kugelschreiber aus dem Kaffeebecher, der wegen eines Sprungs nun als Stifthalter diente. Heute würde ein schöner Tag werden. Neben ihren Aufgaben bei dem Backwettbewerb und der Arbeit in ihrem Geschäft würde sie keine freie Minute haben.

Hannah schrieb das Datum oben auf die Seite. Da Boyd jetzt tot war, wurde ein neues Jurymitglied gebraucht. Die Kandidatinnen weinten ihm vermutlich keine Träne nach, nachdem er sich gestern so gemein über ihr Gebäck geäußert hatte.

War vielleicht eine wütende Verliererin unter ihnen? Hannah kaute auf dem Ende des Kulis. War eine Kandidatin Boyd nach Hause gefolgt, hatte ihn in der Garage zur Rede gestellt und ihm den Kopf eingeschlagen? Das kam ihr unwahrscheinlich vor, war aber nicht auszuschließen. Da alle Kandidaten bis Samstagabend in Lake Eden bleiben würden, hatte sie reichlich Zeit, ihre Theorie zu überprüfen.

Sie schrieb in die oberste Zeile: *Alibis der Kandidatinnen und ihrer Begleiter.* Die Gewinnerin brauchte man nicht zu verdächtigen, aber die drei Ausgeschiedenen. Der Täter hatte den Mord nicht geplant, dessen war sie sicher. Hätte er sich schon mit dem Vorsatz zu Boyds Haus begeben, hätte er eine Waffe mitgebracht und nicht den Hammer von Boyds Lochbrett genommen.

Die zweite Zeile wartete auf eine Notiz, und Hannah schrieb den Zeitrahmen hin: *Mittwochabend 20.30 – 22.00 Uhr.* Nach kurzem Überlegen notierte sie sich: *Nachbarn noch mal befragen.* Die Polizei hatte sie zwar schon befragt, aber es konnte nicht schaden, das noch mal zu tun. Manche Leute wollten sich nicht in einen Kriminalfall hineinziehen lassen und gaben nur das Nötigste an.

Ein Blick zur Uhr sagte ihr, dass es Zeit war aufzubrechen, aber sie notierte sich noch ein Stichwort: *alter Groll.* Möglicherweise hatte der Mord nichts mit Boyds gemeinen Kommentaren als Preisrichter zu tun. Es könnte auch jemand schon vorher eine Mordswut auf ihn gehabt haben. Sie musste herausfinden, ob in Lake Eden jemand einen triftigen Grund gehabt hatte, Boyd umzubringen.

Lisa war wieder früh zur Arbeit gekommen und hatte, als Hannah im *Cookie Jar* eintraf, schon das meiste geschafft. Hannah erledigte noch ein paar Handgriffe in der Backstube und ging dann nach vorn ins Café, um die unerwarteten zwanzig Minuten Auszeit zu genießen. Sie ließ das Licht noch ausgeschaltet. Es hätte sonst frühe Kunden angezogen. Sie goss sich einen Kaffee ein, setzte sich an einen der kleinen runden Tische und genoss den Blick auf die glänzende Mahagonitheke und die Regale, in denen die Glasdosen mit den frischen Plätzchen standen.

Das *Cookie Jar* war Andreas Idee gewesen. Als Hannah das College aufgegeben hatte, um ihre Mutter nach dem Tod ihres Vaters zu unterstützen, hatte sie nichts mit sich anzufangen gewusst. Ihre Familie drängte sie, ihre Doktorarbeit zu Ende zu schreiben, aber die Vorstellung, vor einer Klasse desinteressierter Schüler englische Literatur zu unterrichten, hatte seinen Reiz verloren. Es gab noch einen Grund, den sie vor ihrer Mutter und ihren Schwestern aber nicht erwähnte. Der Campus war einfach zu klein für Hannah, ihren Ex-Lover und seine neue Frau.

Seufzend legte sie die Hände um den warmen Becher. Die alte Binsenweisheit, wonach die Zeit alle Wunden heilte, hatte sich als wahr erwiesen. In den seltenen Augenblicken, da sie an Bradford Ramsey und ihr Zusammensein dachte, empfand sie nur noch einen milden Stich des Bedauerns.

Er hatte damals sein erstes Lehrsemester angetreten und war jung, attraktiv und brillant. Sie war leidenschaftlich verliebt in ihn und so naiv, wie eine Frau ihres Alters nur sein konnte. Sie hätte vermuten können, warum Brad die Feiertage nie mit ihr verbringen konnte. Das lag nämlich nicht an seinen hochbetagten Eltern, sondern an seiner Verlobten, die sich um sie kümmerte.

Seit ihrer Rückkehr nach Lake Eden war Hannah erwachsener geworden. Sie liebte ihre Arbeit, besaß viel mehr Selbstvertrauen und hatte es inzwischen geschafft, zu Andrea eine herzliche Beziehung aufzubauen. Sie hatte sogar gelernt, mit ihrer Mutter zurechtzukommen, was nicht immer leicht gewesen war. Nur in einem Bereich ihres Lebens hakte es noch: in der Liebe. Sie fürchtete sich, noch einmal durch diese Tür zu gehen, nachdem Brad sie ihr ins Gesicht geschlagen hatte.

Jenseits des großen Schaufensters bot sich ein fantastischer Anblick. Die Wintersonne lugte über den Horizont, und die hellgoldenen Strahlen streiften die beschneiten Dächer, sodass sie funkelten, als wären sie aus bunten Glassplittern. Die große Kiefer gegenüber war dick verschneit und sah aus wie aus dem Bilderbuch. Mehrere Blauhäher und Rotkardinäle hockten wie zur Zierde in den Zweigen.

Während sie dasaß und sich an der Aussicht erfreute, hielt ein Wagen vor dem Laden. Der Auspuff stieß weiße Wolken aus. Hannah stand auf und ging näher ans Fenster, um zu erkennen, wer darinsaß. Sie kannte den Wagen nicht. Es war ein neuer Grand Am in einem schicken Rot mit Händlerkennzeichen. In einer Kleinstadt wie Lake Eden hatten Besitzer von Neuwagen das Recht, damit anzugeben, und ihres Wissens hatte sich hier niemand einen gekauft.

Die Fahrertür ging auf, und eine Frau stieg aus. Sie hatte kurze schwarze Haare, die elegant geschnitten waren, und trug den teuren blaugrünen Wintermantel, der bei Beau Monde Fashions im Fenster gehangen hatte. Die Frau drehte sich um und kam auf die Ladentür zu. Hannahs Brauen schossen in die Höhe. Das war Lucy Richards, eine Reporterin des *Lake Eden Journal*, und sie hatte sich einen ganz neuen Look zugelegt.

In Gedanken rechnete Hannah die Ausgaben für ihre Neuerwerbungen zusammen. Vierhundert Dollar für den Mantel. Das wusste sie, weil sie auf das Preisschild geschaut hatte, als sie ihn bei Claire zum ersten Mal im Schaufenster gesehen hatte. Die pelzgefütterten Lederstiefel waren auch nicht billig gewesen, und was der schnittige Grand Am gekostet hatte, konnte sie nur mutmaßen.

Lucy wohnte mietfrei im Dachgeschoss ihrer Großtante Vera Olsen, aber von der Einsparung konnte sie die schicken Sachen nicht bezahlt haben. Rod Metcalf, der Besitzer und Herausgeber des Wochenblättchens, zahlte wenig mehr als den Mindestlohn. Auch davon konnte Lucy nicht so viel gespart haben, um sich einen neuen Mantel, neue Stiefel und ein neues Auto zu kaufen!

Hannah wich bis an die Wand zurück, um hoffentlich unbemerkt zu bleiben. Auf keinen Fall würde sie für Lucy Richards früher öffnen. In der vorigen Woche hatten sie die Klingen gekreuzt, nachdem Lucys Artikel über den Hartland-Flour-Backwettbewerb in der Zeitung erschienen war. Darin hatte sie ihr Worte in den Mund gelegt, die sie gar nicht geäußert hatte, und Hannah war noch immer sauer auf sie.

Lucy hämmerte mit der Faust an die Tür und trat ungeduldig von einem Bein aufs andere. Hannah ließ sie seelenruhig klopfen, obwohl sie wusste, wie kalt es draußen war.

Ihre Ladenzeit begann erst in einer knappen Viertelstunde, und vielleicht würde Lucy aufgeben und wegfahren.

Lucy fing jedoch an zu schlottern, sodass Hannah Mitleid bekam. Vielleicht war die Reporterin gekommen, um sich für das falsche Zitat zu entschuldigen. Hannah stand auf, schaltete das Licht ein und schloss die Tür auf.

»Es ist eisig draußen!« Stampfend trat Lucy den Schnee auf der Matte ab und schlenderte herein. »Ist der Kaffee fertig?«

»Selbstverständlich.« Hannah bot ihr einen Hocker an und ging hinter die Theke, um Lucy eine Tasse einzuschenken.

»Danke. Ich nehme zwei von den Rosinenplätzchen.« Leicht zitternd schloss Lucy die Hände um den Kaffeebecher. »Tut mir leid, das mit dem Artikel. Mein Diktiergerät hat nicht funktioniert, sodass ich die Interviews aus dem Gedächtnis wiedergeben musste.«

Das war eigentlich keine Entschuldigung, doch dass Lucy eine Erklärung anbot, war immerhin ein Anfang.

»Aber deshalb bin ich nicht hier.«

»So?« Hannah servierte ihr zwei Plätzchen auf einer ihrer weißen Servietten mit dem roten Schriftzug ihres Geschäfts. Dann wischte sie die fleckenlose Theke mit einem Tuch ab. Lucy wollte etwas von ihr, aber Hannah war nicht gewillt zu fragen. Sie würde abwarten und die Journalistin zwingen, von selbst damit herauszurücken.

»Ich wollte unter vier Augen mit Ihnen reden.« Lucy hatte das erste Plätzchen verzehrt und biss in das zweite. »Ich weiß, wir stimmen nicht überein, aber Sie werden vielleicht verstehen, dass ich meinen Job erledigen muss.«

»Das muss ein sehr guter Job sein.« Hannah deutete auf den Grand Am. »Der hat sicher ein Vermögen gekostet.«

»Der ist geleast. Und ich verdiene das Geld dafür nicht

bei der Zeitung. Rod zahlt mir nur einen Bruchteil dessen, was ich wert bin.«

Das war eine Steilvorlage, und Hannah fielen spontan mehrere passende Erwiderungen ein. Sie musste sich auf die Zunge beißen, um sie nicht auszusprechen. »Sie haben einen neuen Mantel, wie ich sehe. Sehr hübsch. Und neue Stiefel.«

Nach dieser Bemerkung lehnte sich Hannah zurück und wartete. Da sie sechs Jahre aufs College gegangen war und jedes Semester in der endlosen Einschreibungsschlange gestanden hatte, war sie sehr gut im Warten.

»Ja.« Lucy schien ein leichtes Unbehagen zu empfinden. »Tatsächlich habe ich meinen Vorschuss darauf verwendet.«

»Vorschuss?«

»Für mein Buch.«

»Wirklich?« Das machte sie neugierig. »Ich wusste nicht, dass Sie ein Buch geschrieben haben.«

»Hab ich noch nicht. Deshalb heißt es ›Vorschuss‹. Es wird ein Enthüllungsbericht über eine berühmte reiche Persönlichkeit.«

»Dann kann es niemand aus Lake Eden sein!«

»Stimmt.« Lucy lachte auf. »Ich kann Ihnen natürlich keine Einzelheiten verraten. Mein Verleger will, dass es die volle Schockwirkung hat, wenn es erscheint.«

»Wann wird das sein?«

»Das hängt davon ab, wann ich mit Schreiben fertig bin. Der Verlag hat es eilig, aber ich habe denen gesagt, dass ich Rod nicht hängen lassen will. Er braucht mich für die großen Storys.«

»Sie sind ungeheuer loyal.« Hannah musste sich zusammenreißen, um nicht laut loszulachen. Rod hatte Lucy nur eingestellt, um Vera Olsen einen Gefallen zu tun. Er ließ Lucy keinen Artikel schreiben, den er für wichtig hielt.

»Mein Verleger denkt, das wird der Erfolg des Jahres. Deshalb habe ich einen so hohen Vorschuss bekommen«, brüstete Lucy sich.

»Verstehe.« Hannah nahm das nicht für bare Münze. Lucy hatte nie erwähnt, dass sie reiche oder berühmte Leute kannte, und Hannah vermutete, dass sie die Geschichte nur erfunden hatte, um den teuren Wagen und die teure Garderobe zu erklären. Entweder hatte Lucy ihr Kreditkartenlimit bis zum Anschlag ausgeschöpft, oder das Geld war ein Geschenk von einem vermögenden Liebhaber. Vera hatte Delores einmal erzählt, dass ihre Großnichte vom College geflogen war, weil sie es zu »bunt getrieben« hatte.

Lucy holte ihr Notizbuch hervor und schlug eine unbeschriebene Seite auf. »Erzählen Sie mir, was gestern Abend passiert ist. Ich schreibe den Zeitungsbericht.«

Hannah zögerte. Sie wollte sich nicht noch mal etwas von Lucy in den Mund legen lassen. »Sie brauchen mich dafür nicht. Sie waren selbst dort.«

Aus irgendeinem Grund war Lucy darüber bestürzt, denn sie stellte die Tasse mit zu viel Schwung auf die Theke. »Ich war wo?«

»Bei dem Backwettbewerb. Ich habe Sie mit den Kandidaten sprechen sehen.«

Lucy rollte die Augen. »Spielen Sie nicht die Ahnungslose, Hannah. Es geht hier nicht um den Wettbewerb.«

»Nicht?« Hannah machte Unschuldsaugen. »Worum dann?«

»Ich habe Rod zu einer Titelstory überredet: ›Schulcoach ermordet‹. Ich brauche die Details, wie Sie Boyd Watsons Leiche entdeckt haben.«

Hannah stöhnte innerlich. Schon der Mord an sich würde die Leute fassungslos machen. Ein sensationsgeiler Aufmacher würde noch Öl ins Feuer gießen. »Wie kommen Sie darauf, dass ich Ihnen die geben kann?«

»Eine meiner Quellen hat Ihren Wagen vor dem Haus der Boyds gesehen. Kommen Sie, Hannah. Ich muss das wirklich wissen.«

Hannah schüttelte den Kopf. »Unmöglich, Lucy. Das sind Einzelheiten einer laufenden Ermittlung.«

»Na, wenn schon.« Lucy fegte den Einwand beiseite. »Wie hat er ausgesehen? Und was hat Danielle gesagt? Das ist es, was die Leute lesen wollen.«

»Dann werden sie auf die offizielle Presseerklärung warten müssen.« Hannah blieb standhaft. »Wenn Sie Details wollen, müssen Sie zum Revier fahren und die Ermittler fragen.«

»Die werden mir nichts erzählen. Das tun die nie. Ach, kommen Sie, Hannah. Ich lasse Sie den Artikel lesen, bevor er gedruckt wird, und Sie können rausstreichen, was Ihnen nicht passt.«

Hannah glaubte das keine Sekunde, aber das war nicht der Punkt. »Wie gesagt, Lucy, ich darf darüber nicht sprechen, bis die Polizei ihr Okay gibt.«

»Also arbeiten Sie an der Lösung des Falles mit?«

Lucy schrieb etwas in ihr Notizbuch, und Hannah zog die Brauen zusammen. »Das habe ich nicht gesagt!«

»Aber Sie haben bei der Aufklärung des Mordfalls im Sommer geholfen, stimmt's?«

Hannah war klar, dass sie sich auf dünnem Eis bewegte. Ja, sie hatte Bill geholfen, den Mord an Ron LaSalle aufzuklären, doch das durfte niemand wissen.

»Stimmt's?«, hakte Lucy nach.

Lucy blickte sie aufmerksam an, und Hannah musste ihr antworten. »Ich habe nicht viel dazu beigetragen. Ich habe nur Informationen weitergegeben, auf die ich zufällig gestoßen bin. Jeder pflichtbewusste Bürger Lake Edens hätte dasselbe getan.«

»Na sicher.« Lucy rollte die Augen. »Okay, wenn Sie es so handhaben wollen. Zurück zu Coach Watson. Haben Sie einen Verdacht, wer ihn ermordet haben könnte? Sie waren immerhin die Erste am Tatort.«

»Nein.«

»Nein, was?« Lucys Kugelschreiberspitze schwebte über dem Papier. »Sie waren nicht die Erste am Tatort? Oder nein, Sie haben keinen Verdacht?«

»Beides.« Hannah beruhigte ihr Gewissen mit dem Argument, dass das eigentlich nicht gelogen war. Danielle hatte Boyd gefunden, und folglich war sie die Erste am Tatort gewesen. Und einen *nennenswerten* Verdacht hatte Hannah auch nicht.

»Wie steht's mit Danielle? Hatte sie einen Grund, ihren Mann umzubringen?«

Hannah verkniff sich eine beißende Bemerkung zu Lucys Erziehung. »Das weiß ich nicht. Und ich werde ganz sicher keine Vermutungen anstellen. Sie fragen den Falschen. Sie sollten mit Bill oder Mike Kingston reden.«

»Mit Mike Kingston würde ich gern ganz was anderes tun.« Lucy griff sich in die Haare, um sie aufzulockern. »Aber das sollte ich Ihnen gegenüber wohl besser unerwähnt lassen.«

Hannah knirschte mit den Zähnen. Lucy provozierte sie, um ihr Informationen zu entlocken, doch Hannah weigerte sich, darauf einzusteigen. »Tut mir leid. Wie gesagt, ich darf über den Fall nicht sprechen. Tatsächlich dürfte ich überhaupt nicht mit Ihnen reden.«

»Heißt das, Sie wissen mehr darüber?«

»Nein. Das heißt, ich sollte mich jetzt an meine Arbeit machen. Sie vergeuden Ihre Zeit, Lucy. Und Sie haben meine Gastfreundschaft überstrapaziert. Das macht dann einen Dollar fünfundzwanzig für die Plätzchen und den Kaffee.«

»Später. Ich muss mich beeilen.« Lucy stand auf und lief zur Tür. »Da Sie gegenüber einem geachteten Mitglied der Presse unkooperativ sind, werde ich eben mit Danielle reden müssen!«

Hannah stöhnte, als Lucy hinausrauschte und die Tür hinter sich zuknallte. Sie griff zum Telefon, tippte Mikes Revierdurchwahl ein und hoffte, dass er schon so früh dort war.

Er nahm beim dritten Klingeln ab. »Kingston.«

»Hannah hier. Ich bin in meinem Geschäft, und Lucy Richards ist gerade zur Tür hinaus. Sie wollte mich über den Mordfall ausfragen.«

»Typisch.« Mike kicherte. »Sie hat bei Bill zu Hause angerufen, kaum dass die Nachricht im Radio kam. Sie ist nicht gerade herzlich behandelt worden.«

»Kann ich mir denken.« Hannah grinste. »Bill ist ein echter Morgenmuffel.«

»Andrea hat den Anruf entgegengenommen. Sie hat heute frei. Bill stand gerade unter der Dusche.«

»Oh, oh.« Hannah grinste noch breiter. Wer Andrea um sechs Uhr früh an ihrem freien Tag weckte, konnte sich was anhören. »In der Tür hat Lucy noch gesagt, dass sie mit Danielle reden will. Kannst du sie irgendwie davon abhalten?«

»Kein Problem. Rick Murphy bewacht ihr Zimmer. Ich habe ihm befohlen, niemanden reinzulassen.«

»Gut.« Zunächst war Hannah zufrieden, doch dann drang die volle Bedeutung der Aussage zu ihr durch. »Danielle darf doch von manchen Leuten Besuch haben, oder?«

»Im Augenblick ist das nicht ratsam.«

»Aus gesundheitlichen Gründen?«

»Nein. Sie ist zwar stark erkältet, doch Doc Knight hält

ihren Zustand für unbedenklich.« Mike war einen Moment lang still und seufzte dann. »Hör zu, Hannah. Ob es dir gefällt oder nicht, Danielle ist unsere Hauptverdächtige.«

»Aber selbst verurteilte Straftäter dürfen Besuch empfangen«, wandte Hannah ein. »Du hast doch Danielles Aussage schon aufgenommen, nicht wahr?«

»Ja.«

»Dann kann sie ja nicht mehr beeinflusst werden.«

Mike seufzte. »Das ist richtig.«

»Danielle wurde nicht verhaftet, oder?«

»Nein, nicht offiziell.«

»In dem Fall solltest du mir einen Besuch erlauben.« Hannah legte sich ihre Argumente zurecht. »Sie ist ganz allein, Mike, und hat wahrscheinlich furchtbare Angst. Es ist nicht richtig, sie von ihren Freunden zu isolieren, wenn ihr offiziell nichts zur Last gelegt wird.«

»Okay.«

»Ich darf sie besuchen?«

»Ja, aber nur du. Ich werde Rick anrufen und ihm Bescheid geben.«

Hannah atmete auf. »Super! Ich gehe heute Vormittag zu ihr und bringe ihr Plätzchen.«

»Hannah?«

»Ja, Mike?«

»Du gehst nur als Freundin hin, klar?«

»Natürlich.«

»Du hast nicht beschlossen, meinen Rat in den Wind zu schlagen und dich in die Ermittlung einzumischen?«

»Das solltest du eigentlich wissen. Ich habe noch nie einen Rat von dir in den Wind geschlagen.« Hannah antwortete wahrheitsgemäß, ohne jedoch den Rest dieser Wahrheit auszusprechen. *Ich habe gestern Abend lange über deinen Rat nachgedacht und bin zu dem Schluss gekommen, dass du falsch-*

liegst und ich recht habe. Und weil Danielle sonst niemanden auf ihrer Seite hat, kannst du deinen Arsch darauf verwetten, dass ich mich in die Ermittlung einmische!

5

Hannah hatte gerade den letzten frühen Kunden bedient, als Lisa den Kopf durch die Schwingtür steckte. »Hannah? Ich brauche dich mal kurz.«

»Ich bin gleich wieder da.« Hannah entschuldigte sich bei Bertie Straub, der Besitzerin des Friseursalons, und ging nach hinten.

Als sie die Schwingtür aufstieß, war sie überrascht, denn Delores saß mit der Handtasche auf dem Schoß an der Arbeitsinsel. Sie trug einen Wollrock und ein Twinset in Cranberry-Rot, was an den meisten älteren Damen von Lake Eden zu jugendlich gewirkt hätte, aber Delores stand das ausgezeichnet. Ihre glänzenden dunklen Haare waren in einem schmeichelnden Stufenschnitt gestylt, und ihr Make-up war makellos. Natürlich hatte Delores sich nicht herausgeputzt, um ihre Tochter bei der Arbeit zu besuchen. Vielmehr hatte sie noch nie einen Fuß vor die Tür gesetzt, ohne makellos gepflegt und frisiert auszusehen. Delores Swensen hätte jederzeit vor eine Kamera treten können.

»Mutter?« Hannah wunderte sich. Bei ihren seltenen Besuchen im *Cookie Jar* war sie immer durch die Vordertür hereingekommen. »Ist etwas nicht in Ordnung?«

»Nein, Liebes. Ich habe nur heute Morgen am Telefon vergessen, dir etwas zu sagen.« Delores wandte sich Lisa zu.

»Könnten Sie Hannah wohl für eine Minute im Laden vertreten?«

Lisa verstand den Wink mit dem Zaunpfahl. »Natürlich, Mrs Swensen. Möchten Sie ein Plätzchen? Die Molasses Crackle Cookies sind gerade aus dem Ofen gekommen.«

»Nein danke, Lisa. Sie duften herrlich, aber ich muss auf meine Figur achten. Weihnachten steht bevor, wissen Sie?«

Hannahs Mundwinkel zuckten. Als ihre Mutter geheiratet hatte, trug sie Größe 36, und die passte ihr noch immer. Die meisten Frauen in Lake Eden, die die fünfzig überschritten hatten, waren hinsichtlich ihres Äußeren etwas entspannter geworden, aber Delores war entschlossen, so attraktiv zu bleiben, wie es sich durch Diäten, Friseurbesuche, Make-up und kosmetische Chirurgie erreichen ließ.

Sowie Lisa verschwunden war, wandte sich Delores Hannah zu. »Ich war heute Morgen derart erschüttert wegen Boyd, dass ich den Grund meines Anrufs glatt vergessen habe.«

»Ach so?« Hannah nahm sich einen von den warmen Keksen, die Lieblingssorte ihrer Mutter, und kostete ihn vor ihrer Nase. »Bist du sicher, dass du keinen möchtest?«

Delores geriet ins Schwanken. »Nun ja … einen. Aber führe mich nicht weiter in Versuchung. Ich habe mir für Weihnachten ein schönes Kleid gekauft, und das wird nicht passen, wenn ich zunehme.«

»Bitte sehr.« Hannah reichte ihr einen Keks. »Was möchtest du mir sagen?«

»Ich finde, du solltest nicht alles auf ein Pferd setzen.«

»Wie bitte?«

»Ich möchte nur, dass du vorsichtig bist, Liebes. Du fühlst dich zu Mike hingezogen, aber es wäre wirklich schade, eine gute Partie wie Norman einfach sausen zu lassen. Lucy

Richards ist hinter ihm her, weißt du? Das hat Carrie mir gestern Abend erzählt.«

»Lucy Richards und Norman?« Hannah traute ihren Ohren nicht. Der süße, lustige Norman und die Reporterin, die sich für einen zweiten Bob Woodward hielt, sollten einander abstoßen wie Öl und Wasser. »Gehen sie zusammen aus?«

»Noch nicht, aber Carrie sagt, als sie letzte Woche in die Praxis reinschneite, saß Norman mit Lucy in seinem Büro, und zwar bei geschlossener Tür. Nachdem Lucy gegangen war, hat Carrie ihn darauf angesprochen, und er hat sehr verschlossen reagiert.«

»Verschlossen?«

»Carrie fragte ihn, warum er mit Lucy in seinem Büro gesprochen hat, und er wollte ihr den Grund nicht verraten. Da geht etwas vor, Hannah, und Carrie gefällt das gar nicht. Ich denke, du solltest Norman mehr Aufmerksamkeit schenken, damit er sich nicht aus Enttäuschung mit Lucy einlässt.«

Welche Enttäuschung? Hannah schaute verdutzt. Sie selbst war dreimal mit Norman ausgegangen, ohne dass eine romantische Stimmung aufgekommen war. Aber wenn sie das ihrer Mutter entgegenhielte, würde sie nur eine längere Diskussion auslösen, und sie musste jetzt wieder an die Arbeit gehen. »Danke für die Warnung. Ich werde heute noch mit Norman reden, versprochen.«

»Tu das.« Delores schien damit zufrieden zu sein, denn sie stand auf und strich sich den Rock glatt. »Ich muss mich jetzt beeilen, Liebes. Ich bin mit Carrie verabredet und muss sie in zehn Minuten abholen.«

»Macht ihr Weihnachtseinkäufe in der Mall?«

»Natürlich nicht«, antwortete Delores ein wenig gekränkt. »Ich kaufe immer erst am Tag nach Weihnachten ein. Da gibt es wundervolle Angebote. Meine Geschenke habe ich schon seit einem Jahr im Schrank liegen.«

Hannah verabschiedete ihre Mutter und kehrte in den Laden zurück. Delores war immer unglaublich organisiert. Hannah bewunderte sie dafür, aber für sie selbst wäre das nichts. Wenn sie Weihnachtsgeschenke ein Jahr im Voraus kaufte, würde sie vergessen, wo sie sie hingepackt hatte, und müsste auf den letzten Drücker neue kaufen.

Während der nächsten zwei Stunden servierte Hannah ununterbrochen Kaffee und Plätzchen. Unterwegs zwischen den Tischen mit dem Tablett oder der Kaffeekanne in der Hand hörte sie ein Dutzend Theorien zu dem Mordfall.

Kathy Purvis, die Frau des Schuldirektors, glaubte, dass Boyd einen Einbrecher ertappt hatte. Lydia Gradin, eine Kassiererin der First National Bank, war sich sicher, dass ein paar Gangmitglieder aus Minneapolis ihn bei einem Streifzug umgebracht hatten. Mrs Robbins und ihre Freundinnen aus der Lakewood Seniorenresidenz vermuteten, dass der Mörder aus der staatlichen Erziehungsanstalt in St. Cloud ausgebrochen war, wogegen Lisas Nachbar Mr Drevlow beharrlich meinte, der Mörder müsse ein unzurechnungsfähiger Straftäter aus der Landesklinik in Wilmar sein, der wegen der Budgetkürzungen entlassen worden war.

Nur einer erwähnte in dem Zusammenhang den Backwettbewerb, und das auch nur beiläufig. »Digger« Gibson, der Bestatter, spekulierte, ob jemand mit einem alten Groll Boyd im Fernsehen wiedererkannt hatte und nach Lake Eden gefahren war, um ihn umzubringen. Wenn Danielles Name fiel, dann immer mit dem Zusatz »die Ärmste«, und daher nahm Hannah an, dass sich Boyds schändliches Geheimnis noch nicht herumgesprochen hatte. Ihr war klar, dass das allgemeine Mitgefühl für Danielle im Nu in Argwohn umschlagen könnte. Wenn durchsickerte, dass Boyd seine Frau häufig geschlagen hatte, würden die Leute in Lake Eden glauben, sie hätte ihn aus Notwehr oder aus Rache getötet.

Gegen Viertel nach elf saß nur noch ein Gast im Café. Es war zu spät für ein Frühstücksplätzchen, die Vormittagspause der Leute war vorbei, und die Gäste, die nach dem Lunch einen Kaffee trinken wollten, würden frühestens in einer Stunde kommen. Hannah hatte gerade eine Kanne Kaffee aufgesetzt, um sich auf den Mittagsansturm vorzubereiten, als Andrea hereinkam.

»Hallo, Hannah.« Sie hängte den Mantel an den fast leeren Garderobenständer und setzte sich an die Theke auf einen Hocker. Sie schaute zu dem alten Mr Lempke hinüber, dessen Tochter ihn in Hannahs Obhut gelassen hatte, um schnell in der Drogerie einzukaufen, und runzelte die Stirn. »Ist sein Hörgerät eingeschaltet?«

Hannah schüttelte den Kopf. »Roma ist zur Drogerie gegangen, um neue Batterien dafür zu besorgen.«

»Gut. Ich muss mit dir über Danielle sprechen. Bill hat mir alles erzählt, und ich möchte etwas für sie tun. Ich glaube keine Sekunde daran, dass sie die Mörderin ist, aber wenn doch, dann hatte der Kerl es verdient!«

»Ich weiß.« Hannah goss aus der Kanne, die sie vorher an der Kaffeemaschine gefüllt hatte, eine Tasse voll ein und schob sie ihrer Schwester hin. Andrea war rot im Gesicht, fast so rot wie ihr teurer Kaschmirpulli, und blinzelte in einem fort. »Du bist wirklich aufgebracht, hab ich recht?«

»Und ob! Bill sagt, Sheriff Grant hält Danielle für schuldig, und du weißt, was das heißt.«

»Ich fürchte, ja.« Hannah zog die Brauen zusammen. »Die werden kaum weiterermitteln?«

»Genau. Bill sagt, er wagt es nicht, sich in der Sache aus

dem Fenster zu lehnen. Er ist erst seit zwei Monaten Detective, und sie werden sowieso nicht auf ihn hören, meint er. Er glaubt auch nicht, dass Mike sich dem Sheriff widersetzen wird.«

»Weil er gerade erst hierher versetzt wurde?«

»Deswegen und weil er nicht sicher sein kann, dass Danielle unschuldig ist.«

Hannah war so geschockt, dass ihr die Worte fehlten. Als sie die Sprache wiederfand, klang sie hart. »Was ist er, ein Holzkopf? Ich habe ihm klipp und klar gesagt, dass Danielle nicht imstande gewesen wäre, Boyd zu töten!«

»Du solltest ihm das nicht vorwerfen. Er kennt Danielle nicht so gut wie wir, und er denkt noch immer wie ein Großstadt-Cop. In Minneapolis bringen wahrscheinlich viele misshandelte Frauen ihre Männer um.«

»Aber wir sind in Lake Eden«, hielt Hannah ihr entgegen. »Hier ist das anders.«

»Ich weiß.« Andrea blies in ihren Kaffee und nippte vorsichtig daran. »Wieso bleibt er in deiner Kanne so heiß? Ich habe die gleiche, und unser Kaffee ist immer lauwarm.«

»Füllst du sie vorher mit kochendem Wasser und lässt sie ein paar Minuten damit stehen, bevor du den Kaffee hineingießt?«

»Nein, aber das probiere ich morgen früh aus. Also, was werden wir unternehmen?«

»Was meinst du?«

»Wegen Danielle? Es bleibt jetzt uns überlassen, ihre Unschuld zu beweisen.«

Hannah wich überrascht zurück. »Uns?«

»Du glaubst doch wohl nicht, ich würde dich so eine Sache allein stemmen lassen, oder?« Andrea lächelte selbstgefällig. »Ich bin zwar keine so gute Schnüfflerin wie du, aber ich lerne es allmählich.«

Hannah war unschlüssig, ob sie gern als »Schnüfflerin« bezeichnet werden wollte, doch sie ließ es durchgehen. »Nimm deinen Kaffee und lass uns in die Backstube gehen. Ich muss die Sachen für heute Abend zusammenpacken.«

Sobald der Wechsel vollzogen und Lisa die Ladentheke übernommen hatte, setzte sich Andrea an die Backinsel, legte sich den Mantel über den Schoß und sah zu, wie Hannah die Zutaten für das Dessert, das sie im Fernsehen zubereiten würde, in eine Plastikbox packte. Eine Packung Zucker, ein Pfund Butter und eine Tüte getrocknete Aprikosen, außerdem ein geschnittenes Weißbrot. Sie steckte das handgeschriebene Rezept ein und ging in den Kühlraum, um sich zu vergewissern, ob genügend Eier und Sahne vorhanden waren. Als sie den Deckel auf die Box klemmte, merkte sie, dass Andrea sie neugierig anstarrte. »Was ist?«

»Ich überlege gerade, was du mit den Zutaten backen wirst.«

»Einen Aprikosenbrotpudding. Nach einem Lieblingsrezept von Urgroßmutter Elsa. Sie hat allerdings Rosinen statt Aprikosen hineingetan. Aber mir schmeckt er mit Aprikosen besser.«

»Ich mag auch lieber Aprikosen als Rosinen. Also, wie willst du es angehen, Hannah?«

»Während der Nachrichten ist nicht genügend Zeit, um tatsächlich zu backen, darum backe ich einen vorher und bereite einen vor der Kamera zu. So habe ich es auch mit dem Teig für den Strawberry Shortcake gemacht.«

»Das meine ich nicht. Was werden wir wegen Danielle unternehmen? Wir müssen ihr helfen.«

»Ich weiß. Aber was ist mit Bill? Er ist sicher nicht einverstanden, wenn du wieder bei einer Mordermittlung mitmischst.«

Andrea fegte die Sorge beiseite. »Das wird er gar nicht

mitkriegen. Er hat alle Hände voll zu tun. Lass uns Danielle im Krankenhaus besuchen. Wir müssen uns über die Fakten informieren, bevor wir anfangen.«

»Du kannst sie nicht besuchen. Ich musste Mike überreden, damit er mich überhaupt zu ihr lässt, und ich bin die Einzige, die das darf.«

»Das hat Bill mir schon erzählt. Doch Rick Murphy bewacht ihre Tür, und ich kenne ihn von der Highschool. Wenn ich mich mit ihm unterhalte, wird er nicht hören können, worüber du mit Danielle sprichst.«

»Das ist brillant.« Hannah war beeindruckt.

»Danke. Also lässt du mich helfen, ja?«

Hannah zögerte die Antwort hinaus, während sie für Danielle einen Beutel mit Keksen füllte. »Bill wird mir den Kopf abreißen, wenn er es herausfindet, doch ich könnte dich wirklich gebrauchen.«

»Fantastisch!« Andrea war sichtlich begeistert. »Weißt du, ich unternehme wirklich gern etwas mit dir. Nur schade, dass erst Ron LaSalle ermordet werden musste, damit wir beide zusammenfinden.«

Hannah dachte darüber nach, während sie Lisa Bescheid sagen ging, dass sie die Stellung halten sollte, solange sie fort sein würde. Es war in der Tat schade, dass sich die Beziehung zu Andrea erst zu einer Freundschaft entwickelt hatte, als sie in dem vorigen Mordfall zusammen ermittelt hatten. Davor hatte zwischen ihnen ein Konkurrenzverhältnis bestanden, bei dem jede geglaubt hatte, die andere habe die Nase vorn.

Andrea war immer die Beliebte gewesen, der es nie an Dates gemangelt hatte, hübsch und zierlich, eine Ballkönigin wie aus dem Bilderbuch. Sie war in jeder Situation entspannt gewesen, vor allem wenn Jungen anwesend waren. Sie war ein junges Ebenbild ihrer Mutter und bei allen gern gesehen. Hannah dagegen ähnelte ihrem Vater. Sie war groß, schlaksig und äußerst begabt, neigte jedoch leider dazu, ihrem bissigen Humor zu frönen. Die Jungen mochten sie früher als Lernkameradin oder als witzigen Kumpel, aber wohl keiner hatte ihretwegen schweißnasse Hände bekommen. Das war Andreas Stärke gewesen.

Bill sagte immer, wenn Andrea ihren Charme einsetzte, konnte sie die Vögel aus den Bäumen locken, und das war die Wahrheit. Bei Hannah kamen die Vögel nur aus dem Baum, wenn sie eine Schrotflinte einsetzte.

Als sie in die Backstube zurückkehrte, griff sie nach ihrem Winterparka und der Box mit den Zutaten und drehte sich zu ihrer Schwester um, die sie stirnrunzelnd betrachtete. »Was ist jetzt?«

»Du willst doch nicht etwa so ins Krankenhaus gehen, oder?«

»Was heißt ›so‹?« Hannah war ratlos.

»In dem schäbigen alten Parka.«

»Mein ›schäbiger alter Parka‹ war letztes Jahr noch neu«, stellte Hannah klar. »Und er ist viel wärmer als der alberne Trenchcoat, den du anhast.«

»Mein Trench ist nicht albern. Er sieht genauso aus wie der Ledermantel, der letzten Monat in der *Vogue* war!«

»Das ist New York. Hier ist Minnesota. Hier trägt kein Mensch bei Minusgraden einen ungefütterten Mantel, der nicht mal bis über die Knie reicht.«

»Doch, ich.« Andrea schlüpfte in ihren Mantel und ging zur Hintertür. Kaum stand sie draußen, drehte sie sich zu Hannah um. »Nur weil es kalt ist, muss man sich nicht anziehen wie ein Eskimo. Mein Mantel ist ein Fashion-Statement.«

»Ja, und es wird dir am Knie abwärts Frostbeulen bescheren.« Hannah ging zu ihrem Wagen. »Trag dazu wenigstens eine Wollhose.«

»Aber die würde die ganze Wirkung zunichtemachen. Wirklich, du hast keinen Sinn für Mode.«

Hannah war drauf und dran, ihrer Schwester den Kopf zurechtzurücken, als ihr klar wurde, dass es lächerlich wäre, darüber zu streiten. Grinsend schloss sie den Wagen auf, setzte sich hinters Steuer und wartete darauf, dass Andrea einstieg. Vielleicht würden sie sich immer wegen solcher Dinge kabbeln wie schon zu Highschool-Zeiten, aber ein Streit musste daraus nicht werden.

Als sich ihre Schwester angeschnallt hatte, fuhr Hannah so elegant wie möglich aus der Parklücke. »Vergiss, was ich gesagt habe. Ich weiß, dass mein Parka keine Schönheit ist. Und ich könnte wirklich etwas von deinem Sinn für Mode gebrauchen.«

»Und ich etwas von deiner Vernunft. Es ist viel kälter, als ich heute Morgen angenommen habe.«

»Ich habe eine Decke im Wagen.« Hannah griff nach hinten und tastete nach dem alten Quilt, den sie für Notfälle dabeihatte. »Pack dich damit ein. Es dauert ewig, bis die Heizung Wärme produziert.«

Andrea legte sich den Quilt über die Beine. »Danke. Vielleicht sollten wir mal zum Einkaufszentrum fahren und uns gegenseitig beraten.«

Der Vorschlag hing einen Moment lang in der eisigen Luft. Dann fingen die Schwestern an zu lachen, weil sie sich bereits vorstellten, wie sie sich dann in die Wolle kriegen würden.

Das Lake Eden Memorial Hospital lag an der Old Lake Road, acht Kilometer vom *Cookie Jar* entfernt und ein gutes Stück außerhalb der Innenstadt. Es stand auf einer Anhöhe, von der man über den zugefrorenen See blicken konnte, und war Doc Knights ganzer Stolz. Das v-förmige Betonziegelgebäude war in einem heiteren Gelbton gestrichen und umgeben von kleinen Kiefern, die so gepflanzt worden waren, dass man von jedem der vierundzwanzig Patientenzimmer das ganze Jahr über einen Blick ins Grüne und über den See hatte.

Hannah fuhr um das Haus herum und bog auf den Parkplatz ein. Um diese Uhrzeit standen nur wenige Wagen dort. Sie stellte sich neben Doc Knights neuen Explorer. An den Parkplätzen für das Personal gab es Pfosten mit Steckdosen, doch Hannah überlegte, dass sie keine benötigte, weil sie höchstens eine Stunde bleiben würden, wahrscheinlich viel kürzer.

Sie drehte den Kopf zu ihrer Schwester. »Bereit?«

Andrea nickte und wickelte sich aus dem Quilt. »Ich hasse Krankenhäuser.«

»Ich auch.« Hannah schloss den Wagen ab, nachdem Andrea ausgestiegen war. Sie gingen nebeneinander zum Eingang. Hannah zog die schwere Glastür auf, und sie betraten die Warmluftschleuse. Auf der Schmutzfangmatte traten sie sich die Stiefelsohlen ab, dann gingen sie durch die nächste Glastür in das große Foyer.

Ein Schild über der Rezeption informierte über die Besuchszeiten: von 14.00 bis 16.00 Uhr und von 19.00 bis 21.00 Uhr. Es war jetzt fast Mittag, und die Rezeption war unbesetzt. Hannah hielt sich nicht damit auf, auf die Klingel zu drücken und nachzufragen. Wie schwer konnte es schon sein, Danielles Zimmer zu finden? Es war mit Sicherheit das einzige, vor dem ein Deputy in Uniform Wache stand.

In den Fluren roch es nach Desinfektionsmittel und Blumenkohl. Jedenfalls hoffte Hannah, dass es Blumenkohl war. Bei dem Geruchsmix rümpfte sie die Nase und wünschte sich die beruhigenden Aromen von Vanille und Schokolade herbei.

»Hier riecht es aber übel«, flüsterte Andrea.

»Finde ich auch.« Hannah fragte sich, ob schon mal jemand wissenschaftlich untersucht hatte, welche Gerüche Patienten kränker machten. Sie wäre bereit zu wetten, dass Blumenkohl auf den ersten Plätzen rangierte.

»Das liegt wahrscheinlich am Mittagessen«, bemerkte Andrea, als sie sich einem Essenswagen näherten und einen Blick auf ein Lunchtablett werfen konnten. »Niemand sollte so etwas essen müssen. Du hast für Danielle doch Plätzchen mitgebracht, oder?«

»Selbstverständlich.« Hannah hielt die Tüte hoch, die bis zum Rand mit Cocoa Snaps, Pecan Crisps und Chocolate Chip Crunches gefüllt war.

»Das gesamte Essen ist weiß.« Andrea verzog das Gesicht. »Hätte nicht gedacht, dass es so schlimm ist.«

Hannah starrte auf das Tablett. Es stimmte. Die Mahlzeit war eine farblose Angelegenheit: ein Klumpen heller Pudding in einer weißen Plastiktasse, gedünsteter Fisch mit heller Sahnesauce, Kartoffelbrei und halb zerkochter Blumenkohl, dazu eine kleine Scheibe Weißbrot mit einem Klecks Butter. Nicht sonderlich appetitanregend, fand Hannah. Und soweit sie sehen konnte, hatten die Patienten von diesem Flur ihr Essen kaum angerührt.

»Da muss Danielles Zimmer sein.« Andrea zeigte zum Ende des Ganges. »Da steht Rick.«

Hannah erkannte den großen schlaksigen Mann, der Cyrill Murphys ältester Sohn war. »Was meinst du, wie lange du ihn ablenken kannst?«

»So lange wie nötig. Ich brauche ihn nur auf sein Neugeborenes anzusprechen. Es ist ihr erstes Kind.«

Mit den Plätzchen in der Hand trat Hannah auf ihn zu

und setzte ein Lächeln auf. Rick hatte sich vor Mike zu verantworten, und wenn ihm der Verdacht käme, dass es sich um mehr als einen freundschaftlichen Besuch handelte, würde er das melden. Hannah wollte gar nicht daran denken, was Mike sagen würde, wenn er spitzkriegte, dass die Swensen-Schwestern wieder im Einsatz waren, um ihn zu widerlegen und den wahren Mörder zu überführen.

Apricot Bread Pudding (Aprikosenbrotpudding)

Den Ofen noch nicht vorheizen.
Der Brotpudding muss vor dem Backen 30 Minuten ruhen.

8 Scheiben Weißbrot (selbst gebackenes oder vom Bäcker)
125 g Butter
65 g weißer Zucker
115 g gehackte getrocknete Aprikosen (nicht zu fein hacken, man möchte ja etwas zu beißen haben)
3 Eier
550 ml Milchrahm* (entweder Schlagsahne mit geringem Fettgehalt verwenden oder Milch mit Schlagsahne mischen)

Schlagsahne oder Vanilleeis als Beilage

* Eine Bezeichnung meiner Urgroßmutter Elsa. Zu ihrer Zeit setzte sich noch in den Milchflaschen der Rahm oben auf der Milch ab.

Eine Auflaufform dick mit Butter einstreichen. Die Weißbrotscheiben entkrusten und in 4 Dreiecke schneiden (mit dem Messer ein X ziehen). Die Butter in einem Topf zerlassen und die Brotstücke darin wälzen, bis sie gleichmäßig durchtränkt sind.

Ein Drittel der Stücke in die Auflaufform legen, ein Drittel des Zuckers und die Hälfte der gehackten Aprikosen darüberstreuen.

Das zweite Drittel der Brotstücke daraufschichten, mit der Hälfte des verbliebenen Zuckers bestreuen und mit ALLEN verbliebenen Aprikosenstücken belegen.

Mit den übrigen Brotstücken bedecken. Mit einem Silikonschaber die restliche flüssige Butter aus dem Topf kratzen und darüberträufeln und den restlichen Zucker darüberstreuen. Beiseitestellen.

Die Eier in einer Schüssel aufschlagen und die Sahne unterschlagen, dann über den Auflauf gießen und alles bei Zimmertemperatur dreißig Minuten stehen lassen, damit das Brot die Flüssigkeit aufsaugen kann.

Den Backofen auf 175 °C vorheizen, das Gitter mittelhoch einschieben. Den Auflauf 45 bis 50 Minuten backen, bis er oben goldbraun ist.

Etwa fünf Minuten abkühlen lassen und auf Desserttellern mit flüssiger Sahne, Schlagsahne oder Vanilleeis servieren.

Sie können den Auflauf auch mit anderen Trockenfrüchten zubereiten, zum Beispiel mit Rosinen. Andrea mag ihn am liebsten mit Aprikosen, Mutter mit Datteln, und Michelle findet ihn mit getrockneten Pfirsichen »super lecker«. Mit Pflaumen haben wir ihn nie zubereitet. Ich kenne niemanden außer Carrie Rhodes, der ihn mit Pflaumen mag. (Und ich werde das nicht kommentieren!)

6

»O Hannah! Du kommst mich besuchen!«

»Aber natürlich. Habe ich doch gesagt.« Hannah bekam ein fröhliches Lächeln hin, so schwer ihr das auch fiel. Danielle setzte sich in ihrem Bett auf. Auf ihren Wangen waren Tränenspuren zu erkennen, und sie hatte einen Gesichtsausdruck, der Hannah an den eines getretenen Welpen erinnerte.

»Ich dachte, sie lassen keine Besucher zu mir.« Ihre Stimme schwankte.

»So ist es, aber ich habe jemanden beschwatzt.« Danielle wirkte völlig resigniert, und Hannah wusste sofort, sie musste etwas tun, oder sie würden den Kampf verlieren, bevor er richtig angefangen hatte. Danielle brauchte eine gute Portion Mut und musste überzeugt werden, dass sie ihr Leben selbst in die Hand nehmen konnte.

»Iss einen Cocoa Snap.« Hannah griff in die Tüte und gab ihr ein Plätzchen, dann legte sie sie in Danielles Reichweite auf den Nachttisch. »Die Schokolade muntert dich auf und gibt dir Energie.«

Danielle biss hinein, und ein Lächeln flog über ihre Lippen. »Danke, Hannah. Die schmecken gut. Ich habe das Mittagessen nicht runterbekommen. Du hättest es sehen sollen …«

»Hab ich. Ich hätte es auch stehen lassen.« Hannah unterbrach sie gleich, denn über das Essen zu plaudern kostete zu viel wertvolle Zeit. »Andrea steht draußen und unterhält sich mit Rick Murphy, damit er uns beide nicht belauschen kann. Wir müssen reden.«

Danielles Miene hellte sich beträchtlich auf. »Also wirst du mir helfen?«

»Selbstverständlich, aber ich muss dich wegen Boyd einiges fragen. Kannst du für ein paar Minuten ignorieren, wie mies du dich fühlst, und dich konzentrieren?«

»Es geht mir schon viel besser, seit du hier bist.« Danielles Wangen hatten tatsächlich ein bisschen Farbe bekommen, und sie klopfte einladend auf ihr Bett. »Setz dich doch, Hannah, dann erzähle ich dir alles, was ich weiß. Das ist allerdings nicht viel. Im Grunde ist alles genauso gewesen, wie ich gestern Abend schon gesagt habe.«

»Du könntest etwas wissen, ohne dass es dir bewusst ist.« Das klang sicher verwirrend. Deshalb ging sie es anders an. »Ich werde dir Fragen stellen, und du beantwortest sie, okay?«

»Okay. Aber sag mir erst mal eins: Wird man mich verhaften?«

»Nicht, wenn ich ein Wörtchen mitzureden habe. Soweit ich gehört habe, werden sie dich noch mindestens fünf Tage hierbehalten.«

»Das ist besser als im Gefängnis«, meinte Danielle, sah jedoch nicht überzeugt aus. »Ich habe ihn nicht getötet, Hannah. Du glaubst mir doch, oder?«

Hannah tätschelte ihr die Hand. »Das tue ich. Und deshalb werden Andrea und ich versuchen, den wahren Mörder zu schnappen. Nun denk genau nach, Danielle. Es könnte sehr wichtig sein. Ist dir an Boyd eine Veränderung aufgefallen? Sagen wir, innerhalb der vergangenen Woche? Gab es etwas, das ihn aufgeregt hat?«

»Tja …« Danielle schaute ins Leere. Vermutlich ging sie

in Gedanken die Tage durch. »Er war wütend über die Gulls. Sie haben beim letzten Spiel neun Freiwürfe verschenkt. Aber das war nicht ungewöhnlich. Er war immer wütend, wenn sie verloren haben.«

»Und seine Klassen?«

»Die waren alle okay. Er war stolz auf die Geschichtsschüler in der vierten Stunde. Sie haben einen Leistungstest geschrieben und wirklich gut abgeschnitten.«

»Hatte er mit einem der Lehrer ein Problem?«

»Nein. Da war alles bestens. Das Einzige, worüber er sich wirklich aufgeregt hat, war der Anruf am Dienstag.«

Hannah spitzte die Ohren. Danielle hatte das bisher nicht erwähnt. »Was für ein Anruf?«

»Gleich als er zum Mittagessen nach Hause kam, klingelte das Telefon. Ich habe ihm in der Mikrowelle Tomatensuppe gemacht. Die mag … die mochte er.« Danielles Unterlippe fing an zu zittern, als sie in die Vergangenheitsform wechselte.

Hannah beeilte sich, sie abzulenken. »Hast du mitbekommen, wer ihn angerufen hat?«

»Nein, und er hat es mir auch nicht gesagt.«

»Aber du hast gehört, dass er telefoniert hat?«

»Ja. Boyd war im Esszimmer und hat darauf gewartet, dass ich ihm die Suppe bringe. Dabei habe ich den Anruf in der Küche angenommen. Es war eine Frau. Sie wollte Boyd sprechen. Darum habe ich ihm zugerufen, er soll an den Nebenanschluss gehen.«

»Du hast die Stimme nicht erkannt?«

»Nein. Ich hatte sie noch nie gehört. Da bin ich mir ganz sicher. Aber es war ein Ortsgespräch.«

»Woher weißt du das?«

»Es war gerade zwölf Uhr, und ich hörte die Uhr auf dem Marktplatz eins schlagen.«

»Du hörtest sie eins schlagen?«

»Boyd hatte sich neulich darüber beschwert. Sie steht noch auf Sommerzeit, weil Freddy Sawyer erkältet war, als die Zeit umgestellt wurde. Du weißt schon, im Frühjahr werden die Uhren vorgestellt, im Herbst zurück.«

»Ja.«

»Nun ja, keiner wollte an Freddys Stelle auf die Leiter steigen, und er ist erst eine Woche später wieder zur Arbeit gegangen. Niemand schien zu bemerken, dass die Uhr falsch ging, und es gab keine Beschwerden, sodass sie wohl beschlossen haben, es bis zum Frühjahr so zu lassen.«

»Typisch.« Hannah grinste. Manchmal liefen die Dinge in Lake Eden sehr relaxt. »Noch mal zu dem Anruf. Kannst du anhand der Stimme einschätzen, wie alt die Frau war?«

Danielle überlegte. »Sie klang nicht so jung wie eine Schülerin, aber im mittleren Alter war sie auch noch nicht.«

»Erinnerst du dich an irgendwelche Merkmale?«

»Sie hat stark genuschelt.«

Hannah merkte auf. »Meinst du, sie war betrunken?«

»Eigentlich nicht. Es klang mehr wie ein Sprachfehler. Meine Großmutter sagte dazu, jemand hat den Mund voll Brei. Hältst du das für wichtig?«

»Könnte sein. Was hat sie gesagt? Wiederhole es Wort für Wort.«

»Okay. Als Erstes fragte sie: ›Ist Boyd da?‹ Oder vielmehr: ›Ischt Boyd da?‹ Und als ich das bejahte, meinte sie: ›Schaffen Sie ihn ans Telefon!‹ Auch genuschelt, ich kann es nur nicht nachmachen.«

»Schaffen Sie ihn ans Telefon? Ist das nicht ziemlich unhöflich?«

»Das fand ich auch. Sie hat mich nicht mal mit Namen angesprochen oder Bitte gesagt. Sie klang, als hätte sie es eilig. Und Boyd war hinterher enorm wütend.«

»Woher weißt du das?«

»Gleich nachdem er aufgelegt hatte, kam er in die Küche gestürmt, mit roten Flecken im Gesicht. So sieht er immer aus, wenn er sehr wütend ist. Als Erstes hat er mich beschuldigt, ich hätte sein Gespräch belauscht, doch das habe ich nicht getan. Ganz ehrlich.«

»Ich glaube dir.« Hannah konnte sich schon denken, was als Nächstes passiert war. »Weißt du noch, was er gesagt hat?«

»Ja. Der Anruf ginge mich nichts an, und ich hätte eine Strafe fürs Lauschen verdient. Ich schwöre, ich habe aufgelegt, nachdem er den Hörer abgenommen hatte, aber … aber er behauptete, mir sei nicht zu trauen, und darauf hat er mir das angetan.«

Danielle griff sich an den Bluterguss, und Hannah schluckte schwer. Boyd Watson war ein übler Ehemann gewesen, doch es hätte keinen Zweck, das jetzt herauszustellen. »Du hast also aufgelegt, nachdem er nebenan abgenommen hat. Hast du in der Zwischenzeit noch mitbekommen, was die beiden geredet haben?«

»Ich hörte Boyd Hallo sagen. Wenn ich eher aufgelegt hätte, wäre der Anruf weg gewesen. Und die Frau erwiderte: ›Boyd, wir müssen reden.‹«

»Und das ist alles?«

»Ja. Danach habe ich aufgelegt. Ich habe sogar mit Schwung aufgelegt, damit es in der Leitung klickt und Boyd weiß, dass ich nicht lausche.«

»Boyd hat das also gehört und dich trotzdem beschuldigt?«

»So ist es. Es klingt sicher gemein, wenn ich das jetzt sage, nachdem er … tot ist, aber ich glaube, er war durch den Anruf enorm aufgebracht und musste Dampf ablassen. Du weißt, wie frustriert Leute sein können. Sie müssen es an jemandem auslassen, und ich war … gerade da.«

Das genügte Hannah. Der Anruf war für den Fall bedeutsam. »Was tat Boyd, nachdem er dich geschlagen hatte?«

»Er sagte, es täte ihm leid, und er nahm mich in die Arme.« Ihre Unterlippe zitterte wieder. »Er hat mir einen Eisbeutel für den Bluterguss gegeben und dann sofort Dr. Holland angerufen.«

Hannah wusste schon, dass Dr. Holland Boyds Therapeut gewesen war. Das hatte Danielle ihr während der Ermittlungen zum vorigen Mordfall erzählt. »Wie lange hat er mit Dr. Holland gesprochen?«

»Sie haben nur einen Notfalltermin vereinbart. Anschließend hat er in der Schule angerufen, um für seinen Nachmittagsunterricht eine Vertretung zu bekommen, und ist nach St. Paul zur Therapiesitzung gefahren.«

Hannah nahm sich vor, das zu überprüfen. Einfach würde das nicht werden. Dr. Holland war Psychiater, und als solcher gab er Informationen über seine Patienten nicht gern heraus. »Wann ist Boyd von dort zurückgekommen?«

»Um kurz nach sechs. Ich weiß das, weil ich das Chili um halb sechs aufgesetzt habe und auf der Packung stand, dass es dreißig Minuten köcheln muss. Es war fertig, als Boyd zur Tür reinkam. Es hat ihm wirklich geschmeckt. Er sagte, das sei das beste Chili, das ich je gemacht habe. Und er war sehr lieb zu mir, bis er … bis er ermordet wurde.«

Hannah wusste nicht, was sie sagen sollte. Der Frauenschläger war zu seiner Frau lieb gewesen, nachdem er sie geschlagen hatte. In ihren Augen zählte das wenig.

»Das ist ein hübsches Zimmer, nicht wahr?« Danielle wechselte das Thema, und Hannah ließ es zu. Danielle ging es noch schlecht, und sie hatte für den Tag genug geleistet. »Ich vermisse mein Zuhause, aber hier ist es gar nicht so übel.«

Hannah blickte auf und stellte fest, dass der Schokoladenkeks, den sie ihr aufgedrängt hatte, seine Wirkung tat. Das Zimmer war absolut durchschnittlich und erinnerte an ein sauberes, preiswertes Motel.

»Es heißt, die Damen von den Lutheranern haben die Quilts genäht.« Danielle strich über die Patchworkdecke auf ihrem Bett. »Und andere Kirchenfrauen haben die Bilder gespendet. Das neben dem Fenster gefällt mir sehr. Boyd und ich wollten immer mal zusammen ans Meer fahren.«

Hannah sah zu dem Meerespanorama hinüber. Dann sprang ihr ein anderes Bild ins Auge, das neben der offenen Badezimmertür hing, ein kleines Stickbild mit betenden Händen und einem Spruch darunter: *Bring dem Herrn dein Leid als Opfer dar.*

Hannah kochte innerlich. Wenn Gott so gnädig wäre, wie die drei Geistlichen von Lake Eden behaupteten, würde er niemanden leiden lassen. Und den Gedanken, das Leid eines Menschen als ein Opfer zu betrachten, fand sie barbarisch!

»Was schaust du?«, fragte Danielle. »Hast du noch ein schönes Bild entdeckt?«

»Nein. Hat Doc Knight dir erlaubt, allein ins Bad zu gehen?«

»Bisher nicht. Er meint, ich bin noch zu schwach und könnte hinfallen. Er hat mir versprochen, dass ich morgen aufstehen darf.«

»Das ist gut.« Hannah versperrte Danielle den Blick auf das Stickbild, nahm es von der Wand und steckte es in eine der großen Taschen ihres Parkas. Sie beruhigte ihr Gewissen damit, dass sie den Rahmen mit einem angemesseneren Motiv am nächsten Tag zurückbringen würde. »Ich sollte jetzt wieder gehen, Danielle.«

»Wirst du nach der Frau suchen, die bei uns angerufen hat?«

»Das habe ich vor.« Hannah ging ans Bett und streichelte

ihr über den Arm. »Ich besuche dich morgen wieder. Und bis dahin habe ich eine Aufgabe für dich.«

Danielle lächelte tatsächlich. »Und wenn ich die erledige, bringst du mir wieder Plätzchen mit?«

»Und ob ich das tue. Ich möchte, dass du eine Liste erstellst. Schreib die Namen aller Leute auf, die einen Grund hatten, auf Boyd sauer zu sein.«

»Aber er hat nichts Unrechtes getan, Hannah. Warum sollte jemand auf ihn sauer gewesen sein?«

Damit war klar, dass Danielle die Tatsachen noch immer leugnete, und egal, was Hannah sagen würde, Danielle würde Boyd als guten Ehemann, guten Nachbarn, guten Menschen betrachten. »Es spielt keine Rolle, ob er etwas Unrechtes getan hat oder nicht. Manche Leute werden trotzdem auf andere wütend, und ihre Gründe sind manchmal ungerechtfertigt. Herb Beeseman hat meiner Mutter vor drei Monaten einen Strafzettel geschrieben. Sie gibt zu, dass sie zu schnell gefahren ist, und ist trotzdem noch immer eingeschnappt.«

»Ich verstehe, was du meinst.« Danielle nahm aus der Schublade ihres Nachttischs einen Notizblock vom Polizeirevier und einen Stift heraus. »Den hat Mike Kingston mir gegeben. Es ist ulkig. Er hat mich um die gleiche Liste gebeten wie du.«

Hannah zog die Brauen hoch. »Tatsächlich?« Vielleicht war sie mit ihrem Urteil zu schnell bei der Hand gewesen. Anscheinend beugte er sich doch nicht den Absichten des Sheriffs. »Schreib jeden auf, der sich über Boyd geärgert hat, egal, aus welchem Grund.«

Danielle schlug eine leere Seite auf und nahm sich einen Keks. »Ich bin froh, dass du mir etwas zu tun gibst, Hannah. So fühle ich mich nützlich. Aber soll ich wirklich jeden aufschreiben?«

»Ja.«

»Selbst wenn es um eine alberne Kleinigkeit gegangen ist?«

»Lass niemanden aus.«

»Also gut.« Danielle schrieb einen Namen hin. »Ich beginne mit Norman Rhodes.«

»Norman?« Hannah war überrascht. »Warum hat sich Norman über Boyd geärgert?«

»Weil er drei Termine hintereinander abgesagt hat und dann seine provisorische Füllung rausgefallen ist. Norman war verärgert, weil er um Mitternacht in die Praxis musste, um das Loch zu füllen.«

Hannah überdachte ihre Bitte. »Besser, du notierst daneben, warum derjenige auf Boyd sauer war. Das macht es für mich viel einfacher.«

»Okay. Wir sehen uns morgen. Bis dahin ist die Liste fertig. Versprochen.«

Hannah winkte und überließ Danielle ihrer Aufgabe. Die Bleistiftspitze flog nur so über das Papier, und wenn das etwas zu sagen hatte, würde die Liste so lang werden wie das Telefonverzeichnis von Lake Eden.

»Und?«, fragte Andrea, kaum dass Hannah hinter dem Lenkrad saß.

»Danielle schreibt uns eine Liste mit allen Leuten, die auf Boyd sauer waren.« Hannah schnallte sich an und drehte den Zündschlüssel. »Und sie hat mir von einem eigenartigen Anruf erzählt, den Boyd am Dienstag erhalten hat, als er mittags zum Essen nach Hause kam.«

Andrea hörte sich an, was Hannah über die Anruferin berichtete und wie Boyd sich gleich nach dem Telefonat verhalten hatte. »Danielle hat recht. Der Anruf könnte der

Schlüssel zur Lösung des Falles sein. Wen kennst du mit einem Sprachproblem?«

»Außer Freddy Sawyer?« Hannah fiel als Erstes der leicht zurückgebliebene Mann ein, der überall in der Stadt Gelegenheitsjobs übernahm. »Nur Lydia Gradin, die lispelt, aber nicht nuschelt. Kennst du jemanden?«

Andrea überlegte, während Hannah aus der Parkbucht fuhr. »Mrs Knudson. Sie spricht undeutlich, seit sie den Schlaganfall hatte.«

»Sie ist achtzig Jahre alt, und Danielle sagt, die Anruferin klang wesentlich jünger. Außerdem war die Frau unhöflich. Kannst du dir vorstellen, dass die Großmutter von Reverend Knudson unhöflich wird?«

»Nein, ganz bestimmt nicht. Sie ist immer sehr nett. Loretta Richardson hat den schleppenden Südstaatenakzent, aber Danielle hätte sie am Telefon erkannt. Und Helen Barthel stottert ab und zu, wenn sie nervös ist, doch sie nuschelt nicht.«

»Noch jemand?« Hannah fuhr um die Klinik herum und die schneebedeckte Ausfahrt hinunter.

»Ich glaube, nicht. Es muss jemand sein, den wir nicht kennen. Ist Danielle sicher, dass das ein Ortsgespräch war?«

»Absolut.« Hannah bremste am Stoppschild, schaute nach rechts und links und bog in die Old Lake Road ein. »Es könnte jemand sein, der zum Backwettbewerb hergekommen ist. Die meisten haben am Dienstagmorgen eingecheckt. Hast du Zeit, noch zum *Lake Eden Inn* rauszufahren?«

»Ich habe Zeit ohne Ende. Tracey kommt erst um vier aus der Vorschule, und heute ist mein freier Tag. Ich wäre noch im Bett, wenn Lucy Richards nicht gewesen wäre. Das Miststück hat schon im Morgengrauen angerufen!«

»Miststück?«

»Ja, Miststück. Seit ich Mutter bin, muss ich natürlich auf meine Ausdrucksweise achten, aber wir sind schließlich unter uns.«

»Mich kannst du bestimmt nicht mehr verderben.« Hannah bog grinsend auf die Straße ab, die um den See herumführte. »Und ich stimme dir zu, was Lucy Richards angeht. Sie kam heute Morgen noch vor dem Öffnen ins Café und wollte mich über den Mordfall ausfragen.«

Andrea schaute sie verblüfft an. »Woher wusste sie, dass du schon da warst?«

»Von einer ihrer Quellen, sagte sie. Ich habe immer nur wiederholt, dass ich nichts weiß und ihr andernfalls auch nichts erzählen dürfte, und trotzdem hat es zehn Minuten gedauert, bis ich sie los war. Und es kommt noch schöner. Sie ist gegangen, ohne für ihren Kaffee und die Plätzchen zu bezahlen.«

»Lucy ist die unverschämteste Person, die ich kenne.« Andrea klang hart, und Hannah schloss daraus, dass sie über den frühen Anruf noch immer stocksauer war. »Wenn sie genuschelt hätte, würde ich sagen, sie ist Boyds Anruferin.«

»Aber sie nuschelte nicht.«

»Ich weiß.«

An dem Hinweisschild für das *Lake Eden Inn* bog Hannah rechts ab und folgte der Schotterstraße durch das Eichenwäldchen. Die Äste hoben sich schwarz gegen den bleigrauen Himmel ab und sahen mausetot aus. Das waren sie natürlich nicht. Beim ersten Frühlingshauch würden neue grüne Blätter aus den Knospen brechen. Wie immer. Hannah ließ die Bäume hinter sich, folgte einer Biegung, und das große rustikale Sommerhaus am See, das Sally und Dick Laughlin zum Hotel umgebaut hatten, kam ins Blickfeld.

»Es ist einfach umwerfend«, bemerkte Andrea. »Immer wenn ich hierherfahre, bin ich wieder beeindruckt.«

»Ich auch. Sally und Dick haben in die Renovierung viel Zeit und Geld investiert.«

Hannah fuhr auf den Parkplatz und suchte nach einer Lücke. Da standen viele Wagen von außerhalb. Der einzige, den sie kannte, war Dicks alter VW-Bus. Er war das letzte Fahrzeug in der hintersten Reihe. Hannahs Suburban passte noch dahinter und ebnete sich einen Platz in dem aufgeschütteten Schnee. Das war einer der Vorteile eines Vierradantriebs im Winter. Man konnte problemlos durch Schnee fahren.

»Musst du unbedingt hier parken?«, beschwerte sich Andrea, als sie die Beifahrertür öffnete und auf den Schnee blickte.

»Ja. Alle regulären Plätze sind besetzt. Rutsch herüber und steig auf meiner Seite aus. Hier liegt der Schnee nicht so hoch.«

Während Andrea der Aufforderung nachkam, dachte Hannah an die Ahnenreihe des *Lake Eden Inn*. Das ursprüngliche Haus war fünf Generationen im Besitz der Laughlins gewesen und stammte aus dem späten neunzehnten Jahrhundert. Dicks Ururgroßvater hatte keine Kosten gescheut, als er sein Sommerhaus bauen ließ. Franklin Edward Laughlin, ein wenig bekannter Eisenerzmagnat, hatte Familie, Personal und Freunde, die gern ein, zwei Monate am Seeufer verbringen wollten, um sich geschart und war mit ihnen in Kutschen zu dem Vierzig-Zimmer-Haus gefahren, das er bescheiden sein »Lake Eden Cottage« nannte.

»Das Anwesen ist praktisch ein Denkmal für Dicks Ururgroßvater, nicht wahr?« Andrea stieg aus und ging den langen kurvigen Weg voran zum Eingang des Hotels.

»Das fand ich schon immer«, pflichtete Hannah bei. F. E. Laughlin musste sein Sommerhaus als sein persönliches

Bauwerk betrachtet haben, denn er gründete seinerzeit einen Fonds, der nur der Erhaltung des Anwesens diente. Das »Cottage« war in tadellosem Zustand, aber nicht modernisiert jeweils an den ältesten Sohn vererbt worden, bis Dick es schließlich vor vier Jahren erhalten hatte. Das Eisenerz-Vermögen war ebenfalls vererbt worden, doch mit der Zeit geschrumpft. Als das Lake Eden Cottage an Dick fiel, war die Familienkasse so gut wie leer.

Hannah schaute sich um, während sie an Dicks Formschnitthecken vorbeigingen. Seine immergrünen Büsche waren schön dicht gewachsen und alle Tierformen gut erkennbar. Die Mähne des Löwen war zwar nicht sehr üppig, aber der nächste Wachstumsschub würde das beheben. Das Eichhörnchen mit seinem buschigen Schwanz hatte schon eine ausgeprägte Form angenommen, und der Bär sah großartig aus. Er stand auf den Hinterläufen und war bereits anderthalb Meter hoch.

Als Dick das Anwesen seinerzeit geerbt hatte, hatte er mit Sally in Minneapolis gelebt. Sie kamen, um es sich anzusehen, verliebten sich neu darin und zogen in der Woche darauf nach Lake Eden. Sie hatten sich viel Geld leihen müssen, um das Haus mit Strom, neuen Wasserleitungen und einer modernen Restaurantküche auszustatten, aber der riskante Schritt zahlte sich mittlerweile aus. Im vergangenen Jahr war das Haus während der ganzen Saison ausgebucht gewesen und warf endlich Profit ab.

»Hier riecht etwas ganz ausgezeichnet«, sagte Andrea, als sie die Holztreppe hochstiegen und die Eingangstür aufstießen.

»Da gebe ich dir recht.« Hannah lächelte, sobald sie die Lobby mit den Eichenbalken und dem gigantischen Kamin betrat. Das Wasser lief ihr im Mund zusammen. Es duftete verlockend würzig und außerdem ganz leicht nach Schokolade. Das musste Sallys Chicken Mole sein, was Hannah besonders gern aß.

»Komm, Andrea. Lass uns in die Bar gehen.« Hannah schlug sogleich den Weg zu der holzgetäfelten Bar ein, die auch als Speiseraum diente. »Wenn das Büfett noch steht, lade ich dich zum Lunch ein.«

7

Hannah entdeckte Sally gleich beim Eintreten. Wegen ihres orangefarbenen Schwangerschaftstops war sie nicht zu übersehen. Ihr erstes Kind würde im Januar zur Welt kommen, und Sally saß auf einem Barhocker und hatte ein Bein auf den Nachbarhocker gelegt. Das Büfett war noch geöffnet. Hannah drehte sich zu Andrea um. »Du musst unbedingt Sallys Chicken Mole probieren. Es ist fantastisch.«

»Was ist Chicken Mole? Habe noch nie davon gehört.«

»Ein mexikanisches Gericht. Hähnchenfleisch, geschmort in dunkler Schokolade mit vielen Gewürzen.«

»Hähnchen mit Schokolade?« Andrea schüttelte sich. »Das regt nicht gerade meinen Appetit an.«

»Aber es schmeckt. Probier es. Du wirst schon sehen.« Hannah verkniff sich ein Grinsen. Sie hätte daran denken sollen, dass sich ihre Schwester beim Essen auf kein Wagnis einließ. Beim vorigen Thanksgiving hatte Hannah rote Paprikaschoten und Wasserkastanien in die Truthahnfüllung gegeben, und Andrea hatte sich geweigert, auch nur zu kosten.

»Komm, wir gehen Sally begrüßen. Ich glaube, Doc Knight irrt sich mit dem Geburtstermin. Sie sieht aus, als würde sie jeden Moment aufplatzen.«

Andrea machte ein Gesicht, als wollte sie die Ausdrucksweise rügen, doch in dem Moment sah sie Sally, und der Tadel war vergessen. »Ich hoffe, die vielen Gäste sind nicht zu viel für sie. Sie scheint sich nicht sehr wohlzufühlen.«

»Hallo, ihr zwei.« Sallys Gesicht hellte sich auf, als sie sie kommen sah. »Ich gönne mir gerade eine Pause. Was macht ihr so weit draußen?«

»Wir kommen wegen des Chicken Mole«, antwortete Hannah, bevor Andrea etwas sagen konnte.

»Dann füllt euch einen Teller und kommt zu mir. Ihr könnt mir den neuesten Klatsch erzählen.«

»Und du kannst uns den Klatsch über deine Gäste erzählen.« Andrea nutzte das Stichwort geschickt. »Ich liebe es, Geschichten über Leute von außerhalb zu hören.«

Hannah wartete, bis sie zu zweit am Büfett standen, bevor sie das kommentierte. »Das war gekonnt.«

»Was war gekonnt?« Andrea nahm sich einen Teller und löffelte sich eine Portion Spinatsalat darauf.

»Dass du gern Geschichten über Leute von außerhalb hörst.«

»Ach, das.« Andrea tat das mit einem Schlenker der Salatzange ab. »Ich dachte nur, Sally wird uns eher etwas erzählen, wenn wir uns interessiert zeigen. Ich wünschte nur, du hättest nicht gesagt, wir seien wegen des Chicken Mole gekommen.«

»Warum das?«

»Weil ich mir jetzt etwas davon nehmen muss, und da wir bei Sally an der Theke sitzen, werde ich es auch essen müssen.«

»Entspann dich, es wird dir schmecken.« Hannah klopfte ihr auf den Rücken. »Und denk nur, wie viel Spaß es machen wird, Tracey davon zu berichten.«

»Das sagst du immer, wenn du gekocht hast und es nicht gut gelungen ist. *Das schmeckt wirklich exotisch, Andrea. Probier mal, dann kannst du deinen Freundinnen davon erzählen.*«

Hannah zuckte zusammen. Ihre Schwester kannte sie zu gut, und egal, was sie jetzt darauf erwidern würde, es würde ihr nichts nützen. Sie sah zu, wie Andrea sich ein winziges Häppchen von dem Schmorgericht nahm und sich eine große Portion Käsemakkaroni auflegte. Sie würde nicht den Fehler begehen und ihrer Schwester verraten, dass Sallys Käsemakkaroni besonders kalorienreich waren.

Mit gefüllten Tellern kehrten sie an die Theke zurück und setzten sich zu Sally. Hannah beobachtete amüsiert, dass Andrea zuerst das Chicken Mole kostete. Wie früher: Als Kind hatte sie immer zuerst eine Gabel Gemüse genommen.

Andrea kaute nachdenklich und blickte dann lächelnd zu Sally auf. »Das schmeckt herrlich. Ich war im Zweifel, ob ich Hähnchen mit Schokolade mögen würde, doch es schmeckt mir.«

»Danke. Die Gäste schwärmen auch immer davon. Das Büfett ist das Übliche, aber ich versuche, jeden Tag ein ungewöhnliches Gericht anzubieten, um das Interesse wachzuhalten.«

»Hast du nette Leute hier?«, fragte Hannah, um das Thema auf die Gäste zu bringen.

»Sie sind super. Natürlich sind einige Kandidaten nervös. Das ist eine ziemlich große Sache, weißt du?«

»Wie geht es den drei Damen, die gestern ausgeschieden sind?«, hakte Hannah nach. »Ich sollte das vermutlich unter den Umständen nicht sagen, aber bestimmt waren sie nicht glücklich über die Kommentare von Boyd Watson.«

»Das ist die Untertreibung des Jahrhunderts!« Sally lachte. »Sie waren fuchsteufelswild, als sie hier ankamen. Doch die Gewinnerin war so nett zu den anderen, dass sie sich beruhigt haben und bei der Party richtig Spaß hatten.«

»Also waren alle drei auf der Party?«, fragte Andrea, die Hannahs Hintergedanken erkannt hatte.

»Sie waren hier und ihre Familien auch. Die könnt ihr also vergessen.«

»Vergessen?« Hannah sah sie unschuldig an.

»Ach, komm.« Sally drückte ihren Arm. »Ich weiß doch, warum ihr fragt, und war gespannt, wie lange ihr damit zögern werdet. Ich dachte, ihr macht erst mal fünf Minuten lang Small Talk, doch da lag ich falsch.«

Hannah staunte. Sally kapierte schnell. »Small Talk kann ich nicht. Deshalb komme ich immer gleich zur Sache.«

»Wie geht es Boyds Frau? Das muss ein furchtbarer Schock gewesen sein.«

»War es.« Hannah beschloss, Sally zu vertrauen. »Und um es noch schlimmer zu machen: Sie ist die Hauptverdächtige.«

Sally nahm das Bein vom Hocker und setzte sich aufrechter hin. »Sie hat es nicht getan, oder?«

»Nein, und Andrea und ich hoffen, das beweisen zu können. Wenn ich dir etwas verrate, wirst du mir versprechen, es für dich zu behalten?«

»Du kannst dich auf mich verlassen. Ich bin Danielle nur ein Mal begegnet, aber ich mag sie. Und sie kam mir nicht vor wie eine, die ihren Mann umbringt. Ich muss allerdings sagen, dass ich ihn nicht leiden konnte. Im Sommer waren die beiden zum Essen hier, und er hat sich die ganze Zeit nur beklagt. Nachdem sie weg waren, meinte Dick, sie tue ihm leid. Wir brauchten ihn nur zwei Stunden lang zu ertragen, Danielle hingegen hatte ihn auf Lebenszeit.«

»Und die war kurz«, betonte Hannah. »Danielle hätte einen guten Grund gehabt, Boyd zu töten, und das ist das Problem. Aber wir haben eine Spur.«

»Was für eine?«

»Laut Danielle wurde Boyd am Dienstagmittag von einer Frau angerufen. Es war ein Ortsgespräch, und Danielle kannte die Stimme nicht, doch Boyd ist nach dem Telefonat enorm wütend gewesen. Wir denken, die Anruferin könnte unter euren Gästen sein.«

Sally überlegte kurz und nickte. »Das ist durchaus möglich. Fast alle haben vor Mittag eingecheckt, und vor dem festlichen Dinner um sieben lag nichts an.«

»Die Anruferin hatte wohl einen Sprachfehler«, erklärte Andrea. »Sie hat stark genuschelt, doch Danielle hielt sie nicht für betrunken.«

Sally schüttelte den Kopf. »Ich kenne niemanden mit diesem Problem. Aber möglicherweise habe ich nicht jeden Gast bisher sprechen hören. Wie wär's, wenn ihr von Tisch zu Tisch geht, wenn ihr mit Essen fertig seid? Die Leute bleiben immer, um sich noch am Dessertbüfett zu bedienen.«

»Das wundert mich nicht«, sagte Hannah. »Schließlich sind sie zu einem Backwettbewerb gekommen. Vielleicht hoffen sie, sich von dir etwas abgucken zu können.«

Sally wirkte zufrieden, als sie sich von ihrem Hocker gleiten ließ. »Ich muss mich beeilen. Dick ist in der Küche und füllt die Eclairs. Ich muss sie mit Schokoladenguss bestreichen. Was wirst du heute Abend backen, Hannah?«

»Aprikosenbrotpudding.«

»Oh, gut. Noch ein Rezept für meine Sammlung. Ich habe mir vom Sender dein Rührteig-Rezept schicken lassen und gestern Abend eine vierfache Menge zubereitet. Meinst du, ich kann ihn mit Dosenpfirsichen servieren? Erdbeeren sind im Moment so teuer.«

»Na klar. Man kann jede Frucht tiefgefroren oder aus der Dose nehmen.«

Sally hob grüßend die Hand. »Danke, Hannah. Ich werde die Erste sein, die beim Sender anruft, nachdem ich dir zugesehen habe.«

Als Hannah und Andrea mit dem Essen fertig waren, gingen sie zu den Tischen. Da es so viele waren, teilten sie sich auf und sprachen sich ab, wer welche Hälfte übernahm. Hannah ging direkt auf Mr Rutlege zu. Sie wollte wissen, wie er sich nach der Tortur auf Normans Behandlungsstuhl fühlte.

»Hallo, Mr Rutlege.« Sie gab ihm die Hand. »Ich bedaure sehr, dass Sie aus der Jury ausscheiden mussten.«

»Ich nicht«, sagte die hübsche Frau an seiner Seite lächelnd. »Ich bin Belle Rutlege.«

»Hannah Swensen.«

»Ich weiß. Ich habe Sie gestern in der Sendung gesehen. Jeremy und ich waren die Einzigen hier. Alle anderen sind zur Schule gefahren.«

»Finden Sie es nicht schade, dass Ihr Mann nicht mehr mit abstimmen kann?«

»Ich bedaure, dass sein Zahn Probleme machte. Aber ich bin froh, dass er nicht im Fernsehen sprechen musste!«

»Warum denn?«

»Unsere Freunde zu Hause hätten geglaubt, er würde wieder zur Flasche greifen. Er hat furchtbar undeutlich gesprochen, und dabei ist er der Leiter der Anonymen-Alkoholiker-Ortsgruppe!«

Hannah war wie elektrisiert. Sie wandte sich Mr Rutlege zu. »Sie haben geklungen, als wären Sie betrunken?«

»Wie sternhagelvoll. Ich habe Belle erklären wollen, dass das an der Tamponade liegt. Norman meinte, ich soll sie zwölf Stunden lang drin lassen. Aber jedes Mal, wenn ich zu reden anfing, hat sie derart gelacht, dass sie mich nicht hören konnte.«

Nachdem sie noch ein Weilchen mit ihnen geplaudert hatte, ging sie, um Andrea zu holen. Sie ließ sie die Unterhaltung zu Ende führen und zog sie anschließend ins Foyer. »Mission erfolgreich.«

»Du hast die Anruferin schon gefunden?«, fragte Andrea freudig erregt.

»Nein, aber ich weiß, wo wir suchen müssen. Komm mit. Ich erkläre es dir auf der Rückfahrt. Wir müssen mit Norman sprechen, bevor er den ersten Nachmittagspatienten empfängt.«

Hannah drückte auf die Klingel am Rezeptionsfenster, und als Norman die Milchglasscheibe beiseiteschob, war sie bestürzt. Er hatte dunkle Ringe unter den Augen und wirkte nervös und angespannt.

»Was ist los, Norman?«, fragte sie sofort.

»Nichts. Wahrscheinlich habe ich in letzter Zeit zu lange gearbeitet.«

»Dann tritt mal auf die Bremse.« Das war das Erste, was ihr einfiel. Da lag etwas im Argen, und augenscheinlich betraf das Problem seine Praxis, doch das war nicht der passende Moment, um danach zu fragen. Sie würde warten, bis sie allein waren.

»Ein guter Rat, Hannah.« Norman lächelte, aber das war nur ein schwacher Abklatsch seines sonstigen Grinsens. »Hallo, Andrea. Ein Notfall?«

»Ja, doch er hat nichts mit Zähnen zu tun«, antwortete Hannah. »Ich muss in dein Terminbuch gucken. Es ist wirklich wichtig.«

»Inwiefern?«

»Das kann ich dir nicht sagen. Ist vertraulich.«

»Und aus demselben Grund kann ich euch nicht ins Terminbuch gucken lassen.«

»Ach, komm, Norman.« Hannah versuchte, ihn umzustimmen, sah ihm jedoch an, dass sie keinen Erfolg haben würde. »Na gut, ich verrate dir, worum es geht. Es hat mit dem Mordfall zu tun.«

Norman zog die Brauen hoch. »Ihr ermittelt wieder?«

»Ja«, sagte Andrea. »Aber Bill weiß es nicht, und wenn er dahinterkommt, bringt er mich um. Wir können uns doch auf deine Verschwiegenheit verlassen, ja?«

»Natürlich.«

Hannah nutzte die Gunst des Augenblicks. »Dann dürfen wir einen Blick in das Terminbuch werfen?«

Nach kurzem Überlegen lehnte Norman ab. »Das geht nicht, Hannah. Es wäre etwas anderes, wenn du für den Sheriff arbeiten würdest. Dann müsste ich behilflich sein. Aber so darf ich das nicht. Das verstehst du doch, nicht wahr?«

Hannah starrte ihn an, während er ihr bedeutungsvoll in die Augen sah und schließlich blinzelte. »Natürlich. Das fällt unter deine ärztliche Schweigepflicht.«

»Genau. Einen Augenblick, ich lasse euch herein.« Er schloss das Fenster und öffnete die Tür zur Praxis. Auf dem Empfangstresen lag ein roter Spiralblock. »Das klappe ich besser zu. Das ist mein Terminbuch. Bitte entschuldigt mich für einen Moment, ich muss mir eine Röntgenaufnahme ansehen.«

Nachdem er den Flur hinuntergegangen war, drehte sich Andrea zu Hannah um. »Was hatte das denn zu bedeuten?«

»Norman behandelt seine Patientenliste wie ein Staatsgeheimnis. Er nimmt es mit der Schweigepflicht wirklich genau. Aber er ist weggegangen, damit wir heimlich in das Terminbuch schauen können.«

Andrea ging mit Hannah hinter den Tresen. »Das erscheint mir albern, doch ich bin keine Zahnärztin, sondern Immobilienmaklerin.«

»Und Immobilienmakler haben keine Berufsethik?« Hannah konnte nicht widerstehen, sie aufzuziehen.

»Doch, natürlich. Die ist nur anders. Du willst nachsehen, wer am Dienstag hier war, ja?«

»Montag und Dienstag. Mr Rutlege hat seine Tamponade zwölf Stunden drin lassen müssen, und Norman behandelt Notfallpatienten auch nach Praxisschluss. Boyds Anruferin kann demnach auch Montagabend behandelt worden sein.«

Andrea schlug das Terminbuch auf und blätterte zum Montag zurück. »Keiner nach sechs Uhr, und die letzten beiden Patienten waren Männer.«

»Okay. Und am Dienstag?«

Beide überflogen die entsprechende Seite. Norman hatte einen arbeitsreichen Dienstagvormittag gehabt.

»Notier die Namen, Andrea. Ich lese sie vor.« Hannah wartete, bis sie sich Stift und Zettel beschafft hatte. »Luanne Hanks um acht. Mr Hodges um neun, aber den brauchst du nicht hinzuschreiben. Um halb zehn Amalia Greerson, und um elf Eleanor Cox.«

»Luanne Hanks, Amalia Greerson, Eleanor Cox. Sind das alle?«

»Ja.« Hannah klappte das Terminbuch zu und begab sich vor den Empfangstresen.

»Amalia kann es nicht gewesen sein.« Andrea folgte ihr, den Blick auf ihren Zettel gerichtet. »Sie hat mich am Dienstag gegen Mittag im Büro angerufen und nach Al gefragt. Dabei hat sie vollkommen klar gesprochen.«

»Gut. Streich sie durch. Und Eleanor auch.«

»Warum?«

»Weil Danielle ihre Stimme kennt. Sie waren Nachbarn, bevor Otis und Eleanor an den See gezogen sind.«

Andrea seufzte. »Bleibt noch Luanne. Meinst du, wir sollten mit ihr sprechen?«

»Na klar. Sie arbeitet bis sechs Uhr im Café. Lass uns vor der Rückfahrt dort reinschneien.«

»Ich bin hier hinten fertig und komme gleich zu euch«,

rief Norman aus dem Behandlungszimmer und kam kurz darauf den Flur entlang.

Hannah warf einen Blick in sein besorgtes Gesicht und fragte sich, ob das mit Lucy Richards zu tun hatte. Sie hatte ihrer Mutter versprochen, sich für Norman Zeit zu nehmen, und wollte tatsächlich einmal allein mit ihm sprechen. »Gehst du heute Abend zu dem Backwettbewerb, Norman?«

»Den werde ich mir nicht entgehen lassen. Ich hätte längst etwas sagen sollen, Hannah, doch ich bin im Augenblick nicht besonders gesprächig.«

»Was meinst du?« Hannah sah ihn ratlos an.

»Den Backwettbewerb. Du hast sehr gut ausgesehen. Und ich finde, du hast es prima hingekriegt, die Kandidatinnen wieder aufzubauen, nachdem Boyd mit ihnen fertig war. Er war ziemlich gemein. Aber vermutlich sollte ich das über einen Toten nicht sagen.«

»Warum nicht? Schließlich ist es wahr.« Hannah fragte sich, wie er wohl reagieren würde, wenn er hörte, wie gemein Boyd sonst noch hatte sein können.

»Stimmt. Doch Mutter sagt immer, man soll nicht schlecht über die Toten reden.«

»Das ist bloß ein alter Aberglaube. Im Mittelalter dachte man in Europa, die Geister der Toten, die man bei anderen schlechtgemacht hat, würden einen heimsuchen. Du glaubst doch nicht an Geister, oder?«

Er grinste. »Ich war noch nie ein Anhänger des Okkulten.«

»Nur die Lebendigen können uns etwas antun, nicht die Toten«, bekräftigte Andrea mit hartem Tonfall. »Vor Boyd braucht sich keiner mehr zu fürchten.«

Hannah nickte, denn ihr war klar, dass Andrea gerade daran dachte, was Danielle zu erleiden gehabt hatte. Sie warf ihrer Schwester einen warnenden Blick zu, darüber zu schweigen, und wechselte hastig das Thema. »Wenn du Zeit hast, komm doch nach dem Wettbewerb bei mir vorbei, Norman. Wir haben schon lange nicht mehr miteinander gesprochen.«

»Das stimmt.« Er wirkte erfreut. »Ich werde kommen, Hannah.«

Es klingelte am Fenster, und er schob die Scheibe zur Seite. »Hallo, Doc. Einen Augenblick bitte.« Er wandte sich den Schwestern zu. »Ich muss wieder an die Arbeit. Mein Halb-zwei-Termin ist da.«

»Doc Knight?« Hannah hoffte, dass er es war. Dann könnte sie ihn nämlich gleich einiges fragen, bevor Norman den Bohrer hervorholte.

»Nein, Doc Bennett. Wir haben eine Abmachung. Ich behandle seine Zähne und er meine.«

Nachdenklich verließ Hannah mit Andrea die Praxis. Auch ein Zahnarzt musste mal zum Zahnarzt, und ein Hausarzt brauchte einen Hausarzt. Daran hatte sie noch nie gedacht. Als sie die Straße überquerten und auf Hals und Roses Café zuhielten, fragte sie sich, ob ein Plätzchenbäcker seinen Plätzchenbedarf auch woanders decken sollte, verwarf die Idee aber schnell. Ihre eigenen schmeckten ihr. Sie hatte viele Stunden damit zugebracht, die Rezepte zu vervollkommnen. Vielleicht war sie ein kleines bisschen eingebildet, doch sie sah keinen Grund, schlechtere Kekse zu essen, wenn ihre landesweit die besten waren.

8

Hals und Roses Café lag gegenüber von Normans Praxis an der nordwestlichen Ecke der Kreuzung Main Street und Second Avenue. Der sandsteinfarbene Klinkerbau stammte aus den Vierzigern, und Harold und Rose McDermott waren die zweiten Eigentümer. Über dem Café befand sich eine Sechs-Zimmer-Wohnung, in der die beiden lebten. Man konnte darauf zählen, dass Rose jeden Winter, wenn es kalt wurde, damit angab, dass sie sich nicht in Mantel, Schal und Mütze einzumummen brauchte, um zur Arbeit zu gehen.

Sie betraten das Café. Einen Moment lang bereute Hannah, schon gegessen zu haben, denn es roch nach Schmorbraten. Den aß sie besonders gern mit Lorbeer und Rosmarin gewürzt und mit Zwiebeln garniert, dazu Kartoffeln und Möhren.

Rose konnte gut kochen und servierte einfache Gerichte. Außer den Hamburgern, die sie auf den Punkt briet, standen Schmorbraten, Truthahn mit allem Drum und Dran sowie Schinken mit Kartoffelgratin bei ihr regelmäßig auf der Speisekarte. Sie bot auch halbe Sandwiches an, wahlweise mit Roastbeef, Putenbraten und Schinken, jeweils mit einer Portion Kartoffelbrei und Bratensoße als Beilage. Die ursprünglichen Besitzer hatten über der Kasse ein Schild angebracht. Darauf stand: *Gutes Essen für den kleinen Geldbeutel*, und Rose löste das Versprechen ein. Hannah kannte kein zweites Restaurant im Winnetka County, wo man Hamburger, Pommes frites und Kaffee »ohne Ende«, wie Rose zu sagen pflegte, für nur zwei Dollar bekam.

Die Mittagsgäste waren schon gegangen und die Nischen entlang der Seitenwand allesamt frei, aber an der langen Theke saß die gewohnte Schar Leute. Am vorderen Ende Ed Barthel. Er hatte seinen Hocker so gedreht, dass er nach draußen sehen und die Damen beobachten konnte, die in Trudi Schumans Stoffgeschäft gingen, wo sich der Quilt-Klub traf. Offenbar hatte er Helen, seine Frau, deshalb in die Stadt gefahren, und nun schlug er die Zeit bei einer Tasse Kaffee tot, bis das Klubtreffen zu Ende war.

Lake Edens Bürgermeister, Richard Bascomb, hielt am anderen Thekenende Hof. Er war ein attraktiver grauhaariger Mann in den Fünfzigern, der eine echte Begabung für Kleinstadtpolitik hatte.

Hannah musste zugeben, dass er seine Sache gut machte. Seit er im Amt war, lief in Lake Eden alles glatt. Doch er hatte etwas an sich, das sie nicht mochte. Vermutlich lag das an seiner Unaufrichtigkeit. Er gab vor, mit jedem gut Freund zu sein, selbst wenn er demjenigen noch nie begegnet war, und er hielt immer Ausschau nach Kontakten, die ihm politisch nützen konnten.

Während seiner letzten Spendenveranstaltung war er an ihren Tisch gekommen, wo sie Plätzchen und Kaffee angeboten hatte. Während er sie wegen ihres Einsatzes lobte, sah er ständig an ihr vorbei, für den Fall, dass jemand hereinkam, der ihm nützlicher sein konnte.

Auf dem Weg zur Theke hörte Hannah unmutiges Stöhnen aus dem Hinterzimmer. Da strich wohl jemand einen Riesengewinn bei der Pokerrunde ein. Die fing schon morgens an und endete erst, wenn Rose am Abend das Licht ausschaltete und alle nach Hause schickte. Das Hinterzimmer war Hals Domäne. Er pokerte leidenschaftlich gern und nannte es seinen »privaten Bankettsaal«.

Soweit Hannah wusste, hatte dort noch nie ein Bankett stattgefunden. Dafür wurde hinter der Tür und dem dicken Vorhang jede Menge Bier und Kaffee serviert, und der Zigarrenschrank war immer gut gefüllt. Jeder ortsansässige Pokerspieler war willkommen. Indem Hal ihn als Privatraum deklarierte, umging er das Gesetz, das Rauchen und Spielen in Restaurants verbot.

Andrea stupste Hannah an und deutete auf die Wand hinter den Sitznischen, wo mit Reißzwecken bunte Veranstaltungsplakate angeheftet waren. »Rose könnte einen guten Dekorateur gebrauchen. Siehst du das Datum auf den Plakaten für Landmaschinenauktionen? Einige sind über zwanzig Jahre alt.«

»Vielleicht hofft sie, dass sie wertvoll werden. Irgendwann sind die mal antik.«

»Ja, in dreißig Jahren. Ich kann mir nicht vorstellen, wer die dann kaufen will.«

Luanne Hanks kam mit einer halb vollen Kanne Kaffee aus dem Hinterzimmer. Als sie die Schwestern sah, stellte sie die Glaskanne auf die Wärmeplatte und eilte zu ihnen. »Hallo. Wir haben noch Schinken und Truthahn, falls ihr essen möchtet.«

»Wir wollen nur einen Kaffee trinken«, sagte Hannah. »Macht es zu viele Umstände, wenn wir uns in eine Nische setzen?«

»Überhaupt keine. Setzen Sie sich, ich komme sofort.«

Hannah und Andrea begaben sich in eine Nische und warteten auf ihren Kaffee. Eine Minute später bog Luanne mit einem Tablett um die Ecke.

»Schwarz für Sie.« Sie stellte einen Henkelbecher vor Hannah. »Und Sie trinken ihn doch immer so gern mit Sahne, Andrea, stimmt's?«

»Wieso wissen Sie das noch, Luanne? Ich bin ja kaum mal hier.«

»Das gehört zum Job.« Luanne lächelte bescheiden. »Möchten Sie ganz sicher keine Kleinigkeit zu dem Kaffee dazu?«

»Nein danke«, sagte Hannah. »Aber haben Sie eine Minute? Wir müssen dringend mit Ihnen sprechen.«

»Klar. Rose war gerade nach oben gegangen, ist jetzt aber wieder da. Was gibt's denn?«

»Es geht um Ihren Zahnarztbesuch. Sie waren am Dienstag um acht bei Dr. Rhodes?«

Luanne schaute überrascht. »Ja. Ich habe mir am Montagabend einen Zahn angeschlagen, und Dr. Rhodes hat die Stelle glatt gefeilt. Er ist ein wirklich guter Zahnarzt. Nach einer Viertelstunde war ich schon bei ihm fertig. Er hat nicht mal eine Betäubungsspritze gesetzt.«

»Er hat die abgesplitterte Stelle einfach abgefeilt?« Hannah wechselte einen Blick mit Andrea. Das klang nicht danach, als könnte Luanne die Anruferin sein.

»Ja. Ich wollte es zuerst gar nicht machen lassen. Ich hasse Zahnarztbesuche. Aber ich bin ständig mit der Zunge daran hängen geblieben, und Rose hat es bemerkt. Sie hat mich gezwungen hinzugehen.«

Damit schied wieder eine Verdächtige aus. »Waren Sie sein erster Patient an dem Morgen?«

»Nein. Vor mir hat er schon eine andere Frau behandelt, aber sie war weg, als ich ankam.«

»Hat er Ihnen das erzählt?«, fragte Andrea.

»Das nicht. Doch da hing ein Schal über der Lehne des Stuhls, und den habe ich ihm gegeben. Er sagte, seine erste

Patientin müsse ihn wohl vergessen haben, und er werde ihn bis zu ihrem nächsten Termin verwahren.«

»Aber Sie wissen nicht, wer das war?«

»Ich weiß nur, dass sie *meinen* Schal hat.« Luanne seufzte schwer.

»Ihren Schal?«

»Den wollte ich für meine Mutter kaufen. Sie müssen ihn gesehen haben. Er lag bei Claire Rodgers im Schaufenster. Ein dunkelgrüner aus Kaschmir mit drei schönen aufgestickten Rosen. Meiner Mutter hat er sehr gut gefallen, und ich habe gespart, um ihn ihr zu Weihnachten zu schenken. Ich hätte ihn besser anzahlen sollen, doch er war so teuer, dass ich dachte, den kauft niemand.«

»Danke, Luanne.« Hannah lächelte. Sie hatte erfahren, was sie wissen wollte. Wenn der Schal derart teuer gewesen war, wusste Claire sicher noch, wer ihn gekauft hatte. »Wie geht es Suzie?«

»Man kann praktisch zusehen, wie sie wächst. Sie kann schon ganz gut laufen. Kommen Sie uns doch mal besuchen. Sie beide sind uns immer willkommen.«

»Machen wir«, versprach Hannah. Luanne zog ihre Tochter allein auf und leistete Großartiges. Sie hatte es schwer, denn sie unterstützte auch ihre verwitwete Mutter.

»Glauben Sie, sie kann schon mit Spielen etwas anfangen?«, fragte Andrea.

»Was für Spiele?«

»Tracey hat einen runden Plastikapparat mit Tierstimmen. Man drückt auf den Knopf, auf dem das Tier abgebildet ist, zum Beispiel die Kuh, und dann muht sie, oder das Schwein grunzt. Ich glaube, es gibt auch eine Katze, einen Hund und allerhand andere Tiere.«

»Das wäre bestimmt ein schönes Weihnachtsgeschenk für sie. Wo haben Sie es gekauft?«

»Wir haben es geschenkt bekommen. Ich habe es noch irgendwo. Falls ich es finde … würden Sie es gern für Suzie nehmen?«

Luanne schaute verlegen. Hannah sah ihr an, dass sie das Spielzeug gern nähme, aber sie hatte ihren Stolz und lehnte Almosen ab. »Na ja … wenn Sie sicher sind, dass Tracey nicht mehr damit spielt …«

»Schon seit Jahren nicht mehr. Ich schaue mal, ob ich es finde. Aber Sie müssten neue Batterien dazukaufen.«

»Das kann ich tun«, sagte Luanne sofort. Im Stillen machte Hannah ihrer Schwester ein Kompliment wegen ihres Taktgefühls. Solange Luanne etwas dazukaufen musste, damit das Spielzeug einsatzfähig war, betrachtete sie es nicht als Almosen.

»Dann bringe ich es gelegentlich vorbei. Wahrscheinlich finden sich noch ein, zwei andere Spielsachen. Tracey hat früher batteriebetriebenes Spielzeug geliebt. Darf ich sie vielleicht mitbringen? Sie mag Suzie sehr.«

»Sicher. Suzie freut sich bestimmt, wenn sie wieder einmal zum Spielen kommt.« Luanne nahm das Tablett. »Ich muss mich um die anderen Gäste kümmern. Der Bürgermeister trinkt viel Kaffee, und seine Tasse ist bestimmt wieder leer.«

Nachdem Luanne gegangen war, beugte sich Andrea über den Tisch. »Gehen wir gleich zu Claire in den Laden?«

»Ich gehe zu ihr«, sagte Hannah nach einem Blick auf die Uhr. »Es ist fast drei. Hast du Zeit, um in Danielles Nachbarschaft ein paar Flyer zu verteilen, bevor du Tracey abholst?«

»Klar. Aber ich hole sie vorher ab. Sie macht das so gern mit mir zusammen. Willst du, dass ich mit ein paar Nachbarn spreche?«

»Ja. Wir müssen herausfinden, ob jemand gestern Abend

zwischen halb neun und zehn etwas Ungewöhnliches gesehen oder gehört hat.«

»Das kann ich erledigen. Aber Bill und Mike haben schon alle befragt. Was kann es bringen, wenn ich die gleiche Frage noch mal stelle?«

»Vielleicht erzählen sie dir etwas, was sie vor einem Cop nicht erwähnen würden. Du kannst einfach gut mit Leuten umgehen.« Hannah fand eine kleine Schmeichelei ganz in Ordnung.

»Natürlich kann ich das. Ich bin Immobilienmaklerin.« Andrea reckte stolz das Kinn. »Al hat einen Stapel Kalender in seinem Büro liegen. Die könnte ich persönlich abgeben. Es geht nichts über ein Werbegeschenk, wenn man mit jemandem ins Gespräch kommen will. Verlass dich auf mich, Hannah. Wenn einer von Danielles Nachbarn etwas weiß, werde ich es erfahren, und ich erzähle es dir heute Abend nach dem Backwettbewerb.«

Nachdem Hannah ihre Pflichten hatte schleifen lassen und gerade erst hereingekommen war, hatte sie Skrupel, Lisa zu bitten, noch mal kurz die Stellung zu halten. »Macht es dir auch wirklich nichts aus? Es dauert nur fünf Minuten. Ich will Claire schnell etwas fragen.«

»Kein Problem«, versicherte Lisa. »Die Plätzchen sind alle fertig, und ich liebe es, die Kunden zu bedienen.« Sie rückte nah an Hannah heran, damit die Leute sie nicht hören konnten, und flüsterte: »Geht es um den Mordfall?«

»Ja, aber behalte es für dich. Ich darf nämlich nicht herumschnüffeln.«

»Mikes Befehl?« Lisa wartete, bis Hannah genickt hatte, dann grinste sie. »Ein Befehl, den du nicht befolgen wirst?«

»Du hast es erfasst. Und Bill weiß nicht, dass Andrea mir hilft. Also ist es ein doppeltes Geheimnis.«

»Ich wünschte, ich könnte auch mitmachen«, sagte Lisa sehnsüchtig. »Fällt dir nichts ein, was ich beitragen könnte?«

Hannah überlegte kurz. »Spitz die Ohren. Deine Mutter hat dich wahrscheinlich dazu erzogen, die Gespräche anderer nicht zu belauschen, diesmal jedoch ist es für eine gute Sache.«

»In Ordnung. Aber die Kunden werden in meinem Beisein wahrscheinlich gar nichts sagen.«

»Doch, das werden sie. Wenn du den Eindruck hast, dass sich jemand über den Mord unterhält, nimmst du die Kaffeekanne und gehst an den Tisch. Die Leute beachten die Kellnerin, die ihnen Kaffee nachschenkt, so gut wie nie. Es ist, als wären wir unsichtbar.«

»Ich kann es kaum erwarten, das auszuprobieren.« Lisa schaute belustigt drein. »In meiner Grundschulzeit habe ich mir oft gewünscht, ich könnte mich unsichtbar machen. Ich habe es gehasst, wenn ich im Unterricht aufgerufen wurde, ohne dass ich mich gemeldet hatte. Gibt es noch etwas, was ich tun kann?«

Hannah vertraute ihr und beschloss, sie einzuweihen. »Achte auf junge Frauen, die stark nuscheln. Danielle hat erzählt, dass Boyd von so einer angerufen wurde und hinterher sehr wütend war. Das ist im Moment unsere einzige Spur.«

»Geht klar. Geh du nur zu Claire und mach dir meinetwegen keine Gedanken. Ich habe hier alles im Griff.«

Hannah schlüpfte durch die Backstube nach draußen und eilte über den verschneiten Parkplatz zu Claires Hintertür. Es wehte ein böiger Wind, und obwohl die Boutique gleich nebenan war, zitterte Hannah vor Kälte, als sie dort ankam. Sie klopfte laut und wartete, schlang frierend die Arme um sich und wünschte, sie hätte sich den Parka übergezogen. Den Voraussagen der Meteorologen zufolge würde das der strengste Winter seit Beginn der Wetteraufzeichnungen werden. Wenn das nicht übertrieben war, würden sich die Bewohner von Lake Eden noch dickere Jacken und Pullover anziehen müssen, um morgens die Zeitung ins Haus zu holen.

Claire schloss die Tür auf und winkte sie herein. »Hallo, Hannah. Wo hast du deinen Mantel gelassen?«

»Am Haken in der Backstube. Hast du eine Minute?«

»Sicher. Im Moment ist nicht viel los. Die einzige Kundin ist Marguerite Hollenbeck, und die probiert gerade etwas an. Mach es dir bequem. Ich gehe kurz nach ihr sehen und bin gleich zurück.«

Claire verschwand durch den geblümten Vorhang, und Hannah setzte sich auf den Hocker vor der Nähmaschine. Claires Hinterzimmer war klein und vollgestellt. In einer Ecke waren die Kleiderschachteln gestapelt, daneben standen das Bügelbrett und der kleine Schreibtisch, an dem sie sich mit Rechnungen und Lieferscheinen befasste, und an der Wand gegenüber der lange Ladentisch, auf dem Claire Kleidungsstücke faltete, in Seidenpapier einschlug und in die lavendelblauen Beau-Monde-Schachteln packte. Den verbliebenen Platz nahm ein großer Kleiderständer ein, an dem die Stücke hingen, die geändert werden mussten.

Hannah fiel ein bunter Hosenanzug ins Auge, mit Streifen in Hellblau, Gelbgrün und einem dunklen Pink, und sie grinste, als sie den Namen auf dem Schildchen sah. Sie hätte sich denken können, dass Betty Jackson ihn gekauft hatte. Betty trug immer Längsgestreiftes. Damit sähe man schlanker aus, hatte ihr mal jemand gesagt, aber wohl vergessen zu erwähnen, dass man bei Kleidergröße 56 auch mit Längsstreifen nicht zierlich wirken konnte.

»Marguerite kommt allein zurecht«, berichtete Claire, als sie durch den Vorhang trat. »Sie hat fünf Kleider in die Kabine mitgenommen und wird eine Weile beschäftigt sein. Dein Outfit für heute Abend ist in Ordnung, nicht wahr?«

»Vollkommen«, versicherte Hannah. Ihre Kleider für den Fernsehauftritt stammten von Claire, und beide waren sie Mr Hart dankbar. Claire, weil er den Ladenpreis bezahlt und als Bonus für sie in der Sendung geworben hatte. Hannah, weil er ihr erlaubt hatte, die Sachen zu behalten, und weil sie eine willkommene Ergänzung ihrer überschaubaren Garderobe waren.

»Du trägst heute Abend das dunkelgrüne Strickkleid?«

»Ja. Es ist wirklich schön.« Einen besseren Anknüpfungspunkt, um nach dem Schal zu fragen, würde sie nicht finden. Aber es war besser, Claire zu verschweigen, dass sie in dem Mordfall ermittelte. Sie hatte fast schon zu viele Leute ins Vertrauen gezogen. »Ich komme wegen des Schals, den du im Fenster hattest. Ich glaube, er würde wunderbar zu dem Strickkleid passen, und möchte ihn kaufen.«

»Welchen Schal meinst du?«

»Den dunkelgrünen mit den aufgestickten Rosen.«

»Ach, der.« Claire wurde blass und lehnte sich gegen den Schreibtisch. »Es tut mir leid, Hannah, aber der ist … weg.«

»Hat ihn jemand gekauft?«

»Das nicht gerade. Er … äh … war vom Liegen im Schaufenster verschossen. Ich musste ihn an den Hersteller zurückschicken.«

»Hast du noch so einen?«

»Nein. Die Rosen waren handgestickt, und er war ein Unikat. Deshalb war er so teuer.«

Hannah sah zu, wie Claire nach einem Faltkarton griff

und ihn aufklappte. Ihre Hände zitterten, und sie wich Hannahs Blick beharrlich aus. Claires plötzliche Nervosität ließ nur einen Schluss zu: Sie hatte gelogen.

»Bist du sicher, dass du ihn nicht verkauft hast?«, hakte Hannah nach. »So kurz vor Weihnachten ist bei dir viel los. Vielleicht hast du es nur vergessen?«

»Ich habe es nicht vergessen.« Claire blickte auf und sah sie direkt an. »Niemand hat den Schal gekauft. Aber du brauchst zu dem Strickkleid kein Accessoire. Es ist perfekt.«

Hannah beschloss, es ihr leicht zu machen, und stand auf. »Wahrscheinlich hast du recht. Das war nur eine Idee, mehr nicht. Ich muss wieder nach drüben. Lisa hält ganz allein die Stellung, und heute wird es voll werden.«

»Und ich muss wieder zu Marguerite, bevor sie denkt, ich hätte sie vergessen.« Claire war sichtlich erleichtert, weil Hannah sich damit zufriedengab, und hielt ihr die Hintertür auf. »Ich werde mir heute Abend die Sendung ansehen.«

Während Hannah nach nebenan eilte, versuchte sie, Claires Erklärung nachzuvollziehen. Als sie behauptet hatte, der Schal habe im Schaufenster Schaden genommen, hatte sie gelogen, aber als sie darauf beharrt hatte, ihn nicht verkauft zu haben, hatte sie die Wahrheit gesagt. Ein spannendes Rätsel, ganz nach Hannahs Geschmack. Aber erst mal war sie ratlos.

Hannah öffnete die Backofentür und schob den Aprikosenbrotpudding hinein. Es war befremdlich, einen Teig in den kalten Ofen zu schieben ohne die Absicht, ihn abzubacken, und sie musste sich daran erinnern, dass dies Teil einer Show war und die Fernsehköche das auch taten. Als ihr der Inspizient das Zeichen gab, öffnete sie die untere

Backofentür und nahm die fertige Süßspeise heraus, die sie schon vor Beginn der Nachrichten gebacken hatte. Sie würde sie auf Dessertschalen verteilen, während Rayne Phillips seine Wetterprognose bekannt gab, und die Schlagsahne darüber verteilen, wenn Wingo Jones die Sportnachrichten verlas.

Sie trat an den Kühlschrank und stand vor glänzenden, aber leeren Glasböden. Ihre Schnüfflerarbeit hatte sie derart in Anspruch genommen, dass sie vergessen hatte, die Schlagsahne mitzubringen!

Aus dem Augenwinkel sah sie in der Kulisse jemanden wild gestikulieren. Es war Lisa, und sie hielt eine Flasche Schlagsahne hoch. Der Inspizient entdeckte sie ebenfalls und winkte sie auf die Bühne, doch Lisa schüttelte den Kopf. So ging es einige Male hin und her; er beharrte auf seiner Bitte, sie auf ihrer Weigerung.

Hannah verbiss sich ein Grinsen, als der Inspizient sich unter den Sichtbereich der Kamera duckte und zu Lisa hinüberlief. Darauf folgte eine kurze Diskussion, die sich Hannah im Stillen ausmalte. *Geben Sie sich einen Ruck, sie braucht die Sahne. – Aber ich kann das nicht! – Doch, Sie können das. Sie wollen sie doch nicht im Stich lassen, nicht wahr?* Schließlich errötete Lisa bis zum Haaransatz, betrat das Set und übergab Hannah die Sahne.

Dabei drehte sie den Kopf ein wenig weg, sodass das Publikum ihr Gesicht nicht sehen konnte. »Ich soll dir helfen, die Portionen zu servieren«, flüsterte sie.

»Gut. Ich kann Hilfe gebrauchen«, flüsterte Hannah zurück. »Ich verteile den Brotpudding auf die Schälchen, du löffelst die Sahne darüber. Dann trage ich das Tablett, und du servierst, okay?«

Lisa nickte, und sie machten sich an die Arbeit. Sie waren gerade mit dem Aufteilen fertig, als der Inspizient ihnen das

Zeichen gab. Hannah ging mit dem Tablett zu den Moderatoren, Lisa hielt sich neben ihr.

»Wir haben hier ein neues Gesicht, Leute«, sagte Chuck Wilson und wandte sich sogleich an Lisa. »Wer sind Sie?«

Lisa holte tief Luft. Hannah konnte sich denken, was in ihr vorging. Lisa war gezwungen zu antworten, andernfalls stünde sie wie eine Idiotin da. »Ich heiße Lisa Herman und bin Hannahs Mitarbeiterin im *Cookie Jar.*«

»Danke, Lisa.« Chuck schaute lächelnd auf die Süßspeise. »Das sieht köstlich aus. Was ist es, Hannah?«

»Aprikosenbrotpudding.« Hannah hoffte, er würde Lisa mit einer weiteren Frage verschonen, bis sie fertig serviert hatten, denn ihr zitterten bereits die Hände, und wenn er sie noch nervöser machte, würde die Portion auf Dee-Dee Hughes' engem gelben Pulli landen.

Die hatte sich anscheinend vorgenommen, die Aufmerksamkeit auf ihre perfekte Figur zu lenken, denn kaum hatte Lisa ihr das Schälchen vorgesetzt, sagte sie: »Weihnachten steht vor der Tür. Da muss ich auf mein Gewicht achten. Das ist kein Low-Carb-Dessert, oder?«

»Das nicht, doch es hat nur halb so viele Kalorien wie ein Stück Apfelkuchen.« Lisa verblüffte Hannah mit ihrer prompten Antwort. »Und es hätte noch weniger, wenn Sie es mit Milch statt mit Sahne essen.«

Hannah applaudierte ihr im Stillen, weil sie vorher die Kalorien ausgerechnet hatte. Sie hatte sich wohl gedacht, dass Dee-Dee Hughes das Thema wieder ansprechen würde.

»So habe ich Brotpudding noch nie gegessen.« Wingo Jones musste mal wieder seinen Senf dazugeben. »Wird er normalerweise nicht mit Rosinen gebacken?«

»Das stimmt«, sagte Hannah. »Man kann aber auch jede andere getrocknete Frucht verwenden.«

Wingo schaute verwirrt. »Ich wusste nicht, dass Rosinen

getrocknete Früchte sind. Ich dachte, das sind, na ja, Rosinen eben. Sie wissen schon, für die schnelle Energiezufuhr.«

»Rosinen sind getrocknete Trauben«, erklärte Lisa.

Rayne Phillips leckte sich über die Lippen und lächelte selig in die Kamera. »Das schmeckt echt gut, Leute! Willst du uns nicht verraten, wie man an das Rezept kommt, Chuck, damit wir es zu Hause nachbacken können?«

Daraufhin klärte Chuck Wilson die Zuschauer auf, dass sie nur bei KCOW anzurufen brauchten, dann würde man ihnen das Rezept zuschicken. Hannah und Lisa mussten sich noch für ein Gruppenbild zu den Moderatoren stellen, dann war die Sendung vorbei.

Hannah wartete, bis sie in die Küche gegangen waren, um die Sachen zusammenzupacken. Für ein paar Augenblicke arbeiteten sie still zusammen. »Du warst heute Abend großartig«, sagte sie schließlich zu Lisa. »Du hast genau die richtigen Antworten gegeben.«

»Wirklich?« Lisa klang überrascht. »Ich hätte das nicht gekonnt, wenn du mich nicht gebeten hättest, beim Servieren zu helfen. Nachdem das geklappt hat, war ich auch gar nicht mehr nervös.«

»Hat dein Dad von zu Hause aus zugesehen?« Hannah griff nach einer der Plastikboxen.

»Ja.« Lisa nahm sich die andere und ging mit ihr zur Seitenbühne. »Mr Drevlow ist rübergekommen und hat sich zu ihm gesetzt. Hoffentlich hat er die Sendung für mich aufgenommen. Ich bin gar nicht auf die Idee gekommen, dass ich gefilmt werden könnte!«

In der Kulisse wartete der Inspizient auf sie und hörte Lisas Bemerkung. »Dann bitten Sie ihn am besten, die morgige Sendung auch aufzunehmen. Ich habe gerade einen Anruf von der Regie erhalten. Mason möchte, dass Sie Hannah vor der Kamera assistieren, bis der Wettbewerb vorbei ist.«

»Ich?« Lisa bekam vor Aufregung eine Piepsstimme. »Wenn ich das meinem Dad erzähle! Er wird ganz aus dem Häuschen sein, und ich muss wieder *Meine Lieder – meine Träume* auflegen, damit er einschlafen kann.«

Der Inspizient schaute sie verständnislos an, doch Hannah wusste genau, was Lisa meinte. Das Musical wirkte auf Lisas Vater wie eine Gutenachtgeschichte. Julie Andrews' Stimme fand er so beruhigend, dass er nach ein paar Szenen einschlief.

»Das liegt an ihrer Stimme«, erklärte Lisa. »Und er hat es schon so oft gesehen, dass er es auswendig kann.«

Der Inspizient wirkte noch immer ratlos, sodass Hannah einsprang. »Jeder hat einen anderen Einschlaftrick. Mein Vater hörte immer Wagner. Ich selbst lese ein schlechtes Kochbuch.«

»Ein schlechtes?«

Hannah grinste. »Bei einem guten würde mir der Magen knurren, und dabei kann ich nun wirklich nicht einschlafen.«

Hannah verabschiedete sich von Lisa, die vor Aufregung übersprudelte, und machte sich auf die Suche nach ihrer Schwester. Tracey war gebeten worden, vor der Kamera den Namen des neuen Preisrichters auf ein Schild zu schreiben, und deshalb ging Hannah den Flur entlang zu dem Klassenzimmer, das zur Maske umfunktioniert worden war. Sie traf dort Andrea und Bill an, die der Hairstylistin dabei zusahen, wie sie Traceys Haare besprühte.

Andrea bemerkte ihre Schwester in der Tür und verhandelte sofort mit Bill. »Ich muss mit Hannah über das neue Angebot sprechen, das heute Nachmittag reingekommen ist. Kannst du Tracey zur Bühne begleiten, wenn sie so weit ist?«

Bill war einverstanden. »Geh nur, Liebling. Wir sehen uns hinterher, wenn alles vorbei ist.«

»Welches neue Angebot?«, fragte Hannah, sowie sie eine abgeschiedene Stelle hinter der Bühne gefunden hatten. »Ich dachte, du würdest in Danielles Nachbarschaft Flyer verteilen.«

»Hab ich schon erledigt. Dabei habe ich das neue Angebot bekommen. Mrs Adamczaks Cousin verkauft sein Haus. Sie hat ihn für mich angerufen, und ich konnte ihn überreden, mir den Auftrag zu erteilen. Aber das ist nicht wichtig. Ich habe etwas Neues zu unserem Fall.«

Hannah lächelte. Auf Andrea konnte sie zählen. »Lass hören.«

»Du kennst doch Mrs Kalick, nicht? Das ist die Witwe, die in Danielles Straße an der nächsten Ecke wohnt.«

»Ich kenne sie. Was hast du erfahren?«

»Sie sagt, sie hat sich gerade bettfertig gemacht, als sie in der Straße zwei Autos kommen hörte. Sie weiß nicht mehr genau, wie spät es da war, nur dass es zwischen halb neun und zehn war. Ihr Badezimmerfenster liegt zur Straße raus, und sie hat Boyds Grand Cherokee vorbeifahren sehen. Und ein anderer Wagen folgte ihm.«

»Ausgezeichnet, Andrea! Das könnte wirklich wichtig sein. Hat Mrs Kalick den zweiten Wagen erkannt?«

»Nein. Die Straßenlaterne steht an der nächsten Ecke, sodass es bei ihr recht dunkel war. Aber der Mond schien, und sie hat gesehen, dass das Wagendach eine helle Farbe hatte. Sie meint, es war ein Cadillac oder ein Lincoln, doch das Beste kommt noch.«

»Nämlich?«

»Ein dritter Wagen fuhr bis ans Ende der Straße, schaltete die Scheinwerfer aus und parkte unter der großen Kiefer. Mrs Kalick konnte nur noch die Stoßstange sehen. Die Zweige haben ihr die Sicht versperrt.«

»Wie lange stand der Wagen da?«

»Eine Viertelstunde etwa. In der Zeit hat sie sich die Zähne geputzt und die Nachtcreme aufgetragen. Als sie dann wieder nach draußen guckte, war er weg.«

»Hat sie das auch Bill und Mike erzählt?«

Andrea verneinte. »Sie hat nur den Wagen erwähnt, der Boyd gefolgt ist, aber nicht den dritten.«

»Warum nicht?«

»Sie hat vermutet, dass Felicia Berger und ihr Freund drinsaßen. Wahrscheinlich haben die schon öfter im Dunkeln mit dem Auto unter der Kiefer gestanden. Mrs Kalick kann Felicia gut leiden und wollte ihr keinen Ärger mit den Eltern einhandeln. Du weißt, wie streng die Bergers sind. Ihre Tochter darf sich nicht schminken und nicht tanzen gehen. Sie würden sie einsperren, wenn sie wüssten, dass sie einen Freund hat.«

Das war nicht übertrieben. Hannah kannte die Bergers. »Das könnte eine entscheidende Spur sein, vor allem, wenn das nicht der Wagen von Felicias Freund war. Ist Mrs Kalick noch etwas aufgefallen?«

»Nein, aber Mr Gessell. Er wohnt neben Danielle und meint, er hätte zwei Männer auf der Straße streiten hören. Er wollte schon rausgehen, um zu sehen, was los war, doch da wurde es still.«

»Um welche Zeit war das?«

»Er sagt, der Wetterbericht auf KCOW war gerade zu Ende. Ich habe beim Sender angerufen und mich erkundigt. Der Wetterbericht dauert immer von fünf vor neun bis neun.«

»Gut gemacht.« Hannah war beeindruckt.

»Jetzt bist du dran.«

»Womit?«

»Was hast du über den Schal erfahren?«

»Nicht viel. Claire war allerdings sehr nervös, als ich sie darauf ansprach. Ich habe gesagt, ich möchte ihn kaufen, und sie meinte, er sei weg. Sie hätte ihn zum Hersteller zurückgeschickt, weil die Farbe im Schaufenster Schaden genommen hat.«

»Aber wir wissen, dass das nicht stimmt«, stellte Andrea heraus. »Luanne hat ihn in Normans Behandlungsraum hängen sehen. Glaubst du, dass Claire zwei solcher Schals hatte?«

»Nein. Laut Claire gibt es nur den einen. In dem Punkt hat sie die Wahrheit gesagt. Das konnte ich ihr ansehen. Ich habe ihr die Chance gegeben, ihre Geschichte abzuändern. Ich wüsste schließlich, wie viel vor Weihnachten bei ihr los ist, und sie könnte sich vielleicht falsch erinnern. Aber sie sah mir direkt ins Gesicht und betonte, dass sie ihn nicht verkauft hat.«

»Also hat sie einmal gelogen und einmal die Wahrheit gesagt.«

»So ist es. Das kann ich mir nicht erklären. Ich kann mir höchstens vorstellen, dass sie den Schal einer Kundin geschenkt hat und das unbedingt für sich behalten will.«

»Das ist wirklich seltsam.« Andrea zog die Brauen zusammen. »Und noch seltsamer ist, dass sie deswegen nervös war. Ich glaube, der Schal ist ein wichtiges Indiz. Wir müssen herausfinden, wer ihn jetzt hat.«

Hannah drehte sich um und sah Bill und Tracey kommen. »Das denke ich auch. Lass uns später darüber reden. Da kommt deine Familie.«

Andrea entdeckte sie ebenfalls und winkte ihnen. »Besser, du gehst jetzt in die Maske. Die Sendung fängt bald an.«

»Ich war schon dort. Sie haben mich vor den Nachrichten geschminkt.«

»Tja, dein Make-up muss aufgefrischt werden«, beharrte Andrea. »Der Lippenstift ist weg, dein Gesicht glänzt, und deine Haare sind schon wieder kraus.«

»Danke, Schwesterherz.« Hannah versuchte, nicht sarkastisch zu klingen, und eilte davon. Andrea will nicht an mir herummäkeln, sondern mir helfen, vor der Kamera gut auszusehen, sagte sie sich. Aber angesichts ihrer zwei umwerfend schönen Schwestern und der Bikinifigur ihrer Mutter musste sie ihren ganzen Humor aufbringen, um in Lake Eden nicht mit einer braunen Papiertüte über dem Kopf herumzulaufen.

9

Nachdem Mr Hart der Gewinnerin gratuliert hatte – die ältere Dame hatte einen köstlichen Mohnkuchen gebacken –, wandte sich Hannah an Edna Ferguson, die neue Preisrichterin. »Sie haben das großartig hinbekommen, Edna.«

»Meinen Sie wirklich?«

»Ja.« Hannah lächelte sie herzlich an. »Wie Sie mit dem Ingwerkuchenproblem umgegangen sind, das war klasse.«

Edna verzog das Gesicht. »Er hat mir wirklich nicht geschmeckt.«

»Ich weiß, und zum Ausgleich haben Sie die Kandidatin für ihre Brandysoße gelobt.«

»Die hat sie gut gemacht. Sie passte nur nicht so recht zu dem Ingwerkuchen.«

»Das ist wahr.« Hannah dachte stirnrunzelnd an die Kombination von Ingwer und Brandy. »Jedenfalls waren Sie sehr freundlich, finde ich.«

»Das war meine Absicht. Nach dem, was gestern Abend vorgefallen ist, dachte ich, ein zweiter taktloser Mensch in der Jury ist das Letzte, was wir brauchen. Die Polizei hat noch niemanden verhaftet, oder?«

»Nicht, dass ich wüsste. Vorhin habe ich noch mit Bill gesprochen. Er hätte es mir sicher erzählt.«

»Nun, ich hoffe, sie finden den Täter bald!« Edna schauderte. »Schon wieder ein Mörder in Lake Eden! Da läuft es einem eiskalt über den Rücken.«

Nachdem Hannah ihr eine gute Nacht gewünscht hatte, holte sie ihre Transportboxen und verstaute sie im Kofferraum. Auf dem Weg zu ihrer Wohnung, wo sie nachher mit Norman verabredet war, dachte sie an ihr Gespräch mit Edna. Die schien zu vermuten, dass der Mord an Boyd mit dem Backwettbewerb zu tun hatte. Das würde erklären, warum sie die Beiträge der Kandidaten so behutsam kritisiert hatte. Aber Hannah war überzeugt, dass Boyds hässliche Bemerkungen als Preisrichter nicht der Grund für sein gewaltsames Ableben waren. Die Kandidatinnen des vergangenen Abends hatten wasserdichte Alibis, und das hieß, Boyd war aus einem anderen Grund getötet worden.

Sie warnte einen entgegenkommenden Fahrer mit der Lichthupe, weil er zu dicht an der Mittellinie fuhr. Er schwenkte ein wenig nach rechts, und sie fuhr vorbei. Hannah war sich sicher, dass die Wagen, die Mrs Kalick in der Straße gesehen hatte, ins Bild passten. Ebenso der Streit, den Mr Gessell gehört hatte. Der Anruf, den Boyd am Dienstag erhalten hatte, war auch ein wichtiges Teil des Puzzles. Normans erste Patientin, die geheimnisvolle Dame mit dem Schal, könnte die Anruferin gewesen sein. Hannah beschloss, Norman mit Plätzchen zu erweichen und aus ihm herauszubringen, wer die Frau war.

Lächelnd öffnete Hannah die Tür. Aus einem seltsamen Grund war sie unglaublich froh, Norman zu sehen, und nicht nur, weil sie ihm eine Information entlocken wollte. Norman war nicht der Typ Mann, der Frauenherzen schneller schlagen ließ. Zu sagen, er habe eine hohe Stirn, wäre freundlich ausgedrückt, und er war in der Taille ein wenig füllig. Aber seinen Humor konnte sie nach diesem anstrengenden Tag gut gebrauchen, und außerdem war er ein sehr guter Freund. »Hallo, Norman. Ich bin wirklich froh, dass du kommst.«

»Tatsächlich?« Er wirkte überrascht und zugleich erfreut. »Bevor ich es vergesse, Hannah, du warst heute Abend großartig. Und hübsch. Durch das Kleid sah dein Haar wie Kupfer aus.«

»Danke.« Sie verkniff sich die Bemerkung, dass Kupfer mit der Zeit Grünspan ansetzte. Norman wollte ihr ein schönes Kompliment machen, und das sollte sie nicht verderben. »Komm rein. Es ist kalt draußen, und ich habe meinen Gaskamin angeworfen.«

Moishe begrüße Norman mit einem lauten »Miau« und brachte ihn beinahe zum Stolpern, kaum dass er durch die Tür trat.

»Hallo, Großer. Warte nur eine Sekunde.« Norman zog sich den Mantel aus, legte ihn über den Stuhl neben der Tür und hob den Kater hoch. »Na? Hast du in letzter Zeit mal wieder Chihuahuas in Angst und Schrecken versetzt?«

Moishe schnurrte ungeheuer laut und hatte nicht einmal etwas dagegen, als Norman ihn mit dem Bauch nach oben in den Armen trug. Jeder andere hätte sich dabei tiefe, schmerzhafte Kratzer eingehandelt.

»Möchtest du ein Glas Wein? Ich habe eine Flasche geöffnet.« Verlegen dachte sie an die grüne Drei-Liter-Flasche »Château Schraubverschluss«, die sie im Supermarkt erstanden hatte.

»Nein danke. Ich nehme lieber ein zuckerfreies Erfrischungsgetränk, falls du so etwas dahast. Oder Wasser.«

Hannah grinste. In Minnesota sagte kein Mensch »Erfrischungsgetränk«. Norman war zwar in der Gegend aufgewachsen, hatte aber lange genug in Seattle gelebt, um sich den Ausdruck anzugewöhnen.

»Was habe ich gesagt, das dich zum Grinsen bringt?«

»›Erfrischungsgetränk‹. In Lake Eden sagen alle ›Limo‹. Du hast Glück, Norman. Ich habe schon für die Feiertage eingekauft und habe Cola, Diät-Cola, Root Beer, Red Cream Soda und 7-Up.«

»Red Cream Soda?« Norman lächelte. »Das habe ich zuletzt als Kind getrunken. Wo hast du die bekommen?«

»Im CostMart. Ich habe alles gekauft, was sie davon noch dahatten. Der Geschäftsführer sagte, sie hätten eine partielle Lieferung aus einer Abfüllanlage im Süden hereinbekommen. Red Cream Soda ist aber nicht zuckerfrei.«

»Das ist okay. Ich trinke trotzdem eine.«

Hannah ging lächelnd in die Küche, um ihm eine Flasche zu holen. Sie hatte überlegt, ihm eine Kleinigkeit zu Weihnachten zu schenken, und ein Karton Red Cream Soda wäre perfekt. Sie drehte die Kappe von der Flasche und goss ein Glas voll ein. Es sah wie Erdbeerlimonade aus. Nachdem sie ihr Glas mit dem Wein aus der grünen Flasche mit der Aufschrift *Weißer Tafelwein* gefüllt hatte, trug sie die Gläser ins Wohnzimmer.

Norman saß auf der Couch mit Moishe im Arm. Ihr Kater schnurrte noch immer und sah selig aus. Moishe mochte Mike, aber in Norman war er geradezu vernarrt. Als sie es sich in der anderen Couchecke bequem machte, fragte sie sich, ob ihr Schoßtier vielleicht mehr wusste als sie.

»Nimm dir ein Plätzchen.« Hannah deutete auf ihre Oatmeal Raisin Crisps in dem stoffgefütterten Körbchen, das sie auf den Sofatisch gestellt hatte. Sie waren katzensicher, denn Moishe mochte keine Rosinen.

»Danke.« Norman griff zu und biss hinein. »Die mag ich am liebsten.«

Hannah lachte. »Das sagst du auch bei den Chocolate Chip Crunches. Du kannst nicht jeden Keks zu deinem Favoriten küren.«

»Doch, kann ich. Deine Kekse sind so gut, dass immer der, den ich gerade esse, mein Favorit ist.« Norman stutzte und runzelte die Stirn. »War das verständlich ausgedrückt?«

»Für mich ja.« Hannah grinste. Sie fühlte sich immer wunderbar, wenn jemand ihr Gebäck lobte.

»Dein Kamin gefällt mir«, bemerkte Norman. »Er sieht fast echt aus.«

»Ich mag ihn auch. Er heizt sehr gut, und ich brauche keine Scheite aufzuschichten. Andrea und Bill haben einen echten, und Bill muss sich immer Gedanken machen, ob das Feuer runtergebrannt sein wird, wenn sie schlafen gehen.«

»Deshalb möchte ich einen Kamin im Schlafzimmer haben. Man kann ein, zwei Scheite auflegen, bevor man zu Bett geht, das Gitter vorschieben, und dann ist es schön warm im Zimmer. Romantisch ist es auch.«

Hannah hatte einen Kamin im Schlafzimmer schon immer romantisch gefunden, aber sie hatte das noch nie jemanden sagen hören. »Da hast du recht, Norman. Ich verstehe nicht, warum so wenige Leute dort einen haben.«

»Vermutlich, weil die wenigsten ihr Haus selbst entwerfen. Sie kaufen ein fertiges. Vielleicht sollte ich mir ein Architekturprogramm für meinen PC kaufen und das perfekte Haus für mich erstellen.«

»Das macht bestimmt Spaß.«

»Hättest du Lust, mir zu helfen, wenn ich das Programm habe? Ich weiß zum Beispiel nicht, was man bei der Küche beachten sollte. Wahrscheinlich würde ich vergessen, Platz für die Spülmaschine oder den Backofen einzuplanen.«

»Backöfen«, korrigierte Hannah. »Wenn du vorhast, viele Gäste einzuladen, brauchst du zwei. Der Thanksgiving-

Truthahn belegt allein einen Ofen, daher brauchst du den anderen für die Beilagen.«

Norman lachte. »Siehst du, was ich meine? Daran hätte ich niemals gedacht. Es ist ganz offensichtlich, dass ich dich brauche, Hannah. Wir machen das zusammen und entwerfen unser Traumhaus.«

Hannah wurde es mulmig. Sein Traumhaus mit einem Mann zu entwerfen, mit dem sie nur drei Mal ausgegangen war, war eine ziemlich ernste Sache.

»Wenn es gut wird, können wir die Pläne bei dem Traumhauswettbewerb einreichen, der gerade in Minneapolis von einer Zeitung veranstaltet wird. Als ersten Preis kann man fünftausend Dollar gewinnen. Die könnten wir uns teilen. Wie wär's, Hannah? Willst du einen Versuch wagen?«

»Klar.« Sie lächelte erleichtert. Norman hatte nichts Ernsteres im Sinn, als an einem Wettbewerb teilzunehmen, und das wäre eine nette Abwechslung. »Du besorgst das Programm, und ich mache mir über die ideale Küche Gedanken.«

Schweigend sahen sie den Flammen zu, die aus den Löchern des Keramik-Holzscheits züngelten. Das war nicht romantisch, aber gemütlich. Hannah wollte die Stimmung nicht zerstören, indem sie Norman nach der Patientin fragte, doch sie musste unbedingt wissen, wer den Schal bei ihm vergessen hatte.

»Norman?«

»Ja, Hannah?«

»Ich würde eigentlich lieber still mit dir ins Feuer starren, aber ich muss etwas von dir wissen.«

»Okay. Schieß los.«

»Es geht um deine erste Patientin am Dienstagmorgen, nicht um Luanne Hanks, sondern um die, die nicht in deinem Terminbuch eingetragen war. Wer war sie?«

Norman seufzte. »Ich hatte gehofft, dir würde mal etwas

entgehen. Musst du das wirklich wissen? Oder bist du bloß neugierig?«

»Ich muss. Vielleicht brauchst du mir ihren Namen gar nicht zu verraten. Wichtig ist erst mal nur, ob du ihr einen Zahn gezogen hast.«

Norman sah sie verwundert an. »Wieso das?«

»Weil am Dienstagmittag eine Frau bei Boyd Watson angerufen hat, die stark nuschelte. Der Anruf hat ihn furchtbar aufgeregt und könnte mit dem Mord zu tun haben. Andrea und ich vermuten, dass sie bei dir in Behandlung war und noch Tamponade im Mund hatte.«

Norman stieß erneut einen Seufzer aus. Es widerstrebte ihm sichtlich, Auskunft zu geben, und dauerte eine Minute, bis er sich dazu durchrang. »Also gut. Ich habe oben rechts zwei Zähne gezogen. Als sie um Viertel vor acht die Praxis verließ, habe ich sie angewiesen, die Tamponade bis mindestens ein Uhr drin zu lassen.«

»Hat sie genuschelt?«

»Ja.«

Hannah holte tief Luft. »Dann brauche ich den Namen. Sie muss diejenige sein, die bei Boyd angerufen hat.«

»Es war Lucy Richards.«

»Lucy? Warum hast du sie nicht im Terminbuch eingetragen?«

»Weil ich ihr die Implantate schwarz mache. Als Gegenleistung für einen Gefallen.«

Norman schien sich äußerst unbehaglich zu fühlen. Das ließ vermuten, dass mehr dahintersteckte. Hatte Delores recht, was Lucy und Norman betraf? Bekam sie die Gratisbehandlung, weil sie ihm gefiel?«

»Das ist ganz in Ordnung.« Hannah lächelte ihn an, damit er sich entspannte. »Es geht mich zwar nichts an, aber bist du … äh … fühlst du dich zu Lucy hingezogen?«

Norman starrte sie entgeistert an, dann schüttelte er energisch den Kopf. »Nein! Wie kommst du denn auf die Idee?«

»Bloß eine wilde Vermutung.« Hannah hatte nicht vor, seine oder ihre Mutter zu erwähnen. »Also arbeitest du umsonst, um ihr einen Gefallen zu tun. Was hast du dafür bei ihr gut?«

Angespannt wartete sie und glaubte schon nicht mehr, dass er antworten würde. Dann seufzte er wieder. »Sie hat etwas über mich herausgefunden. Ein Vorfall aus meiner Zeit in Seattle. Ich mache ihr die Implantate, und sie verzichtet auf ihre Story. Eigentlich ganz einfach.«

»Eigentlich Erpressung.«

»Da hast du recht. Aber ich muss mitspielen. Sie hat mich in der Hand.«

»Was Lucy über dich weiß, ist wirklich so schlimm?« Die Frage rutschte ihr heraus, und im nächsten Moment bereute sie sie. Es ging sie wirklich nichts an.

»Jedenfalls schlimm genug. Wenn es herauskäme, würde es zwar nicht mein Leben zerstören, doch die Leute in Lake Eden würden mich mit anderen Augen sehen. In erster Linie bin ich um meine Mutter besorgt. Sie wäre am Boden zerstört.«

Hannahs Gedanken überschlugen sich. Norman wurde also von Lucy erpresst. Könnte sie das auch bei Boyd versucht haben? Und wie stand es mit Claire? Lucy war in einem neuen Mantel von Beau Monde ins *Cookie Jar* gekommen, und sie besaß den teuren Schal, den Luanne für ihre Mutter hatte kaufen wollen. Lucys angeblicher Vorschuss war glatt erfunden gewesen. Das hatte Hannah gleich gewusst. Und jetzt war sie überzeugt, dass jeder Penny von Lucys neuem Reichtum von Leuten stammte, denen sie mit einer Enthüllung drohte.

»Hannah?«

»Ja?« Sie unterbrach ihre Überlegungen und wandte sich Norman zu.

»Ich habe dich etwas gefragt. Musst du auch wissen, was Lucy über mich erfahren hat?«

Hannah fällte eine rasche Entscheidung. »Nein.«

»Befürchtest du, dass du mich nicht mehr leiden kannst, wenn du erst mal darüber Bescheid weißt?«

»Du solltest mich besser kennen!« Sie sah ihn ernst an. »Es ist dein Geheimnis. Aber wenn du es mir eines Tages anvertrauen willst, kannst du absolut sicher sein, dass sich meine Haltung zu dir nicht ändern wird.«

»Danke. Vielleicht erzähle ich es dir später, doch nicht jetzt.«

»Das ist in Ordnung.« Sie bemühte sich nach Kräften, ihre Neugier zu zähmen. »Überleg mal: Hältst du es für möglich, dass Lucy noch mehr Leute erpresst?«

Norman zuckte mit den Schultern. »Durchaus. Als Journalistin hat sie Zugang zu allen möglichen Informationsquellen. Auf diese Weise ist sie auch auf mein Geheimnis gestoßen. Ich traue ihr das vollkommen zu. Als sie zu mir in die Praxis kam und verlangte, dass ich ihr die Zähne mache, hatte ich den Eindruck, dass sie schon eine gewisse Routine darin hat.«

»Was hat dich auf den Gedanken gebracht?«

»Sie trat sehr sicher auf. Sie gab mir ihren Artikel zu lesen und sagte, sie wolle mir ein Angebot machen. Und sie hat mich gewarnt, ich solle nicht mal daran denken, sie anzuzeigen, wenn ich den Artikel nicht am nächsten Tag im *Lake Eden Journal* gedruckt sehen will.«

War er so naiv? Hannah war verblüfft. »Und du hast ihr geglaubt?«

»Natürlich nicht. Ich bin mir sicher, dass Rod das niemals

drucken würde. Aber sie könnte es jemandem erzählen, und du weißt, wie schnell sich hier alles herumspricht. Außerdem …« Er zögerte. »Vielleicht sollte ich es doch lieber für mich behalten.«

»Spuck's aus, Norman«, befahl sie. »Ich will es wissen.«

»Zu dem Zeitpunkt war ich schon mächtig sauer und habe mich darauf gefreut, ihre Zähne zu bearbeiten. Ich habe mir ausgemalt, die Betäubungsspritze nicht so geschickt zu setzen wie sonst, die Injektion vielleicht ein wenig zu niedrig zu dosieren.«

Hannah lachte, sie konnte nicht anders. Und sie war froh, als Norman mitlachte. »Und? Hast du?«

»Nein. Sobald ich anfing zu arbeiten, übernahm meine professionelle Seite das Ruder. Ich bin ein guter Zahnarzt.«

»Davon bin ich überzeugt.«

Norman trank einen Schluck von seinem Red Cream Soda und seufzte. »Was meinst du, was ich tun sollte? Es Sheriff Grant erzählen?«

»Noch nicht. Bisher bist du das einzige Erpressungsopfer, das wir kennen. Wir sollten zuerst noch ein paar andere finden.«

»Bist du sicher, dass es andere gibt?«

»So gut wie. Denk nur an ihren Anruf bei Boyd. Bestimmt wollte sie bei ihm die gleiche Nummer abziehen. Und es muss noch mehr geben, denn sie hat sich gerade einigen Luxus gegönnt.«

»Wie willst du die anderen Opfer ausfindig machen? Die werden ja nicht von selbst auf dich zukommen und es erzählen. Du wirst Beweise brauchen.«

»Beweise.« Hannah wiederholte es nachdenklich und fing an zu lächeln. »Das ist es, Norman! Hat Lucy gegen dich einen Beweis in der Hand?«

»Ja. Sie hat einen Brief von …«

Hannah fiel ihm ins Wort. »Nicht. Das muss ich nicht wissen. Aber sie hat ihn ganz sicher?«

»Ja. Sie hat mir eine Kopie des Briefes gezeigt. Das Original hat sie angeblich auch.«

»Dann brauche ich nur herauszufinden, wo sie ihn aufbewahrt. Da dürften sich auch die Beweise gegen die anderen Opfer befinden. Damit müsste sich ermitteln lassen, wer sie sind, und …« Sie stockte mitten im Satz und grinste plötzlich. »Vergiss, was ich gesagt habe. Ich bin wohl schon zu müde zum Denken. Es ist nicht nötig, die anderen Opfer zu ermitteln. Ich muss nur ihre Beweise stehlen.«

»Wie willst du das anstellen? Du weißt nicht mal, wo du suchen musst.«

»Das Redaktionsbüro scheidet aus. Rod könnte dort darauf stoßen.« Hannah eliminierte diverse Versteckmöglichkeiten. »Und sie wird sie auch nicht in einem Bankschließfach verwahren, weil sie dann nur innerhalb der Öffnungszeiten an die Sachen herankäme. Sie würde sie auch keinem zur Aufbewahrung anvertrauen, dazu sind sie zu wichtig. Und das bedeutet, sie liegen in ihrer Wohnung.«

»Das leuchtet ein. Doch sie wird kaum zulassen, dass du sie durchsuchst.«

»Ich habe nicht vor, sie um Erlaubnis zu bitten. Wann hat sie den nächsten Termin bei dir?«

»Morgen früh um sieben. Dann nehme ich Abdrücke. Aber du kannst nicht bei ihr einbrechen, Hannah. Das ist illegal.«

»Erpressung auch. Wie lange kannst du sie im Behandlungsstuhl festhalten?«

»Ich weiß nicht.« Norman zog die Brauen zusammen, und Hannah sah ihm an, dass sein Gewissen laut protestierte.

»Du musst mit mir kooperieren. Ich werde mindestens eine Stunde brauchen.«

Norman gab seufzend nach. »Das lässt sich machen. Ich werde mehr Wasser zugeben, wenn ich die Masse anrühre, dann braucht sie länger, um abzubinden. Also eine Stunde, höchstens. Länger kann ich sie nicht aufhalten.«

»Das dürfte genügen. Lucys Wohnung ist klein. Bis dahin sollte ich durch sein. Ruf bei ihr zu Hause an, wenn sie die Praxis verlässt, damit ich weiß, wann ich abhauen muss.«

»Okay, aber mir ist nicht wohl bei der Sache. Was, wenn du erwischt wirst?«

»Werde ich nicht«, versprach sie und wünschte, sie hätte auch jemanden, der ihr das versprechen konnte.

Oatmeal Raisin Crisps

Den Ofen auf 190 °C vorheizen,
das Blech mittelhoch einschieben.

250 g Butter
400 g weißer Zucker
2 TL Vanille
½ TL Salz
2 TL Backnatron
2 große Eier
180 g Mehl
150 g grobe Haferflocken

Die Butter zerlassen und in eine Backschüssel geben, den Zucker zugeben und verrühren, dann Vanille, Salz und Backnatron unterrühren.

Wenn die Mischung abgekühlt ist, nach und nach die Eier und das Mehl, zuletzt die Rosinen unterrühren.

Die Haferflocken im Standmixer zerkleinern, bis sie körnig sind wie grober Sand. Zum Teig geben und unterkneten. (Der Teig wird ziemlich fest.)

Zwischen den Handflächen walnussgroße Kugeln formen und auf ein gefettetes Backblech setzen, etwa 12 pro Blech. (Sollten sie kleben, stellen Sie den Teig für eine halbe

Stunde in den Kühlschrank und versuchen Sie es noch mal.) Die Teigkugeln mit einer Gabel kreuzweise flach drücken.

Bei 190 °C 10 Minuten backen. Anschließend 2 Minuten abkühlen lassen und auf ein Abkühlgitter setzen.

Andrea schmecken die Plätzchen, obwohl sie keine Rosinen mag – sieh mal einer an!

10

Andrea schauderte, als Hannah am Ende von Vera Olsens Straße parkte. »Ist das auch wirklich nötig?«

»Absolut.« Hannah stellte den Motor ab und sah auf die Uhr. Es war sieben Uhr. Lucy sollte jetzt bei Norman auf dem Behandlungsstuhl sitzen. »Reiß dich zusammen. Wir dürfen nicht tatenlos zusehen und Lucy mit Erpressung durchkommen lassen!«

»Vermutlich nicht.« Andrea schauderte schon wieder. Es war ein kalter Morgen, und der Wind legte noch zu, aber Hannah vermutete, dass ihre Schwester mehr vor Angst als vor Kälte schauderte.

»Na los, wir haben nicht viel Zeit. Norman kann Lucy nicht ewig festhalten.«

»Du hast recht. Bringen wir's hinter uns.« Andrea zog sich ihre Strickmütze über die Ohren, fasste ihre Haare zusammen und steckte sie unter die Mütze. Dann erst öffnete sie die Beifahrertür. »Gut, dass Tracey bei ihrer Grandma übernachtet hat. Sie soll nicht mitkriegen, dass ihre Mutter kriminell ist.«

»Du bist nicht kriminell. Ich nehme alles auf meine Kappe, wenn es Schwierigkeiten geben sollte.«

»Was für Schwierigkeiten?« Sie wollten gerade losgehen, doch Andrea hielt Hannah am Arm auf. »Bei deinem Anruf gestern Abend hast du nichts von irgendwelchen Schwierigkeiten gesagt.«

Hannah seufzte gequält. Sie hätte ihr vorschnelles Mundwerk halten sollen, aber nun war es zu spät. »Ich rechne auch nicht mit welchen.«

»Und was ist mit Schwierigkeiten, mit denen du nicht rechnest? Besser, du sagst es mir gleich.«

»Na gut.« Hannah stöhnte leise. Da hatte sie den Schlamassel, und Andrea ließ sich keinen Sand in die Augen streuen. »Es ist schon möglich, dass wir erwischt werden. Wenn das passiert, werde ich Bill sagen, dass ich dich mitgeschleift habe und du nicht wusstest, was ich vorhabe.«

»Na klar, er wird das ganz bestimmt glauben. Ich bereue allmählich, dass ich mich darauf eingelassen habe.«

»Möchtest du lieber im Wagen bleiben und auf mich warten?«

»Nein. Ich habe gesagt, ich helfe dir, und dann tue ich das auch.« Andrea ging schneller. »Beeilung, Hannah. Wir wollen schließlich nicht gesehen werden.«

»Niemand wird uns sehen. Und wenn doch, kann er uns nicht erkennen. Deshalb habe ich dich gebeten, Bills alten Parka und eine Mütze anzuziehen und dein Haar darunter zu verbergen.«

Der Eingang zu Lucys Wohnung lag abseits der Straße, und deshalb war es unwahrscheinlich, dass sie jemand bemerkte. Es gab eine Außentreppe, die Wind und Wetter ausgesetzt war, aber ein hoher Nadelbaum mit dichten Zweigen schützte vor den Blicken der Nachbarn.

Am Fuß der Treppe zögerte Andrea, die Stufen hinaufzusteigen. »Was, wenn sie den Termin kurzfristig abgesagt hat? Was machen wir dann?«

»Wir klopfen erst mal. Wenn Lucy öffnet, sage ich, wir sind nur gekommen, um ihr Plätzchen zum Geburtstag zu bringen.« Hannah hielt einen Beutel hoch. »Wir bleiben ein paar Minuten und gehen wieder.«

»Lucy hat heute Geburtstag?«

»Keine Ahnung, aber das ist eine gute Ausrede.« Hannah stieg die Treppe hoch. »Ich kann dann immer noch behaupten, jemand hätte mich falsch informiert. Doch Lucy ist nicht zu Hause. Laut Norman hat sie noch nie einen Termin sausen lassen und ist immer pünktlich gewesen.«

»Warum hast du dann die Kekse mitgenommen?«

Hannah atmete tief durch und wünschte, ihre Schwester wäre morgens nicht so denkfähig. »Weil es nicht schaden kann, auf alles vorbereitet zu sein.«

Oben auf dem Treppenabsatz klopfte Hannah an die Tür. Von drinnen kam keine Reaktion, auch nicht beim zweiten Klopfen. Sie drehte sich zu Andrea um. »Siehst du? Sie ist nicht da. Halt mal meine Tasche. Ich muss meine Kreditkarte benutzen.«

»Wozu?«

»Um einzubrechen. Man schiebt sie einfach zwischen Türpfosten und Schloss und ruckelt ein bisschen hin und her, bis der Riegel zurückschnappt.«

»Das wird nicht klappen. Lucy hat ein Sicherheitsschloss. Siehst du das zweite Schlüsselloch?«

Hannah runzelte die Stirn. Andrea hatte recht. Die Tür hatte zwei Schlösser. »Ich weiß nicht, wie man so eins knackt.«

»Die kann man nicht knacken. Bill sagt, ein richtig eingebautes Sicherheitsschloss ist die beste Abwehrmaßnahme gegen Einbrecher.« Andrea beugte sich über das Geländer, um das Fenster zu begutachten, das sich gleich rechts neben der Tür befand. »Natürlich nützt so ein Schloss gar nichts, wenn du vergisst, das Schiebefenster abzuschließen.«

Andrea zog sich die Handschuhe aus und stopfte sie

in die Manteltasche. Sie entriegelte das untere Paneel des Sturmfensters, schob es nach oben und drückte die Handflächen an die innere Fensterscheibe und drückte sie ebenfalls hoch. Mit einem triumphierenden Grinsen drehte sie sich zu Hannah um. »Ich schiebe mich durch die Öffnung. Du hältst so lange meinen Parka, und ich bin im Nu drinnen.«

Hannah sah zu, wie Andrea sich mit einem Bein über das Geländer schwang und nach dem Fensterbrett griff. Sie zog sich daran durch die Öffnung, bis sie mit dem Oberkörper in das Zimmer ragte, dann stieß sie sich mit den Füßen vom Geländer ab und schlängelte sich ganz in die Wohnung. Im nächsten Moment polterte und klirrte etwas, und kurz darauf öffnete sich die Wohnungstür.

»Ich hab ja gesagt, ich schaffe das.« Andrea lächelte stolz. »Aber Lucy hätte ihr schmutziges Geschirr nicht in der Spüle stapeln sollen. Wir schulden ihr einen Teller und eine Tasse.«

Lucys Dachgeschosswohnung bestand aus einer Küche, einem Bad und einem großen Wohn- und Schlafraum. In der winzigen Küche fingen sie an und wurden dort rasch fertig. Nachdem sie alle Schränke geöffnet und auch in Herd, Kühlschrank und sogar im Gefrierfach nachgesehen hatten, setzten sie die Suche im Badezimmer fort.

Das Bad nahm noch weniger Zeit in Anspruch als die Küche. Dort gab es nur vier Schubladen im Waschtisch, und sie fanden nichts außer Lucys Make-up, eine Zahnbürste, eine angefangene Zahnpastatube und abgelaufene Aspirin-Tabletten.

»Warte mal.« Hannah stoppte Andrea, die gerade hinausgehen wollte. »Wir haben die Toilette vergessen.«

»Die Toilette?«

»Ich habe das mal in einem Film gesehen. Wenn man etwas wasserdicht verpackt, kann man es im Spülkasten verstecken.« Sie hob den Deckel an und spähte hinein.

»Was gefunden?«

»Nur Wasser«, antwortete Hannah. »Wahrscheinlich kennt Lucy den Film nicht.«

Danach nahmen sie sich das Zimmer vor. Es diente Lucy offenbar als Wohn-, Arbeits- und Schlafzimmer, und sie würden alle Hände voll zu tun haben.

»Wohin führt wohl die Tür dort?«, fragte Hannah und zeigte auf die Wand neben dem Bett.

»Dahinter liegt der Dachboden«, erklärte Andrea. »Vera hat mich mal nach oben mitgenommen, als ich noch auf der Highschool war.«

»Warum das?«

»Wir haben für das Oberstufenstück Requisiten gesucht. Vera hatte viele Sachen ihrer Eltern aufgehoben, und die waren auf dem Dachboden verstaut. Wo soll ich anfangen, Hannah?«

»Such du im Schrank, ich in der Kommode.«

Andrea hatte sich gerade abgewandt, um zum Kleiderschrank zu gehen, als jemand klopfte. Sie blickten sich erschrocken an. »Was war das?«, wisperte Andrea.

»Es hat an der Tür geklopft«, flüsterte Hannah zurück.

»Was tun wir jetzt?«

Hannah sah ihr an, wie viel Angst sie hatte, und fasste ihr beruhigend an den Arm. »Wir reagieren nicht. Bleib ruhig. Wenn der Besucher einen Schlüssel hätte, bräuchte er nicht zu klopfen.«

Es klopfte noch einige Male, dann wurde es still. Die Schwestern hielten den Atem an und horchten, ob derjenige die Treppe hinunterging, doch kein Geräusch war zu hören. Angespannt warteten sie, dann klopfte es wieder.

»Der ist echt beharrlich«, flüsterte Andrea.

»Ja. Er müsste schon wunde Knöchel haben.« Hannah winkte ihre Schwester zum Rand des Bettes. »Verhalte dich still. Ich schleiche zum Küchenfenster und versuche, auf den Treppenabsatz zu spähen.«

Hannah ging auf Zehenspitzen in die Küche und dicht an der Wand entlang zum Fenster über der Spüle. Wenn Lucys Besucher sie bemerkte, würde schwer zu erklären sein, was sie in Lucys Abwesenheit in der Wohnung taten. Die Küchengardinen aus gelbem Baumwollstoff hingen an weißen Plastikringen an einer Stange über dem Fensterrahmen. Andrea hatte sie zugezogen, nachdem sie eingestiegen war, aber es gab eine schmale Lücke an der Seite zwischen Gardine und Wand.

Hannah spähte hinaus. Der Treppenabsatz war leer. Vor der Tür stand niemand. Doch Lucys Besucher klopfte weiter. Hannah dachte unwillkürlich an Edgar Allan Poes *Der Rabe*, das Gedicht über den schwarzen Krähenvogel an der Zimmertür.

Poes *Rabe?* Hannah stutzte bei dem Gedanken und musste grinsen. Sie zog die Gardine beiseite und blickte in das dunkel glänzende Auge eines Spechts, der am Holzrahmen der Wohnungstür saß und mit dem Schnabel dagegenhämmerte. Er hielt inne, dann flog er in die Kiefer neben der Treppe.

Lachend kehrte Hannah in das Zimmer zurück und sah Andrea über den Bettrand lugen. »Du kannst rauskommen. Das war nur ein Specht.«

»Ein Specht?« Verlegen stemmte sich Andrea in der schmalen Lücke zwischen Wand und Bett hoch und warf dabei ein Zierkissen um.

»Da leben wohl Holzkäfer in Lucys Türrahmen. Als er mich sah, ist er weggeflogen.«

Andrea atmete erleichtert auf. »Ich dachte die ganze

Zeit, Boyds Mörder steht draußen. Mit einem Messer in der Hand.«

»Der wäre bestimmt nicht so höflich anzuklopfen.« Hannah gab ihr einen sanften Schubs in Richtung Kleiderschrank. »Beeilen wir uns. Such du im Schrank, ich in der Kommode und unter dem Bett.«

Hannah tastete in allen Schubladen zwischen den Kleidungsstücken, Andrea nahm den langen Schrank in Angriff, der unter der Dachschräge eingebaut war. Nachdem sie in der Kommode nichts entdeckt hatte, kniete sie sich neben das Bett, um darunter nachzuschauen.

»Sie hat viele neue Outfits.« Andreas Stimme kam gedämpft zwischen den Kleidern hervor. »An den meisten hängen noch die Preisschilder, und sie stammen alle aus Claires Boutique.«

Hannah zog Lucys Kissenbezüge ab und schüttelte sie aus. »Das beweist, dass Claire zu ihren Opfern gehört. Lucy kann sich so teure Kleidung nicht leisten. Sie muss Claire gezwungen haben, sie umsonst herzugeben.«

»Im Schrank ist nichts, Hannah.« Andrea kam mit dem Kopf aus dem Stauraum unterhalb der Kleiderstange hervor. Ihre Haare waren durcheinander, und an ihrem Pulli klebten ein paar Spinnweben. »Lucy würde mit Sicherheit keinen Preis für gute Haushaltsführung gewinnen. In ihrem Schrank herrscht das pure Chaos. Wo soll ich jetzt nachsehen?«

»Unter den übrigen Möbeln. Vielleicht klebt da ein Umschlag. Und denk auch an die Couch. Taste die Kissen und die Polster ab, ob etwas Hartes darin versteckt ist. Ich nehme mir den Schreibtisch vor.«

Lucy besaß einen antiken Rollschreibtisch, den Hannah bewunderte. Delores hatte einen ähnlichen, und der zählte zu ihren wertvollsten Stücken. Hannah hatte ihr seinerzeit geholfen, ihn von der Auktion nach Hause zu transportieren, und Delores hatte ihr daraufhin die Geheimfächer gezeigt. Zum Glück erinnerte sich Hannah noch, wie man an die herankam.

Nachdem sie den Inhalt der gewöhnlichen Schubladen untersucht hatte, zog sie eine Lade ganz heraus und griff in den Hohlraum, um den Riegel zu lösen. Die falsche Rückwand öffnete sich mithilfe eines gut geölten Mechanismus. Hannah langte hinein und förderte einen grauen Umschlag mit zwei Pappkreisen zutage, einer befand sich an der Lasche, der andere genau darunter am Umschlag. Ein Stück rote Schnur hielt beide zusammen und diente als Verschluss. »Ich habe etwas gefunden.«

Andrea kam angelaufen und sah zu, wie Hannah die Schnur abwickelte. »Wo war der?«

»In einem Geheimfach.«

»Dieser Umschlag ist uralt. Solche Dinger habe ich schon ewig nicht mehr gesehen.«

»Da hast du recht.« Hannah runzelte die Stirn. »Er könnte noch vom ursprünglichen Besitzer des Schreibtischs stammen.«

Sowie die Schnur abgewickelt war, hob Hannah die Lasche an und riss die Augen auf. In dem Umschlag steckte ein Bündel Hundert-Dollar-Scheine.

Andrea starrte auf das Geld. »Wie viel wird das sein?«

»Keine Ahnung. Mal sehen.« Hannah zählte die Scheine und sah ihre Schwester an. »Zweitausend Dollar. Und die haben nicht dem ursprünglichen Besitzer des Schreibtischs gehört. Die gehören Lucy, und sie hat sie in das Geheimfach gelegt.«

»Woher weißt du das?«

»Einige Scheine haben das größere Franklin-Porträt, das sind neue. Die gab es damals noch nicht.« Hannah steckte das Geldbündel in den Umschlag zurück und wickelte die Schnur wieder um die Pappkreise.

»Was werden wir damit machen?«

»Das weiß ich noch nicht. Das hängt davon ab, woher es stammt.« Sie griff noch einmal in das Geheimfach und brachte einen weiteren Umschlag zum Vorschein. Es war ein weißer Umschlag für Standardbriefe mit dem Wappen des Seattle Police Departments über der Absenderadresse.

»Was ist das?«

»Der Grund, warum sie Norman erpressen konnte.« Hannah faltete ihn in der Mitte und schob ihn in die hintere Hosentasche. »Den werde ich ihm geben.«

»Willst du ihn nicht öffnen?«

»Nein.«

»Du willst gar nicht wissen, was Norman getan hat?«

»Doch, natürlich, aber ich warte, bis er es mir von selbst erzählt.« Sie sah ihre Schwester an, die gerade einen seltsamen Gesichtsausdruck hatte. »Was ist?«

»Wenn das schmutzige Geheimnis von jemand anderem drinstünde, würdest du den Umschlag sofort aufreißen. Norman bedeutet dir anscheinend mehr, als du zugibst.«

Hannah ließ das unkommentiert und tastete in dem Fach nach weiteren Gegenständen. Es war klar, was Andrea vermutete, aber Hannah wollte mit ihr nicht über ihre Gefühle für Norman reden. Er war ein Freund, vielleicht der beste, den sie hatte. Und das war ihr fürs Erste genug.

»Was ist noch darin?«, fragte Andrea.

»Fotos und Negative. Ich glaube, wir haben das Entscheidende gefunden.«

»Den Munitionsvorrat für ihre fiesen kleinen Erpressungen?«

»Das Bild ist schief, aber egal. Wichtig ist, dass wir Lucy am Kragen haben. Sieh dir mal die Fotos an, die sie gemacht hat!«

»Das sind Claire und Bascomb, die zusammen ins *Blue Moon Motel* gehen.« Andrea klang geschockt. »Kein Wunder, dass Claire ihr all die Kleidungsstücke gegeben hat!«

»Wahrscheinlich hat Lucy auch den Bürgermeister unter Druck gesetzt. Er ist verheiratet und will sicher nicht, dass seine Frau das Foto sieht.« Hannah legte es hin und wandte sich dem nächsten zu. »Das hat sie im *Lake Eden Inn* aufgenommen.«

»Stimmt. Das ist die Rezeption. Wer sind die beiden Männer?«

»Der eine ist Mr Rutlege, der als Preisrichter vorher ausscheiden musste. Und der andere ist der Mann einer Kandidatin. Ich weiß den Namen nicht mehr, aber er hält den grauen Umschlag in der Hand, den wir gefunden haben.«

»Den mit dem Geld?«

»Er sieht jedenfalls genauso aus.«

»Hat er Rutlege bestochen, damit seine Frau den Wettbewerb gewinnt?«

»Er hat es *versucht.* Mr Rutlege muss wohl abgelehnt haben, da das Geld jetzt in Lucys Besitz ist.«

Andrea dachte darüber nach. »Das klingt logisch. Lucy hat das offenbar beobachtet, den Mann damit konfrontiert und gedroht, ihn bloßzustellen, wenn er ihr nicht den Umschlag gibt.«

»So wird es gewesen sein.« Hannah deutete auf das dritte Foto. »Schau mal. Das ist durch Danielles Küchenfenster aufgenommen.«

Andrea holte entsetzt Luft. »Das ist Boyd, und er schlägt gerade Danielle. Sie sieht verängstigt aus. Und Boyd ganz gemein.«

»Er war auch ganz gemein.« Hannah klang hart. »Ich kann kaum Mitgefühl für ihn aufbringen. Ich weiß, er hatte es nicht verdient, auf diese Weise zu sterben, doch ich bin froh, dass Danielle nicht mehr unter ihm zu leiden hat.«

»Amen, kann ich da nur sagen. Gut, dass du die Sachen gefunden hast. Jetzt wissen wir, warum Lucy Boyd angerufen hat. Sie wollte Schweigegeld aus ihm rauspressen.«

Stirnrunzelnd betrachtete Hannah eine Zeit lang die Aufnahme. »Das Foto muss etwas mit dem Mord zu tun haben, aber ich habe keine Ahnung, was es sein könnte.«

»Ich auch nicht, außer ...« Andrea stockte und wurde blass. »Glaubst du, dass Lucy ... mal angenommen, Boyd wollte sich nicht erpressen lassen, und sie ist wütend geworden ... Sie wird ihn doch wohl nicht umgebracht haben, oder?«

»Ganz bestimmt nicht. Sie ist klein, und Boyd war groß.«

»Und?«

»Der tödliche Schlag wurde von oben ausgeführt. Lucy hätte auf einen Hocker steigen müssen, um ihm mit so viel Kraft auf den Kopf zu schlagen.«

»Okay. Das verstehe ich. Aber was, wenn Boyd kniete und um Gnade flehte?«

»Vor Lucy? Er war hundert Pfund schwerer als sie, und wir wissen, dass er keine Skrupel hatte, Frauen zu schlagen. Wenn er geglaubt hätte, dass sie ihm gefährlich werden kann, hätte er sie gepackt, Hammer hin oder her, und hätte sie gegen die Wand geschleudert.«

»Stimmt. Aber vielleicht hat Lucy ihn mit einer List dazu gebracht, sich hinzuknien. Wenn sie etwas fallen gelassen hat und das ist unters Auto gerollt, hat Boyd es vielleicht hervorangeln wollen.«

»Das haut auch nicht hin«, erwiderte Hannah. »Auf dem Garagenboden sind überall Ölflecken, und Boyd hatte eine hellgraue Hose an. Wenn er gekniet hätte, hätte man an der Hose bestimmt Ölflecken gefunden.«

Andrea atmete erleichtert auf. »Ich bin froh, dass du mir das gesagt hast. Ich fürchtete schon, wir durchsuchen die Wohnung einer Mörd…«

»Scht!« Hannah fasste sie am Arm, damit sie sich still verhielt. »Ich höre etwas!«

»Einen Specht?«

»Nein.«

Sie lauschten mit angehaltenem Atem. Da waren leise Schritte zu hören. »Das ist Vera«, flüsterte Hannah. »Sie kommt die Flurtreppe herauf.«

»Sie muss uns gehört haben.« Andrea war in panischer Aufregung. »Wir werden erwischt!«

»Werden wir nicht. Versteck dich im Schrank. Ich komme sofort nach.« Hannah gab ihr einen Schubs. »Los!«

Sie raffte die Beweisstücke zusammen, stopfte sie in das Geheimfach und schob die Schublade an ihren Platz zurück. Dann nahm sie ihre Jacken, Mützen und den Beutel Plätzchen und hastete zum Schrank. Wenn Vera Olsen sie erwischte, würde sie auf dem Revier anrufen. Andrea würde mit einem Klaps auf die Finger davonkommen, denn Bill und Mike würden Hannah für die treibende Kraft halten. Aber wenn Mike mitbekäme, dass sie seine Warnung ignoriert und sich aktiv in seinen Fall eingemischt hatte, würde er sie einsperren und den Schlüssel wegwerfen.

11

»Sie weiß nicht, dass wir hier sind«, flüsterte Hannah und schob sich den langen roten Rock aus dem Gesicht.

»Wie kommst du darauf?«

»Wenn Vera uns gehört hätte, würde sie Einbrecher vermuten und hätte von unten die Polizei angerufen, anstatt heraufzukommen.«

Andrea schwieg einen Moment lang. »Du hast recht. Eine Dame in ihrem Alter würde nicht auf eigene Faust einen Einbrecher stellen wollen.«

Hannah grinste im Halbdunkel des Einbauschranks, an dessen Ende durch ein kleines Fenster in der Giebelwand Licht hereinfiel. Vera Olsen behauptete, fünfzig Jahre alt zu sein, aber Hannah hatte mal in der Schulbibliothek in einem Jahrbuch der Jordan High von 1957 geblättert und darin ihr Foto gesehen. Wenn Vera nicht zehn Jahre für die Abschlussklasse gebraucht hatte, war sie wohl eher sechzig als fünfzig Jahre alt. Doch da sie es vorzog, sich jünger zu machen, würde Hannah sie nicht auffliegen lassen.

Die Schranktüren bestanden aus astigem Kiefernholz. Hannah stupste ihre Schwester an und wies sie auf ein günstig gelegenes Astloch hin. Sie fand auch für sich eins, und so spähten sie gemeinsam in das Zimmer. Die Tür neben dem Bett ging auf, und Vera kam lächelnd herein. Sie würde sicher nicht lächeln, wenn sie glaubte, dass Einbrecher in der Wohnung waren, also nahm Hannah an, dass sie in ihrem Versteck sicher waren, zumindest vorerst.

Vera ging zielstrebig zu Lucys Computer, der in der rechten Ecke eines Tischs gegenüber dem Schrank stand. Sie schaltete ihn ein und setzte sich auf Lucys Drehstuhl.

Andrea stieß Hannah an und machte ein verwirrtes Gesicht, Hannah antwortete mit einem Schulterzucken. Dann zeigte sie auf ihr Auge, und Andrea nickte. Sie verstanden sich auch ohne Worte.

Was tut sie da, Hannah?

Keine Ahnung. Wir müssen sie beobachten, dann sehen wir's gleich.

Okay.

Vera summte ein Lied, während der Computer hochfuhr. Da das Zimmer schmal war und der 17-Zoll-Bildschirm rechts auf dem Tisch auf dem Rechner stand, konnten sie vom Schrank aus gut erkennen, was auf dem Bildschirm zu sehen war.

Nachdem der PC hochgefahren war, klickte Vera mit dem Mauszeiger auf das Icon des Internetproviders. Es folgte ein Wählton, und die Nummer wurde automatisch gewählt, begleitet von unterschiedlichen Pieptönen. Dann hörte man es rauschen und wieder piepen, als Vera verbunden wurde, und schließlich sagte eine Computerstimme:

»Hallo, heiße Braut, du hast eine neue Nachricht.«

Andrea schlug sich die Hand vor den Mund, um nicht loszukichern, und Hannah beherrschte sich mühsam. Vera als »heiße Braut« – das brachte ihre Schultern zum Beben.

Vera klickte auf die eingegangene E-Mail, und der Text erschien auf dem Bildschirm. Sie war in Großbuchstaben verfasst, und die Schwestern konnten ihre Heiterkeit kaum bezwingen, während sie mitlasen.

HALLO, HEISSE BRAUT – DU HAST UM EIN FOTO GEBETEN. HIER IST ES. DU BRAUCHST NUR AUF DOWNLOAD *ZU KLICKEN. WIE WÄR'S MIT EINEM VON DIR? ICH RUFE DICH HEUTE NACHT AN, UM DEINE LIEBLICHE STIMME ZU HÖREN. ICH LIEBE DICH, SCHATZ!*
SILBERWOLF

Vera klickte auf *Download*. Auf dem Bildschirm erschien das Foto eines grauhaarigen Mannes. Er lächelte in die Kamera und winkte vom Deck eines teuren Segelbootes. Vera schaltete Lucys Farbdrucker ein, druckte es aus und zog es lächelnd aus dem Ausgabefach. Dann schrieb sie dem Mann zurück.

MEIN FOTO BEKOMMST DU MORGEN. ICH MUSS ERST DAS RICHTIGE HERAUSSUCHEN. ICH VERSPRECHE DIR, NEBEN DEM TELEFON ZU WARTEN. ICH LIEBE DICH AUCH!
HEISSE BRAUT

Hannah wagte es nicht, Andrea anzusehen, sonst würde sie nicht mehr an sich halten können. Vera Olsen, der sie nicht die geringsten PC-Kenntnisse zugetraut hätte, hatte eine Online-Romanze.

Nachdem Vera die Nachricht verschickt und den Computer abgeschaltet hatte, ging sie mit »Silberwolfs« Foto in der Hand beschwingt zur Tür und verließ das Apartment.

Hannah und Andrea sprachen kein Wort, solange sie Veras Schritte auf der Treppe hörten. Als sie sicher waren, dass Vera wieder in ihrer Wohnung war, stieß Hannah ihre Schwester an. Sie verließen den Schrank, blickten einander an und brachen in Gelächter aus.

»Was meinst du, Hannah? Schickt sie ›Silberwolf‹ wirklich ein Foto von sich?«

»Warum nicht? Sie sieht doch ziemlich gut aus.«

»Sie würde noch besser aussehen, wenn sie sich den Ansatz nachfärben ließe.«

»Vielleicht macht sie das vorher noch.« Hannah kicherte. Typisch, dass Andrea das aufgefallen war. »Komm. Es ist zwar erst fünf nach halb acht, aber wozu ein unnötiges Risiko eingehen? Kramen wir den Beweis wieder hervor und verschwinden wir.«

»Ich habe darüber nachgedacht. Wird Lucy nicht bemerken, dass er nicht mehr da ist?«

»Natürlich, aber sie wird nicht wissen, wer ihn entwendet hat. Und sie kann schwerlich zur Polizei gehen und Anzeige erstatten.«

Andrea grinste. »Vermutlich nicht. Dann müsste sie denen allerhand erklären. Wie steht es mit dem Geld? Nimmst du das auch mit?«

»Na klar. Schließlich gehört es ihr nicht. Ich werde es dem Mann zurückgeben und ihm wegen des Bestechungsversuchs eine Standpauke halten.«

Andrea fand neben dem PC einen Stapel großer brauner Umschläge und gab Hannah einen. »Pack alles da rein. Ich nehme ihn unter meinen Parka.«

»Gute Idee.« Hannah zog die Schublade heraus, löste den Riegel, holte die Beweise hervor und ließ sie nacheinander in den Umschlag gleiten. Vorsichtshalber tastete sie das Geheimfach noch mal bis in den letzten Winkel ab. »Sieh an, sie hat auch einen Rollfilm darin versteckt. Den bringe ich Norman. Er kann die Aufnahmen für uns entwickeln. Er ist ja Hobbyfotograf.«

Andrea deutete auf mehrere Rollfilme, die auf Lucys Schreibtisch lagen. »Da sind noch mehr. Willst du die auch einpacken?«

»Nein. Wenn sie wichtig wären, hätte Lucy sie nicht offen

herumliegen lassen. Bei dem, den sie ins Geheimfach gelegt hat, ist das anders. Sie hat nur noch keine Zeit gehabt, ihn zu entwickeln.«

»Soll ich mich noch mal umsehen, damit wir keine verräterischen Spuren hinterlassen?«, bot Andrea an.

»Ja. Übernimm die Küche und das Bad, ich schaue hier noch mal nach.«

Hannah hatte sich gerade vergewissert, dass alles so aussah, wie sie es vorgefunden hatten, als Lucys Telefon klingelte. Hannah blickte auf die Uhr und runzelte die Stirn. Es war zwanzig vor acht. Norman sollte Lucy eigentlich bis acht Uhr in der Praxis festhalten.

»Ist das Norman?« Andrea erschien besorgt in der Küchentür.

»Das frage ich mich auch. Wir müssen warten, bis der Anrufbeantworter anspringt.«

Das Telefon klingelte ein zweites und ein drittes Mal. Vor dem vierten Klingeln setzte die Bandansage ein: *»Dies ist der Anschluss der Journalistin Lucy Richards. Nennen Sie Ihre Telefonnummer, dann rufe ich zurück.«*

Hannah rollte die Augen. Lucys journalistische Arbeiten beschränkten sich bislang auf die Beschreibung von Hochzeitskleidern.

»Lucy? Wo steckst du?« Hannah machte große Augen, als sie die Stimme erkannte. Es war Norman, und er klang nervös. *»Ich bin seit sieben in der Praxis und warte auf dich. Du bist schon vierzig Minuten überfällig. Mehr Zeit kann ich dir jetzt nicht einräumen. Ruf mich an, um einen neuen Termin zu vereinbaren.«*

Der AB klickte, und Hannah begegnete Andreas erschrockenem Blick. »Komm. Wir müssen schleunigst verschwinden.«

Hannah hatte noch Herzklopfen, als sie die Zahnarztpraxis betraten. Hals über Kopf hatten sie Lucys Wohnung verlassen. Sie konnten von Glück reden, dass sie ihr nicht in die Arme gelaufen waren.

Norman schob das Sprechfenster zur Seite, kaum dass sie die Praxistür hinter sich geschlossen hatten, und wirkte sehr erleichtert. »Gut, dass ihr doch nicht zu Lucy gegangen seid! Sie ist nicht zum Termin gekommen und hat auch nicht abgesagt.«

»Wir *waren* in ihrer Wohnung.« Hannah war leicht angesäuert, weil er sie nicht schon kurz nach sieben mit einem Anruf gewarnt hatte. »Wir wollten gerade gehen, als du auf den AB gesprochen hast. Warum hast du uns nicht eher Bescheid gegeben?«

»Das wollte ich. Zuerst dachte ich, sie verspätet sich nur ein paar Minuten, aber um zehn nach sieben habe ich auf Andreas Handy angerufen.« Er sah Andrea an. »Du hast nicht reagiert. Ich habe es bestimmt ein Dutzend Mal probiert.«

Andrea seufzte. »Ich habe es im Wagen gelassen. Ich wollte nicht riskieren, dass es klingelt, während wir einbrechen, weil Vera das vielleicht hören würde.«

»Es ist ja noch mal gut gegangen«, sagte Hannah beruhigend. Und dann griff sie in die Hosentasche und gab Norman den Brief von der Polizei in Seattle. »Ich glaube, das gehört dir.«

Norman starrte mit offenem Mund auf den Absender. »Du hast ihn gefunden!«

»Den und noch viel mehr.« Andrea holte den braunen Umschlag aus ihrem Parka. »Soweit wir sehen, erpresst Lucy fünf Leute, und es könnten auch mehr sein.«

»Mehr?«

»So ist es.« Hannah nahm den Rollfilm aus dem Umschlag. »Sie hatte alles in einem Geheimfach im Schreibtisch versteckt. Darunter auch den Rollfilm. Darauf wird etwas Belastendes zu finden sein, sonst hätte sie ihn nicht versteckt. Kannst du ihn sofort entwickeln?«

Norman schaute in sein Terminbuch und schüttelte den Kopf. »Das würde ich gern tun, aber Mrs Haversham kommt um halb neun. Ich kann nicht in einer knappen Dreiviertelstunde nach Hause fahren, den Film entwickeln und pünktlich wieder hier sein.«

»Ich werde mich so lange um sie kümmern«, bot Andrea an. »Ich sage ihr, du hättest dich um einen familiären Notfall kümmern müssen, und bitte sie, einen neuen Termin zu vereinbaren. Anschließend gehe ich mit ihr rüber ins Café und lade sie zum Frühstück ein, weil sie so entgegenkommend ist. Sie kommt nicht viel unter Leute, weißt du? Das wird ihr gefallen.«

Hannah drehte sich verblüfft zu ihrer Schwester um. Normalerweise war Andrea mit ihrer Zeit nicht so großzügig. »Hat das vielleicht etwas mit dem Zweifamilienhaus auf der Maple Street zu tun, das ihr gehört?«

»Na ja … hat es.« Andreas Wangen nahmen ein dunkles Rosa an. »Ich wollte sowieso mal mit ihr darüber sprechen. Ich habe einen Kunden an der Hand, der sich dafür interessiert, und sie könnte ein schönes Sümmchen dafür bekommen.«

Hannah grinste. Wenn es um Immobilien ging, ließ ihre Schwester so wenig locker wie ein Welpe mit einem Knochen im Maul. Sie versuchte schon seit über einem Jahr, Jill Haversham zum Verkauf des Hauses zu bewegen, und würde erst Ruhe geben, wenn sie den Auftrag in der Tasche hatte.

Norman war einverstanden. »Wenn du dich um Mrs Haversham kümmern willst, gut. Ich habe bis zehn Uhr keinen Patienten, und dadurch haben wir reichlich Zeit. Komm,

Hannah, begeben wir uns in die Dunkelkammer und schauen mal, was wir haben.«

»Deine Mutter war wirklich überrascht, mich zu sehen.« Hannah betrat den großen begehbaren Kleiderschrank, den Norman in eine Dunkelkammer umgewandelt hatte. »Und sie schien es nicht zu billigen, dass wir zusammen zu dir nach oben gehen.«

Norman lachte. »Das war mein Fehler. Ich hätte sagen sollen, dass wir einen Film entwickeln wollen. Es wäre nicht so schlimm gewesen, wenn nicht Mrs Beeseman zu Besuch da wäre. Mutter würde niemals über dich reden, aber Mrs Beeseman traue ich das zu.«

»Ich auch. Sie wird jedem im Umkreis von zehn Kilometern davon erzählen.«

Norman blickte sie neugierig an, als Hannah ihm den Rollfilm gab. »Das scheint dich nicht sonderlich aufzuregen.«

»Tut es nicht. Wer mich kennt, wird es nicht glauben. Und wer mich nicht kennt, kann glauben, was er will.«

»Das ist eine gute Einstellung.« Norman hielt den Filmbehälter ins Licht. »Das sind Schwarz-Weiß-Aufnahmen. Gut, dass ich komplett ausgerüstet bin. Ich habe mit Schwarz-Weiß angefangen, weil ich Kontraste mag. Erst zehn Jahre später habe ich mich der Farbfotografie zugewandt. Zurzeit fotografiert fast jeder so.«

»Also ist es ungewöhnlich, dass Lucy Schwarz-Weiß-Filme benutzt?«

»Eigentlich nicht. Sie arbeitet für Rod, und der druckt selten Farbaufnahmen ab. Das ist zu teuer. Lucy hat wahrscheinlich immer einen Schwarz-Weiß-Film in der Kamera, damit sie in Rods Dunkelkammer entwickeln kann. Er entwickelt seine Schwarz-Weiß-Fotos in der Redaktion, die Farbaufnahmen gibt er woandershin.«

»Das passt. Lucy würde ihre belastenden Aufnahmen nicht anderen zum Entwickeln geben.«

»Setz dich da drüben hin, Hannah.« Norman deutete auf einen Stuhl in der Ecke. »Ich brauche jetzt völlige Dunkelheit, bis ich den Film im Entwicklungstank habe.«

Hannah setzte sich. Das interessierte sie, denn sie war noch nie in einer Dunkelkammer gewesen. »Wie kannst du sehen, was du tust, wenn es total dunkel ist?«

»Kann ich nicht. Aber ich habe es so oft gemacht, mir ist jeder Handgriff in Fleisch und Blut übergegangen. Viele Fotografen benutzen einen Wechselsack, doch damit arbeite ich nicht gern. Darin bekomme ich schwitzige Hände. Bist du bereit? Kann ich das Licht ausmachen?«

»Ja.« Hannah griff um den Rand des langen Beckens, für den Fall, dass sie das Gleichgewicht verlor, wenn es plötzlich stockfinster wurde. Sie wollte nicht vom Stuhl fallen.

Norman drückte auf den Lichtschalter. Draußen war heller Tag, aber kein Lichtschimmer drang durch irgendeinen Spalt herein. In der Schwärze wurde ihr ein wenig schwindlig, und sie war froh, dass sie daran gedacht hatte, sich an der Beckenkante festzuhalten.

Geräusche nahm sie umso schärfer wahr. Es ploppte. Norman hatte wohl gerade den Deckel vom Filmdöschen gezogen. Dann knisterte es, und etwas knirschte, als würde ein Gewinde gedreht. Sie fühlte sich desorientiert, weil sie die Entfernungen im Raum nicht abschätzen konnte. Menschen, die erblindet waren, musste es anfangs auch so gehen, und plötzlich war sie immens dankbar für ihr Augenlicht.

Sie hörte etwas gegen Metall schlagen, vielleicht gegen

die Seitenwand des Entwicklungstanks. Dem folgte ein hohler metallischer Klang, als würde ein Deckel auf einen Topf gesetzt, und dann leuchtete weißes Licht auf.

»Das sind nur hundert Watt, aber es kommt einem sehr grell vor, nicht wahr?«

»Bestimmt, weil unsere Pupillen stark geweitet waren. Was musst du jetzt tun?«

»Die Entwicklerflüssigkeit einfüllen und für zwei, drei Minuten sacht bewegen. Dann gieße ich sie aus und das Stoppbad hinein.«

»Musst du das Licht noch mal ausmachen?«

»Nein, in den Entwicklungstank kann kein Licht eindringen.«

Er goss die Entwicklerflüssigkeit hinein. Hannah drang ein stechender Geruch in die Nase. Norman schwenkte sehr sanft den Metallbehälter, bis sein Timer piepte. Dann goss er die Flüssigkeit ab und griff nach einer anderen Flasche.

»Das ist das Stoppbad?«, fragte Hannah.

»Ja.« Norman schwenkte den Tank für einige Sekunden, dann goss er das Stoppbad aus. »Jetzt ist das Fixierbad dran.«

Hannah hörte den Timer ticken. Sie konnte die Skala von ihrem Platz aus nicht sehen, doch als er piepte, schätzte sie, dass drei, vier Minuten vergangen waren. »Was kommt als Nächstes?«

»Ich öffne den Tank und spüle die Negative für fünf bis zehn Minuten. Dann werde ich sie mit Photo-Flo behandeln und in den Trockner legen.«

»In den Trockner?«, wiederholte Hannah. »Nicht der, den ich jetzt im Sinn habe, oder?«

»Nein, ein Negativ-Trockner.«

»Und dann haben wir Fotos?«

»Noch nicht. Wir haben dann trockene Negative, die wir unter den Vergrößerer legen müssen, um Abzüge zu machen.

Das wird dir gefallen, Hannah. Wenn das Bild entsteht, erscheint es einem wie Magie.«

»Aber wie kann man das im Dunkeln verfolgen?«

»Es wird nicht dunkel sein. Wir schalten die Dunkelkammerleuchte ein. Die gibt ein düsteres rotes Licht ab, bei dem man sehen kann.«

»Das finde ich wirklich interessant, Norman. Ich wünschte, ich hätte mich schon eher für Fotografie interessiert. Kannst du die Dunkelkammerleuchte mal kurz anmachen? Ich möchte sehen, wie es aussieht.«

»Klar.«

Norman drückte auf einen Schalter, die Hundert-Watt-Birne erlosch. Es dauerte einen Moment, bis sich Hannahs Augen auf die neuen Lichtverhältnisse eingestellt hatten, und dann nahm sie das schwache rötliche Licht wahr. Es erinnerte sie an die Lagerfeuerabende in dem Sommer, als sie ins Ferienlager mitgefahren war. Die Hütten, das Essen und die Betreuer hatte sie gehasst. Sie konnte durchorganisierte Freizeit nicht leiden, wo jeder mitmachen und so tun musste, als hätte er Spaß. Aber die Lagerfeuer waren schön gewesen, ein sanfter Lichtkreis, umgeben von dunklem Wald.

»Willst du es lernen?«

Normans Frage riss sie aus den Erinnerungen an eiskalte Seen, Mückenstiche und an Hotdogs, die innen kalt und außen verkohlt waren, was sich nur am Lagerfeuer erzielen ließ. »Was lernen?«

»Fotografieren. Ich könnte es dir beibringen.«

Hannah dachte darüber nach. »Ja, das fände ich schön. Aber vergiss nicht, wir wollen auch noch unser Traumhaus entwerfen.«

»Wie gut, dass ich das vorhin nicht erwähnt habe.« Er grinste sie an. »Sonst würde Mrs Beesemans Telefon heiß laufen.«

12

Norman kam in die Küche. »Hannah, deine Abzüge sind fertig.«

»Ach, gut. Ich bin schon sehr gespannt, was es da zu sehen gibt.« Hannah lächelte Mrs Beeseman unschuldig an. Norman hatte ihr vorgeschlagen, mit den Damen einen Kaffee zu trinken und Schadensbegrenzung zu betreiben. »Es war nett, mit Ihnen zu plaudern, Mrs Beeseman. Und mit Ihnen, Mrs Rhodes.«

Hannah stand auf und folgte Norman aus der Küche und die Treppe hinauf. Sie sprach erst, als sie außer Hörweite waren. »Was haben wir?«

»Vier Abzüge. Einer ist gut, aber bei den anderen war nicht viel rauszuholen.«

»Nur vier? Was ist mit dem Rest des Films?«

»Der ist schwarz. Lucy muss ihn zurückgespult haben, sobald sie hatte, was sie wollte.«

Norman öffnete die Tür der Dunkelkammer. Die Abzüge lagen auf der Arbeitsfläche gegenüber dem langen Becken.

»Sie liegen in chronologischer Reihenfolge«, erklärte er. »Das von Sally Laughlin im *Lake Eden Inn* wurde als Erstes aufgenommen.«

Hannah sah es sich an. Sally holte gerade ein Blech mit gefüllten Champignons aus dem Ofen. Als sie auf den nächsten Abzug blickte, runzelte sie die Stirn. Das Foto war sehr dunkel, der Hintergrund kaum zu erkennen. »Was ist das?«

»Das scheint ein Haus zu sein. Und da steht ein Auto.« Norman zeigte auf die Stellen. »Und zwei Männer. Ich habe versucht, es aufzuhellen, aber nicht viel erreicht. Lucy hat ohne Blitz fotografiert.«

Hannah wandte sich dem dritten Foto zu. Die zwei Männer waren darauf besser zu erkennen. Auf dem anderen standen sie nur da und redeten miteinander, auf diesem hatten sie eine aggressive Körperhaltung. Sie betrachtete sie genau. »Meinst du, der da mit dem Gesicht zur Kamera steht, ist Boyd Watson?«

»Schwer zu sagen. Dafür ist es einfach zu dunkel.«

Hannah blickte auf das vierte Foto. Der Mann, den man von hinten sah, hatte den rechten Arm erhoben. Er hielt etwas in der Hand, das aber nicht zu erkennen war. Sie starrte auf die Stelle, dann keuchte sie auf.

»Was ist?« Norman sah sie aufmerksam an.

»Das ist Boyds Mörder!«

»Bist du dir sicher?«

»Nein, doch wenn man darüber nachdenkt, muss es so sein.« Sie atmete tief und langsam durch. Sie hatte Herzklopfen und fühlte sich ein wenig benommen. »Ich habe dir von dem dritten Wagen erzählt, den Mrs Kalick gesehen hat. Sie glaubte, dass Felicia Berger und ihr Freund darin wären, aber das Foto ändert alles.«

»Du glaubst, darin saß Lucy?«

»Ja. Sie muss dort geparkt haben und zu Fuß zu dem Haus gegenüber gegangen sein. Nur so kann sie die beiden fotografiert haben.«

Norman beugte sich über den Abzug, um ihn genauer zu betrachten. »Du könntest recht haben, Hannah. Das würde auch erklären, warum Lucy auf Blitzlicht verzichtet hat. Sie wollte von den Männern nicht bemerkt werden. Nur leider ist das alles Spekulation.«

»Wieso?«

»Die Fotos beweisen nichts. Die Männer sind nicht identifizierbar. Es ist darauf zu dunkel. Nicht mal der Hintergrund ist zu erkennen, sodass wir auch die Adresse nicht bestimmen können. Wir sehen nur zwei Männer und ein Auto, von dem wir nicht mal das Fabrikat erkennen können.«

Hannah zog die Brauen zusammen. »Aber ich bin mir sicher, dass das Boyds Garage ist.«

»Das glaube ich auch, doch beweisen können wir es nicht. Das kann überall aufgenommen worden sein. Selbst die Uhrzeit ist unklar.«

»Der Film hat kein Datum?«

»Nein. Wenn Lucys Kamera eine Zeitstempelfunktion hat, dann war sie abgeschaltet. Wir können also auch nicht beweisen, dass die Fotos vom Abend des Mordes stammen. Wir können sie fragen, aber sie wird nicht so dumm sein und zugeben, dass sie einen Mord beobachtet und nicht angezeigt hat.«

Hannah überlegte. »Du hast recht. Lucy wird uns nichts verraten. Und ich kann mit den Abzügen nicht zur Polizei gehen. Selbst wenn ich aussagen würde, dass ich sie in Lucys Schreibtisch gefunden habe, stünde mein Wort gegen ihres, und das ist Mist.«

»Andrea war doch dabei. Sie kann bezeugen, dass der Film in Lucys Schreibtisch versteckt war.«

Hannah seufzte schwer. »Das geht auch nicht. Ich darf sie nicht bloßstellen, und ich fürchte dabei nicht nur Bills Reaktion. Selbst wenn Mike und Bill den Mörder anhand des Fotos identifizieren würden, könnte das den Fall vor Gericht platzen lassen.«

»Stimmt. Ein gerissener Anwalt könnte die illegale Durchsuchung der Wohnung ins Feld führen, die noch dazu von der Ehefrau und der Schwägerin von einem der Ermittler durchgeführt wurde. Er würde sagen, dass die Sache stinkt.«

»Das sind Früchte vom vergifteten Baum.« Hannah zitierte einen Ausdruck aus der Serie *Law & Order*. »Also stecke ich zwischen Baum und Borke, Norman.«

»Vielleicht nicht.« Er sah sie nachdenklich an. »Wenn wir den Mörder identifizieren, ohne auf Lucy zurückzugreifen, findest du vielleicht neue Beweise. Und wenn Bill und Mike ohne Lucys Foto dahinterkommen, hält der Fall vor Gericht stand.«

Hannah war beeindruckt. »Das ist brillant, Norman.«

»Ich gucke auch *Law & Order*. Wir brauchen also nur den Mörder zu identifizieren und können von da aus weiter vorgehen.«

»Genau.« Hannah seufzte. »Der steht mit dem Rücken zur Kamera, und außer den Umrissen ist nichts zu sehen. Wir können nicht beweisen, wo er stand, weil der Hintergrund zu dunkel ist, und auch nicht, wann er dort stand. Das wird ein Kinderspiel, Norman.«

»Das mag ich so sehr an dir, Hannah. Du bist immer optimistisch.«

Er lachte, und Hannah sah ihn überrascht an, bevor sie mitlachte. Die meisten Leute mochten ihren Sarkasmus nicht, außer Norman, der war genauso sarkastisch. Sie wandte sich wieder den Aufnahmen zu und betrachtete sie nacheinander. Dann kam ihr eine Idee. »Moment mal. Können wir beweisen, wann das Foto von Sally gemacht wurde?«

»Natürlich. Die Negative sind nummeriert.«

»Dann wissen wir, dass die Fotos von dem Mord danach entstanden sind. Das verrät uns den Beginn eines Zeitraums. Ich brauche nur Sally zu fragen, wann sie das Blech aus dem

Ofen genommen hat, und wir wissen, wann Lucy sie geknipst hat.«

»Das grenzt es ein. Hoffen wir, dass gefüllte Champignons nicht regelmäßig auf Sallys Karte stehen.«

Hannah stöhnte. »Danke, dass du mir einen Dämpfer verpasst. Das habe ich nicht bedacht.«

»Immer gern.« Norman nahm das vierte Foto in die Hand, auf dem ihrer Meinung nach der Mord zu sehen war. »Mir ist gerade etwas aufgefallen.«

»Was?«

»Als der Mörder den Arm hob, ist ihm der Ärmel herabgerutscht. Siehst du den Lichtpunkt da?«

Hannah nickte. »Was ist das?«

»Vermutlich sein Manschettenknopf. Er muss das Mondlicht reflektiert haben und ist klarer zu erkennen als alles andere. Manche Manschettenknöpfe haben Initialen. Soll ich den Bildausschnitt mal vergrößern?«

»Du bist ein Genie, Norman!« Hannah war so begeistert, dass sie die Arme um ihn schlang und ihn auf die Wange küsste. Norman wirkte im ersten Moment erschrocken, aber dann drückte er sie.

Hannah setzte sich auf den Stuhl, während er sich an die Arbeit machte. Er hatte recht. Es wirkte wie Magie, als das Bild auf dem Papier sichtbar wurde.

»Moment noch. Ich will es nur eben trocknen.« Norman schaltete das grelle Licht ein und ging zu seinem Trockner, einem großen glänzenden Blechgehäuse.

»Wie lange wird das dauern?«

»Zwei Minuten. Das ist ein industrielles Gerät, das geht schnell. Ich habe den Trockner von einem Studio in Seattle bekommen, als sich der Besitzer zur Ruhe gesetzt hat.« Er legte den nassen Abzug mit der Fotoseite auf die Metalltrommel. »Wenn der Abzug heruntergleitet, ist er trocken.«

Die glänzende Trommel begann, sich zu drehen, und Hannah sah zu, bis der Abzug herunterfiel und auf dem Stoffband unter dem Gerät landete. »Darf ich es schon anfassen?«

»Ja. Leg es hierher zu den anderen und lass uns mal sehen. Ich denke, wir sind auf etwas Entscheidendes gestoßen.«

Mit heftigem Herzklopfen betrachtete Hannah den Bildausschnitt. Der Manschettenknopf war deutlich zu erkennen, ein Pferdekopf im Profil mit einem Diamantauge, wie es schien. »Das ist ein antikes Stück.«

»Woher weißt du das?«

»Meine Mutter sammelt alten Schmuck und hat viele Fachbücher zu dem Gebiet. Lass uns zur Praxis zurückfahren, Norman. Ich steige in meinen Wagen um und fahre raus zu Sally, um sie zu fragen, wann sie die gefüllten Champignons gemacht hat. Und dann werde ich Lucy aufspüren und mich mit ihr unterhalten.«

»Sei vorsichtig, Hannah«, warnte Norman. »Du darfst sie nicht auf die Fotos ansprechen.«

»Ich weiß. Aber wir können uns über alten Schmuck unterhalten. Ich kann erwähnen, dass meine Mutter derzeit nach Manschettenknöpfen mit einem Pferdekopf darauf sucht.«

»Wird sie das nicht misstrauisch machen?«

»Wieso denn? Wenn ich sie erwische, bevor sie in ihr Apartment zurückkehrt, weiß sie nicht, dass ihr Film verschwunden ist. Und sie weiß auch nicht, dass der Manschettenknopf des Mörders darauf zu sehen ist, da sie den Film nicht entwickelt hat. Bedenke, dass wir die Aufnahme erst vergrößern mussten, um ihn zu erkennen.«

Norman gab ihr recht. »Als sie ihn fotografiert hat, hat sie durch den Sucher allenfalls einen Lichtpunkt gesehen.«

»Wenn sie dem Mann bis zu Boyds Haus gefolgt ist, kann

sie natürlich schon vorher seine Manschettenknöpfe bemerkt haben. Doch dann kann sie mir vielleicht auch seinen Namen nennen.«

»Du meinst wirklich, den würde sie dir verraten?«

»Warum denn nicht?« Hannah zuckte mit den Schultern. »Sie gibt immer damit an, dass ihr nichts entgeht, und ich gebe ihr eine Gelegenheit zum Angeben. Sie wird nicht vermuten, dass ich den Mann mit diesen Manschettenknöpfen bereits als den Mörder identifiziert habe.«

»Das könnte funktionieren.« Norman klang jedoch skeptisch.

»Einen Versuch ist es wert.« Hannah räusperte sich und sah ihm in die Augen. »Was den Brief angeht, den ich dir gebracht habe … ich habe ihn sofort in die Hosentasche gesteckt und erst wieder rausgeholt, als ich ihn dir gegeben habe.«

»Ich wundere mich, dass du noch am Leben bist, Hannah.«

»Natürlich. Wieso denn nicht?« Sein abrupter Themenwechsel verwirrte sie.

»Du müsstest vor Neugier längst umgekommen sein.« Er lachte. Und dann nahm er sie in die Arme und drückte sie.

Hannah fuhr mit fünfzig Stundenkilometern am Park vorbei und näherte sich der Jordan High. Außer ihr war niemand unterwegs, sodass von rücksichtsloser Fahrweise keine Rede sein konnte. Es war ein Genuss, mal in dem Tempo durch die Stadt zu flitzen.

»Bremse lieber ein bisschen herunter, Hannah. Du hast das Tempolimit überschritten.«

»Ich weiß.« Sie schoss ihrer Schwester ein freches Grinsen zu. »Aber Herb Beeseman bewacht die Tür zur Aula und kann mir kein Knöllchen verpassen.«

»Wie ich Herb kenne, hat er eine Radarfalle aufgestellt. Soweit ich weiß, hat der Stadtrat beschlossen, die Erlöse aus den Verkehrsverstößen für die Kinderweihnachtsfeier zu verwenden.«

Hannah überlegte nur eine Sekunde, dann nahm sie den Fuß vom Gas. »Du könntest recht haben. Und Mutter würde es mir ewig unter die Nase reiben, wenn Herb mich erwischt, vor allem weil ich ihn gegen ihren Groll immer hartnäckig verteidigt habe.«

»Bist du sicher, dass Lucy jetzt in der Schule ist?«

»Nein, aber laut Rod arbeitet sie an einem Artikel über die Kandidaten von heute Abend. Meiner Ansicht nach kann sie nur an zwei Orten sein.«

»In der Schule oder in Sallys Bar?«

»Genau. Wenn wir sie in der Schule nicht antreffen, fahren wir zu Sally. Da müssen wir sowieso hin, um sie wegen der gefüllten Champignons zu fragen.«

Ein paar Kreuzungen später fiel Hannah auf, dass Andrea zitterte. »Tut mir leid wegen der Heizung. Ich habe sie voll aufgedreht, aber mehr Wärme bringt sie nicht.«

»Ist schon gut. Mir ist gar nicht so kalt.«

»Warum zitterst du dann?«

»Weil ich an das Mordfoto denke und es mir unheimlich ist. Vielleicht liege ich völlig daneben, aber mir kam gerade ein Gedanke.«

»Welcher?« Hannah bog auf den Lehrerparkplatz ein und fand eine Lücke neben dem Eingang zur Schulküche. Sie hatte ihr das Foto von den beiden Männern und auch die Vergrößerung gezeigt, und Andrea teilte ihre Ansicht, dass darauf vielleicht der Mord zu sehen war.

»Warum hat Lucy den Film nicht bei Bill und Mike abgegeben? Wenn ich einen Mord beobachtet hätte, wäre ich schnellstmöglich zum Polizeirevier gefahren.«

»Ich auch. Aber Lucy eben nicht. Worauf willst du hinaus?«

»Der Film lag in dem Geheimfach bei ihrem Erpressungsmaterial, nicht wahr?«

»So ist es.« Hannah stellte den Motor ab und drehte sich zu Andrea. »Und weiter?«

»Vielleicht hat Lucy vor, den Mörder zu erpressen.«

Hannah starrte sie verblüfft an. An die Möglichkeit hatte sie noch gar nicht gedacht. Und Norman offenbar auch nicht, sonst hätte er das angesprochen.

»Das ist bloß ein Gedanke.« Andrea klang sehr defensiv. »Ich sage nur, was mir durch den Kopf geht. Beurteilen musst du es.«

Hannah schwieg ein paar Augenblicke, dann stieß sie den Atem aus. »Das ist überhaupt nicht abwegig. Ich glaube, du hast uns auf etwas Wichtiges gestoßen.«

»Meinst du?« Andrea schaute sie überrascht an. »Aber Lucy müsste eigentlich klar sein, wie gefährlich es für sie ist, einen Mörder zu erpressen.«

»Ja, doch ihr Selbstvertrauen ist zurzeit enorm. Sie hat einen neuen Wagen, neue Garderobe, einen Haufen Geld, und Norman macht ihr die Zähne umsonst. Da glaubt sie vielleicht, es wäre an der Zeit für einen größeren Coup, der ihr noch mehr einbringt.«

»Aber das ist … irrsinnig!«

Hannah nickte nur und beließ es dabei.

Andrea starrte sie von der Seite an und seufzte. »Lucy ist ganz schön kriminell, wenn sie Leuten nachspioniert und belastende Fotos macht. Doch hältst du sie wirklich für so kriminell?«

»Ich weiß nicht.« Hannah öffnete ihre Tür und bedeutete

Andrea auszusteigen. »Aber wir sollten sie schleunigst aufspüren. Ich weiß nicht, wie wir sie warnen sollen, ohne uns zu verraten, doch wir müssen es versuchen. Denn wenn sie Boyds Mörder unter Druck setzt, ist sie in einer heikleren Lage als eine Maus in einem Raum voller Katzen.«

13

»Tut mir leid, Hannah. Ich habe Lucy seit gestern Abend nicht gesehen. Wenn sie aufkreuzt, sage ich ihr, dass Sie sie sprechen wollen.«

»Und Sie waren den ganzen Tag hier?«, fragte Andrea.

»Genau hier.« Herb klopfte auf die Lehne seines Stuhls. »Vor ein paar Minuten habe ich mal Pause gemacht, doch ich habe die Tür abgeschlossen, bevor ich gefahren bin. Soll ich die Kisten für Sie reintragen, Hannah?«

»Das wäre supernett. Danke.« Sie stellten die Boxen ab, und Hannah gab ihm den Beutel Plätzchen, den sie für ihn mitgebracht hatte. »Das ist Lisas neueste Kreation. Sie nennt sie ›Cherry Winks‹.«

Herb öffnete die Tüte und sah hinein. »Sehr treffend. Die Kirschen zwinkern einen geradezu an. Was backen Sie heute Abend, Hannah?«

»Hawaiian Flan.«

»Was ist das?«

»Ein Ananas-Pudding-Kuchen«, erklärte Andrea. »Den haben Hannah und ich schon gebacken, als wir noch in der Highschool waren. Nach dem lecke ich mir sämtliche Finger.«

»Klingt gut. Ich mag Ananas. Apropos … warum backt ihr keine Plätzchen mit Ananas?«

»Keine Ahnung.« Hannah überlegte. Sie verwendete Rosinen, Datteln und Bananen, aber auf Ananas war sie noch nicht gekommen. Eigentlich keine schlechte Idee. »Danke für die Anregung, Herb. Ich werde mal sehen, wie sie sich verwenden lässt.«

»Ich glaube, Ananasplätzchen wären ein Renner, besonders wenn sie schmecken wie gestürzter Ananaskuchen. Meinen Sie, ich sollte das Lisa vorschlagen? Ihr gestürzter Ananaskuchen ist noch besser als der von meiner Mutter.«

»Gute Idee.« Hannah verkniff sich ein Grinsen. Wenn Marge Beeseman je zu Ohren käme, dass ihrem jüngsten Sohn Lisas Kuchen besser schmeckte als ihrer, würde es zum Krieg kommen. »Wir müssen uns beeilen, Herb. Wir haben heute ein volles Programm vor uns. Ich habe versprochen, Danielle im Krankenhaus zu besuchen. Dann müssen wir beim *Lake Eden Inn* vorbeischauen und wieder rechtzeitig im Laden sein, um für das Treffen des Regency Romance Clubs zu backen. Das wird heute Nachmittag stattfinden.«

»Meine Mutter hat mir erzählt, dass sie eine Kostümlesung veranstalten, und Lucy soll die Fotos für die Zeitung machen. Ich hoffe, sie erscheint.«

»Warum sollte sie nicht?«

»Gestern Abend beim Wettbewerb hat sie mir erzählt, dass sie an einem großen Auftrag arbeitet.«

Hannah traute sich kaum zu fragen. »Hat sie Genaueres dazu gesagt?«

»Eigentlich nicht.« Herb schüttelte den Kopf. »Aber sie meinte, wenn alles nach Plan läuft, wird sie so viel Geld damit verdienen, dass sie den Wagen kaufen kann, den sie gerade geleast hat.«

Sie verabschiedeten sich von ihm und gingen zurück zum Auto. Hannah hoffte, dass Lucys großer Auftrag nichts mit Boyds Mörder zu tun hatte, und vermutlich hoffte Andrea das auch.

Nach einem kurzen Besuch im Krankenhaus waren sie wieder auf der Straße. Hannah hatte das anstößige Stickbild gegen ein Bild aus einer Zeitschrift ausgetauscht. Grasende Kühe auf einer Weide waren vielleicht nicht künstlerisch wertvoll, erzeugten aber immerhin eine Stimmung heiterer Gelassenheit.

Das *Lake Eden Inn* war von der Klinik nur fünf Kilometer entfernt, und sie kamen gut durch. Als sie zum zweiten Mal in zwei Tagen die rustikale Bar betraten, war das für Hannah wie ein Déjà-vu-Erlebnis. Das Mittagsbuffet stand noch da, die Gäste saßen an denselben Tischen und Sally auf demselben Barhocker, ein Bein in derselben Haltung auf den Nachbarhocker gelegt. Der einzige Unterschied war die Farbe ihres Schwangerschaftsshirts. Heute trug sie ein stahlblaues mit dem Aufdruck *Mutter in Arbeit.*

»Hi, Sally.« Hannah ging mit Andrea im Schlepptau zu ihr. »Wir kommen nicht schon wieder, um zu schnorren, ganz ehrlich.«

Sally lachte. »Bedient euch ruhig. Ich bereite immer tonnenweise Essen zu, und das Bœuf Stroganoff wird aufgewärmt nicht besser. Ich habe zu viel Schmand hineingerührt.«

»Hast du es mit Pilzen zubereitet?«, fragte Andrea, die sich kaum vom Anblick des Büfetts losreißen konnte.

»Mit vier Sorten.« Sally zählte sie an den Fingern ab. »Champignons, Shiitake-, Austernpilze und chinesische Morcheln.«

Hannah merkte, dass Andrea sehr geneigt war, sich einen Teller zu füllen. Sie frühstückte nie und hatte bestimmt schon einen Bärenhunger. »Apropos Pilze. Wann hast du zuletzt deine gefüllten Champignons zubereitet?«

»Am Mittwoch vor der Happy Hour um fünf. Aber das war das letzte Mal. Die machen viel zu viel Arbeit, um sie für ein Büfett frisch zuzubereiten.«

Hannah merkte sich das für später. »Stehen die regelmäßig auf deiner Speisekarte?«

»Nein, nur zu besonderen Gelegenheiten. Sie müssen heiß gegessen werden und werden nicht besser, wenn man sie warm hält. Wahrscheinlich gibt es sie erst wieder zur jährlichen Weihnachtsparty. Ihr kommt doch auch, ja?«

»Die lasse ich mir nicht entgehen«, sagte Hannah.

»Ich auch nicht.« Andrea lächelte. »Eure Party ist immer großartig, und das Essen ist unglaublich.«

»Du klingst hungrig«, meinte Sally. »Warum gehst du nicht ans Büfett und holst dir etwas?«

Hannah sah ihre Schwester an, die es offenbar immer mehr dorthin zog. »Okay, aber bist du auch wirklich sicher, dass genug da ist?«

»Absolut. Schaufelt euch die Teller voll und kommt zu mir, wie gestern.«

»Nicht ganz«, erwiderte Hannah. »Du musst uns bezahlen lassen.«

Sally schüttelte den Kopf. »Sei nicht albern. Ihr tut mir einen Gefallen, wenn ihr mich von Dick junior ablenkt. Er tritt heute wie ein Weltmeister. Dick meint, ich bringe bestimmt einen Kickboxer mit schwarzem Gürtel zur Welt.«

Hannah und Andrea brauchten nicht lange, um sich am Büfett die Teller zu beladen, und als sie damit an die Theke zurückkehrten, kam Hannah sofort zur Sache. »Ich suche nach Lucy Richards. Hast du sie heute schon gesehen?«

»Nein.« Sally schüttelte den Kopf. »Sie war gestern nach der Sendung zur Drehschluss-Party hier, aber seitdem nicht mehr.«

Andrea schluckte ihren Bissen von dem Bœuf Stroganoff hinunter. »Weißt du, wann sie gegangen ist?«

»Ich habe mich gegen elf zurückgezogen, und da war sie noch da. Mir sind die Augen zugefallen. Ihr solltet Dick fragen. Er hat erst um ein Uhr zugeschlossen.«

»So spät?« Hannah staunte. »Ich dachte, ihr schließt immer um Mitternacht.«

»So ist es. Aber wir hatten so viele Gäste, und wir verdienen gut an den Getränken. Dick sagt, dass alle in bester Stimmung waren. Da hatte er nicht das Herz, die Leute rauszukehren.«

»Waren viele aus der Stadt da?« Andrea schob sich eine Gabel Bœuf Stroganoff in den Mund.

»Ja. Die meisten sind jedoch nicht lange geblieben, weil sie am nächsten Morgen arbeiten mussten. Nur eine Handvoll war bis zum Schluss hier: der Bürgermeister und seine Frau, Mason Kimball, Cyril Murphy und eure Mutter und Mrs Rhodes.«

Andrea verschluckte sich fast an einem Shiitakepilz. »So spät war Mutter noch hier?«

»Allerdings. Sie hat mit dem attraktiven KCOW-Moderator getanzt. Mir fällt der Name nicht ein. Und Mrs Rhodes saß am Tisch bei dem süßen Typen, der das Wetter ansagt.«

»Sie haben den Abend mit Chuck Wilson und Rayne Phillips verbracht?«

Sally nickte, und Hannah machte große Augen. Was würde Norman wohl sagen, wenn er wüsste, dass sich ihre Mütter mit zwei gut aussehenden Männern in einer Bar amüsiert hatten, die dreißig Jahre jünger waren als sie?

»Dick meint, der ganz harte Kern waren die Kandidaten und die Fernsehleute. Die übernachten alle im Haus und brauchen sich keine Gedanken wegen der Heimfahrt zu machen.« Sally ließ sich vom Hocker gleiten. »Es wird Zeit für das Dessertbüfett. Soll ich euch Dick herschicken, damit ihr ihn wegen Lucy fragen könnt?«

»Ja, wenn du ihn kurz entbehren kannst.«

»Kein Problem. Wir haben es uns heute einfach gemacht. Aber natürlich weißt du das schon.«

»Tu ich das?«

»Anscheinend doch nicht.« Sally grinste sie breit an. »Na, dann wirst du gleich eine Überraschung erleben.«

Nachdem sie gegangen war, wandte sich Hannah verwirrt ihrer Schwester zu. »Wovon hat sie da gesprochen?«

»Keine Ahnung, und es ist auch unwichtig. Was sollen wir wegen Mutter und Chuck Wilson unternehmen?«

»Gar nichts.«

»Aber das ist eine familiäre Krise!« Andrea trank einen Schluck Wasser und fächelte sich das Gesicht mit ihrer Serviette. »Überleg doch mal, Hannah. Was werden die Leute sagen, wenn sie sehen, dass Mutter Chuck Wilson datet? Er ist jung genug, um unser Bruder zu sein!«

Hannah fand den Rollenwechsel amüsant. Andrea benahm sich wie eine Mutter, die gerade entdecken muss, dass ihr Kind etwas total Verwerfliches tut.

»Wir sollten mit ihr reden, von Tochter zu Mutter. Das ist einfach …«, sie hatte Mühe, die richtigen Worte zu finden, »unpassend für eine Frau ihres Alters!«

»Entspann dich, Andrea. Sally hat nicht gesagt, dass Mutter ihn datet. Anscheinend haben sie nur miteinander getanzt.«

Andrea nickte zögernd. »Du hast recht. Tanzen ist wohl in Ordnung, solange sie nicht eng tanzen. Meinst du, wir sollten Sally fragen, was für ein Tanz es war?«

»Ich meine, wir sollten uns raushalten. Mutter ist alt genug, um zu wissen, was sie tut.« Hannah sah Dick aus der Küche kommen. »Denk nicht mehr daran, Andrea. Es ist wahrscheinlich sowieso nichts. Da ist Dick, und wir müssen uns auf den Fall konzentrieren.«

Fünf Minuten später hatten sie ihre Antworten. Lucy war relativ zeitgleich mit der übrigen Meute eingetroffen, die nach dem Wettbewerb von der Jordan High zum *Lake Eden Inn* gefahren war. Doch ganz sicher war er sich da nicht. Vielleicht war sie auch etwas später gekommen. Soweit Dick sagen konnte, war sie ohne Begleitung da gewesen, hatte an verschiedenen Tischen gesessen und sich mit Kandidaten und Fernsehleuten unterhalten. Er hatte ihr ein Glas Weißwein gebracht. Ein zweites habe sie abgelehnt, weil sie, wie sie ihm erklärte, an einer großen Story arbeite und dafür einen klaren Kopf brauche. Dick wusste nicht, ob sie das Material für ihre Story zusammenbekommen hatte, aber als sie gegangen war, hatte sie gelächelt.

»Wann war das?«, fragte Andrea.

»Gegen Mitternacht. Ich habe sie hinausgehen sehen.«

»War sie allein?«, fragte Hannah.

»Zumindest beim Hinausgehen.«

Hannah runzelte die Stirn. »Kann ihr jemand gefolgt sein?«

»Sicher, doch das wäre mir nicht aufgefallen. Es gab in dem Moment viele Bestellungen, und ich hatte alle Hände voll zu tun.«

»Weißt du, ob sie mit dem eigenen Auto hier war?«

»Ja, war sie. Kurz nachdem sie angekommen war, gab ihr jemand Bescheid, dass sie das Licht angelassen hat. Lucy drückte mir die Schlüssel in die Hand und befahl mir, auf den Parkplatz zu gehen und es auszuschalten. Fast hätte ich gesagt, du kannst mich mal, aber ich wollte ihren neuen Wagen sehen.«

»Kann sie vielleicht mit jemand anderem heimgefahren sein und ihr Auto heute Morgen abgeholt haben?«

»Nein. Bascombs Batterie war leer, sodass ich ihm Starthilfe geben musste. Das war um halb eins. Da stand Lucys Wagen nicht mehr da, und sie hatte direkt neben ihm geparkt. Ich habe mich auf ihren Platz gestellt, um die Kabel anzuschließen.«

»Danke, Dick. Das ist alles, was ich wissen wollte.« Hannah lächelte ihn an.

»Gut, aber ich hätte auch eine Frage. Warum interessiert euch so sehr, was Lucy macht?«

»Ich muss sie dringend finden«, antwortete Hannah wahrheitsgemäß. Dann kreuzte sie Zeige- und Mittelfinger. »Seit gestern Abend wurde sie nicht mehr gesehen, und ich muss ihre Story über den Wettbewerb prüfen, bevor sie ihn abgibt. Vorige Woche hat sie mich falsch zitiert, und das soll nicht noch mal passieren.«

»Na, dann viel Glück. Ich muss wieder in die Küche. Der Dessertwagen ist schwer, und Sally soll sich nicht damit abmühen.«

»Bill war genauso, als ich mit Tracey schwanger war«, sagte Andrea, als sie wieder allein waren. »Er kam sogar raus zum Wagen, wenn ich in die Einfahrt fuhr, und hat die Einkäufe ins Haus getragen.«

Hannah lächelte. »Das ist nett. Tut er es noch?«

»Soll das ein Witz sein? Heutzutage klebt er vor dem

Fernseher, und ich muss die Tüten allein schleppen. Er hilft, wenn ich darum bitte, doch er meldet sich nicht mehr freiwillig.« Andrea schaute nachdenklich drein. »Er war damals wirklich aufmerksamer. Vielleicht hat die dickfüßige Schwangerschaftszeit ja doch etwas.«

Hannah lachte und stand auf. »Komm. Gehen wir zum Nachtischbüfett und sehen mal, wieso Sally so erwartungsvoll grinsend dabeisteht.«

Am Büfett scharten sich bereits die Gäste, und es dauerte eine Weile, bis sie sehen konnten, was angeboten wurde. Sobald Hannah, die einen halben Kopf größer war als ihre Schwester, einen Blick darauf erhaschen konnte, kicherte sie leise.

»Was ist?« Andrea tippte ihr an den Arm. »Das ist nicht fair. Du kannst es sehen und ich nicht.«

»Das ist nun mal der Vorteil, wenn man groß ist.«

»Was siehst du? Sag es mir.«

»Meine Plätzchen. Sally hat sechs Sorten in Körben arrangiert, und dazu gibt es Eis und allerhand Soßen und Garnierung.«

»Und das wusstest du nicht?«

»Nein. Ich war heute Morgen noch nicht im Geschäft. Ich habe Lisa bloß angerufen und gefragt, ob sie bis zum Nachmittag allein klarkommt. Ich bin von zu Hause aus direkt zu dir gefahren, um dich abzuholen, damit wir rechtzeitig bei …« Hannah stockte und sah sich um. Niemand schien auf sie zu achten, doch man konnte nicht vorsichtig genug sein. »… bei der Wohnung sind.«

Andrea begriff erst im zweiten Moment. »Ach ja, die Wohnung.«

»Möchtest du dich für Plätzchen und Eis anstellen?«

Andrea schüttelte den Kopf. »Du hast bestimmt Plätzchen im Wagen. Lass uns Mr Rutlege suchen. Wir müssen ihn noch wegen … äh«, Andrea räusperte sich, »wegen dieser Sache fragen.«

Um ein Uhr waren sie bereit, vom *Lake Eden Inn* wieder aufzubrechen. Sie hatten einiges in Erfahrung bringen können. Beim Hinausgehen blieb Hannah an der Rezeption stehen. »Andrea, ruf doch noch mal bei Lucy an. Vielleicht ist sie inzwischen zu Hause.«

»Was soll ich sagen, wenn sie abnimmt?«

»Frag sie, ob wir vorbeikommen können.«

»Aber sie wird den Grund wissen wollen.« Andrea runzelte die Stirn. »Was soll ich dann antworten?«

»Dass wir für die antike Schmucksammlung unserer Mutter ein besonderes Stück suchen. Sag, dass sie die Einzige ist, die uns weiterhelfen kann. Das schmeichelt ihr und wird sie gnädig stimmen.«

»Okay.«

Als Andrea zum Telefon griff und Lucys Nummer wählte, dachte Hannah über das Gespräch mit Jeremy Rutlege nach. Er hatte zugegeben, dass Mrs Averys Mann ihn hatte bestechen wollen und er das Geld zurückgewiesen hatte. Das war die Wahrheit, wie Hannah wusste. Das Geld befand sich jetzt in Andreas Handtasche. Mr Rutlege hatte auch Mrs Avery darauf angesprochen, und sie hatte ihm glaubhaft versichert, nichts von dem Bestechungsversuch gewusst zu haben. Und als er dann Zahnschmerzen bekam, habe er sich aus der Jury zurückziehen müssen und beschlossen, den Vorfall nicht zu melden. Und Mrs Avery, die Kandidatin mit dem zimtlastigen Nussstrudel, war dann sowieso ausgeschieden.

»Da meldet sich niemand.« Andrea unterbrach Hannahs

Gedankengänge. »Ich glaube nicht, dass sie heute schon zu Hause war. Sie hat fünfzehn Nachrichten auf dem AB.«

»Wie kannst du das wissen?«

»Ich habe gezählt. Lucy hat ein Gerät, das bei jeder gespeicherten Nachricht piept, und es hat fünfzehn Mal gepiept. Ich habe aber nichts draufgesprochen, nur gezählt und dann aufgelegt.«

»Gut gemacht, Andrea.« Hannah klopfte ihr auf den Rücken. Sie gingen nach draußen und zum Parkplatz. »Wenn Lucy noch nicht zu Hause war, weiß sie nichts vom Verlust ihres Erpressungsmaterials, und das heißt, sie wird nicht misstrauisch sein, wenn ich ihr bei Mutters Klubtreffen über den Weg laufe.«

»Um welche Zeit findet es statt?«

Hannah schaute auf die Uhr. »Um drei. Aber ich brauche erst um Viertel nach dort zu sein. Ich muss bis dahin noch sechs Dutzend Cocoa Snaps backen. Jetzt ist es zehn nach eins, also habe ich noch massenhaft Zeit. Möchtest du vielleicht mitkommen und mir helfen?«

»Ich?« Andrea erschreckte der Vorschlag sichtlich. »Du weißt, dass ich nicht backen kann.«

»Dann setz dich eben an die Backinsel und unterhalte dich mit mir, während ich arbeite. Wir können uns eine Strategie überlegen, die ich bei Lucy anwenden kann.«

Inzwischen waren sie beim Suburban angelangt. Hannah schloss ihn auf, und Andrea stieg ein. Hannah fiel auf, dass ihre Schwester lächelte, während sie sich anschnallte. »Was ist so lustig?«

»Nichts. Ich bin nur froh, dass du mich in deine Backstube einlädst.« Ihr Lächeln wurde noch breiter. »Du willst mir damit zeigen, dass du mich brauchst, hab ich recht?«

»Natürlich brauche ich dich.« Hannah schwang sich hinters Steuer. Andrea schien ihr dafür ungemein dankbar zu sein, und in einem Anfall von Bedauern dachte sie an ihre schroffen Bemerkungen während ihrer Teenagerzeit zurück. Im Grunde hatte Andrea jede einzelne davon verdient. Aber Hannah wünschte, sie hätte sich taktvoller verhalten. Anstatt Andrea ein »Idiotin« an den Kopf zu werfen, weil sie bei der Matheprüfung durchgerasselt war, hätte sie ihr Hilfe beim Lernen anbieten können. Und anstatt sie anzuschreien, weil sie das Bad so lange belegte, hätte sie ihr helfen können, einen Schminktisch in ihrem Zimmer einzurichten.

Hannah wusste, Takt war nie ihre Stärke gewesen. War es noch immer nicht. Aber sie lernte es allmählich, und deshalb drehte sie lächelnd den Kopf zu Andrea. »Als Schwester bist du gar nicht so übel.«

14

Nachdem Hannah sich bei Lisa zurückgemeldet und ihr gedankt hatte, weil sie die zusätzliche Arbeit auf sich genommen und für Sallys Büfett gebacken hatte, führte sie eine Umfrage unter ihren Kunden durch. Keiner, nicht einmal Rod, der zu einer späten Mittagspause hereinkam, hatte Lucy bisher gesehen.

»Nichts?«, fragte Andrea, als Hannah wieder hinter den Ladentisch kam.

»Nein. Komm mit nach hinten. Ich muss jetzt loslegen.« Hannah nahm Andrea in die Backstube mit, wies ihr einen Hocker zu und versorgte sie mit einer Tasse Kaffee und einem Teller Pecan Chews.

»Wenn du mir sagst, was ich tun soll, kann ich dir helfen«, bot sie an.

»Gleich.« Hannah ging in die Kühlkammer und holte den durchgekühlten Teig für die Cocoa Snaps, den Lisa vorbereitet hatte, und stellte die Schüsseln auf die Arbeitsplatte. Wie sie sah, aß Andrea bereits ihr drittes Plätzchen. »Reich mir doch bitte den Teigportionierer, ja? Den mittelgroßen.«

Andrea fand den richtigen und gab ihn ihr. »Was noch? Ich möchte wirklich gern helfen.«

»Du kannst … warte, lass mich überlegen.« Hannah besann sich gerade noch rechtzeitig. Sie hätte sie fast gebeten, mit ihr Plätzchen zu formen, aber dazu müsste sie ihr einiges erklären und zeigen, und sie hatte jetzt keine Zeit, Andrea in die Feinheiten ihres Handwerks einzuführen. »Jetzt weiß ich's. Du kannst das Notizbuch neben der Spüle holen und die Fakten aufschreiben, die wir heute gesammelt haben. Wir brauchen eine Übersicht.«

Andrea sprang vom Hocker und kam mit dem kleinen Buch zurück. »Okay. So was kann ich gut. Was soll ich als Erstes notieren?«

»Mach eine Liste von Lucys Opfern. Wir müssen mit allen reden und genau ermitteln, was sie ihnen abgepresst hat. Fang mit Norman an.«

»Okay.« Andrea schrieb den Namen hin. »Er hat ihr die Zähne gemacht, richtig?«

Hannah nickte, rollte eine Teigkugel zwischen den Handflächen und legte sie in die Zuckerschale. »Als Nächstes Claire. Sie hat Lucy Kleidung überlassen.«

»Und Bürgermeister Bascomb. Wir wissen nur nicht, was er ihr gegeben hat.«

»Wahrscheinlich Geld. Das müssen wir noch prüfen. Setz ein Fragezeichen dahinter.« Hannah setzte zwölf in Zucker gewälzte Teigbällchen auf ein Backblech und drückte sie mit dem Kuchenspatel flach. »Jetzt den Mann der Kandidatin.«

»Mr Avery?«

»Genau. Schreib Bargeld dahinter, keine Summe.«

Andrea blickte fragend auf. »Aber du hast das Geld gezählt. Es waren zweitausend Dollar.«

»Ja, aber es ist vielleicht mal mehr gewesen. Lucy könnte einen Teil schon ausgegeben haben. Ich werde Mr Avery fragen, wie viel in dem Umschlag war.«

»Okay.« Andrea setzte ein Dollarzeichen und ein Fragezeichen neben den Namen. »Wer jetzt?«

Hannah trug zwei volle Bleche zum Backofen und schob

sie hinein. Sie stellte die Uhr und kehrte zu den Teigschüsseln zurück, um weitere Bällchen zu formen. »Boyd. Wir wissen nicht, ob Lucy bei ihm Erfolg hatte. Ich lasse Danielle in seinen Kontoauszügen nachsehen, ob Geld fehlt.«

»Sie sollte auch seine Kreditkartenabrechnungen kontrollieren. Boyd könnte für Lucy etwas gekauft oder Bargeld damit abgehoben haben.«

»Gute Idee. Schreib mir einen Zettel, damit ich das nicht vergesse.« Hannah belegte zwei weitere Bleche und schob sie in den anderen Ofen. Danach bemerkte sie Andreas nachdenkliche Miene. »Was ist?«

»Ich denke nur über Lucys Beweise nach. Norman hast du den Brief zurückgegeben. Willst du alles andere Mike und Bill übergeben?«

»Das weiß ich noch nicht. Eigentlich muss ich das tun, wenn ein Zusammenhang mit Boyds Ermordung besteht.«

»Und wenn nicht?«

Hannah überlegte. »Dann liegt die Entscheidung bei Lucys Opfern. Wenn ich ihnen die Fotos gebe, frage ich, ob sie Lucy anzeigen wollen.«

»Das werden sie nicht tun.«

Andrea klang sehr bestimmt, sodass Hannah sich zu ihr umdrehte. »Aber was Lucy getan hat, ist kriminell.«

»Und was die getan haben, ist peinlich. Claire und Bascomb werden nicht wollen, dass seine Frau von ihrer Affäre erfährt. Immerhin haben sie sich deshalb erpressen lassen.«

»Wohl wahr.« Hannah rollte weiter Teigbällchen.

»Und Norman wird sie auch nicht anzeigen. Du weißt, was er gesagt hat: Seine Mutter wäre am Boden zerstört.«

Hannah hob die Zuckerschale an, in der die Teigkugeln lagen, und schwenkte sie, bis rundherum Zucker an ihnen klebte. »Da hast du wohl recht. Mr Avery wird es auch nicht tun. Und Boyd ist tot.«

»Also wird Lucy ungeschoren davonkommen?«

Hannah zuckte mit den Schultern. »Vielleicht. Wenn ihre Opfer den Mund halten, können wir nichts gegen sie unternehmen.«

»Aber das ist ungerecht!« Andrea machte ein Gesicht wie Moishe, als sie einmal versucht hatte, ihn zu baden. Ihre Schwester war stinksauer und zutiefst empört. »Wir müssen etwas unternehmen, Hannah. Lucy darf nicht straffrei ausgehen.«

Hannah empfand genau wie ihre Schwester. Lucy mit so vielen dreisten Erpressungen davonkommen zu lassen wäre eine Riesenungerechtigkeit. »Vielleicht haben wir sie bereits bestraft. Lucy wird nie erfahren, wer bei ihr eingebrochen hat und ihr die Druckmittel gestohlen hat. Sie wird jeden Morgen aufwachen und sich fragen, wann sie wohl die nächste Hiobsbotschaft ereilt. Und wenn ihre Opfer nicht mehr zahlen, wird sie anfangen zu schwitzen.«

»Verstehe.« Andrea grinste. »Weil sie Angst hat, dass sie angezeigt wird. Im Gefängnis zu sitzen muss furchtbar sein, aber irgendwann wird man entlassen und ist frei. Sie dagegen wird immer an das Damoklesschwert über ihrem Kopf denken.«

Der Timer summte, und Hannah stand auf, um den ersten Schwung Plätzchen aus dem Ofen zu nehmen. Sie schob die Bleche zum Auskühlen in das Gestell und zwei weitere Plätzchenbleche in den Ofen.

»Genau so müssen sich ihre Opfer gefühlt haben«, meinte Andrea. »Sie haben Lucy gegeben, was sie verlangte, und konnten sich trotzdem nicht sicher sein, ob sie es damit gut sein lassen oder sie doch noch bloßstellen würde. Ich weiß, die Leute hätten sich auch verkneifen sollen, was sie getan haben, doch das sind Bagatellen, verglichen mit dem, was Lucy abzieht.«

Hannah starrte ihre Schwester verblüfft an. Andrea blickte so streng drein wie ein Richter, der im Begriff war, die Todesstrafe zu verhängen. Sie hatte wirklich einen Rochus auf Lucy. Dabei sah es ihr gar nicht ähnlich, sich an jemandem rächen zu wollen. »Hat das vielleicht mit dem Anruf zu tun, den du gestern früh bekommen hast?«

»Auch.« Andrea schaute noch grimmiger. »Lucy hätte nicht so dreist sein sollen, mich an meinem freien Tag aus dem Bett zu klingeln!«

Hannah stand an ihrem Erfrischungsbüfett und beobachtete, wie Gail Hanson, Bonnie Surma und Irma York mit Kleidersäcken, die sicher ihre Kostüme enthielten, zur Damentoilette strebten. Sie hatte Andrea zu Hause abgesetzt, bevor sie mit den bestellten Plätzchen zu dem Klubtreffen gefahren war. Später würden sie sich wieder in der Backstube treffen, sobald Hannah mit dem Catering fertig war und Andrea mit ihrem Kunden das Farmhaus besichtigt hatte.

Die Cocoa Snaps waren gut gelungen, trotz Andreas Hilfe. Als Hannah nichts mehr eingefallen war, womit sie ihre Schwester beschäftigen könnte, hatte Andrea darauf bestanden, Teigkugeln zu rollen. Die meisten davon waren eiförmig, aber Hannah hatte sie nicht beschämen wollen, indem sie sie noch einmal rollte, und hatte sie wortlos aufs Blech gesetzt und gebacken. Nun legte sie sie zuunterst auf die Platte und schichtete die makellos runden Plätzchen darauf. Wenn die Damen des Regency Romance Clubs so viel Appetit hatten, dass sie sich bis zur untersten Lage durchknusperten, würden sie mit den eiförmigen Keksen vorliebnehmen müssen.

Während der Kaffee durchlief – mit und ohne Koffein –

und das Wasser für den Tee erhitzt wurde, baute sie die Tassen neben den Kaffeemaschinen auf und trat einen Schritt zurück, um ihr Werk zu betrachten. Sahne, Zucker, Süßstoff und ein Kristallschälchen mit Zitronenscheiben standen bereit. Alles war fertig. Wenn die Lesung und die anschließende Sitzung zu Ende waren, würde sie die Damen bedienen.

Zufrieden blickte sie auf, und was sie dann sah, ließ sie beinahe laut auflachen. Bonnie, Gail und Irma kamen im Kostüm aus der Toilette, und der Anblick war unbezahlbar.

Delores hatte ihr ein wenig über die Vorbereitungen erzählt, während Hannah ihre Sachen in den Saal getragen hatte. Bei der Lesung wirkten zwei Hauptakteure mit, ein junges Fräulein, das bei einem Kutschenunfall das Gedächtnis verloren hatte, und ein Captain aus Wellingtons Stab, der behauptete, ihr Verlobter zu sein. Bonnie, die kurze dunkle Haare und eine schlanke Figur hatte, spielte das Fräulein. Gail, eine vollschlanke Frau mit üppigen Kurven, übernahm die Rolle ihres Zukünftigen.

Irgendwie gelang es Hannah, ein neutrales Gesicht zu wahren, als sie das Pärchen zusammen sah. Wäre sie beim Casting um Rat gebeten worden, hätte sie die Rollen umgekehrt verteilt. Von Gails roter Regimentsjacke sprangen fast die Knöpfe ab, und an ihrer weißen Hose dehnten sich die Nähte. Sie hatte sich die langen blonden Haare unter die Uniformmütze gestopft, die offensichtlich aus einer anderen Epoche stammte, und außerdem hatte sie vergessen, ihre Diamantohrringe abzulegen.

Bonnie trug ein Reisekleid aus geblümtem Musselin mit Stehkragen und einem üppigen Polster unter dem Rock zur Betonung des Allerwertesten und sah darin genauso lustig aus. Das Mieder war für eine vollbusige Frau geschnitten und warf Falten, als hätte man die Luft herausgelassen. Sie hatte sich einen Strohhut mit bunten Bändern und einem roten Plastikvogel aufgesetzt, um femininer zu wirken. Doch er war zu weit und rutschte ihr immer wieder über ein Auge.

Die Szene fand in einer Kutsche statt, und die war gut gemacht, das musste Hannah zugeben. Zwei mit grünem Samt bezogene Klavierbänke dienten als Kutschensitze, und darüber befand sich ein Baldachin aus schwarzem Stoff, der das Kutschendach und die Seitenwände darstellte.

Irma York gab den Pagen, der an der Rückseite der Kutsche auf dem Trittbrett stehend mitfuhr, wie Delores erklärt hatte. Irma steckte in einer Livree. Die war ganz offensichtlich die Marschkapellenuniform ihres Sohnes, wirkte aber recht überzeugend. Laut Delores würden Bonnie und Gail den Dialog sprechen und Irma den beschreibenden Text vorlesen.

Sie waren fast so weit, mit der Aufführung zu beginnen, sodass Hannah auf der Suche nach Lucy über die Köpfe des Publikums schaute. Die Vermisste saß nirgendwo in den Stuhlreihen, aber vielleicht würde sie noch kommen.

Irma stieg auf eine Leiter, damit sie den schwarzen Baldachin überragte. Sie wirkte nervös, und Hannah konnte ihr das nachfühlen, denn Delores hatte einmal erwähnt, dass Irma unter Höhenangst litt. Irma räusperte sich und begann zu sprechen.

»Wir bieten Ihnen eine szenische Lesung aus *Ein heimlicher Skandal* von Kathryn Kirkwood.« Irmas Stimme schnappte ein, zwei Mal über. Sie hielt das aufgeschlagene Buch mit der linken Hand, während sie mit der anderen die oberste Leitersprosse umklammerte. »Captain Hargrove, gespielt von Gail Hanson, hat endlich seine verloren geglaubte Verlobte wiedergefunden. Es ist Lady Sarah Atherton, gespielt von Bonnie Surma. Lady Sarah hat einen Kutschenunfall erlitten und dabei ihr Gedächtnis verloren. Ist sie wirklich Sarah Atherton? Und ist Captain Hargrove tatsächlich ihr zukünftiger Gatte?«

Irma räusperte sich erneut und sah ins Buch. Mit leicht zusammengekniffenen Augen begann sie vorzulesen. *»Sarah schwieg, als sich die Kutsche in Bewegung setzte. Sie hob den Kopf und sah den Captain an, fand in seiner Miene jedoch nichts, das beruhigen konnte. Vielmehr blickte er sie durchdringend an, fast als forschte er in ihren Zügen. Warum starrte er sie so an?«*

Das war Bonnies Stichwort. Sie schaute zu Gail auf, wobei ihr der Hut in den Nacken rutschte. »Bitte, starren Sie mich nicht so an, Captain Hargrove.«

»Ich bitte um Vergebung«, sagte Gail mit möglichst tiefer Stimme.

Bonnie hob erneut den Kopf und hielt vorsichtshalber den Hut fest. »Sie sagten, Sie werden mich nach Hause bringen, Captain. Aber wo *ist* mein Zuhause?«

»Ich vergaß, dass Sie sich nicht erinnern können«, erwiderte Gail weiterhin mit möglichst sonorer Stimme. »Ich bringe Sie nach Hargrove Manor.«

Bonnie runzelte die Stirn und wandte den Zuschauern das Gesicht zu, damit sie ihre Reaktion sehen konnten. »Aber Hargrove Manor ist doch gewiss Ihr Zuhause und nicht das meine.«

»Meines ist es auch nicht. Hargrove Manor gehört meinem Bruder, dem Duke of Ashford. Dort werden wir uns vermählen.«

»Und wann wird das sein, Captain?«

Gail legte eine dramatische Pause ein. »In weniger als zwei Wochen legen wir unser Ehegelübde ab. Die Gäste wurden bereits eingeladen.«

»Sie wollen mich heiraten, obwohl ich mich nicht an Sie erinnere?« Bonnie öffnete den Mund und fasste sich an die Wange, um Bestürzung auszudrücken.

»Selbstverständlich. Ich wüsste nicht, was dagegenspricht, solange *ich* mich an *Sie* erinnere.«

»Es spricht sogar vieles dagegen! Ich werde keinen Mann heiraten, der mir gänzlich fremd ist!«

Gail neigte sich zurück, um Bestürzung zu mimen, tat das aber so schwungvoll, dass sich ihr Ellbogen durch die »Kutschenwand« drückte und sie von der Klavierbank zu kippen drohte. »Sie ziehen es also vor, unsere Hochzeitsgäste zu enttäuschen?«

»Besser die als mich, Captain.« Bonnie drehte sich zum Publikum und zeigte ein tapferes Lächeln. »Besser die als mich.«

Irma York schlug die Hände zusammen, zum Zeichen, dass nun geklatscht werden sollte. Die Zuschauer verstanden den Wink und bescherten den drei Darstellerinnen einen tosenden Applaus. Während Hannah sich vergewisserte, dass auf ihrem Tisch alles in Ordnung war, fragte sie sich, ob die Engländer der Regency-Zeit wirklich so gekünstelt gesprochen hatten oder vielleicht nur in den Romanen von Georgette Heyer, der Lieblingsautorin ihrer Mutter, der es dann alle anderen nachgemacht hatten.

Bonnie kam angerauscht und hielt sich dabei den Hut auf dem Kopf fest. Der Vogel war abgerutscht und hing mit einem Fuß am Hutrand. Sein aufgemaltes Auge schaute erschrocken. »Haben Sie Lucy Richards gesehen?«

»Nein. Sie verlieren Ihren Vogel, Bonnie.«

»Das dumme Vieh! Ich habe ihn drei Mal festgeklebt.« Bonnie griff nach oben und riss ihn ab. »Sie hat versprochen, Fotos für die Zeitung zu machen.«

»Wenn Sie einen Fotoapparat haben, übernehme ich das.«

»Wirklich? Das ist nett von Ihnen, Hannah.« Bonnie wirkte sehr erleichtert. »Kommen Sie auf die Bühne, dann haben wir das gleich erledigt. Hat Ihnen die Lesung gefallen?«

»Sie war sehr unterhaltsam«, antwortete Hannah spontan, und das war nicht einmal gelogen. Über die Lesung würde sie noch wochenlang kichern.

Cocoa Snaps

Den Backofen noch nicht vorheizen,
der Teig muss vor dem Backen gekühlt werden.

360 g Butter
230 g Kakao (ungesüßt)
400 g brauner Zucker
3 große Eier (mit einer Gabel geschlagen)
4 TL Backnatron
1 TL Salz
2 TL Vanille
360 g Mehl (ungesiebt)
100 weißer Zucker in einer Schale (für später)

Die Butter zerlassen und das Kakaopulver einrühren, bis die Masse glatt ist. Den braunen Zucker unterrühren. Abkühlen lassen und in eine Backschüssel geben. Dann die geschlagenen Eier unterrühren. Backnatron, Salz und Vanille zugeben und verrühren, zuletzt das Mehl unterkneten. Den Teig für mindestens eine Stunde in den Kühlschrank stellen (über Nacht geht auch).

Den Backofen auf 175 °C vorheizen. Das Backblech einfetten.

Den Teig zwischen den Handflächen zu walnussgroßen

Kugeln formen. Dieser Teig kann klebrig sein. Deshalb nur die Anzahl Kugeln formen, die Sie sofort backen, und den übrigen Teig wieder kalt stellen. Die Teigkugeln in der Zuckerschale wälzen und auf das Blech setzen, jeweils 12 Stück pro Blech. Mit einem Kuchenspatel flach drücken (oder mit dem Handballen, wenn kein Lebensmittelkontrolleur in der Nähe ist).

Das Blech mittelhoch einschieben und 10 Minuten backen. Anschließend 2 Minuten abkühlen lassen und die Plätzchen auf ein Abkühlgitter legen. (Wenn Sie sie zu lange auf dem Blech lassen, kleben sie fest.)

Tracey sagt, die schmecken wie ihre Lieblingsschokoladentierkekse, sind aber besser, weil sie sie nicht zwischen den Vanillekeksen aus der Schachtel fischen muss.

15

Als Hannah um vier Uhr in ihren Laden zurückkehrte, wartete Andrea bereits auf sie. »Ich dachte, du wärst bei einer Hausbesichtigung.«

»Da war ich.« Andrea lächelte. »Ich habe es verkauft, Hannah. John und Wendy Rahn haben ein Angebot gemacht, und Mrs Ehrenberg hat es angenommen. Das benachbarte Grundstück gehört Johns älterem Bruder. Sie wollen das Land gemeinsam bewirtschaften.«

Hannah klopfte ihr auf die Schulter. »Das freut mich für dich!«

»Al sagt, es war ein genialer Einfall von mir, es John und Wendy zu zeigen, und von jetzt an darf ich mir die Arbeitszeit selbst einteilen. Das heißt, ich habe mehr Zeit, um dir zu helfen. Hast du noch Plätzchen zu backen, Hannah? Ich glaube, bei den Teigkugeln hab ich jetzt den Bogen raus.«

»Danke, aber für heute ist alles gebacken.« Hannah warf ein Küchenhandtuch über die Transportbox, die sie vom Wagen hereingetragen hatte, damit ihre Schwester nicht sah, dass nur ihre eiförmigen Plätzchen übrig geblieben waren.

»Wie war es mit Lucy? Konntest du mit ihr sprechen?«

»Sie ist nicht aufgekreuzt. Am Ende habe ich die Fotos gemacht, mit Gail Hansons Fotoapparat, den sie sicherheitshalber mitgebracht hatte.«

Andrea zog die Brauen zusammen. »Wo kann sie sein? Es ist doch sonderbar, dass sie heute noch niemand gesehen hat.«

»Laut Bonnie Surma war es nicht das erste Mal, dass Lucy einen Veranstalter hängen ließ. Sie hat letzten Monat über die Verleihung des Brownie Award bei den Pfadfindern berichten sollen. Da kam sie auch nicht, und Bonnie musste eine der Mütter bitten zu fotografieren.«

»Meinst du, sie ist nur gerade hinter einer wichtigeren Story her?«

»Ich weiß nicht, was ich denken soll. Aber ich habe nicht die Zeit, in der Stadt herumzufahren und nach ihr zu suchen. Wir werden sie heute Abend beim Backwettbewerb sehen. Sie würde eher sterben, als sich das entgehen zu lassen.«

Andrea schauderte. »Ich wünschte, du hättest das nicht so ausgedrückt. Ich habe ein ganz schlechtes Gefühl bei der Sache.«

»Mach dir keine unnötigen Gedanken«, riet Hannah. »Wir waren den ganzen Tag hinter Lucy her und hätten stattdessen lieber etwas für Danielle tun sollen. Kannst du gut mit Seelenklempnern umgehen?«

Andrea zog die Brauen hoch. »In einer Therapiestunde?«

»Nein, am Telefon. Danielle hat gesagt, dass Boyd am Dienstag einen Termin vereinbart hat, gleich nachdem er ihr das blaue Auge verpasst hatte. Ich muss wissen, ob er den Termin tatsächlich wahrgenommen hat.«

»Das kann ich übernehmen.« Andrea griff zum Telefon. »Das ist Dr. Holland in der Holland Clinic in St. Paul?«

»Genau. Ich wüsste gern, worüber sie gesprochen haben, aber das wird er uns nicht sagen wollen. Seelenklempner reden nicht gern über ihre Patienten, nicht mal über die toten.«

»Überlass das mir.« Zuversichtlich rief Andrea die Auskunft an und ließ sich die Telefonnummer der Klinik geben.

Hannah hörte zu, wie sie Dr. Holland ans Telefon holen ließ. Dazu war einige Überredung nötig, weil er gerade einen Patienten behandelte, aber Andrea überzeugte die Sekretärin, dass sie in einer äußerst dringenden Sache mit ihm sprechen müsse. Aus ihren Antworten, die sich auf »ach so« und »das verstehe ich natürlich« beschränkten, konnte Hannah nicht viel schließen.

»Was hat er gesagt?«, fragte sie, nachdem Andrea aufgelegt hatte.

»Nicht viel. Boyd war bei ihm, aber worüber sie gesprochen haben, wollte Dr. Holland nicht sagen. Jedenfalls ist Boyd um zwei Uhr angekommen und hat die Klinik um halb drei verlassen.«

»Das ist nur eine halbe Stunde.« Hannah war überrascht. »Dauern Therapiesitzungen nicht eine Stunde?«

»Fünfzig Minuten. Ich habe Dr. Holland danach gefragt. Boyd hat die Sitzung verkürzt, weil er zu einem Elterngespräch in die Schule musste.«

»Das hat Danielle nicht erwähnt.« Hannah schob ihr den Stenoblock rüber. »Sieh mal in unseren Notizen nach.«

Andrea blätterte zurück. »Hier steht es. Danielle meinte, dass Boyd nach St. Paul zu Dr. Holland gefahren ist und erst nach sechs Uhr wieder nach Hause kam.«

»Danielle wusste wohl nicht, dass er das Elterngespräch hatte.« Hannah dachte darüber nach, dann nahm sie das Telefon. »Ich rufe schnell mal Charlotte Roscoe an, bevor sie Feierabend macht. Sie hat von dem Gespräch sicher ein Protokoll und kann uns sagen, mit wem Boyd gesprochen hat.«

Hannah hupte zum Abschied, als ihre Schwester ausgestiegen war. Andrea würde Tracey vom Kiddie Korner abholen und sich später mit ihr beim Backwettbewerb treffen.

Als Hannah am Park vorbeifuhr, schaltete sie das Licht ein. Die Dämmerstunde war die gefährlichste Zeit im Straßenverkehr. Außerhalb des Lichtkegels verlor alles an Farbe und verschwamm zu einem Grau in Grau.

Auf dem Schulparkplatz standen nur wenige Autos. Die Lehrer waren heimgefahren, und die Zuschauer des Backwettbewerbs würden erst in anderthalb Stunden kommen. Hannah hatte ihr Outfit bei sich und wollte sich in der Mädchenumkleide umziehen. Wenn sie nach der Sendung in ihre Wohnung zurückkehrte, würde sie mit einem verstimmten Kater fertigwerden müssen, aber Moishe würde noch ein paar Stunden allein zurechtkommen.

Charlotte Roscoe, die Schulsekretärin, war am Telefon sehr hilfsbereit gewesen. Sie hatte Boyds Termine nachgeschlagen und kein Protokoll zu dem Gespräch gefunden. Daraufhin hatte sie erklärt, dass die Lehrer nur über Dienstgespräche Protokoll führten. Doch bei dem Elterngespräch könne es um einen Spieler seiner Mannschaft gegangen sein, sagte sie und riet Hannah, sich bei Gil Surma, dem Schulpsychologen, zu erkundigen, ob er dabei gewesen sei. Laut Charlotte hielt er sich noch in der Schule auf, da er ein Treffen mit seinen Pfadfindern hatte. Er brachte ihnen bei, ein Tipi zu bauen, und weil es draußen kalt und die Aula wegen des Backwettbewerbs belegt war, tat er das auf dem Flur vor dem Direktorzimmer.

Sie stieg aus dem Wagen und ging nach hinten, um eine große Tüte mit Plätzchen vom Vortag herauszunehmen. Pfadfinder waren immer hungrig. Sie würden die Kekse auf dem Heimweg futtern. Hannah eilte über den Parkplatz und um die Hausecke zum Haupteingang.

Als sie von der Eingangshalle in den Gang einbog, musste sie grinsen, denn neben Mr Purvis' Tür lag ein in sich zusammengesunkenes khakifarbenes Tipi mit mehreren zappelnden Höckern, so als hätte das Zelt ein Eigenleben entwickelt. Durch den Stoff hörte sie Gils Stimme, der »seine« Jungs zur Ordnung rief.

»Na kommt, ihr Schlawiner. Hört auf mit der Strampelei und lasst mich die Öffnung finden. Ihr wollt doch sicher nicht hier drin übernachten, oder?«

Die Jungen brachen in wieherndes Gelächter aus, und Hannah beschloss, mit anzufassen. Sie hob den Stoff über dem vorderen Höcker an und hielt ihn hoch, bis ein Kopf darunter zum Vorschein kam.

»Danke, wer immer da hilft.« Gil krabbelte auf allen vieren durch die Öffnung. Dann blickte er auf und lächelte sie an. »Sie haben uns gerettet, Hannah. Ich zeige meiner Schar gerade, wie einfach es ist, ein Tipi zu errichten.«

Er kam auf die Beine und nahm ihr die Aufgabe ab, die Zeltbahn hochzuhalten. Fünf junge Pfadfinder robbten ans Licht, und alle freuten sich, Hannah zu sehen. Nicht wegen ihres einnehmenden Wesens, das war ihr klar, und auch nicht, weil sie helfend eingegriffen hatte, nein, weil sie die Plätzchentüte bemerkt hatten.

»Ist das Treffen vorbei, Gil?«, fragte sie.

»Ja. Eigentlich schon seit fünfzehn Minuten, aber das Tipi war unkooperativ.«

Hannah teilte die Plätzchen aus, vier für jeden Jungen, und die machten sich glücklich kauend auf den Heimweg. Als der letzte außer Hörweite war, kam Hannah zur Sache. »Ich muss mit Ihnen sprechen. Es geht um Boyd Watson.«

»Eine schreckliche Sache.« Gil schüttelte den Kopf. »Mr Purvis hat uns informiert, dass die Polizei einem Mordverdacht nachgeht, aber ein Lehrer meinte, dass Boyd in letzter Zeit deprimiert gewirkt hat. Glauben Sie, er könnte sich umgebracht haben?«

»Auf keinen Fall. Niemand bringt sich um, indem er sich mit einem Hammer den Kopf einschlägt.« Gil sah aus, als würde ihm gerade schlecht, und Hannah bereute schon ihre plastische Ausdrucksweise. »Alles in Ordnung?«

»Ja, danke. In den Nachrichten wurde nur nicht erwähnt, wie Boyd zu Tode gekommen ist. Danielle hat ihn gefunden?«

»Ja.«

»Die Ärmste. Das muss furchtbar für sie sein. Am besten, ich fahre mal bei ihr vorbei und sehe, ob ich ihr irgendwie helfen kann.«

»Sie ist nicht zu Hause, Gil. Doc Knight hat sie im Krankenhaus untergebracht.«

»Geht es ihr so schlecht?«

Hannah fand, es wäre besser, die Wahrheit ein bisschen zu verfälschen. Gil sollte nicht erfahren, dass Danielle des Mordes verdächtigt wurde. »Sie war eine Woche lang stark erkältet, und der Schock hat es verschlimmert. Darum lässt Doc Knight sie im Lake Eden Memorial betreuen, bis sie sich erholt hat.«

Gil schaute sehr mitfühlend. »Wir werden ihr Blumen schicken. Ich stelle im Lehrerzimmer eine Spendendose auf. Und die Gulls können auch etwas beisteuern. Danielle soll wissen, dass sie in solch einer Situation nicht allein ist.«

»Darüber wollte ich mit Ihnen sprechen.« Hannah unterbrach ihn, bevor er noch mehr planen konnte.

»Über die Blumen?«

»Nein, über die Gulls. Soviel ich weiß, hatte Boyd am Dienstag nach dem Unterricht ein Elterngespräch wegen einem seiner Spieler. Waren Sie zufällig dabei?«

Gil verneinte. »Dienstags bin ich beim Schachklub. Das hätte ich natürlich sausen lassen, wenn Boyd mich gebeten hätte, dem Gespräch beizuwohnen. Doch das hat er nicht.«

»Aber Sie waren in der Schule?«

»Nein. Ich habe den Schachklub zu mir nach Hause verlegt. Es gibt nur drei Mitglieder, zwei Zwölftklässler und einen Elftklässler. Wir haben uns das letzte Match von Bobby Fischer auf Video angesehen.«

Hannah seufzte. Das war enttäuschend. »Also haben Sie nicht gesehen, mit wem Boyd sich getroffen hat?«

»Ich fürchte, nein. Wir sind gleich gegangen, nachdem es geschellt hatte. Warum wollen Sie das wissen?«

Hannah seufzte erneut. Sie wollte wirklich nicht lügen, und vielleicht brauchte sie sich keine Geschichte auszudenken, um ihren wahren Beweggrund zu verschleiern. Gil war der Schulpsychologe und an dieselbe Schweigepflicht gebunden wie Dr. Holland. »Wenn ich Ihnen etwas im Vertrauen sage, dürfen Sie das vor niemandem wiederholen, richtig?«

»Ja, wenn es sich um ein Beratungsgespräch handelt.«

»Okay, dann ist das jetzt ein Beratungsgespräch. Schicken Sie mir nur keine Rechnung.«

Gil lachte. »Werde ich nicht. Also, sprechen Sie.«

»Da Sie nicht wissen, mit wem Boyd sich getroffen hat, komme ich vielleicht anders dahinter. Wissen Sie, ob er mit einem Spieler Schwierigkeiten hatte?«

»Ja, hatte er. Doch ich bedaure, ich kann Ihnen nicht sagen, mit wem.«

»Aber das müssen Sie!« Hannahs Frustration wuchs. »Ich weiß, die Schweigepflicht verbietet es Ihnen, doch das könnte für den Mordfall entscheidend sein!«

Gil hob beschwichtigend die Hände. »Moment, Hannah. Ich habe nicht gesagt, ich darf nicht, sondern ich kann es

Ihnen nicht sagen. Boyd hat den Namen des Schülers nicht genannt.«

»Oje.« Hannah schämte sich für ihren Ausbruch.

»Boyd hat das rein hypothetisch mit mir besprochen. Er fragte mich, was ich als Trainer täte, wenn ich entdecken würde, dass einer meiner Basketballspieler Steroide nimmt.«

»Steroide?« Hannah war verblüfft. Soweit sie wusste, hatte es in Lake Eden noch nie ein Problem dieser Größenordnung gegeben. Im vergangenen Jahr waren drei aus der Footballmannschaft für zwei Spiele gesperrt worden, weil sie eine Bierparty am See veranstaltet hatten, aber das war es auch schon. »Was haben Sie Boyd geantwortet?«

»Dass ich den Spieler für den Rest der Saison sperren würde. Die Richtlinien der Schule sind eindeutig, wenn es um leistungsverbessernde Drogen geht.«

»Wie hat Boyd darauf reagiert?«

»Er stellte noch eine hypothetische Frage, nämlich, was ich tun würde, wenn der Vater des Jungen drohte, den Schulsport nicht mehr zu fördern. Ich habe gesagt, dass ich mich in meiner Entscheidung davon nicht beeinflussen ließe und den Jungen trotzdem sperren würde.«

»Hat Boyd den Rat angenommen?«

»Ich denke, ja. Wir haben gemeinsam überlegt, wie man es dem Vater des Jungen am besten beibringen würde. Boyd hat sich sogar ein paar Notizen gemacht. Dann hat er mir gedankt, weil ich ihm seine Aufgabe erleichtert hätte. Das war am Montag, Hannah. Wenn Boyd am Dienstag nach der Schule ein Elterngespräch geführt hat, könnte es um diese Angelegenheit gegangen sein.«

Mit Herzklopfen stellte sie die wichtigste Frage. »Hat Boyd einen Jungen seiner Mannschaft gesperrt?«

»Nein, danach habe ich mich extra erkundigt. Entweder

hat Boyd es sich anders überlegt, oder …« Gil verstummte und sah wieder aus, als würde ihm übel.

»Oder was?«

»Oder er wurde ermordet, bevor er das Formular ausfüllen konnte.«

16

Lisa stand mit der Schüssel Schlagsahne neben ihr, als Hannah den Hawaiian Flan aufschnitt. Er war gut gelungen. Lächelnd legte Hannah die Stücke in die Kristallschälchen, streute geraspelte Ananas darüber, übergoss sie mit goldbrauner Karamellsauce und schob die Schälchen zu Lisa hin, die einen großen Klecks Schlagsahne dazugab.

Nachdem sie die Schälchen mit Löffeln auf das Tablett gestellt hatten, banden sich Hannah und Lisa die Schürze ab und warteten auf das Zeichen des Inspizienten. Das rote Lämpchen an der auf sie gerichteten Kamera leuchtete noch nicht, und Hannah wandte sich an Lisa mit einer Frage. »Sieht dein Dad zu?«

»Er sitzt sogar im Publikum, zusammen mit Mr Drevlow. Er wollte mich heute Abend live erleben. Er denkt, wir hätten unsere eigene Plätzchensendung. Ich habe es nicht über mich gebracht, ihm zu sagen, dass wir nur wenige Male auftreten.«

Hannah schaute zu Rayne Phillips hinüber, der vor einer Bluebox stand und mit weiten Armbewegungen auf die unsichtbaren Sturmfronten zeigte. Hannah fragte sich, wie er die richtigen Stellen treffen konnte. Dann sah sie den Bildschirm jenseits des Kamerabereichs und darauf eine Karte von Minnesota mit den eingezeichneten Hochs und

Tiefs. Ihr war das nie klar gewesen, aber als Wettermoderator brauchte man schauspielerische Fähigkeiten.

»Sind Sie so weit, Hannah?«

»Ich bin so weit.« Hannah nahm das Tablett und setzte das einstudierte Lächeln auf. »Gleich geht's los, Lisa. Zeigen wir's ihnen!«

Auf das Zeichen des Inspizienten gingen sie zum Nachrichtenpult, und nachdem Lisa den Moderatoren die Süßspeise serviert hatte, wandte sich Chuck Wilson an Hannah.

»Was haben die Mädels heute für uns?«

Hannah ärgerte sich über die Bezeichnung, überspielte das aber rasch mit einem Lächeln. Sie war schon seit über zehn Jahren kein »Mädel« mehr. »Ananaskuchen mit Karamellsauce. Ich nenne es Hawaiian Flan.«

»Sieht lecker aus.« Chuck stach sich einen Bissen mit dem Löffel ab, und die Kamera zoomte heran, als er ihn sich in den Mund steckte. Lächelnd ließ er sich die süße cremige Masse auf der Zunge zergehen. »Sehr köstlich, Mädels.«

Hannah kam die Galle hoch. Sie wollte ihm gerade Bescheid stoßen, als Lisa vorsorglich einschritt. »Danke, Chuck. Unsere Kunden im *Cookie Jar* werden es lieben, da bin ich mir sicher. Wir erweitern unser Angebot und werden jeden Tag eine andere Süßspeise anbieten.«

»Wenn es diese gibt, komme ich vorbei«, versprach Chuck. Dann drehte er sich zu seiner Kollegin. »Wie findest du sie, Dee-Dee?«

»Sie ist schwer und zugleich leicht, wenn du verstehst, was ich meine.« Hannah glaubte nicht, dass das jemand verstand, behielt ihr Lächeln jedoch bei. »Aber etwas so Leckeres ist bestimmt eine Kalorienbombe. Hab ich recht?«

Wieder nahm Lisa ihr das Antworten ab, und Hannah seufzte erleichtert. Lisa hatte ihr vorher versichert, dass sie auf Dee-Dees Kalorienfrage vorbereitet war.

»Das ist bestimmt nichts, um abzunehmen, doch man kann auch nicht jeden Abend kalorienfreien Wackelpudding essen. Wenn Sie so sehr um Ihre gute Figur fürchten, können Sie die Eiercreme mit halb so viel Zucker zubereiten und sich auf einen Löffel Karamellsauce beschränken. Und Sie können die Sahne auch mit Süßstoff schlagen.«

»Trotzdem bleibt es ein Dickmacher, nicht wahr?«, meinte Dee-Dee.

Hannah biss sich auf die Zunge. Sie konnte sich eine scharfe Erwiderung nur mühsam verkneifen. Diesmal schaltete sich Wingo Jones in die Diskussion ein. »Das Dessert ist eine Gelegenheit, den Körper mit Kohlenhydraten zu versorgen. Wenn du nicht zunehmen willst, solltest du die Kalorien beim Sport verbrennen. Ich jedenfalls bin bereit, für ein Stück Hawaiian Flan zehn Kilometer zu joggen.«

»Ich auch.« Rayne Phillips nickte und zog Dee-Dees Schälchen zu sich rüber. »Keine Sorge, Dee-Dee. Ich rette dich. Du kannst nicht zunehmen, wenn ich deine Portion verspeise.«

Chuck Wilson lachte auf, und Hannah verzieh ihm augenblicklich, dass er sie »Mädel« genannt hatte. Vielleicht war er doch kein Idiot. Er wandte sich der Kamera zu und bat die Zuschauer, auch am dritten Abend des Hartland-Flour-Backwettbewerbs dabei zu sein, der im Anschluss an die *World News* stattfinden würde. Die Musik wurde eingespielt, der Abspann lief über den Bildschirm, und die Nachrichtensprecher schoben ihre Blätter zusammen und lächelten einander zu.

Dee-Dee behielt ihre freundliche Miene bei, bis das rote Licht an der Kamera erlosch. Dann sah sie Rayne Phillips böse an und gab einige unschöne Kraftausdrücke von sich, derentwegen die Sendung unter Pfeiftönen aus dem Äther geflogen wäre.

Kichernd ging Hannah mit Lisa zu der Set-Küche zurück, um zusammenzupacken. Lisa half ihr, und bestens gelaunt luden sie ihre Sachen in die Boxen und trugen sie zu dem Regal an der hinteren Wand.

»Wenn nichts mehr zu tun ist, gehe ich zu Dad und Mr Drevlow«, sagte Lisa.

»Tu das. Du warst heute Abend großartig. Wie du auf Dee-Dees Frage reagiert hast, war brillant.« Hannah griff in ihre Schürzentasche und gab ihr einen Umschlag. »Bitte sehr. Das ist für dich, für die vielen Überstunden, die du diese Woche geleistet hast.«

Lisa schaute überrascht. »Aber das musst du nicht tun. Ich habe mehr gearbeitet, weil ich das wollte. Ich helfe dir gern und erwarte keine Extrabezahlung, weißt du?«

»Dann betrachte es als Weihnachtsgeld. Du hast es dir verdient.«

»Okay.« Lisa steckte den Umschlag ein. »Aber mehr will ich nicht. Ich springe für dich ein, bis der Wettbewerb vorbei ist und du mit dem … mit der anderen Sache durch bist.«

Hannah nickte. Lisa war eine traumhafte Mitarbeiterin, und vielleicht war es an der Zeit, sie zur Partnerin zu machen. Sie konnten das *Cookie Jar* reibungslos gemeinsam führen und in den Monaten, in denen weniger zu tun war, sogar abwechselnd Urlaub machen.

Doch wann war mal weniger zu tun? Hannah dachte stirnrunzelnd zurück. Es gab immer eine Party oder eine Veranstaltung zu beliefern, und die Bewohner von Lake Eden aßen das ganze Jahr über Plätzchen. Wenn nicht alle zur selben Zeit eine Diät machten, würde es keine arbeitsärmeren Monate geben.

Hannah kam gerade aus der Maske, wo die Maskenbildnerin ihr neuen Lippenstift aufgetragen und ihr Haar noch einmal gebändigt hatte, als Andrea auf sie zueilte.

»Da bist du! Lass uns irgendwo hingehen, wo wir ungestört sind.« Sie zog Hannah in die Damentoilette. »Lucy ist nicht hier. Ich habe überall gesucht. Ich habe sogar Bill gefragt, ob sie auf dem Revier gewesen ist, und er hat sie den ganzen Tag nicht gesehen.«

Hannah bekam ein ganz ungutes Gefühl bei der Nachricht. Sie hatte fest damit gerechnet, dass Lucy bei dem Wettbewerb aufkreuzen würde. »Vielleicht kommt sie nur etwas später?«

»Möglich.« Andrea wirkte jedoch skeptisch. »Ich habe darüber nachgedacht. Was, wenn Lucy nach Hause gefahren ist und entdeckt hat, dass ihr Geheimfach geleert wurde? Wenn sie glaubt, dass die Polizei sie in Verdacht hat, ist sie vielleicht abgehauen.«

Daran hatte Hannah noch gar nicht gedacht. »Das ist möglich, würde jedoch nicht erklären, warum sie heute früh den Termin bei Norman sausen ließ.«

»Du hast recht. Na ja, vielleicht kommt sie doch etwas später. Wie war es bei Gil Surma? Hast du etwas Interessantes erfahren?«

Hannah brachte sie auf den neuesten Stand, und Andrea war geschockt, als sie von den Steroiden hörte. »Ich habe es zuerst auch nicht glauben können. Aber Gil sagt, dass Boyd deswegen sehr aufgebracht war.«

»So was kommt vor«, räumte Andrea ein. »Ich hätte nur nicht gedacht, dass auch in Lake Eden jemand das Zeug nimmt. Gil weiß nicht, um welchen Jungen es sich handelt?«

»Boyd hat alles hypothetisch formuliert und keinen Namen genannt.«

Andrea seufzte. »Wenigstens wissen wir, dass es ein Basketballspieler ist. Wie viele Jungs sind bei den Gulls?«

»Zwanzig.«

»So viele?«

»Ja. Laut Gil ist Basketball der beliebteste Sport an der Jordan High. Boyd hatte fünf Jungen im A-Team. Die sind die Stammspieler, und zu jedem Stammspieler gibt es einen Auswechselspieler, macht also schon zehn. Wir haben viel Arbeit vor uns, Andrea.«

»Sehe ich auch so. Hast du eine Namensliste?«

»Gil besorgt sie sich von Charlotte und bringt sie mir morgen früh ins Geschäft.«

Stirnrunzelnd dachte Andrea über die neue Faktenlage nach. »Wie wollen wir herausfinden, wer der Spieler ist? Wenn wir sie alle fragen, hören wir zwanzig Dementis.«

»Ich weiß. Ich zweifle noch, ob das mit dem Mord an Boyd zu tun hat. Das kann auch Zufall sein.«

»Ist es nicht. Der Vater des Spielers hat Boyd umgebracht, damit sein Sohn nicht aus der Mannschaft geworfen wird.«

Hannah staunte, wie selbstsicher ihre Schwester klang. »Meinst du, dafür würde jemand morden?«

»Absolut. Der Highschool-Basketball wird in Lake Eden total ernst genommen.«

»Aber würde ein Vater so weit gehen?«

»Natürlich. Denk mal an die Mutter in Texas, die die Rivalin ihrer Tochter ermordet hat, und da ging es nur um die Aufnahme in das Cheerleader-Team, was nicht mal halb so bedeutend ist wie Basketball.«

Hannah erinnerte sich an den Fall. »Der Vater des Jungen könnte Boyd nach dem Wettbewerb nach Hause gefolgt sein, um mit ihm zu reden, damit Boyd seinen Sohn nicht sperrt. Das würde den Streit erklären, den Mr Gessell gehört hat.«

»Und ein Streit kann so weit eskalieren, dass einer den anderen erschlägt. Wir wissen, dass Boyd jähzornig war. Der Vater ist es vielleicht auch.«

Ein durchaus überzeugendes Szenario, fand Hannah. »So könnte es gewesen sein. Der Vater könnte den Hammer vom Lochbrett gegriffen und in seiner Wut zugeschlagen haben. Vielleicht hatte er gar nicht die Absicht, Boyd zu töten, doch das hat er getan. Und als er gemerkt hat, dass Boyd tot ist, hat er das Weite gesucht.«

Andrea wippte aufgeregt auf den Zehen. »Wir haben den Fall gelöst, Hannah! Wir wissen, wer Boyds Mörder ist!«

»Noch nicht ganz.« Hannah fasste ihr an den Arm, um ihre Begeisterung zu zügeln. »Wir mögen jetzt das Motiv kennen, aber den Täter noch nicht. Geh und schau dich noch mal nach Lucy um. Wenn du sie findest, häng dich an sie dran, bis die Sendung vorbei ist.«

»Okay. Und was, wenn sie uns nicht sagen will, wer auf dem Foto ist?«

Dann sind wir aufgeschmissen und haben viel Zeit vergeudet, dachte Hannah. Doch das sprach sie nicht aus, um das Schicksal nicht herauszufordern. »Mach dir darüber jetzt keine Gedanken. Konzentrier dich darauf, sie aufzutreiben. Dann werde ich es schon irgendwie aus ihr herausholen.«

Rudy, einer der Kameraleute, kam zu Hannah, als sie sich gerade an den Jurytisch setzte. »Hi, Hannah. Der Hawaiian Flan war großartig.«

»Wie können Sie das wissen?«

»Wingo bekam einen Anruf, gleich nach den Nachrichten, und hat sein Schälchen auf dem Pult stehen lassen. Da habe ich zugegriffen.«

»Schön für Sie.« Hannah lächelte ihn an. Sie konnte ihn gut leiden. Er hatte ihr einiges zu den Kameras erklärt, zum Beispiel woran sie sehen konnte, ob sie gefilmt wurde. Sie deutete auf eine der großen, die am Set aufgereiht standen. »Warum sind diese anders als Ihre?«

»Die sind an Kabel angeschlossen. Sehen Sie?«

Hannah blickte zu den dicken schwarzen Kabeln, die über den Boden gezogen waren. »Wohin führen die?«

»Zur Regiekabine im Übertragungswagen. Da hält sich Mason während der Sendung auf. Er beobachtet die Aufnahmen auf Monitoren und bestimmt übers Headset die Kameraperspektive. Er entscheidet auch, welche Aufnahme gesendet wird.«

»Scheint mir eine komplizierte Aufgabe zu sein.«

»Ist es. Das ist eine Liveübertragung, und er muss schnell entscheiden. Die genannte Aufnahme wird sofort übertragen.«

Hannah war interessiert. Was sie über Fernsehproduktionen wusste, war kaum der Rede wert. »Welche Aufgabe hat Ihre Kamera?«

»Ich nehme das Material für den Film auf, der später gezeigt wird, solange die Preisrichter mit ihrer Entscheidung beschäftigt sind. Ich filme mit der drahtlosen Handkamera, die vom Ü-Wagen unabhängig ist. Sie nimmt auf Neunzehn-Millimeter-Band auf, das wir später zusammenschneiden.«

»Zusammenschneiden?«

»Ich filme vier Stunden lang für einen Zusammenschnitt von drei Minuten.«

»Da wird eine Menge Band verbraucht.«

»Wir filmen immer mehr, als wir brauchen. Dadurch hat der Cutter mehr Auswahl. Ich filme die Kandidaten und Zuschauer beim Eintreffen und auch nach Drehschluss die Partys im Hotel.«

Das brachte Hannah auf eine Idee. Wenn Rudy jeden Tag vier Stunden lang die Leute filmte, war ihm vielleicht auch der Mörder mit seinen Manschettenknöpfen vor die Linse geraten. Sie hatte zwar vor, Lucy den Namen zu entlocken, aber für den Fall, dass sie irgendwo untergetaucht war, brauchte sie einen Plan B. »Was passiert mit dem Filmmaterial, das nicht verwendet wurde?«

»Mit den Outtakes?«

»Ja, wenn das so heißt. Werfen Sie das hinterher weg?«

Rudy lachte. »Bei KCOW wird nie etwas weggeworfen. Nicht mal Büroklammern.«

»Also wird das Band überspielt?«

»Ja, aber nicht sofort. Wir bewahren es eine Zeit lang im Sender auf. Dann wird es noch mal gesichtet. Wenn Mason überzeugt ist, dass die Aufnahmen nicht mehr gebraucht werden, löschen wir sie und verwenden das Band neu.«

»Demnach befinden sich Ihre Outtakes im Lager?«

Rudy schüttelte den Kopf. »Vorerst bleiben die im Ü-Wagen. Warum interessieren Sie sich so sehr dafür?«

»Ich finde die Produktionsarbeit faszinierend«, sagte Hannah lächelnd. »Meinen Sie, ich dürfte mir die Outtakes vielleicht mal ansehen?«

»Das ist viel Material, und das meiste davon ist langweilig. Wollen Sie das wirklich?«

»Ja.« Mit angehaltenem Atem wartete sie auf seine Antwort. Das könnte für den Fall ausschlaggebend sein. Denn auch wenn sie den Namen des Mörders aus Lucy herausbekäme, würde erst eine Aufnahme des Mannes mit seinen Manschettenknöpfen beweisen, ob sie die Wahrheit gesagt hatte.

»Wenn Sie sich langweilen wollen, mir soll's recht sein. Doch ich kann das nicht entscheiden. Mason muss seine Erlaubnis geben.«

Hannah schenkte ihm ein strahlendes Lächeln. Er ahnte gar nicht, wie sehr er ihr geholfen hatte. »Danke, Rudy. Ich werde Mason gleich nach der Sendung ansprechen.«

Hawaiian Flan

Den Backofen auf 175 °C vorheizen,
das Blech mittelhoch einschieben.

200 g weißer Zucker
125 ml Wasser
6 Eier
400 ml gesüßte Kondensmilch
50 g weißer Zucker
325 ml Ananassaft
1 Msp Salz
1 Dose geraspelte Ananas (gut abgetropft)
Gesüßte Schlagsahne als Beigabe (nach Belieben)

Eine quadratische Springform bereitstellen (24 x 24 cm). Nicht einfetten.

Die 200 Gramm Zucker mit dem Wasser in einen Stieltopf geben, zum Kochen bringen und mit dem Schneebesen zunächst langsam, dann sehr schnell rühren, bis der Sirup eine goldbraune Farbe annimmt. (Vorsicht, wird sehr heiß und spritzt. Tragen Sie dabei Topfhandschuhe.)

Den Sirup in die Backform gießen. Neigen Sie die Form nach allen Seiten, damit er sich gleichmäßig verteilt. Dies ist Ihre Karamellsauce. (Seien Sie sehr vorsichtig. Der Sirup ist extrem heiß.) Lassen Sie Wasser in den Stieltopf laufen und stellen Sie ihn ins Spülbecken. Nun die Backform beiseitestellen und die Eiercreme herstellen. (Wenn Sie etwas knacken hören, machen Sie sich keine Sorgen. Das ist das abkühlende Karamell, nicht Ihre Backform.)

Die Eier mit dem Handmixer schlagen, bis die Masse hellgelb und sämig ist. Die Kondensmilch, die 50 Gramm Zucker, das Salz und den Ananassaft zugeben und gründlich unterschlagen.

Über der Springform durch ein Sieb streichen.

Nun die Springform in eine größere feuerfeste Form setzen, sodass an allen Seiten wenigstens 3 Zentimeter Zwischenraum bleibt. In den vorgeheizten Backofen schieben und heißes Wasser in den Zwischenraum gießen, bis die Springform halbhoch im Wasser steht.

Eine Stunde backen oder bis bei der Garprobe am Messer nichts mehr haften bleibt.

Die Springform aus dem Wasserbad nehmen und 10 Minuten abkühlen lassen. (Der Hawaiian Flan kann warm oder kalt gegessen werden.)

Zum Servieren den Kuchen auf eine Platte mit erhöhtem Rand stürzen (damit die Karamellsauce nicht wegfließt). In Scheiben schneiden, auf Dessertteller legen und geraspelte Ananas daraufhäufen und Karamellsauce darüberlöffeln. Nach Belieben Schlagsahne dazugeben.

Delores isst das Dessert lieber gekühlt. Andrea mag es in Zimmertemperatur und ich am liebsten ofenwarm.

17

Der Gewinner des Abends war ein Mann, und Hannah gefiel das. Auch beim Backen sollte es Chancengleichheit geben. Nachdem der pensionierte Master Sergeant seinen Preis entgegengenommen hatte, wies Clayton Hart das Publikum noch einmal auf das große Finale hin, das am nächsten Abend stattfinden würde. Die Sendung würde eine volle Stunde dauern, denn die drei Kandidaten in der Endausscheidung würden tatsächlich vor laufender Kamera backen. Das würde man zeitgleich auf drei riesige Bildschirme übertragen, die von der Decke hingen – eine Idee des KCOW-Produzenten Mason Kimball –, sodass die Zuschauer jeden ihrer Handgriffe live mitverfolgen konnten.

Als die Kameras abgeschaltet waren, wandte Hannah sich Edna Ferguson zu. »Haben Sie das ernst gemeint, was Sie über Hogarths Zimtbrötchen sagten?«

»Sonst hätte ich es nicht gesagt«, antwortete Edna. »Ganz ehrlich, seine Zimtbrötchen sind noch besser als meine.«

»Und Sie machen die besten der Stadt.« Hannah knurrte der Magen, als sie daran dachte. Sie hatte einen Riesenhunger, weil sie seit Sallys Mittagsbuffet nichts mehr gegessen hatte. Die Kostproben der Desserts, die sie bewerten musste, konnte man schließlich nicht zählen. Doch leider hatte sie jetzt auch keine Zeit zu essen. Sie musste ihre Schwester suchen, um nachzuhören, ob sie Lucy Richards zu fassen bekommen hatte, und dann musste sie zum Übertragungswagen gehen und Kimball wegen der Outtakes um Erlaubnis fragen.

»Fahren Sie zur Drehschluss-Party zum Hotel raus?«, fragte Edna.

»Heute Abend nicht. Ich habe noch so viel zu erledigen, ich weiß gar nicht, wo ich die Zeit hernehmen soll.« Sie stand auf und strich sich den Rock ihres neuen Kostüms glatt. Die Farbe hieß »Zimt«, wie sie von Claire wusste, eine Schattierung zwischen Braun und Orange. Hannah hatte sich gesträubt, das Kostüm überhaupt anzuprobieren, weil sich alle Orangetöne mit ihrer Haarfarbe bissen. Aber Claire hatte darauf bestanden, und tatsächlich sah sie darin toll aus.

Andrea winkte vom Seitenrand der Bühne, doch Lucy stand nicht bei ihr. Enttäuscht ging Hannah zu ihr. Entweder war Lucy getürmt, oder sie war … Hannah fegte den Gedanken beiseite, um sich an den obersten Grundsatz ihres Vaters zu halten: Es hat keinen Zweck, sich unnötigen Ärger aufzuhalsen. Natürlich war er all die Jahre mit Delores verheiratet gewesen und brauchte sich den Ärger nicht erst aufzuhalsen; er hatte mit ihm unter einem Dach gelebt.

»Lucy ist nicht hier«, sagte Andrea, sobald Hannah in Hörweite kam. »Aber ich kann dir helfen, sie zu suchen. Bill musste noch mal aufs Revier zurück, und Tracey möchte bei Grandma übernachten.«

Hannah war klar, was Andrea wollte: das Gefühl, gebraucht zu werden. »Das passt ja bestens. Du könntest mir wirklich helfen.«

Andreas Gesicht hellte sich auf. »Was machen wir als Erstes?«

»Ich muss kurz zum Übertragungswagen. Du kannst in der Eingangshalle auf mich warten. Frag noch mal ein paar Leute nach Lucy. Vielleicht hat sie doch jemand gesehen.«

»Habe ich schon getan.« Andrea klang leicht gereizt. »Ohne Erfolg.«

Hannah zog ihren Autoschlüssel aus der Handtasche und gab ihn ihr. »Also gut. Dann schau, ob du jemanden erwischst, der mir die Transportboxen zum Wagen bringt. Das spart uns Zeit.«

»Okay.« Andreas Miene hellte sich auf. »Ich mache mich gerne nützlich.«

»Und du bist mir eine enorme Hilfe, glaub mir. Es wäre am geschicktesten, wenn du um das Gebäude herumfährst und neben dem Ü-Wagen parkst, dann sparen wir noch mehr Zeit.«

Hannah beschloss, sich später Gedanken darüber zu machen, was ihr an Andrea gerade aufgefallen war, und eilte durch den Hinterausgang und über den Parkplatz. Ihre Schwester brauchte das Gefühl, gebraucht zu werden, und machte sich gern nützlich. Hoffentlich wollte sie das auch noch, nachdem sie sich vier Stunden lang Rudys Outtakes angesehen hatten.

Als Hannah sich dem langen Lkw näherte, kam Mason Kimball gerade die Metallstufen herunter. Er sah müde aus und hatte dunkle Ringe unter den Augen. »Hi, Hannah. Was tun Sie hier draußen?«

Hannah antwortete, was sie sich zurechtgelegt hatte. »Ich habe vor der Show mit Rudy gesprochen. Er hat mir erzählt, wie der Zusammenschnitt funktioniert, und jetzt würde ich mir gern seine Outtakes ansehen, wenn Sie nichts dagegen haben.«

»Möchten Sie sich wirklich alle Outtakes anschauen? Das sind über zwölf Stunden Material.«

Hannah machte ein möglichst unschuldiges Gesicht. »Würde ich gern, aber so viel Zeit habe ich nicht. Mich interessiert hauptsächlich, was Rudy am Mittwoch gefilmt hat. Der Zusammenschnitt hat mir am besten gefallen.«

Mason zog die Brauen zusammen, und Hannah begriff, dass er ihr die Begründung nicht abnahm. »Mittwoch. Das war der Abend, als Boyd Watson noch in der Jury saß. Hat das etwas mit dem Mord zu tun?«

»Natürlich nicht.« Hannah log ihm glatt ins Gesicht. »Ich interessiere mich nur für Rudys Outtakes. Ich finde, er macht seine Sache wahnsinnig gut.«

Mason zog die Brauen noch mehr zusammen. »Das stimmt, aber normalerweise will kein Mensch die Outtakes sehen. Besser, Sie schenken mir reinen Wein ein und sagen, was Sie wirklich wollen. Arbeiten Sie wieder mit dem Sheriff zusammen?«

»Nein, und das habe ich auch noch nie«, erklärte Hannah wahrheitsgemäß. Sie hatte nicht mit dem Sheriff, sondern mit Bill zusammengearbeitet.

»Aber es heißt, Sie hätten den Mord an Ron LaSalle aufgeklärt.«

»Bill hat ihn aufgeklärt, nicht ich. Ich habe nur zufällig etwas erfahren, das ihm weitergeholfen hat, mehr nicht.«

Mason schüttelte energisch den Kopf. »So geht das nicht. Ich lasse mich in nichts reinziehen. Wenn Sie mir nicht genau sagen, warum Sie die Outtakes sehen wollen, kann ich das nicht erlauben.«

»Okay.« Hannah seufzte. Sie war nicht bereit, Lucys Foto des Mörders und ihre Suche nach den Manschettenknöpfen zu erwähnen, aber sie musste Mason einen glaubhaften Grund nennen. »Die Sache ist die: Es mag weit hergeholt erscheinen, doch darunter sind vielleicht Aufnahmen von Boyd vor der Sendung. Rudy sagt, er hat die Leute beim

Hereinkommen gefilmt. Wenn Boyd dabei mit jemandem gesprochen hat, sollten Bill und Mike das erfahren. Dann können sie denjenigen fragen, in welcher Stimmung Boyd war und was er gesagt hat.«

Mason überlegte kurz. »In Ordnung. Ich wüsste zwar nicht, dass Aufnahmen von Boyd dabei waren, aber ich habe auch nicht alles Material gesichtet.«

»Sie erlauben es also?«

»Ja. Ich habe nichts einzuwenden. Es gibt nur ein Problem.«

»Welches?«

»Sie müssen sich das Material heute noch ansehen.«

Hannah stöhnte. »Heute Abend?«

»Ich fürchte, ja. Morgen findet das Finale statt, dann stecken wir bis über beide Ohren in Arbeit, und ich kann niemanden entbehren, der Ihnen hilft.«

»Kann ich das denn nicht allein tun?«

»Nein. Der Techniker muss die richtigen Bänder heraussuchen. Wir verwenden komplizierte Geräte. Er muss Ihnen zuerst einige Handgriffe zeigen. Und möglicherweise brauchen wir von den Aufnahmen etwas für den Zusammenschnitt beim Finale. Ich kann nicht riskieren, dass Sie versehentlich etwas löschen.«

»Okay. Dann sehe ich sie mir heute Abend an. Wann macht der Techniker Feierabend?«

»Gar nicht. Wir lassen den Wagen am Drehort auch nachts nicht unbeaufsichtigt. Die Ausrüstung ist viel zu wertvoll.«

»Demnach habe ich genug Zeit, um vorher nach Hause zu fahren und meine Katze zu füttern?«

»Sicher. Auf eine halbe Stunde kommt es nicht an. Klopfen Sie einfach an die Tür. Ich sage P. K. Bescheid, dass Sie kommen.« Mason machte kehrt, um wieder in den Wagen zu gehen, hielt jedoch noch mal inne. »Wenn Sie kurz warten, begleite ich Sie zu Ihrem Auto. Sie sollten hier abends nicht allein über das Gelände laufen.«

»Danke.« Hannah stand neben der Metalltreppe und wartete, während Mason mit dem Techniker redete. Das dauerte nur einen Moment, dann kam er wieder heraus.

»Alles klar. P. K. weiß Bescheid, um welche Bänder es geht, und wird alles vorbereiten. Glauben Sie wirklich, Sie finden etwas, Hannah?«

»Eigentlich nicht, doch ich will nichts unversucht lassen. Außerdem könnten ein paar schöne Aufnahmen von meiner Nichte dabei sein. Ich bin wirklich interessiert, Mason. Das war nicht gelogen.«

»Wenn Sie Aufnahmen von ihr finden, notieren Sie den Timecode. Der Techniker zeigt Ihnen, wo der steht. Wir können davon ein Band zusammenschneiden. Ihre Nichte war spitze.«

Es schneite, als sie über den Parkplatz gingen, und ein kalter Wind pfiff über den Asphalt. Mason schlug sich den Mantelkragen hoch, und Hannah musste an sich halten, um nicht verblüfft nach Luft zu schnappen. Er trug antike Manschettenknöpfe mit einem Entenmotiv.

»Schöne Manschettenknöpfe haben Sie.« Sie hoffte inständig, dass ihr der Schreck nicht anzuhören war. »Sind die antik?«

»Ja. Sie haben dem Großvater meiner Frau gehört. Er hatte eine recht große Sammlung.«

Hannah hatte Angst, fragte aber trotzdem. »Waren darunter auch welche mit einem Pferdekopf?«

»Schon möglich. Ich weiß jedenfalls, dass er ein Paar mit Hunden hatte, und ich habe dieses mit den Enten. Sie interessieren sich dafür?«

»Ja.« Hannah suchte hastig nach einer plausiblen Begründung. Schließlich wollte sie ihm nicht erzählen, dass Boyds

Mörder solche getragen hatte. »Meine Mutter sammelt antiken Schmuck, und sie sucht schon lange nach solchen Manschettenknöpfen. Ich dachte, ich könnte ihr welche zu Weihnachten schenken, habe aber noch keine dieser Art gefunden.«

»Ich werde Ellen bitten, in die Schmuckschatulle zu sehen. Könnten sie wertvoll sein?«

»Ja.« Mehr sagte sie nicht dazu. Mason konnte nicht ahnen, welchen Wert sie tatsächlich für sie hatten. Natürlich brächten sie unter Sammlern ein Bündel Scheine ein, doch vor allem stellten sie den Beweis dar, dass Danielle ihren Mann nicht getötet hatte.

»Ich hoffe, Ellen hat sie nicht verkauft. Vor ein paar Jahren, als sie neue Möbel anschaffen wollte, hat sie dafür einen Teil der Sammlung veräußert.«

»An einen privaten Sammler?«

»Nein. Sie hat sie dem Juwelier im Einkaufszentrum in Kommission gegeben.«

Hannahs Hoffnung sank schneller als ein Stein im Teich. Wenn die Pferdekopf-Manschettenknöpfe des Mörders in der Tri County Mall zum Verkauf gestanden hatten, konnten sie jetzt praktisch überall sein.

»Ist das dort Ihr Suburban?« Mason zeigte auf den Wagen, der gerade um das Schulgebäude herumkam.

»Ja. Meine Schwester hat ihn geholt.« Hannah winkte, und Andrea hielt neben ihnen an. Sie rutschte auf die Beifahrerseite hinüber, und Mason öffnete Hannah die Fahrertür.

Sie freute sich und lächelte ihn an. Es gab doch noch Kavaliere. »Ich finde, sie haben eine großartige Sendung hinbekommen. Sie kommt total gut an.«

»Danke, Hannah. Die Zahlen liegen schon vor. Wir haben viel mehr Zuschauer, als ich erwartet habe. Und Sie sind mit Ihren Backkünsten durchaus ein Magnet.«

»Das freut mich.« Sie stieg ein und wünschte ihm einen schönen Abend. »Denken Sie daran, Ihre Frau nach den Manschettenknöpfen zu fragen. Falls sie sie noch hat, würde ich sie ihr für meine Mutter abkaufen.«

Andrea wartete, bis Hannah um die Ecke gebogen war, bevor sie nachfragte. »Was für Manschettenknöpfe? Mutter sammelt doch gar keine.«

»Ich weiß. Das war bloß ein Vorwand. Mason trägt welche mit Enten darauf, die auch antik sind, und erzählte von der Sammlung, die seine Frau von ihrem Großvater geerbt hat.«

Andrea keuchte auf. »Du denkst, Mason gehören die Manschettenknöpfe mit dem Pferdekopf?«

»Nein. Er sagt, es könnte so ein Paar zu der Sammlung gehört haben, doch Ellen hat etliche davon zu einem Juwelier im Einkaufszentrum gegeben, schon vor einigen Jahren. Die kann praktisch jeder gekauft haben. Das ist also eine Sackgasse.«

Andrea seufzte. »Tja, keiner hat je behauptet, dass es leicht wird. Wohin fahren wir?«

»Erst mal zu mir. Ich will mich umziehen und Moishe füttern. Wenn ich noch länger wegbleibe, vergreift er sich an meiner Couch. Mike und ich haben am Mittwochabend ein paar Tüten mit Salzbrezeln vertilgt, und ich hatte noch keine Zeit, die Krümel wegzusaugen. Es waren auch welche mit Knoblauchgeschmack dabei, und darauf steht Moishe.«

Zu sagen, dass Moishe froh war, sie zu sehen, wäre die Untertreibung des Jahrhunderts gewesen. Sowie Hannah die Wohnungstür aufschloss, sprang er ihr in die Arme und leckte ihr das Gesicht. Nachdem er das zur Genüge getan hatte, sprang er auf den Boden und raste zu seiner leeren Futterschale, um dort jämmerlich zu miauen.

Hannah ging sofort hinter ihm her, um sein Futter aus dem Schrank zu nehmen. Als sie die Gummischnur löste, die die Schranktür geschlossen hielt, fiel ihr auf, dass sie halb zerkaut war. Sie war gerade noch rechtzeitig nach Hause gekommen. Fünf Minuten später hätte sie knöcheltief in Trockenfutter gestanden. Sie versorgte Moishe, zog sich etwas Bequemeres an und verließ zusammen mit ihrer Schwester die Wohnung.

»Wohin fahren wir jetzt?«, fragte Andrea, als sie in der Garage die Wagentür öffnete.

»Zu Vera Olsens Haus. Ich will kurz klingeln und mich erkundigen, ob sie Lucy gesehen hat. Wenn nicht, bitte ich sie, uns in Lucys Apartment zu lassen. Da findet sich vielleicht ein Hinweis, wohin sie verschwunden sein kann.«

»Glaubst du wirklich, Vera lässt uns hinein?« Andrea klang skeptisch.

»Sicher. Mach dir keine Gedanken über Kleinigkeiten. Mir fällt schon irgendein Vorwand ein, wenn wir da sind.«

Es dauerte nicht lange, bis sie dort ankamen. Hannah parkte auf der Straße, und sie stiegen aus.

»Lucy ist nicht da«, stellte Hannah fest, als sie über den Bürgersteig zu Veras Frontveranda gingen.

»Kannst du hellsehen?«

Hannah lachte. »Schön wär's. Dann wüssten wir, wo Lucy ist.«

»Woher willst du wissen, dass sie nicht da ist?«

Hannah zog sie ein paar Schritte zurück und zeigte zu Lucys Fenstern hinauf. »Da brennt kein Licht. Meinst du, dass sie da oben im Dunkeln sitzt?«

»Eigentlich nicht.« Andrea öffnete die Verandatür. »Hast du dir inzwischen überlegt, was du zu Vera sagen wirst?«

»Nein, ich überlasse dir das Reden.«

Andrea sah sie erschrocken an. »Mir? Warum mir?«

»Weil du besser mit Menschen umgehen kannst als ich.« Hannah drückte auf den Klingelknopf neben der Haustür. »Schließlich bist du Immobilienmaklerin.«

Andrea murmelte etwas, das sie in Traceys Beisein nie sagen würde, dann stupste sie Hannah an, weil von drinnen Schritte zu hören waren. »Schsch! Da kommt sie.«

Vera Olsen öffnete und lächelte, als sie die beiden vor ihrer Tür stehen sah. »Hannah und Andrea. Was für eine Überraschung. Hat Lucy Sie mit meinen Plätzchen hergeschickt?«

»Ja.« Andrea antwortete und ging sogleich weiter auf das Stichwort ein. »Wir haben sie im Wagen gelassen, weil wir nicht sicher waren, ob Sie zu Hause sind. Sei so gut und hol schnell die Plätzchen für Mrs Olsen, ja, Hannah?«

Hannah lief zum Wagen. Als sie mit der Plätzchentüte das Haus betrat, fand sie Andrea und Vera im Wohnzimmer auf einem schrecklichen gelbgrünen Anbausofa, und sie plauderten wie alte Freundinnen, die sich ewig nicht gesehen haben. Hannah konnte nur vermuten, dass Vera das Sofa zu einem Spottpreis bekommen hatte. Kein normaler Mensch würde für diese Farbe den regulären Preis zahlen.

Vera sah Hannah freundlich an, nahm die Plätzchen entgegen und bat sie mit einer Geste, auf den Polstern Platz zu nehmen. »Das ist es, was ich meine, Andrea. Trotz all der Stunden, die Lucy bei der Zeitung leistet, denkt sie noch an meine Plätzchen. Manchmal muss ich mich über die Unordnung in ihrem Apartment beklagen, aber davon abgesehen ist sie ein ganz reizendes Mädchen. Ich denke, sie lernt es noch, wenn ich sie hin und wieder daran erinnere.«

»Ganz bestimmt«, pflichtete Andrea bei, »vor allem, weil Sie es sind. Es war ihr wirklich wichtig, dass wir Ihnen die

Plätzchen bringen, bevor Sie zu Bett gehen. Wann haben Sie sie darum gebeten?«

»Gestern Morgen. Ich habe eine Schwäche für Süßes, wissen Sie? Ich dachte, sie bringt sie mir schon gestern Abend mit, aber sie ist wohl sehr spät nach Hause gekommen.«

»Haben Sie sie kommen hören?«

»Nein. Sie musste draußen bei der Party im Hotel fotografieren. Da ist es spät geworden. Ich bin erst nach halb zwölf schlafen gegangen, und da war sie noch nicht zu Hause.«

Hannah konnte sich aus dem Gespräch nicht mehr raushalten. Das war zu wichtig. »Sie haben sie heute Vormittag nicht gesehen?«

»Nein. Als ich ihr das Frühstück nach oben brachte, war sie schon weg. Ich hatte Waffeln gebacken. Die isst sie besonders gern.«

Hannah mied Andreas Blick. Sie wussten beide, dass Vera nicht mit einem Teller Waffeln an Lucys Tür geklopft hatte. »Heiße Braut« war die Treppe hochgestiegen, um auf eine E-Mail von »Silberwolf« zu antworten.

»Das Mädchen arbeitet zu viel.« Vera seufzte. »Und schläft zu wenig. Rod ist in allem auf sie angewiesen, wissen Sie? Sie schreibt alle wichtigen Artikel und fotografiert für die Zeitung Tag und Nacht.«

Hannah biss sich auf die Wangen, um das kommentarlos durchgehen zu lassen. Lucys nächtliche Aufnahmen waren gewiss nicht für Rod und seine Zeitung gedacht!

Andrea schoss Hannah einen warnenden Blick zu – *Sei bloß still!* – und wandte sich Vera wieder zu. »Lucy hat uns auch gebeten, einen Film aus ihrem Apartment zu holen. Hätten Sie etwas dagegen, wenn wir kurz nach oben gehen?«

»Nur zu. Nehmen Sie die Innentreppe. Dann müssen Sie

nicht in die Kälte hinaus. Sie hat Ihnen den Schlüssel gegeben, ja?«

Andrea sah Hannah an. »Den hast du.«

»Nein.« Hannah verzog keine Miene. »Ich dachte, du hast ihn.«

»Unwichtig. Sie können meinen benutzen.« Vera nahm einen Schlüsselbund vom Sofatisch und gab ihn Hannah. »Öffnen Sie die Tür am Ende des Flurs. Da führt eine Treppe ganz nach oben. Der Lichtschalter ist innen.«

Sie bedankten sich und gingen die Stufen hinauf. Sie sprachen kein Wort, bis sie auf der zweiten Etage die Tür hinter sich geschlossen hatten.

»Das war brillant.« Hannah klopfte ihrer Schwester auf die Schulter, bevor sie die wesentlich schmalere Dachbodentreppe erklommen.

»Danke.« Andrea lächelte sie an. »Aber wenn Lucy da ist, musst du improvisieren. Ich habe meinen Teil geleistet.«

Auf ihr Klopfen kam keine Reaktion, und Hannah schloss mit Veras Schlüssel auf. Beim Hineingehen schaltete sie das Licht an, und die Schwestern prallten zurück, als wären sie gegen eine unsichtbare Wand gelaufen. Jemand hatte das Apartment durchsucht.

»Was ist denn hier passiert?«, hauchte Andrea und starrte auf das Durcheinander im Wohnzimmer.

»Da hat jemand verzweifelt etwas gesucht und hinterher nicht aufgeräumt.«

Es sah aus wie nach einem Tornado. Das Bettzeug lag auf einem Haufen am Boden, die Schubladen des Schreibtischs waren alle herausgezogen und ausgekippt worden, die Rollfilme hingen wie Luftschlangen aus ihren Behältern und lagen auf dem Teppich verstreut. Lucys Computer war eingeschaltet und auf dem Bildschirm stand: *Alle Dateien auf Ihrer Festplatte wurden gelöscht.*

»Hat Lucy das getan?« Andrea zitterte.

»Nein.«

»Wieso meinst du das?«

Hannah bückte sich nach einem der Filmstreifen. »Sie würde ihre Aufnahmen niemals vernichten.«

»Der Mörder!« Andrea schauderte. »Er muss die Aufnahme vom Abend seiner Tat gesucht haben. Und weil er nicht wissen konnte, auf welchem Film sich die befindet, hat er alle unbrauchbar gemacht.«

»Eine gute Theorie. Und du könntest damit recht haben. Aber woher wusste der Mörder, dass Lucy ihn fotografiert hat?«

»Sie muss es ihm gesagt haben. Sie will ihn offenbar erpressen, Hannah.«

»Das passt zu dem, was Herb uns erzählt hat. Angeblich arbeitet Lucy an etwas Großem, das so viel Geld abwirft, dass sie den geleasten Wagen kaufen kann. Sie denkt sich wohl, dass Boyds Mörder für die Negative ein paar Riesen hinblättert.«

»Sie hätte es besser wissen müssen. Ich hätte sie nicht für so dumm gehalten.«

»Nicht dumm, aber leichtsinnig«, meinte Hannah. »Wirklich leichtsinnig.«

»Glaubst du, dass der Mörder …?« Andrea stockte und griff haltsuchend an die Wand. Es fiel ihr sichtlich schwer weiterzusprechen. Aber Hannah wusste trotzdem, was sie meinte.

»Das ist nur eine Theorie. Im Grunde ist nicht bewiesen, dass Lucy mit dem Mörder gesprochen hat.« Hannah dachte fieberhaft nach, ob sich eine andere Erklärung anbot. Ihr Gefühl sagte ihr, dass Boyds Mörder bei Lucy eingebrochen war, aber eine Andrea im Panikmodus wäre keine große Hilfe. »Das kann auch eines ihrer anderen Erpressungsopfer getan haben.«

Andreas Wangen bekamen wieder eine frischere Farbe. »Meinst du wirklich?«

»Das ist jedenfalls möglich. Denn die haben auch allerhand zu verlieren. Zum Beispiel der Bürgermeister oder Claire oder Mr Avery.«

»Mr Avery?«

»Warum nicht? Lucy hat ihm das Geld abgeknöpft. Er wollte es sich vielleicht wiederholen.«

»Stimmt.« Andrea sah sehr erleichtert aus. »Wenigstens wissen wir, dass Danielle es nicht getan hat. Sie weiß nicht einmal von der Erpressung, und sie liegt noch im Krankenhaus. Und Norman war es auch nicht. Du hast ihm den Brief gegeben, sodass er keinen Grund hat, bei Lucy einzubrechen.«

»Sehr gut.« Hannah war froh, dass Andrea über die Tatsachen nüchtern nachdachte.

»Aber wieso Lucys unentwickelte Filme vernichten?«, überlegte Andrea. »Für die Leute, die Lucy erpresst, hat sie längst Negative und Abzüge gemacht. Hinter denen wäre das Opfer her gewesen.«

Hannah seufzte. Nüchterne Tatsachenbetrachtung konnte auch frustrierend sein. Doch Andreas Überlegung war vollkommen logisch und durfte nicht außer Acht gelassen werden. »Das könnte ein neues Erpressungsopfer getan haben. Lucy hat vielleicht gestern Nacht belastende Fotos geschossen und denjenigen sofort erpresst, sodass der wusste, dass sie den Film noch nicht entwickelt hat.«

»Das klingt einleuchtend. Und wo ist Lucy?« Andrea wurde von Neuem nervös. »Wieso taucht sie nirgendwo auf?«

»Dazu hast du bereits eine Theorie.« Hannah wünschte, ihre Schwester würde nicht ständig zwischen ängstlicher Aufregung und logischem Nachdenken schwanken.

»Stimmt. Das habe ich glatt vergessen. Demnach hat Lucy entdeckt, dass ihre Beweise weg sind, und ist abgehauen, weil sie glaubt, dass die Polizei hinter ihr her ist.«

»Genau. Und die Theorie passt noch zu den Tatsachen. Wenn Lucy ausgeflogen ist, bevor ihr Apartment verwüstet wurde, weiß sie noch nichts davon. Konzentrieren wir uns darauf, wohin sie geflohen sein kann.«

Andrea seufzte. »Das wird schwierig, Hannah. Ich weiß nicht mal, woher Lucy stammt. Und sie hat hier auch sicher keine Freunde. Keiner scheint sie zu mögen.«

»Nur weil sie unhöflich, neugierig und arrogant ist und Leute erpresst. Davon abgesehen ist sie ganz in Ordnung.«

Andrea lachte befreit, und Hannah wusste, ihre Schwester war wieder im Gleis. Nun brauchte sie nur noch dafür zu sorgen, dass es so blieb.

»Wo sollen wir anfangen? Du hast doch bestimmt eine Idee.«

»Na klar.« Hannah überlegte hastig, was sie ihr zu tun geben könnte. »Schau doch mal in Lucys Schrank, ob Kleidung fehlt. Sie hat vielleicht einen Koffer gepackt, bevor sie weggefahren ist.«

»Gute Idee. Und was machst du?«

»Ich sehe mich in der Küche und im Bad um.«

»Nein, bitte nicht.« Andrea zitterte wieder. »Ich will nicht allein sein. Stell dir vor, der Mörder kommt zurück, was dann?«

»Warum sollte er? Er glaubt, dass er Lucys Beweise vernichtet hat. Er weiß nicht, dass wir die Aufnahme von ihm haben.«

»Ach ja.« Erleichterung löste Panik ab. »Na gut, Hannah. Ich komme hier klar. Wonach suchst du?«

»Etwas, das uns Lucys Aufenthaltsort verrät. Das könnte eine Straßenkarte sein, ein Zettel mit einer Adresse oder dergleichen. Aber wir müssen uns beeilen. Vera wird es sonderbar finden, wenn wir zu lange hier oben bleiben.«

»Gut. Du hast doch einen Kassettenrekorder im Auto, nicht?«

»Ja. Wieso?«

»Wenn ich mit dem Kleiderschrank fertig bin, nehme ich das Band aus dem Anrufbeantworter. Das können wir uns unterwegs anhören. Vielleicht hat jemand angerufen, als sie schon weg war, und eine Buchungsbestätigung oder Ähnliches hinterlassen.«

»Brillant.« Hannah belohnte sie mit einem Lächeln, dann lief sie in die Küche. Sie rechnete nicht damit, etwas zu finden, aber nachsehen musste sie trotzdem.

Auch in der Küche waren Schubladen und Schränke durchwühlt worden. Sie schaute sogar im Abfalleimer nach und fand nichts außer zwei Thunfischdosen, einem eingewickelten alten Sandwich und den Scherben, die Andrea am Morgen verursacht hatte. Das Worst-Case-Szenario kam ihr erst in den Sinn, als sie im Bad das Licht einschaltete und den zugezogenen Duschvorhang sah. War der heute Morgen auch zugezogen gewesen? Sie konnte sich beim besten Willen nicht erinnern, wollte aber Andrea nicht danach fragen. Zögernd streckte sie die zitternde Hand aus, um ihn zur Seite zu ziehen, und sah sie nur allzu plastisch vor sich: Janet Leigh in *Psycho*.

18

In der Dusche befand sich nichts außer einer Flasche Shampoo und ein paar Rostflecken neben dem Abfluss. Sie hatten zweimal überprüft, ob die Fenster und Türen verriegelt waren, und waren zu Vera hinuntergegangen, um ihr den Schlüssel zurückzugeben. Sie hatten ihr den Einbruch verschwiegen, um ihr eine schlaflose Nacht und die Sorge um Lucy zu ersparen. Soweit sie es beurteilen konnten, fehlte in dem Apartment nichts, und deshalb hatten sie beschlossen, das erst später zu melden, wenn sie sowieso mit Mike und Bill sprachen.

Jetzt standen sie auf dem Parkplatz hinter dem *Cookie Jar*. Sie hatten die Heizung hochgedreht und spielten das Band des Anrufbeantworters ab.

Der erste Anruf war der von Norman, den sie schon am Morgen gehört hatten, dann folgten viele Anrufe von Rod, der wissen wollte, wo sie blieb, mehrere Nachrichten wegen Lucys überzogenem Kreditkartenkonto und eine von einem Telefonverkäufer, der seinen ganzen Sermon auf das Band gesprochen hatte. Der einzige Anruf, der vielleicht von Belang sein mochte, war der von Delores. Sie fragte Lucy, ob sie mehr an Halsketten oder an Ohrringen interessiert sei.

»Was hat das denn zu bedeuten?«, fragte Hannah.

»Ach, Mutter möchte vielleicht wieder in die Zeitung kommen. Als du auf dem College warst, gab es mal einen Artikel über ihre Sammlung antiker Uhren.« Andrea drückte seufzend auf die Rückspultaste. »Leider kein Hinweis. Was jetzt?«

Hannah zuckte mit den Schultern. Sie kamen nicht von der Stelle. »Lass uns noch mal zu Lucy fahren. Vera hat gesagt, sie geht gleich schlafen. Wenn im Haus kein Licht brennt, sehen wir in der Garage nach, ob Lucys Wagen tatsächlich weg ist.«

»Wozu denn? Er muss ja weg sein.«

»Nicht unbedingt.« Hannah setzte zurück und fuhr die Gasse entlang. »Lucy könnte mit jemandem zusammen getürmt sein.«

»Mit wem?«

»Keine Ahnung. Wir sollten jedenfalls nachsehen. Ermitteln ist ein Ausschlussverfahren. Man muss eine Möglichkeit nach der anderen untersuchen, und die, die übrig bleibt, ist die Lösung, wie unwahrscheinlich sie einem auch vorkommt.«

»So habe ich das noch nie gesehen.« Andrea klang beeindruckt. »Du hast wirklich den Kopf dafür, Hannah.«

»Das stammt allerdings aus dem Kopf von Sir Arthur Conan Doyle. Ich habe es in einer *Sherlock Holmes*-Geschichte gelesen. Das war nicht unbedingt wörtlich zitiert, aber sinngemäß.«

»Vielleicht sollte ich Bill einen *Sherlock Holmes*-Band zu Weihnachten schenken.« Andrea nickte nachdenklich. »Gibt es die Geschichten als Hörbuch?«

»Auf jeden Fall als Fernsehserie.«

»Ein Hörbuch wäre besser. Das kann er sich auf dem Weg zur Arbeit anhören.«

»Aber das sind nur zehn Minuten Fahrt. Er wird es so

spannend finden, dass er auf dem Parkplatz im Wagen sitzen bleibt, bis das Kapitel zu Ende ist, und dann kriegt er einen Verweis, weil er sich verspätet hat.« Hannah bog um die Ecke. »Da sind wir schon. Guck mal zum Haus, ob noch Licht brennt.«

Andrea spähte durch das Seitenfenster, während Hannah langsam vorbeifuhr. »Alles dunkel. Sie liegt im Bett.«

»Gut.« Hannah schaltete die Scheinwerfer aus und bog in die Seitengasse. Sie wollte nicht, dass ein Nachbar ihren Wagen auf der Straße stehen sah. Veras Garage war von der altmodischen Art, die in der hinteren Ecke des Grundstücks stand. Hannah fuhr neben das Haus und stellte den Motor ab. »Da wären wir.«

»So etwas wird auf dem Immobilienmarkt als Doppelgarage angepriesen«, sagte Andrea belustigt. »Kannst du dir vorstellen, dass da zwei Autos reinpassen?«

Hannah verschob den Schalter der Innenbeleuchtung, damit das Licht nicht anging, wenn sie die Tür öffnete. »Zwei kleine Sportwagen aus den Siebzigern vielleicht, aber andere nicht. Komm, steigen wir aus, und nimm dir die Taschenlampen vom Rücksitz.«

»Brauchst du mich wirklich dafür?«

Andreas Stimme klang wieder zittrig, und Hannah sah sie überrascht an. »Was ist los?«

»Ich hab kalte Füße.«

Hannah war klar, dass sie das im übertragenen Sinn meinte. »Wieso gerade jetzt?«

»Weil du bei deiner letzten Garagendurchsuchung auf eine Leiche gestoßen bist.«

»Aber unsere letzte Leiche lag nicht in einer Garage, und diesmal ist die Situation ganz anders. Es ist nicht sicher, dass Lucy verschwunden ist, geschweige denn tot. Vielleicht jagt sie bloß einer heißen Story nach.«

»Glaubst du das wirklich?«

Hannah seufzte. Sie wollte nicht lügen. »Eigentlich nicht.«

»Ich auch nicht. Und ich habe ein übles Gefühl dabei. Ich finde, wir sollten Bill und Mike anrufen.«

»Und was sollen wir sagen? Willst du Bill etwa gestehen müssen, dass wir bei Lucy eingestiegen sind und ihr Erpressermaterial an uns genommen haben?«

»Nein.«

»Okay, dann an die Arbeit. Falls ich das Tor aufbrechen muss, musst du mit der Taschenlampe leuchten.«

»Aufbrechen?«, wiederholte Andrea bestürzt. »Du hast nichts von ›aufbrechen‹ gesagt!«

»Ich sagte: ›falls‹. Zuerst schauen wir durch das Fenster. Wenn die Garage leer ist, brauchen wir das Tor nicht aufzubrechen. Außerdem hast du gesagt, du hilfst mir gern.«

Andrea stöhnte, doch sie nahm die Taschenlampen vom Rücksitz und gab eine Hannah. »Na gut. Aber wenn Lucys Auto drinsteht, bleibe ich draußen.«

»Abgemacht.«

Hannah stieg aus und wartete, bis Andrea zu ihr stieß. An der Seite der Garage angelangt, drückte Hannah die Taschenlampe an die Fensterscheibe, bevor sie sie einschaltete. Sie spähte durch das staubige Glas, sah Lucys Wagen dastehen und stöhnte leise.

»Was ist?« Andreas Flüstern kam ihr unverhältnismäßig laut vor.

»Da steht Lucys Auto«, flüsterte Hannah. »Also muss ich in die Garage.«

»Warum musst du das denn unbedingt?«

»Vielleicht hat sie etwas darin liegen lassen, das uns verrät, wo sie ist.«

»Na gut«, sagte Andrea nach kurzem Zögern. »Willst du das Fenster einschlagen?«

»Nur wenn das Tor verschlossen ist. Das ist noch ein altes, für das man einen richtigen Schlüssel braucht. Ich kann den Mechanismus von hier aus gut sehen.« Hannah knipste die Taschenlampe aus und steckte sie in die Tasche ihres Parkas.

»Du glaubst, es ist offen?«

»Wahrscheinlich. In Lake Eden schließt kaum jemand seine Garage ab. Hier gibt es keine Verbrechen.«

»Mord zählt ja praktisch nicht.«

Hannah kicherte leise. Wenigstens hatte Andrea sich so weit gefasst, dass sie einen Witz reißen konnte. Sie ging zum Tor, drehte den Knebelgriff, bis es klickte, und zog. Das Tor glitt geräuschlos nach oben. Lucy oder Vera hatten es offenbar vor dem ersten Schnee geölt.

Andrea reckte den Daumen und straffte die Schultern. »Ich hab's mir anders überlegt. Ich komme mit. Wenn dir was zustößt und ich nicht dabei bin, werde ich das ewig bereuen.«

Das war ulkig formuliert, und Hannah unterdrückte ein Kichern. Andrea fand es also okay, wenn ihrer Schwester etwas zustieß, solange sie nur dabei war? Nun ja, jedenfalls war sie froh, dass ihre Schwester sie begleitete.

Als sie das Tor hinter ihnen herunterziehen wollte, holte Andrea erschrocken Luft.

»Was ist?«, fragte Hannah.

»Muss das Garagentor unbedingt zu sein? Es ist stockdunkel hier drinnen.«

»Wir können es offen lassen, aber dann muss die Taschenlampe ausgeschaltet bleiben. Ein Nachbar von gegenüber könnte uns bemerken. Taste dich an Lucys Wagen entlang und stolpere nicht. Ich gehe vor.«

Vorsichtig bewegten sie sich voran, bis Hannah die Fahrertür erreicht hatte. Sie holte die Taschenlampe hervor und drückte sie gegen die Fensterscheibe. »Okay. Ich leuchte jetzt hinein.«

»In Ordnung. Beeil dich, Hannah. Ich friere wie ein Schneider.«

Hannah schaltete die Taschenlampe ein und sofort wieder aus. »Hast du dein Handy bei dir?«

»Natürlich. Ich bin Immobilienmaklerin. Das nehme ich immer mit.«

»Wo ist es?«

»In meiner Handtasche im Wagen. Wieso?«

»Ich will, dass du Bill anrufst. Geh und sag ihm, er soll sofort herkommen.«

Andrea keuchte auf, als ihr dämmerte, was los war. »Lucy ist da drin?«

»Ja.«

»Und sie ist … äh … tot?«

»Mausetot.«

»Bist du sicher?«

»Ganz sicher.« Hannahs Stimme zitterte ein wenig. Der kurze Blick ins Wageninnere hatte gezeigt, dass sie keinen Rettungswagen herzurufen brauchten, und weitere Details würde sie ihrer Schwester ersparen. »Tu es einfach. Sofort. Und gleich danach isst du ein paar Plätzchen. Das wird eine lange Nacht.«

Der Streifenwagen kam in Rekordzeit. Hannah war froh, Bill und Mike zu sehen. Die Gegenwart zweier Polizisten, die dafür ausgebildet waren, alles Nötige nach einem gewaltsamen Todesfall in die Wege zu leiten, war beruhigend.

Mike stieg aus und ging direkt auf Hannah zu. »Was ist passiert?«

»Lucy Richards. In ihrem Auto. Sie ist tot.«

»Bist du sicher?«

»Ja. Hol Bill und komm mit. Ich zeige es euch.«

Die Garage hatte eine Deckenlampe mit Zugschnur. Hannah griff hinauf, um Licht zu machen, und hielt inne. »Darf ich die anfassen? Es sind vielleicht Fingerabdrücke daran.«

Mike winkte ab. »Nur zu. Davon lassen sich keine Fingerabdrücke nehmen. Habt ihr sonst noch etwas angefasst?«

»Nur die Fahrerseite des Wagens und den Griff am Tor. Aber wir haben Handschuhe getragen.«

»Wie steht's mit dem Handgriff der Beifahrertür?«, fragte Bill.

»Ich habe keine Tür geöffnet, bloß mit der Taschenlampe in den Wagen geleuchtet. Es war … äh … ganz offensichtlich, dass sie tot ist.«

»Und Andrea?« Bill schaute besorgt. »War sie bei dir, als du Lucy gefunden hast?«

»Ja, aber sie hat sie nicht gesehen. Ich habe die Taschenlampe sofort ausgemacht und sie zum Wagen geschickt, damit sie euch anruft. Ich habe ihr lediglich gesagt, dass Lucy tot ist.«

Bill wirkte erleichtert und zog sie kurz an sich. »Danke, Hannah.«

»Du kannst jetzt auch zu deinem Wagen gehen, doch fahrt nicht weg.« Mike nahm ihre Hand und drückte sie. »Wir wollen gleich noch mit euch sprechen.«

Damit war sie entlassen, und sie war froh darüber. Sie wollte die tote Lucy wirklich nicht noch einmal sehen. Der Täter hatte ihr in den Hinterkopf geschossen, wie bei einer Exekution unter Verbrechern, und das war ein grausiger Anblick. Hannah atmete ein paar Mal tief die kalte Nachtluft ein, um einen klaren Kopf zu bekommen. Es roch nach

Kiefernnadeln und frisch geschlagenem Holz. Jemand hatte für sein Kaminfeuer vorgesorgt. Sie stieg in ihren Wagen.

Andrea drehte sich zu ihr. »Ist Bill böse auf mich?«

»Nein. Er hat mir sogar gedankt, weil ich dich von dem Anblick ferngehalten habe.«

»Oh, gut.« Andrea atmete auf. »Was haben sie dich gefragt?«

»Sie wollten wissen, was wir angefasst haben. Mehr nicht. Sie wollen uns aber nachher noch befragen.«

»Werden wir ihnen erzählen, dass wir in Lucys Apartment waren?«

»Ja, doch nur von dem zweiten Mal. Vera weiß ja, dass wir dort waren, und es gibt keinen Grund, diesbezüglich zu lügen. Das erklärt, warum wir in Lucys Garage nachsehen wollten.«

»Tut es das?«

»Ich werde sagen, dass jemand das Apartment verwüstet hat und wir uns deswegen Sorgen um Lucy gemacht haben, zumal sie den ganzen Tag von niemandem gesehen worden war. Wir wollten nur nachsehen, ob sie weggefahren ist.«

»Okay. Aber wieso haben wir Vera nichts von der Verwüstung erzählt?«

»Weil wir dachten, sie regt sich zu sehr auf, und weil noch nicht feststand, ob Lucy etwas zugestoßen ist. Wir wollten das später klären.«

Andrea blieb besorgt. »Und wir werden nicht gestehen müssen, dass wir heute Morgen bei Lucy eingestiegen sind?«

»Nur, wenn sie uns direkt und in dienstlicher Funktion danach fragen.«

»Gut. Willst du ihnen die Fotos vom Abend des Mordes zeigen?«

»Das muss ich sogar«, antwortete Hannah mit harter Stimme. »Die könnten das Motiv für Lucys Ermordung sein.«

»Aber wie willst du dann erklären, wie du an Lucys Film gekommen bist?«

Hannah stützte den Kopf in die Hände. Andrea stellte zu viele Fragen. »Ich lasse mir etwas einfallen, wenn es so weit ist. Gib mir ein paar von den Cocoa Snaps. Ich brauche dringend bessere Laune. Und iss auch welche. Wenn du den Mund voll hast, stellst du nicht so viele nervtötende Fragen.«

Die Schwestern knabberten schweigend vor sich hin. Nach ein paar Minuten fühlte sich Hannah schon besser. Sie war wacher, klarer und bereit, sich weiteren Fragen zu stellen.

»Okay.« Sie drehte sich zu Andrea hin. »Schieß los.«

»Womit?«

»Mit dem, was dir durch den Kopf geht.«

»Ganz sicher?« Andrea zog die Brauen zusammen. »Eben fandest du das noch nervtötend.«

»Ist es, aber jetzt habe ich mich erholt.«

»Wovon?«

»Vom Schokoladenmangel. Du wolltest wissen, was ich antworte, wenn Bill und Mike wissen wollen, wie ich an Lucys Film gekommen bin?«

»Ja.«

»Da werde ich nicht ins Detail gehen, nur sagen, dass mir der Film heute Morgen in die Finger geraten ist und ich Norman gebeten habe, ihn zu entwickeln.«

»Sie werden doch sicher nachhaken, wo du ihn herhast.«

Hannah schüttelte den Kopf. »Ganz bestimmt nicht. Wenn sie die Abzüge bekommen und begreifen, dass Boyds Mörder darauf zu sehen ist, werden sie dem geschenkten Gaul nicht ins Maul schauen. Es ist so, Andrea. Wenn Bill und Mike wissen, dass wir uns den Film auf illegale Art beschafft haben, können sie ihn nicht als Beweis gegen den

Mörder verwenden. Wenn sie es dagegen nicht wissen, können sie ihn verwenden.«

»Verstehe. Aber sind die beiden so schlau, das zu erkennen?«

»Ich werde ihnen einen Wink mit dem Zaunpfahl geben.« Hannah schaute durch die Windschutzscheibe und sah Mike und Bill aus der Garage kommen. »Da sind sie. Gib mir die Fotos mit Boyds Mörder aus dem Handschuhfach. Sie liegen in einem gesonderten Umschlag.«

»Du willst ihnen nicht alle überlassen?«

»Nein. Lass die anderen liegen. Und tu so, als wärst du noch zu erschüttert, um auf Fragen zu antworten, und richte dich nach mir.«

Andrea griff ins Handschuhfach und reichte ihr den Umschlag. Hannah steckte ihn gerade in die Jackentasche, als Bill die Beifahrertür öffnete. Er legte einen Arm um seine Frau. »Geht es dir gut, Liebling?«

»Ich … glaube, schon. Bin nur irgendwie … zittrig.«

Hannah atmete erleichtert aus. Andrea schlackerte wieder am ganzen Körper, obwohl sie eben noch völlig ruhig gewesen war. Zu schade, dass sie nicht für einen Oscar nominiert werden konnte. Den hätte sie verdient.

»Hannah?« Mike öffnete die Fahrertür. »Ich muss dich einiges fragen.«

»In Ordnung.« Gut, dass sie nicht die Erschütterte spielen musste. Sie war beileibe keine gute Schauspielerin. »Zu dir oder zu mir?«

Mike grinste, aber nur flüchtig. Mord war eine viel zu ernste Angelegenheit. »Komm mit zum Streifenwagen. Darin sitzt du viel wärmer. Wirst du jemals die Heizung reparieren lassen?«

»Sie ist nicht kaputt, sie ist bloß schwach.« Hannah stieg aus und winkte Andrea mitzukommen. Sie würde sie jetzt auf keinen Fall mit Bill allein lassen. Die Gefahr war viel zu groß, dass sie ihm alles anvertraute. »Komm mit. Im Streifenwagen können wir uns richtig aufwärmen und alles erzählen.«

19

Sobald Mike die hintere Beifahrertür geöffnet hatte, schob Hannah ihre Schwester auf die Rückbank und setzte sich neben sie. Bill und Mike blieb nichts anderes übrig, als vorne einzusteigen, und genauso hatte Hannah es haben wollen. Auf diese Weise würde sie Andrea unauffällig anstupsen können, wenn sie im Begriff war, etwas auszuplaudern.

Mike drehte sich auf seinem Sitz nach hinten und sah Hannah an. »Du hast Lucy gekannt. Was glaubst du, warum sie umgebracht wurde?«

»Das weiß ich nicht«, antwortete sie wahrheitsgemäß. Sie wusste es nicht, sie ahnte es lediglich.

»Und du?«, fragte Bill seine Frau. »Fällt dir jemand ein, der ein Motiv hatte?«

»Ich … bin mir nicht sicher. Vielleicht. Sag du es ihnen, Hannah.«

Hannah kam ihr zu Hilfe. »Sie meint denjenigen, der Lucys Apartment durchwühlt hat. Wir kamen gerade von dort. Alle Schubladen waren herausgezogen und ausgekippt. Es sah aus, als wäre jemand eingebrochen und hätte etwas gesucht. Deshalb sind wir zur Garage gegangen. Wir wollten nachsehen, ob Lucys Auto weg ist.«

Bill kniff die Augen zusammen, und Hannah war klar,

dass er an die Nacht zurückdachte, als sie und Andrea in Max Turners Haus eingestiegen waren. »Wie seid ihr in Lucys Apartment hineingelangt? Oder sollte ich das nicht fragen?«

»Doch, doch«, versicherte Hannah rasch, bevor Andrea den Mund aufmachen konnte. »Vera Olsen hat uns den Schlüssel gegeben.«

Bill sah seine Frau fragend an. »Aber warum seid ihr nach oben gegangen?«

»Weil wir sie den ganzen Tag nicht gesehen hatten. Ich habe sogar dich nach ihr gefragt, weißt du noch? Wir … wir haben uns Sorgen gemacht.«

»Du hast zu mir gesagt, du willst Lucy nach Aufnahmen von Tracey fragen.«

»Stimmt.« Andrea zitterte. Hannah wusste, dass sie schauspielerte, denn die Heizung lief auf Hochtouren, und auf dem Rücksitz war es schon unangenehm warm. »So fing die Sache an. Und Hannah wollte sie auch sprechen.«

»Warum musstest du mit Lucy reden?«, wollte Mike wissen.

Hannah ergriff die Gelegenheit beim Schopf. Eine bessere würde nicht kommen. »Ich wollte sie wegen meines Verdachts fragen.«

»Was für ein Verdacht?«

»Was den Mord an Boyd angeht. Ein kompetenter Profi wie du hätte sich nicht für das interessiert, auf das ich zufällig gestoßen bin, oder?«

Mike zuckte zusammen. Das hatte gesessen. Offenbar erinnerte er sich noch genau an seine Wortwahl. »Vielleicht hätte ich nicht so hart zu dir sein sollen«, räumte er ein. »Würde es etwas bringen, wenn ich anbiete, alles zurückzunehmen?«

»Im Grunde nicht.« Wenn einer wie Mike etwas zurücknahm, war das wie beim Recycling. Sie würde den Satz in leicht veränderter Form immer wieder zu hören bekommen.

»Na, komm, Hannah.« Er tätschelte ihren Arm. »Ich brauche wirklich deine Hilfe. Kannst du das einfach vergessen und mir sagen, was du weißt?«

Eine deutlichere Entschuldigung würde sie nicht bekommen, das war ihr klar, und deshalb akzeptierte sie sie. »Na gut. Aber wie wär's, wenn ich es zeige, anstatt zu sagen?«

»Zeige? Hast du dich etwa ...« Er besann sich und formulierte neu. »Bist du zufällig auf etwas gestoßen?«

Mike lernte schnell, und Hannah beschloss, das zu belohnen. Sie gab ihm die drei Fotos mit Boyds Mörder darauf. Sie wollte erst hören, was er davon hielt, bevor sie ihm Normans Vergrößerung des Manschettenknopfes zeigte. »Ich weiß nicht, ob das etwas beweist, aber das könnte das Motiv für den Mord an Lucy sein. Schau selbst.«

Mike schaltete die Innenraumbeleuchtung ein, Bill rückte näher zu ihm, und so betrachteten sie gemeinsam die Fotos. »Hat Lucy die aufgenommen?«, fragte Mike.

»Sie wurden zumindest mit ihrem Fotoapparat gemacht.« Hannah hielt sich an Normans strenge Schlussfolgerung. »Die genaue Zeit weiß ich nicht, konnte sie jedoch eingrenzen: zwischen Mittwoch siebzehn Uhr und Donnerstagmorgen Tagesanbruch.«

»Hältst du den Mann für Boyds Mörder?«

»Definitiv.«

Bill schaute skeptisch. »Definitiv ist das nicht. Der Zeitrahmen passt, aber die Fotos sind zu dunkel. Da ist kaum was zu erkennen.«

»Das stimmt«, pflichtete Mike ihm bei. »Die würden vor Gericht nicht bestehen. Hast du die Negative? Unser Fotograf kann vielleicht mehr herausholen.«

»Kann er nicht.« Hannah winkte ab. »Besser geht's nicht. Norman hat sie für mich entwickelt, und er hat Erfahrung. Euer Kollege kann es versuchen, wird jedoch auch nicht mehr erreichen.«

Bill runzelte die Stirn. »Moment mal. Wann hatte Norman Zeit, den Film zu entwickeln?«

»Heute Morgen. Gleich nachdem wir ihn gefunden haben. Und mehr wollt ihr nicht wissen.«

»Du hast Lucys Film Norman Rhodes gegeben?« Mike war geschockt.

»Ja. Ich wusste nicht, was drauf ist. Und du hättest mir nur zu viele Fragen gestellt, wenn ich ihn aufs Revier gebracht hätte. Mit Norman war es einfacher.«

»Aber wie bist …« Bill unterbrach sich gerade noch rechtzeitig. »Wollen wir wissen, wie du an den Film gekommen bist?«

»Nein. Das ist unwichtig.«

Ihre Antwort machte ihn offensichtlich nervös, doch er hakte nicht weiter nach. »Aber du glaubst, dass Lucy die Aufnahmen gemacht hat?«

»Zu neunundneunzig Prozent. Ich konnte sie leider nicht mehr fragen. Das ist nur so ein Gefühl, denn schließlich bin ich kein …«

»Kompetenter Profi«, schloss Mike den Satz.

»So ist es. Wollt ihr meine Theorie hören?« Die Männer nickten, und Mike neigte sich etwas weiter über die Sitzlehne. Hannah fühlte sich bestätigt. Vor ein paar Minuten hatte er sich noch darüber aufregen wollen, dass sie sich in die Ermittlung eingemischt hatte, und jetzt schätzte er bereits ihre Meinung zu dem Fall. »Meiner Ansicht nach stand Lucy an dem Abend, als der Mord verübt wurde, in der Straße und hat die Fotos gemacht. Es ist wenig darauf zu sehen, weil sie kein Blitzlicht benutzen wollte.«

»Das leuchtet ein«, sagte Mike. »Und du denkst, der Mörder ist ihr auf die Spur gekommen?«

»Natürlich. Deshalb ist sie jetzt tot. Lucy hat ihn erkannt, und er musste sie loswerden, bevor sie zur Polizei geht.«

»Weißt du, wann Lucy getötet wurde?«, fragte Bill.

»Das kann ich nur vermuten.«

»Tu das.« Mike lächelte sie an. »Bisher sind deine Vermutungen besser als unsere.«

Wow. Hannah fühlte sich gut und lächelte zurück. »Laut Dick Laughlin hat Lucy die Hotelbar gestern um Mitternacht verlassen. Und sie hat ihren Sieben-Uhr-Termin bei Norman heute Morgen nicht wahrgenommen.«

»Also ist es zwischen Mitternacht und sieben Uhr früh passiert?«

»So scheint es. Lucy hat Norman nicht angerufen, um abzusagen, und nach seiner Auskunft ist sie bei ihm noch nie zu spät gekommen oder einfach weggeblieben. Ich nehme also an, dass sie da schon tot war.«

»Okay.« Mike holte sein Notizbuch hervor und notierte sich die Uhrzeiten. »Vielleicht kann Doc Knight es näher eingrenzen. Wenden wir uns mal dem Täter zu. Der tötete Lucy zwischen Mitternacht und sieben Uhr morgens, dann drang er in ihr Apartment ein, um den Rollfilm zu suchen?«

Hannah stupste ihre Schwester an, damit die stumm blieb. Es sollte jetzt nicht herauskommen, dass sie heute Morgen um sieben Uhr im Apartment gewesen waren. »Nicht ganz. Ich glaube, er hat sie umgebracht und ist vom Tatort geflohen.Vielleicht hat ein Nachbar in seinem Haus Licht eingeschaltet, oder etwas anderes hat den Täter aufgeschreckt, jedenfalls ist er in Panik geraten. Er kam später wieder, um den Film zu suchen.«

»Woher weißt du, dass er nicht sofort …« Mike hielt inne, weil Bill ihn anstieß. »Ich soll nicht fragen?«

»Genau. Du musst mir jetzt einfach vertrauen, Mike.«

Ihm war anzusehen, wie sehr es ihn drängte, die Details zu erfahren, doch er bezwang seine Neugier. »Okay. Weißt du, wann der Täter zurückkam, um den Film zu suchen?«

»Zwischen Viertel vor acht heute Morgen und ...« Hannah sah Andrea an. »Wann hat Vera uns ihren Schlüssel gegeben?«

»Um neun. Ich habe zufällig auf die Uhr gesehen, als wir die Treppe hochgingen.«

»Mir fällt gerade etwas ein.« Bill wirkte alarmiert. »Kann der Täter wissen, dass du Lucys Film gefunden hast? Wenn Lucy geredet hat, bevor er sie umbrachte, könntest du in großer Gefahr sein!«

»Entspann dich, Bill.« Hannah lächelte ihn beruhigend an. »Der Mörder weiß nichts davon.«

»Wieso glaubst du das?« Mike klang genauso besorgt.

»Weil er in Lucys Apartment alle Filmstreifen aus den Behältern gezogen und belichtet hat. Er denkt, er hat den Beweis vernichtet. Das werdet ihr sehen, wenn ihr nach oben geht.«

»Moment.« Bill war wieder skeptisch. »Ich an seiner Stelle hätte sie entwickelt, um sicherzugehen, dass ich den richtigen habe.«

»Dafür bräuchte er eine eigene Dunkelkammer. Er würde doch keinen Film, der ihn derart belastet, irgendwo zum Entwickeln abgeben.«

»Gutes Argument«, sagte Mike.

»Ja. Und ich kann noch ein Puzzlestück beisteuern, wenn ihr es sehen wollt.«

»Sehen?« Mike sprang sofort darauf an. »Hast du noch ein Foto?«

Hannah gab ihm den letzten Abzug. »Den Bildausschnitt hat Norman vergrößert. Er gehört zu dem Foto, auf dem der Mörder den Arm erhoben hat. Das ist sein Manschettenknopf. Der ist so deutlich zu erkennen, weil er das Mondlicht eingefangen hat.«

Mike betrachtete die Aufnahme und gab sie Bill. »Ein Pferdekopf. Der Manschettenknopf sieht antik aus.«

»Das ist ein seltenes Stück«, sagte Andrea. »Ich bin heute Nachmittag zu Mutter hinübergesaust und habe in ihren Auktionskatalogen nachgesehen. Da ist so ein Paar für siebentausend Dollar versteigert worden.«

Hannah sah sie überrascht an. Ihre Schwester hatte aus eigener Initiative Ermittlungsarbeit geleistet. »Wann hattest du Zeit dazu?«

»Gleich nachdem ich mit John und Wendy mein großes Geschäft gemacht habe.« Sie stutzte. »Schei…«

Hannah fing an zu lachen.

Mike prustete vor Lachen, und Bill und Andrea auch. Das tat gut. Die Anspannung verflog. Für ein paar Augenblicke konnten sie die Grausamkeit der beiden Morde vergessen, doch dann bog ein Auto in die Einfahrt neben Vera Olsens Haus. Doc Knight war da, eine handfeste Erinnerung, dass nur ein paar Schritte entfernt ein gewaltsamer Tod stattgefunden hatte, und das Lachen erstarb.

»Es gibt noch etwas, was ihr wissen solltet«, sagte Hannah rasch, bevor Mike aussteigen konnte.

»Gleich.« Er öffnete die Wagentür und bedeutete Bill mitzukommen. »Bleibt hier. Wir setzen den Doc ins Bild und sind sofort wieder da.«

»Was willst du ihnen erzählen?«, fragte Andrea, sowie sie allein waren.

»Etwas Neues.« Sie wollte nicht zweimal die Geschichte von Rudys Outtakes erklären und dass es vier Stunden dauern würde, sie zu sichten. »Das erfährst du gleich, wenn die beiden wieder da sind.«

Das schien Andrea zu genügen, denn sie lächelte. »Du warst fantastisch. Du hast ihnen nur das verraten, was sie wissen müssen, und musstest nicht mal lügen. Du hast bloß … wie soll ich es ausdrücken?«

»Etwas weggelassen. Nicht die ganze Wahrheit gesagt.«

»Genau. Weggelassen, und das hat super funktioniert. Weißt du was, Hannah? Vielleicht sollte ich das nicht sagen, aber ich glaube, du würdest eine tolle Immobilienmaklerin abgeben.«

»Bist du nicht glücklich, Hannah?«, fragte Andrea, als sie die verschneite Straße zur Schule entlangfuhren.

»Glücklich?«

»Ja. Mike lässt uns endlich ermitteln. Wir dürfen offiziell die Outtakes durchsehen.«

»Doch.« Hannah bog auf das Schulgelände ein. Es war nicht nötig, Andrea die Illusion zu nehmen und von Hintergedanken zu sprechen. Wenn nämlich sie beide die Outtakes sichteten, ersparten sie den Profiermittlern vier Stunden Arbeit, und zudem würden sie im Übertragungswagen zusammen mit dem Techniker sitzen, der die ganze Nacht dort blieb. Hannah argwöhnte, dass Mike sie auf diese Weise vor einer Begegnung mit dem Mörder schützen wollte. Aber vielleicht war sie auch bloß misstrauisch. »Macht es dir auch wirklich nichts aus, dir das Filmmaterial mit mir anzusehen?«

»Überhaupt nicht. Da können doch schöne Aufnahmen von Tracey dabei sein. War es nicht nett von Kimball, mir eine Kopie davon anzubieten?«

»Doch.« Hannah nahm sich vor, ihn zu fragen, ob er seine Frau schon auf die Manschettenknöpfe mit dem Pferdekopf angesprochen hatte. Wahrscheinlich würde nichts dabei herauskommen, doch es konnte nicht schaden, die Sache zu verfolgen. Selbst wenn sie verkauft worden waren, könnte der Juwelier einen Beleg aufbewahrt haben.

»Bill muss noch mindestens zwei Stunden arbeiten«, sagte Andrea. »Er holt mich anschließend hier ab. Aber ich hoffe, er braucht länger, denn am liebsten würde ich alle Aufnahmen sehen.«

»Vielleicht hast du Glück.« Hannah fuhr um das Gebäude herum und parkte neben dem Übertragungswagen. »Okay. An die Arbeit. Greif nach hinten und nimm ein paar Plätzchen mit. Ich habe noch nichts gegessen, und mir knurrt ständig der Magen.«

»Oh, oh.« Andrea hielt die leere Tüte hoch. »Ich habe gerade den letzten verputzt. Sollen wir schnell zum *Quick Stop* fahren und Snacks besorgen?«

Hannah zog das kurz in Erwägung, doch die Fahrt würde mindestens fünfzehn Minuten dauern, und es ging schon auf dreiundzwanzig Uhr zu. »Nein. Es wird mich nicht umbringen, mal ein paar Stunden ohne Nahrung auszukommen. Ich kann das später nachholen, wenn ich nach Hause komme.«

»Zusammen mit Moishe. Ich fand es übrigens total niedlich, als er dir beim Hereinkommen in die Arme gesprungen ist. Er muss dich wirklich vermissen, wenn du den ganzen Tag weg bist.«

»Der vermisst nur den gefüllten Futternapf«, widersprach Hannah, obwohl sie das nicht so ganz glaubte. Moishe schien sie auch zu vermissen, und das freute sie.

Sie stiegen die Metallstufen hinauf und klopften an. Schritte näherten sich, und dann ging die Tür auf. Ein bärtiger Mann mit Pferdeschwanz und einem Diamantstecker im linken Ohr stand vor ihnen.

»Hannah Swensen?«

»Ja. Mr Kimball hat mir erlaubt, Rudys Outtakes von Mittwoch anzusehen. Ich habe meine Schwester Andrea mitgebracht, damit sie mir hilft.«

»Kein Problem.« Der Techniker warf einen Blick auf ihre Schwester und lächelte. »Kommen Sie herein, dann zeige ich Ihnen alles. Ich bin P. K.«

Hannah fragte sich, für welche Vornamen »P« und »K« standen, doch wie er hieß, war im Grunde unwichtig. Sie folgten ihm den Gang entlang zu einer Tür am Ende, wo P. K. sie eintreten ließ.

»Das ist Masons Vorführraum. Den können Sie benutzen. Ich hole schnell die Bänder.«

Hannah war beeindruckt. Da standen ein Tisch mit zwei Drehstühlen, ein Bildschirm an der Wand gegenüber und ein Rollwagen mit einem großen Videorekorder daneben.

»Nicht schlecht.« Andrea setzte sich. »Mit Tapete würde es viel besser aussehen, aber es ist gemütlich.«

»Gemütlich?« Hannah blickte zu den nackten Wänden. »Ich dachte, ›gemütlich‹ heißt ›geblümte Sofas und Teddybären‹.«

»Nicht in meiner Branche. Ein kleines Zimmer ist ›gemütlich‹, ein großes Zimmer ›geräumig‹, und eine Küche ist der ›Traum eines jeden Gourmets‹.«

P. K. kam mit vier Filmkassetten zurück. Sie waren größer als Hannahs Videokassetten zu Hause. Das mussten Rudys Neunzehn-Millimeter-Bänder sein. »Ich starte die Wiedergabe und erkläre Ihnen die Fernbedienung. Kennen Sie sich mit Videorekordern aus?«

»Ich habe einen zu Hause, doch keinen für Neunzehn-Millimeter-Bänder«, antwortete Hannah.

»Die Bedienung ist praktisch gleich, nur das Videoformat ist anders.«

»Ich habe zu Hause auch einen Videorekorder.« Andrea

lächelte ihn an, als er sich auf die Armlehne ihres Stuhls setzte. Anscheinend hatte sie eine Eroberung gemacht. Gut sah sie aus in ihrer engen schwarzen Hose und dem flauschigen pinkfarbenen Pullover. Sie wirkte auf Männer schon immer unwiderstehlich.

»Dann werden Sie wunderbar klarkommen.« P. K. hielt die Fernbedienung so, dass Andrea sie sehen konnte. »Das sind die Tasten für *Play*, *Stopp*, *Vorlauf*, *Rücklauf*, *Standbild*, *Pause* und *Suche*.«

Hannah war nahe dran, laut loszuprusten. Andrea ließ immer Bill den Videorekorder bedienen und hatte vermutlich noch nie eine Fernbedienung in der Hand gehalten. Doch sie nickte kennerhaft, und P. K. sah zufrieden aus.

»Fassen Sie nur nicht den Kreis in der Mitte an«, warnte er. »Diese Funktion brauchen Sie nicht. Wissen Sie mit den Timecodes Bescheid?

Andrea schüttelte den Kopf und drehte den Kopf zu Hannah. »Du?«

»Mason sprach darüber. Er sagt, wir sollen sie bei den Szenen notieren, von denen wir eine Kopie haben möchten.«

»Okay.« P. K. riss sich von Andreas Anblick los und wandte sich Hannah zu. »Die Timecodes sind die Zahlen, die am unteren Rand des Bildschirms mitlaufen. Die Kamera setzt sie automatisch. Die wirken anfangs ablenkend, doch man lernt, sie zu ignorieren.«

P. K. schaltete den Rekorder ein, und sie sahen ein Bild der Schule und Zahlen am unteren Rand, wie er gesagt hatte. Die Zeiteinheiten wurden so schnell gezählt, dass Hannah die Ziffern kaum erfassen konnte.

»Wenn Ihnen eine Szene gefällt, drücken Sie auf *Standbild*.« Er demonstrierte es ihnen. »Dann spulen Sie bis zum Anfang der Szene zurück, stellen auf *Standbild* und lesen die Ziffernfolge ab.«

»Okay.« Hannah nickte. »Und dann die Ziffern am Ende der Szene?«

»Genau. Notieren Sie mir die jeweiligen Timecodes, dann kann ich später die Kopie machen.« Er gab Andrea die Fernbedienung. »Ich besorge Ihnen Papier und Stifte von Masons Schreibtisch.«

»Danke.« Andrea strahlte ihn an. »Tut mir leid, dass wir so viele Umstände machen.«

Hannah wartete, bis er hinausgegangen war, bevor sie ihre Schwester ansprach. »Wir machen Umstände?«

»Ich musste etwas sagen.« Andrea zuckte mit den Schultern. »Er ist unheimlich nett.«

»Vielleicht ein bisschen zu nett. Und du flirtest mit ihm.«

»Ich flirte immer. Bill hat nichts dagegen. Er weiß, dass ich keinen Schritt weitergehe. Und er versteht, dass ich durch Flirten leichter bekomme, was ich will.«

Das hatte Hannah noch niemanden sagen hören, aber wenigstens war Andrea ehrlich zu sich selbst. »Okay. Und was willst du von P. K.?«

»Kaffee. Wenn ich ihn noch ein paar Mal anlächle und nebenbei fallen lasse, wie kalt mir ist, wird er uns welchen holen.«

20

Die Outtakes zu sichten war anfangs aufregend, besonders wenn ihre Freunde im Bild erschienen. Hannah und Andrea verfolgten aufmerksam jede Szene, den Kuli schreibbereit in der Hand. Allmählich aber wurde es langweilig. Da Rudys Aufnahmen eigens für den Zusammenschnitt gedreht waren, der anschließend mit Musik unterlegt wurde, hörte man die Stimmen der Leute nur als Hintergrundgeräusch und verstand kaum, was sie sagten. Gelegentlich gab Rudy Informationen zur Location und zu den gefilmten Leuten, doch niemand sprach direkt zur Kamera.

Während einer langen Sequenz, die Rudy am Mittwochvormittag gefilmt hatte, als er den Wagen der Kandidaten vom Parkplatz am *Lake Eden Inn* zur Aula der Jordan High gefolgt war, seufzte Andrea ungeduldig. »Das sind bloß Autos, Hannah. Und man kann nicht einmal die Fahrer erkennen.«

»Mason hat mich gewarnt, wie öde das werden kann«, erwiderte Hannah.

»Ich weiß. Aber *so* öde? Das hätte ich nicht gedacht. Wie lange müssen wir uns das antun?«

Hannah schaute auf den Timecode. »Noch dreieinhalb Stunden.«

»Kannst du den Autokorso nicht überspringen?«

»Besser nicht. Dabei könnte uns etwas Wichtiges entgehen.«

Andrea trank einen Schluck von dem Kaffee, den P. K. ihnen gebracht hatte. »Vermutlich hast du recht. Welcher ist der Wagen von Mr Avery?«

»Der dunkelblaue Ford. Aber Avery haben wir als Verdächtigen ausgeschlossen.«

»Haben wir?«

»Ja. Sally und Dick haben beide gesagt, dass er zur Tatzeit mit seiner Frau bei der Party nach Drehschluss war. Um ganz sicherzugehen, habe ich mir das von den Rutleges bestätigen lassen.«

»Gut, er hat Boyd also nicht getötet. Er kann trotzdem Lucys Mörder sein. Schließlich hat sie ihn erpresst. Jedes ihrer Opfer kann sie umgebracht haben. Derjenige könnte versucht haben, mit ihr abzurechnen oder ihre Beweise an sich zu bringen. Er wusste nicht, dass wir die längst haben.«

Hannah schüttelte den Kopf. Andrea dachte nicht gründlich genug nach. »Was ist mit den Rollfilmen, die der Täter belichtet hat? Warum hätte eines ihrer anderen Erpressungsopfer das tun sollen?«

»Ich weiß nicht.« Andrea überlegte. »Vielleicht wollte er verhindern, dass sie jemanden erpresst.«

»Zu dem Zeitpunkt war sie schon tot. Ihr Mörder wusste, dass sie keinen mehr erpressen kann.«

»Stimmt.« Andrea rieb sich die Augen. »Bist du sicher, dass Boyd und Lucy von demselben Täter umgebracht wurden?«

»Ziemlich.«

»Und du meinst, du solltest die übrigen Erpresserfotos Bill und Mike nicht aushändigen?«

»Ja.« Hannah sagte das sehr bestimmt. »Lucys Opfer haben genug durchgemacht, und wir wissen, dass keiner von denen ihr Mörder ist.«

Andrea wirkte nicht überzeugt. »Sag mir noch mal, wieso.«

»Claire ist es nicht, weil auf dem Foto ein Mann bei Boyd steht. Bascomb ist es nicht; er ist viel größer als der Mann auf dem Foto. Und Mr Avery hat ein Alibi. Folglich kann keiner von Lucys Opfern der Täter sein.«

»Du hast Norman vergessen, Hannah. Ich glaube zwar keine Sekunde, dass er Boyd oder Lucy umgebracht hat, aber wir haben ihn noch nicht als Verdächtigen ausgeschlossen.«

»Doch. Ich habe ihm den belastenden Brief zurückgegeben. Er hatte keinen Grund, sie zu töten und ihr Apartment zu durchsuchen, vor allem, da er wusste, dass wir das schon getan hatten. Und es war Normans Idee, den Manschettenknopf des Täters zu vergrößern. Das hätte er nicht vorgeschlagen, wenn er der Mann auf dem Foto wäre.«

»Du hast recht.« Andrea gab einen tiefen Seufzer von sich. »Anscheinend bin ich zu müde zum Denken.«

»Trink mehr Kaffee.« Hannah füllte ihre Tasse aus der Kanne, die P. K. dagelassen hatte.

»Der schmeckt wie Teer.« Andrea verzog das Gesicht. »Da ist ja mein löslicher noch besser.«

»Ich weiß. Aber er hält dich wach, bis du abgeholt wirst. Konzentriere dich. Die Wagen sind jetzt vor der Schule angekommen.«

Sie sahen die Kandidaten in die Aula gehen und ihre Angehörigen wegfahren, um zu parken. Herb überprüfte ihre Namensschilder, bat sie, auf der Anwesenheitsliste zu unterschreiben, und schloss die Türen auf, damit sie zu ihren Showküchen gehen konnten.

»Das brauchen wir uns nicht anzusehen, Hannah.« Andrea seufzte wieder. »Da sind nur Frauen, und Boyds Mörder ist ein Mann.«

»Stimmt. Ich spule vor. Wenn du einen Mann siehst, schrei.«

»Okay. Meinetwegen.«

Hannah hörte ihr an, dass sie demotiviert war, und sie selbst war auch nicht gerade Feuer und Flamme. Die Chance, die Manschettenknöpfe des Täters zu entdecken, war gering, aber trotzdem würde sie sich die Aufnahmen von Mittwoch ansehen. »Halt die Augen offen, Andrea. Wenn die Zuschauer ankommen, wird Tracey zu sehen sein. Und du wahrscheinlich auch.«

»Das habe ich ganz vergessen. Also gut, ich bleibe wach.«

Andrea klang schon munterer, und Hannahs Mundwinkel zuckten. Sie wusste, dass das erst in zwei Stunden der Fall sein würde, doch das brauchte sie ja nicht zu erwähnen.

»Danke für deine Hilfe, Andrea.« Hannah drückte auf *Pause*, um ihrer Schwester eine gute Nacht zu wünschen. »Ich rufe dich morgen früh an.«

»Nicht vor acht.«

»Natürlich nicht. Ich weiß, wie es Leuten ergeht, die dich früher anrufen.«

Es dauerte einen Augenblick, dann lächelte Andrea widerstrebend. »Wenn du auf Lucy anspielst, dann ist das nicht sehr nett.«

»Ich habe nie behauptet, dass ich nett bin. Fahr nach Hause, Andrea. Ich habe noch zwei Stunden vor mir.«

»Viel Glück.« Andrea ging zur Tür und drehte sich noch mal um. »Sollen wir dir vielleicht etwas zu essen besorgen? Der *Speedy Burger* ist ganz in der Nähe.«

Hannah war schwer in Versuchung. Der Gedanke an fettige Hamburger, Milchshakes und frittierte Zwiebelringe ließ ihr das Wasser im Mund zusammenlaufen. Doch Andrea sah erschöpft aus. Es wäre nicht fair, sie auszunutzen. »Nein danke. Ich halte bis zu Hause durch.«

»Dann gute Nacht.«

Andrea ging hinaus, und Hannah drückte auf *Play*. Ihr Magen beschwerte sich, und Sallys Happy-Hour-Büfett, das nun ins Bild kam, war da auch keine Hilfe. Die Platte mit den gefüllten Champignons wurde Hannah beinahe zum Verhängnis. Sally verwendete eine Füllung aus Brät und würzigem Reibekäse, die unglaublich lecker war. Hannah knurrte der Magen. Sie trank einen Schluck Kaffee, doch das war ein magerer Ersatz für Essen.

Am Ärmel eines Mannes blitzte etwas auf, als er sich an den Lachshäppchen bediente. Mit Herzklopfen drückte sie auf *Pause*, spulte ganz langsam zurück und seufzte, als sie erkannte, dass es ein gewöhnlicher Hemdknopf war. Seufzend ließ sie das Band weiterlaufen. Wenn sie einnickte und etwas versäumte, würde sie es nachholen müssen und noch länger in dem Ü-Wagen zubringen.

Vier Mal noch stoppte sie das Band während der Büfett-Aufnahmen. Beim ersten Mal war es eines dieser Kupferarmbänder, die angeblich Arthritis verhinderten, beim zweiten Mal ein goldener Blazerknopf und beim dritten und vierten Mal waren es nur Armbanduhren. Sie sah Manschettenknöpfe hinter jedem Busch.

Mehrere Minuten lang kam nichts Relevantes, und die erschienen ihr wie Stunden. Hannah wunderte sich, wie langsam die Zeit manchmal vergehen konnte. Es folgte ein weiterer Autokorso, als die Kandidaten vom *Lake Eden Inn* zum Backwettbewerb fuhren. Hannah spulte vor, denn schließlich würden durch Autofenster keine Manschettenknöpfe zu sehen sein. Die Kandidaten stiegen vor der Schule aus und gingen in die Aula, aber ihr fiel nichts Besonderes auf.

Anschließend hatte Rudy die Kamera auf den Parkplatz gerichtet, weil die Zuschauer eintrafen. Das war schon interessanter, und Hannah fiel es leichter, sich zu konzentrieren. Delores und Carrie fuhren vor. Grinsend sah sie zu, wie Carrie eine Parklücke ansteuerte und hineinsetzte. Sie musste mehrmals rangieren, obwohl die Lücke bequem breit war.

Nach ihnen kam Bills Wagen ins Bild. Sie hielt das Band an und notierte sich den Timecode. Andrea sah klasse aus wie immer, und Tracey lächelte in Rudys Richtung. Sie hüpfte ein paar Mal, als ihre Eltern sie zwischen sich bei den Händen nahmen und mit ihr zum Eingang gingen. Wenigstens brachte der Abend ein paar schöne Familienaufnahmen ein. Andrea würde sich riesig freuen.

Nachdem sie die Timecodes der Tracey-Sequenz notiert hatte, spulte sie zurück und achtete auf die übrigen Zuschauer. Sie erkannte Betty Jacksons kleinen Honda, als der in eine Parklücke fuhr, und sah Betty aussteigen. Tatsächlich glitt sie sehr geschmeidig aus dem Wagen, was für eine Frau ihrer Körpergröße beachtlich war.

Hannah sah ihre Nachbarn Phil und Sue Plotnik ankommen. Sie hatten den kleinen Kevin nicht bei sich. Entweder hatten sie ihn bei Sues Mutter gelassen oder einen Babysitter engagiert. Einige von Bertie Straubs älteren Kundinnen näherten sich dem Eingang. Ihre frisch frisierten Haare waren in Schals und Tücher gehüllt, um sie gegen die feuchte Luft zu schützen. Vermutlich waren sie kurz vorher noch im Cut'n Curl gewesen. Als Nächster kam Sheriff Grant in Ausgehuniform und hinter ihm Bürgermeister Bascomb mit seiner Frau.

Weitere Bewohner Lake Edens trafen ein, alle wirkten gut gelaunt und schienen sich auf den Abend zu freuen. Ein paar Gesichter kannte Hannah nicht, das mussten Leute von außerhalb sein. Sie musterte sie genau, entdeckte aber bei keinem Mann Manschettenknöpfe.

Rudy begab sich mit seiner Kamera ins Foyer der Aula, gleich nachdem der letzte Zuschauer hineingegangen war. Hannah erblickte Claire, die ein paar Worte mit Marge Beeseman wechselte und ihr Bestes tat, um Bascomb und seine Frau zu ignorieren, die nur ein paar Schritte entfernt standen. Hannah beobachtete das seufzend. Hätte sie die Szene vor ein paar Wochen gesehen, hätte sie sich nichts dabei gedacht. Erstaunlich, welche Nuancen man wahrnahm, wenn man Bescheid wusste. Claire und Bascomb wirkten schuldbewusst, gerade weil sie gezielt jeglichen Blickkontakt vermieden.

In der hintersten Reihe trafen zwei Nachzügler ein, Boyd Watson und seine Schwester Maryann. Er plauderte mit Father Coultas, der ebenfalls sehr spät gekommen war, und Maryann entdeckte einige Freundinnen und winkte ihnen. Hannah betrachtete Boyd aufmerksam, doch er wirkte genau wie immer. Er lächelte und entspannte sich, als er sich seiner Schwester wieder zuwandte, und hatte offensichtlich nicht die geringste Vorahnung, dass er wenige Stunden später tot sein könnte.

Die nächsten Szenen waren aus der Kulisse gefilmt worden. Hannah verzog das Gesicht, weil die Kamera sie von hinten erfasste, als sie auf ihre Showküche zuging. Ihre Haare leuchteten im Scheinwerferlicht orangerot, und ihr Hintern wirkte viel größer, als sie gedacht hätte. Im Stillen bedankte sie sich bei dem freundlichen Menschen, der sie herausgeschnitten hatte. Und dann nahm sie sich vor, fünf Kilo abzunehmen.

Anschließend kamen die Nachrichtensprecher ans Set und nahmen ihre Plätze am Pult ein. Dee-Dee Hughes stritt mit Rayne Phillips, das war ihnen anzusehen, aber diese Aufnahmen waren ohne Ton gedreht worden, sodass Hannah nicht erfuhr, worum es ging. Dann sah sie sich selbst, wie sie ein Stück Kuchen auf einen Dessertteller gab. Sie wirkte nicht dick, fand sie und seufzte dankbar. Vielleicht war sie vorher aus einem ungünstigen Winkel gefilmt worden und brauchte gar nicht abzunehmen?

Die Kamera schwenkte in die Maske, wo einige Leute saßen, und Hannah hielt nach Tracey Ausschau. Tatsächlich kam ihre Nichte ins Bild und sah mit dem langen Schminkumhang, der ihr bis auf die Schuhspitzen reichte, entzückend aus. Hannah notierte die Timecodes und stellte dankbar fest, dass sie nur noch eine Stunde Band vor sich hatte.

»Hannah?«

Sie drehte sich um. P. K. stand in der Tür. »Ja?«

»Wenn es Ihnen nichts ausmacht, fahre ich mal schnell zum *Quick Stop* und kaufe ein paar Snacks.«

»Ich komme gut klar«, versicherte sie. »Ich habe schon einige Szenen mit meiner Nichte gefunden.«

»Geben Sie mir nur die Zeitcodes, bevor Sie gehen, dann mache ich die Kopie für Ihre Schwester. Wie ist es mit Ihnen? Brauchen Sie etwas?«

»Nur die Kopie.«

»Das meine ich nicht. Soll ich Ihnen etwas mitbringen?«

»Ach, ja, gern.« Lächelnd kramte sie in ihrer Tasche nach Geld, dann fiel ihr ein, dass sie abnehmen wollte, und gab ihm einen Fünf-Dollar-Schein. »Ich möchte eine große Diät-Cola und für den Rest des Geldes möglichst viele Schokoriegel.«

»Schokoriegel und eine Diät-Cola?« P. K. klang amüsiert.

»Ich brauche die Endorphine von der Schokolade«, erklärte sie, »aber nicht die wertlosen Kalorien einer Limo.«

Seine Brauen zuckten, doch er schwieg. Er winkte und machte sich auf den Weg.

Nachdem er fort war, fand sie es in dem langen Innenraum des Lkws plötzlich unbehaglich. Sie wandte sich wieder den Aufnahmen zu, war jedoch angespannt. Draußen wehte ein böiger Wind, und die Metallwände des Wagens knackten, sobald eine Windböe dagegendrückte. Eigentlich war sie kein ängstlicher Typ, doch sie fragte sich, was passieren würde, wenn der Mörder mitbekommen hatte, dass sie sich Rudys Outtakes ansah, weil sie nach Manschettenknöpfen suchte. Er mochte Coach Watson im Affekt getötet haben, aber der Mord an Lucy war kaltblütig und mit Vorsatz begangen worden. Wenn der Mörder glaubte, dass sie ihm auf der Spur war, würde er sie abpassen, sobald sie allein war, und …

Es kostete sie einige Mühe, sich zu beruhigen. Hannah sagte sich, dass der Mörder unmöglich wissen konnte, was sie gerade tat. Nur sechs Menschen wussten davon. Mason Kimball, der annahm, dass es ihr um Boyds Gesprächspartner ging, kannte den wahren Grund nicht und hatte ihn daher niemandem verraten können. Rudy glaubte, sie sei an den Kriterien für die Szenenauswahl interessiert, und P. K. dachte, es ginge ihr nur um Aufnahmen mit ihrer Nichte. Andrea und Bill kannten den wahren Grund, würden aber sowieso mit niemandem darüber reden. Außer ihnen wusste noch Mike Bescheid, und dem war klar, wie heikel die Information war. Keiner würde sie aus ihm herausbekommen.

Sie lehnte sich zurück und griff nach der Fernbedienung. Nein, sie war hier sicher. Es gab keinen Grund, unruhig zu werden. Wenn sie ein bisschen schreckhaft war, dann lag das an dem Koffein in P. K.s extrastarkem Kaffee und ihrer regen Fantasie. Sie drückte auf *Play* und blickte zum Timecode. Noch eine Stunde. Wenn die doch nur schon vorbei wäre!

Stöhnend durchlitt sie eine Nahaufnahme von sich am

Jurytisch. Man konnte fast zusehen, wie sich ihre Haare unter den Scheinwerfern kräuselten. Nach ihr wurden die anderen Preisrichter von Nahem gezeigt, und das versöhnte sie ein wenig. Die taugten auch nicht zu Leinwandidolen. Dann kam Boyd ins Bild. Sie neigte sich näher heran, um sein Mienenspiel zu beobachten. Er schien sich über die Ernennung zu freuen, aber nervös wirkte er zweifellos nicht, und es deutete auch nichts darauf hin, dass er vor etwas Angst hatte. Er beriet sich kurz mit ihr. Rudy hatte ihr Gespräch mit der Kamera aufgenommen, sodass sie sich selbst im Hintergrund hören konnte, wie sie Boyd die Kriterien der Punktevergabe nannte.

Er sah vital aus, ein Mann in den besten Jahren, und wider Willen verspürte Hannah einen Anflug von Trauer. Er hatte auf grausame Art sterben müssen, und so brutal er selbst gewesen war, sein Mörder verdiente es, gefasst und bestraft zu werden.

Rudys Kamera schwenkte zu den Kandidaten, die ihren Desserts den letzten Schliff gaben. Hannah sah grinsend zu, als die Dame, die mit ihrer Zitronen-Tarte gewonnen hatte, immer wieder zur Jury blickte. Sie rückte ein Kuchenstück auf dem Teller gerade, wischte den Rand mit einem sauberen Küchentuch ab und atmete tief durch. Sie war ungeheuer nervös und konnte schließlich nicht wissen, dass sie ins Finale kam.

Beim nächsten Bild musste Hannah lachen. Mr Hart von hinten, der sich nach einer Karteikarte bückte. Kein schmeichelhafter Anblick, und sie hörte Rudy brummen: »Nicht verwenden, Mason, sonst werden wir alle gefeuert.« Danach winkte der Inspizient die Kandidaten nach vorn zur Jury, die daraufhin ihre Desserts den Preisrichtern vorsetzten.

Während die sich ihre Bewertung überlegten, war ein Zusammenschnitt gelaufen. Halb erwartete Hannah, dass sich die Kamera auf den großen Zuschauerbildschirm richtete. Das wäre wie ein Stück im Stück, wie die Aufführung von *Pyramus und Thisbe* im *Sommernachtstraum*. Aber Rudy hatte sich keine Pause gegönnt, sondern das Publikum gefilmt. Schwach war die Musikuntermalung des Zusammenschnitts zu hören, als Mr Avery ins Bild kam. Er wirkte extrem nervös, beinahe panisch, und Hannah kannte den Grund. Er hatte Jeremy Rutledge bestechen wollen, und Lucy hatte ihn dabei erwischt.

Maryann saß neben dem frei gewordenen Stuhl, verfolgte lächelnd den Pausenfilm und schien sehr stolz zu sein, weil ihr kleiner Bruder nun zur Jury gehörte. Das Publikum war still, bis auf ein paar Hustende, die sich offenbar eine Erkältung eingefangen hatten, und fast jeder schaute zum Bildschirm hoch.

Plötzlich wie aus dem Nichts war lautes Poltern zu hören. Hannah blickte suchend auf das Geschehen im Publikum, aber da passierte nichts Ungewöhnliches. Dann schepperte es, und sie drückte die Pausentaste. Der Lärm kam von draußen. Da war jemand auf dem Parkplatz!

Sie sprang von ihrem Stuhl auf, ihr Herz klopfte heftig. Jemand versuchte, in den Ü-Wagen einzudringen! Sie musste etwas finden, womit sie sich verteidigen konnte. Hannah griff nach dem erstbesten festen Gegenstand – ein zusammengeklapptes Lampenstativ, schwer genug, um als Knüppel zu dienen – und lief den Gang hinunter zur Tür.

Die war abgeschlossen, kam ihr aber nicht sonderlich stabil vor. Ihr fiel ein Trick ein, den sie mal in einem Film gesehen hatte, und sie drehte sich nach einem Stuhl um, den sie unter der Türklinke verkeilen könnte. Dann sah sie, dass das nichts brächte, denn die Tür ließ sich nach außen öffnen.

Hannah schluckte mühsam und kämpfte ihre Angst nieder. Sie lauschte auf Schritte, doch nur der Wind war zu hören und das Knacken der Lkw-Wände, wenn die eisigen Böen dagegenschlugen.

Hannah konnte nichts tun. Ihr schlotterten die Knie. Der Mörder mochte draußen auf der Metalltreppe stehen, den Dietrich schon in der Hand. Da mehrere Minuten lang nichts geschah, schlich sie sich neben die Tür, die Augen auf die Klinke geheftet. Wenn der Mörder eindrang, würde sie nicht kampflos untergehen. Zitternd stand sie da, das Stativ schlagbereit in beiden Händen, und betete, es möge nur der Wind sein, der die Deckel der Müllcontainer zum Klappern brachte. Doch sie wusste instinktiv, dass dem nicht so war.

21

Hannah konnte nicht ewig dastehen und warten, ob etwas passierte. Warum hatte sie P. K. gehen lassen? Sie hätte sagen sollen, dass sie mitfahren wollte. Sie hätten den Ü-Wagen abschließen können, und dann stünde sie jetzt am Ladentisch im *Quick Stop* und würde ihre Limo und die Schokoriegel bezahlen. Stattdessen war sie allein und würde gleich dem Mörder ins Auge blicken, der Boyd Watson erschlagen und Lucy in den Hinterkopf geschossen hatte.

Ihr Verstand lief auf Hochtouren. Sie musste den Notruf wählen. Das Telefon stand jedoch auf dem Schreibtisch direkt vor dem Fenster, und die Lamellenjalousie war leicht geöffnet. Der Mörder würde sie sehen. Er könnte sie durch die Scheibe erschießen.

Kaum hatte sie das gedacht, drückte sie auf den Schalter neben der Tür und löschte das Licht. Im Dunkeln war sie im Vorteil. Dann schlich sie zum Schreibtisch, hob den Hörer ab und wollte gerade die Neun-Eins-Eins wählen, als ihr auffiel, dass kein Freizeichen zu hören war. Der Wind musste das Telefonkabel, das man zum Ü-Wagen gelegt hatte, abgerissen haben.

Im nächsten Moment kam ihr ein noch erschreckenderer Gedanke, und ihre Hand zitterte, als sie den Hörer wieder auf die Gabel legte. Oder hatte der Mörder das Kabel gekappt?

Ihr Herz raste. Sie schlich neben das Fenster und spähte durch die Lamellen. Nichts regte sich. Der Wind wirbelte den Schnee auf und wehte ihn gegen die Blechwände des Lkws, was wie ein Jazzbesen klang. Das erinnerte sie an die gedämpften Trommelschläge in *Das Privatleben Heinrichs VIII.*, kurz bevor Anne Boleyn der Kopf abgeschlagen wurde.

Das Bild brachte sie zum Schaudern, und sie verbannte es energisch aus dem Kopf. Das waren nur eisige Schneekörnchen, und außerdem verschaffte ihr der böige Wind einen weiteren Vorteil: die durchdringende Kälte. Draußen waren es minus zehn Grad, und der Wind kühlte den Körper zusätzlich aus. Bei solchen Windböen kam es einem doppelt so kalt vor. Der Mörder trug sicher fellgefütterte Handschuhe, damit ihm nicht die Finger erfroren, und das hieß, er würde sie ausziehen müssen, um schießen zu können. Vielleicht verschaffte ihr das ein, zwei wertvolle Sekunden. Immerhin.

Sie spähte über den Parkplatz, ob sich irgendwo etwas bewegte. Je länger der Mörder da draußen blieb, desto kälter würde ihm werden. In der Stille zwischen den Windböen hörte sie keinen Automotor laufen. Folglich saß er nicht in seinem Wagen und ließ die Heizung auf höchster Stufe laufen, um den Finger aufzutauen, der den Abzug betätigen sollte.

Die Parkplatzlampe verbreitete ein eigentümliches orangefarbenes Licht, sodass die Schneewehen wie das Mango-Slush-Eis im *Quick Stop* aussahen. Sie konnte die Vertiefung in der Schneedecke auf dem Asphalt sehen, wo eben noch P. K.s Wagen gestanden hatte, aber der Wind füllte sie allmählich mit Schnee. Ihr Suburban stand rechts daneben und sah mehr orange als rot aus.

Sie dachte an das Stemmeisen im Kofferraum, das neben dem Reserverad lag. Das wäre eine bessere Waffe als das Aluminiumstativ, doch sie würde nicht nach draußen gehen und es holen. Im Ü-Wagen war sie bei Weitem sicherer.

Sofern der Mörder nicht auf die Tür schoss. Würde er sie lieber aus sicherer Entfernung töten? Sollte sie sich unter einen der Schreibtische ducken, in der Hoffnung, dass der die Kugeln aufhielt? Nein, der Mörder würde es nicht wagen, mehrere Schüsse abzufeuern. Gegenüber der Schule wohnten Leute. Da würde garantiert jemand die Schüsse hören und den Sheriff anrufen. Der Mörder musste also beim ersten Schuss treffen, und das hieß, er musste in den Lkw eindringen.

Ihr taten schon die Augen weh, weil sie so konzentriert ins Zwielicht starrte und kaum zu blinzeln wagte. Ihr kam ein Gedanke. Wo war der Wagen des Mörders? Der musste eigentlich auf der anderen Seite des Ü-Wagens stehen. Wenn sie den sehen könnte, würde sie das Kennzeichen auf dem Nummernschild notieren. Es auf einem Zettel für Mike und Bill hinterlassen, falls …

Stopp. Sie würde sich jetzt nicht in das Worst-Case-Szenario hineinsteigern. Das lähmte nur den Verstand. Mit dem Stativ in der Hand – was immer es nützen würde – tastete sie sich zu der Wand gegenüber. Um ans Fenster zu gelangen, schob sie sich hinter den Aktenschrank, auf dem das Fax-Gerät und der Kopierer standen.

Doch da draußen war kein Wagen. Gar nichts. Der Parkplatz war verlassen. Aber der Mörder musste hierhergefahren sein. Es sei denn …

Sie sah zur Straße vor der Schule, zu dem Block, wo Danielle wohnte. Dort standen mehrere Pkws; aber sie waren leider zu weit weg, als dass sie die Nummernschilder lesen konnte. Der Mörder mochte dort geparkt haben. In den Häusern brannte kein Licht. Danielles Nachbarn schliefen offenbar, und bei dem starken Wind hatte sicher keiner einen Wagen vorfahren hören.

Er konnte auch auf dem Platz vor der Aula geparkt haben, der für die Zuschauer reserviert war. Die Schule hatte keinen Nachtwächter und brauchte auch keinen. Die Schüler der Jordan High waren ein ziemlich braver Haufen und liebten ihre Schule. Vandalismus war hier, soweit Hannah wusste, noch nie vorgekommen.

Sie zuckte vor Schreck zusammen, als etwas gegen die andere Wand des Ü-Wagens polterte, wo sie eben noch gestanden hatte. Sie rannte zurück zum vorderen Fenster und sah gerade noch eine große Gestalt auf allen vieren hinter ihrem Suburban verschwinden. Ein Hund? Nein, dafür war sie zu groß. Ein Mann in einem dick wattierten Mantel? Das passte schon eher.

Der Wind heulte, rüttelte am Ü-Wagen, und zwischen zwei Böen hörte sie einen lauten Schlag. Der Mann hatte mit Wucht gegen ihren Wagen geschlagen. Wollte er ihn aufbrechen und ihre Plätzchen stehlen? Oder glaubte er, sie verstecke sich darin? Und wenn er merkte, dass sie nicht dort drin war, würde er dann zum Ü-Wagen kommen, um sie umzubringen?

Der nächste Schlag war noch lauter, und dabei machte der Mörder knurrend seinem Ärger Luft. Im nächsten Moment näherten sich die Scheinwerfer eines Wagens. Er fuhr auf ihren Suburban zu und beleuchtete das Gelände. Verblüfft sperrte sie den Mund auf, als ein großer Schwarzbär hinter ihrem Wagen hervorkam. Kurz hielt er im Scheinwerferlicht inne, dann trabte er davon, in einem Tempo, das sie ihm nicht zugetraut hätte. Am anderen Ende des Sportplatzes verschwand er in dem Gebüsch, das an den Wald grenzte, und sie ließ sich auf den Schreibtischstuhl plumpsen.

»Hannah?« Es klopfte an der Tür. »Mach auf. Ich bin's. Mike.«

»Komme.« Hannah stand auf. Mit weichen Knien ging sie zur Tür und öffnete. Da stand Mike, ein verlässlicher, beruhigender Typ, und sie folgte ihrem ersten Impuls: Sie schlang die Arme um ihn und drückte ihn so fest, wie sie konnte.

»Hey, da ist deine Mutter.« Mike zeigte zum Bildschirm. »Sie sieht wirklich gut aus. Du hast eine attraktive Mom, Hannah.«

»Freut mich, dass du das findest. Das ist sehr wichtig.« Sie grinste. Sie futterten Schokoriegel und sahen sich die Leute an, die nach der Sendung die Aula verließen.

»Warum ist das wichtig?« Mike blickte sie ratlos an.

»Es heißt: Wenn du wissen willst, wie eine junge Frau später mal aussieht, schau dir die Mutter an.« Sie wagte einen Blick von der Seite. Er wirkte ziemlich verlegen. Offensichtlich war er sich nicht sicher, ob er zustimmen oder widersprechen sollte. Hannah grinste von einem Ohr zum anderen und tätschelte seinen Arm. »Keine Sorge, ich nehme dich nur hoch. Andrea und Michelle kommen nach ihr. Ich nicht.«

»Das stimmt. Schön bist du trotzdem. Du bist nur nicht wie deine Mutter.«

Nun wurde sie verlegen. Sie war nicht auf Komplimente aus gewesen, aber Delores hatte ihren Töchtern beigebracht, sich für ein Kompliment einfach zu bedanken und es dabei bewenden zu lassen.

»Danke«, sagte sie und kämpfte mit dem Drang, mehr dazu zu sagen. Doch das Schweigen stand zwischen ihnen, und sie fühlte sich zu unwohl, um es auszuhalten. »Und danke, dass du den Bären verscheucht hast. Er hat mir einen Riesenschrecken eingejagt.«

»Der Bär war eine Sie, und du hast dich zu Recht gefürchtet. Sie war groß und hungrig. Das ist eine gefährliche Kombination.«

»Hungrig?« Hannah ging sofort darauf ein, froh, weil ihr Gespräch eine andere Richtung nahm. »Woher weißt du das?«

»Die meisten Bären halten Winterschlaf. Sie muss durch irgendetwas geweckt worden sein und war hier auf Futtersuche. Sie hat einen Beutel aus dem Müllcontainer an der Cafeteria gezerrt. Er war aufgerissen und der Abfall verstreut. Ich denke, sie hatte ihr Abendessen und wollte noch ein Dessert.«

»Dessert?«

»Aus deinem Wagen. Wahrscheinlich hat sie die Plätzchen gerochen.«

»Da wäre sie enttäuscht worden. Andrea hat alle aufgegessen.« Hannah fiel auf dem Bildschirm etwas auf und griff nach der Fernbedienung. »Moment, Mike. Ich hab was gesehen.«

Sie spulte zurück, ließ den Film weiterlaufen und hielt ihn im entscheidenden Moment an. Wieder ein falscher Alarm wegen eines glänzenden Knopfs am Jackenärmel eines Mannes.

»Da kommt Boyd Watson.« Mike rückte auf die Sitzkante vor.

Boyd ging mit ihrem Tortenbutler unter dem Arm zu seinem Wagen. Er gab ihn Maryann, damit er aufschließen und ihr die Tür aufhalten konnte, und nahm ihn ihr wieder ab, bevor sie einstieg. Dann stellte sie den Behälter auf den Schoß. Sobald sie sich zurechtgesetzt hatte, schloss er die Tür und ging zur Fahrerseite.

»Höflich, nicht wahr?«, bemerkte Mike mit zusammengezogenen Brauen.

»Natürlich. Er ist in der Öffentlichkeit.« Hannah konnte

sich den sarkastischen Tonfall nicht verkneifen. Sie hatte selbst schon erlebt, wie bemüht er um Danielle war, wenn die beiden an einer Veranstaltung teilnahmen.

»Seine Schwester weiß nichts davon, oder?«

»Nein.« Hannah verstand sofort, was er meinte. »Sie würde nicht glauben, dass ihr Bruder seine Frau regelmäßig geschlagen hat, es sei denn, man würde ihr die Verletzungen zeigen, und selbst dann würde sie behaupten, dass Danielle irgendetwas getan hat und deshalb selbst schuld ist.«

»Eine kranke Gesellschaft.«

»Nicht alle sind so«, hielt Hannah ihm entgegen. »Es gibt auch sehr anständige Leute. Aber als Cop begegnest du denen eher selten.«

Mike wandte sich ihr zu und fing an zu lächeln. »Du bist genau das, was ich brauche, Hannah. Du bist ein Optimist.«

»Schon möglich.« Sie erwiderte das Lächeln. »Im Augenblick bin ich optimistisch, dass da noch ein Schokoriegel übrig ist.«

Mike blickte zu der Tüte auf dem Tisch und drückte sie flach. »Da warst du zu optimistisch. Ich habe gerade den letzten gegessen.«

»Tja.« Sie seufzte, und dann kam ihr eine Idee. »Wie wär's, wenn wir das Band zu Ende ansehen und hinterher zur *Corner Tavern* fahren? Die machen fantastische Steaks und Eier und haben die ganze Nacht geöffnet. Ich lade dich zum Frühstück ein, weil du mich vor der hungrigen Bärin gerettet hast.«

»Klingt gut. Ich wurde seit Jahren nicht mehr von einer schönen Frau zum Frühstück eingeladen. Wenn du so weitermachst, werde ich noch zum Optimisten.«

»Du hast recht.« Mike schnitt ein Stück von seinem Steak ab und betrachtete es zufrieden. »Es ist großartig. Und genau so, wie ich es bestellt habe.«

Hannah blickte auf seine Gabel und klappte den Mund zu. Wie jemand durchgebratenes Steak essen konnte, war ihr ein Rätsel. Ihres war blutig, genau wie sie es mochte. Sie hatte bestellt wie immer: *dreißig Sekunden von der einen und dreißig Sekunden von der anderen Seite, dann hauen Sie es auf den Teller. Wenn Sie das nicht können, bringen Sie es mir roh mit einer Schachtel Streichhölzer.*

»Wir müssen reden, Mike.« Sie stippte ihren Toast in das Eigelb. »Ich weiß einiges zu deinem Fall.«

Mikes Brauen fuhren in die Höhe. »Mehr, als du bei uns im Streifenwagen ausgesagt hast?«

»Ja. Ich erzähle es dir, aber du musst versprechen, mir nicht vorzuwerfen, ich hätte mich eingemischt.«

Mike überlegte. »Na gut. Ich werde kein Wort sagen. Was weißt du?«

»Einiges. Doch lass uns zuerst fertig frühstücken, sonst werden deine Spiegeleier kalt. Danach erzähle ich dir alles, was du meiner Ansicht nach wissen musst.«

Mike ließ die Gabel fallen und starrte sie an. »Was ich *deiner Ansicht nach* wissen muss?«

»Genau. Ein paar Dinge sind nämlich vertraulich und haben nichts mit den Morden zu tun. Da musst du mir einfach vertrauen. Abgemacht?«

Mike nahm die Gabel wieder auf und stach mit mehr Kraft als nötig in sein Steak. Er kaute und überlegte. Schließlich seufzte er. »Okay, Hannah. Mir gefällt das zwar nicht, aber abgemacht.«

22

Als um sechs Uhr früh der Wecker klingelte, streckte Hannah den Arm zur Seite und drückte auf den Knopf. Sie traf ihn, ohne hinzusehen, und öffnete nicht mal die Augen. Dann drehte sie sich um, zog die Decke bis zum Kinn hoch und schlief weiter.

Ein wenig später stieß ihr etwas gegen die Wange. Sie hatte gerade von gemeingefährlichen Spechten geträumt. Ein ganzer Schwarm flog um Lucys Garage und hämmerte an das Tor, um hineinzugelangen. Erschrocken fuhr sie hoch und schlug mit den Armen, um die spitzen Schnäbel abzuwehren. Dabei fegte sie Moishe vom Bett, der sie mit der Pfote hatte wecken wollen. Er fauchte leise ob dieser rüden Behandlung und sprang auf den Nachttisch, von wo er anklagend auf sie hinunterblickte.

»Entschuldige, Moishe«, murmelte sie und setzte sich auf. Sie sah auf die Uhr und stöhnte. Halb sieben. Sie hatte verschlafen. Frühes Aufstehen sollte endlich verboten werden.

Zwanzig Minuten später saß sie geduscht und fertig angezogen am Küchentisch bei ihrer zweiten Tasse Kaffee. Moishe hatte ihr verziehen, sowie sie ihm den Futternapf gefüllt hatte. Jetzt ließ er sich schnurrend sein Frühstück schmecken.

Hannah sah aus dem Fenster. Es war zehn vor sieben, und der Himmel war noch schwarz wie die Nacht. Am einundzwanzigsten Dezember würde es nur knapp neun Stunden lang hell sein, und die Menschen in Lake Eden würden im Dunkeln zur Arbeit fahren und im Dunkeln nach Hause kommen.

Dazusitzen und über die Tag- und Nachtstunden der nördlichen Hemisphäre nachzudenken brachte nicht viel. Hannah trank den Kaffee aus und schob den Stuhl zurück. Es war Zeit, zur Arbeit zu fahren und sich zu überlegen, was sie am Abend vor der Kamera backen wollte. Außerdem musste sie Andrea anrufen und sie darüber informieren, was sie Mike in der *Corner Tavern* erzählt hatte.

Sie zog sich den Parka an, nahm den Autoschlüssel und ihren Abfall und stöhnte, weil das Telefon klingelte. Delores. Rangehen oder so tun, als wäre sie schon weg? Natürlich konnte das auch Mike sein. Oder Bill. Oder hundert andere Leute. Sie stand da und horchte, weil sich der AB einschaltete.

Die Ansage wurde abgespielt, dann hörte sie die Stimme ihrer Mutter. »Hannah? Nimm ab, wenn du noch da bist. Ich muss dir etwas Wichtiges über die Gulls sagen.«

Boyds Basketballmannschaft. Hannah rannte zum Telefon. Vielleicht war Delores zu Ohren gekommen, welcher Spieler Steroide nahm.

»Hier bin ich, Mutter.« Sie wand sich aus dem Parka und warf ihn über die Stuhllehne. Delores wusste nicht, wie man sich kurzfasste. Wenn sie den Parka während des ganzen Telefonats anbehielte, würde sie in der Wohnung vor Hitze ohnmächtig werden. »Was ist mit den Gulls?«

»Ich rufe wegen Mason Kimball an. Ist er nicht ein wunderbarer Mensch?«

»Kann sein.« Hannah holte ihre Tasse aus der Spüle und

goss sich den letzten Rest aus der Kanne ein. Es würde ein Weilchen dauern, bis sie relevante Fakten zu hören bekäme. »Was hat er getan?«

»Ich weiß, du hast nicht viel Zeit, darum fasse ich mich kurz«, versprach Delores.

Das wäre mal was Neues, dachte sie. »Danke, Mutter«, sagte sie stattdessen.

»Carrie und ich waren gestern Abend nach Drehschluss bei der Party und sind Mason über den Weg gelaufen. Sally bietet immer ein schönes Büfett an, nicht wahr?«

»Ja. Was war mit Mason?«

»Er sprach über die Gulls und sagte, wie durcheinander die Jungs jetzt sind, weil sie ihren Coach verloren haben. Gil Surma ist vorübergehend eingesprungen, aber er räumt ein, dass er nicht viel von Basketball versteht. Du kennst Gil, oder, Liebes?«

Hannah nahm einen Schluck Kaffee. »Ja. Was hat Mason noch gesagt?«

»Dass er einen Profi-Coach angeheuert hat, damit der die Mannschaft trainiert, bis die Schule einen neuen eingestellt hat.«

»Wirklich?« Das überraschte Hannah. »Ich wusste nicht, dass die Schule ein Budget für solche Fälle hat.«

»Hat sie auch nicht. Deshalb sagte ich ja, dass Mason ein wunderbarer Mensch ist. Er bezahlt den Coach aus eigener Tasche.«

»Wie großzügig.« Hannah dachte darüber nach und runzelte die Stirn. »Warum tut er das?«

»Weil er an der Basketballausbildung der Jordan High echtes Interesse hat. Sein Sohn spielt in der Mannschaft. Du kennst doch Craig Kimball, nicht wahr?«

Es dauerte einen Moment, bis sie den Namen mit einem Gesicht verband. Craig war einige Male in ihren Laden gekommen, um Plätzchen für die Mannschaft abzuholen. »Klar. Er scheint ein guter Junge zu sein.«

»Ist er. Craig hat Coach Watsons Tod sehr mitgenommen, sagt Mason. Und er ist besorgt wegen der Anwerber, die nächste Woche zum Spiel gegen die Little Falls Flyers kommen werden. Craig fürchtet, dass Gil strategische Fehler macht, und darum hat Mason den professionellen Coach angeheuert.«

Hannah lächelte. Jetzt kam sie langsam dahinter. »Craig ist auf ein Sportstipendium aus, und Mason will, dass er auf dem Platz einen guten Eindruck macht?«

»Genau das sage ich doch die ganze Zeit.«

Hannah grinste. Das hatte Delores zwar nicht gesagt, aber hätte sie vielleicht, wenn Hannah ihr noch zwanzig Minuten Zeit gelassen hätte. »Ist Craig ein guter Spieler?«

»Inzwischen ja. Letztes Jahr hat er die meiste Zeit auf der Bank gesessen, sich seitdem aber stark verbessert. Dieses Jahr ist er der Star der Gulls.«

Hannah horchte auf. Steroide verbesserten die sportliche Leistung. »Was glaubst du, wie sich Craig so sehr verbessern konnte?«

»Mason hat ihn während des Sommers in ein Trainingscamp geschickt. Da wurde er professionell trainiert, und die Teilnehmerzahl ist dort auf zwanzig begrenzt. Die Jungen haben jeder einen eigenen Mentor, und die meisten von ihnen machen sich im College-Basketball einen Namen.«

Hannah musste ihren Verdacht aufgeben. Das Sommercamp war eine plausible Erklärung für Craigs verbesserte Leistungen. »Dafür muss man sicher viel Geld hinblättern.«

»Und ob. Mason hat zwar keine Summe genannt, meinte jedoch, es sei jeden Penny wert gewesen. Craig konnte eigentlich schon alles, doch in dem Camp hat er Selbstvertrauen aufgebaut. Vor zwei Wochen hat er mit der höchsten

Punktzahl in einem Spiel den Schulrekord gebrochen. Die anderen Spieler haben ihn dieses Jahr zum Mannschaftskapitän gewählt. Mason sagt, sie fragen ihn bei allem um Rat.«

»Danke, dass du mir das erzählt hast, Mutter.« Hannah schrieb *Craig Kimball* auf ihren Notizblock. Sie sollte mit ihm sprechen. Er würde ihr vielleicht sagen, welcher seiner Mannschaftskameraden Steroide nahm, besonders wenn sie ihm klarmachte, dass die gesundheitsgefährdend waren und sein Teamkollege ärztliche Hilfe brauchte, um sich von der Droge zu entwöhnen. »Ich muss los, Mutter. Ich bin schon spät dran.«

»Nur eins noch. Ich habe bei der Party auch Rod Metcalf getroffen, und er hat erzählt, dass Lucy Richards einen Artikel über meinen antiken Schmuck schreiben möchte. Er schickt sie um elf Uhr vorbei, damit sie Fotos macht. Jetzt brauche ich deinen Rat, welche Stücke ich zeigen sollte. Ich dachte, ich präsentiere sie auf blauem Samt und …«

Hannah fiel ihr ins Wort. »Spar dir die Mühe. Lucy kommt nicht.«

»Woher weißt du das?«

Hannah seufzte. Sie wollte dieses Terrain nicht betreten, konnte ihre Mutter aber schlecht den ganzen Schmuck hervorholen und hübsch arrangieren lassen, wenn ihn dann niemand fotografierte. »Lucy kommt nicht, weil sie tot ist.«

»Tot?«

»Ja, Mutter. Sie wurde ermordet.«

»Aber das kam gar nicht im Radio! Ich habe die Nachrichten gehört. Das kannst du doch gar nicht wissen, außer …« Delores stockte, und Hannah wusste, ihre Mutter musste sich sammeln, um die Frage zu stellen, die sich aufdrängte. »Hannah? Sag mir, du hast nicht schon wieder …« Delores räusperte sich, und dann klang sie sehr zögerlich. »Hast du?«

»Ich fürchte, ja, Mutter. Ich habe Lucy gestern Abend gefunden.«

»Hannah! Du musst wirklich damit aufhören!«

»Das ist keine Schnitzeljagd, Mutter. Ich laufe nicht durch die Stadt auf der Suche nach Mordopfern.« Hannah merkte, wie defensiv sie klang, und änderte ihren Tonfall. »Das war reiner Zufall, und ich musste das melden.«

»Vermutlich hast du recht. Aber ich wünschte wirklich, du wärst vorsichtiger.«

Hannah lachte. Sie konnte nicht anders. Was hatte Vorsicht mit dem Auffinden von Leichen zu tun?

»Das ist nicht lustig«, schalt Delores.

»Ich weiß.« Hannah riss sich zusammen. »Du hast ja recht. Ich verspreche, nach Möglichkeit keine Leichen mehr zu finden.«

»Gut. Erzähl mir, was passiert ist.«

»Dazu habe ich jetzt keine Zeit. Schalte das Radio ein, wenn du mehr wissen willst. Die Nachrichten müssten jeden Moment kommen. Ich muss nun zur Arbeit.«

Bevor ihre Mutter etwas einwenden konnte, legte Hannah auf und atmete durch. Dabei bemerkte sie, dass Moishe sie erwartungsvoll anstarrte, und holte das Trockenfutter aus dem Schrank, um seine Schale zu füllen. Zum zweiten Mal zog sie sich den Parka über, nahm auch den Müllbeutel wieder in die Hand und vergewisserte sich, dass sie den Autoschlüssel bei sich hatte. »Bis heute Abend, Moishe.« Dann eilte sie hinaus, bevor das Telefon noch mal klingeln konnte.

Eisige Luft schlug ihr ins Gesicht, als sie die Außentreppe zur Garage hinunterrannte. Die Stufen waren schneefrei, denn die Baufirma hatte seinerzeit ein breites schräges Dach darübergesetzt, das im Sommer den Regen abhielt und im Winter Eis und Schnee.

Nachdem sie den Müllbeutel in den Container geworfen

hatte, der in einer bunkerartigen Nische in der Garage stand, zog sie den Stecker aus der Wand, wickelte das Kabel um die Stoßstange und stieg in ihren Wagen. Wie auf Autopilot ließ sie den Motor an, schaltete das Licht ein und fuhr die Rampe hinauf und vom Gelände ihres Wohnhauses. Als sie in Richtung Innenstadt auf die Old Lake Road abbog, dachte sie über Craig Kimball nach. Sie würde freundschaftlich auftreten und ihm anbieten zu helfen. Wenn er von den Steroiden wusste und sich allein mit dem Problem herumschlug, war er für die Hilfe eines Erwachsenen vielleicht dankbar.

Sollte sie Mike informieren? Sie zog die Brauen zusammen. Wenn er hörte, was sie vorhatte, würde er mitkommen wollen. Doch dann würde nichts dabei herauskommen. Er war nicht nur neu in Lake Eden, sondern auch ein Cop. Und Craig würde vor einem Cop kein Wort über Steroide verlieren. Sie würde mit Craig allein reden müssen und Mike außen vor lassen, bis sie ihn brauchte.

Sie trat auf die Bremse und fluchte, weil ein Wagen sie überholte und viel zu früh wieder vor ihr einscherte. Er hatte ein Florida-Nummernschild. Der Besitzer wusste offensichtlich nicht, wie man bei Eis und Schnee zu fahren hatte. Hannah hatte große Lust, neben ihn zu ziehen, die Scheibe herunterzukurbeln und ihm die Meinung zu geigen. Doch das würde Zeit kosten, und Zeit hatte sie gerade nicht.

Ein Plätzchen würde ihre Laune heben. Sie griff bereits nach hinten, als ihr einfiel, dass Andrea alle aufgegessen hatte. Das würde ein übler Tag werden. Sie hatte nur zwei Stunden geschlafen, kam zu spät zur Arbeit, hatte schon einen Anruf von Delores über sich ergehen lassen, unterwegs einen Beinaheunfall gehabt, die Heizung gab noch weniger Wärme ab als sonst, und jetzt hatte sie nicht mal Plätzchen bei sich. Wenn sie nicht der Typ wäre, der innerhalb von dreißig Sekunden einen Sonnenbrand bekam, würde sie die Brocken hinschmeißen und ins nächste Flugzeug nach Hawaii steigen.

»Hi, Hannah.« Lisa empfing sie mit einem sonnigen Lächeln, als sie in die Backstube stürmte, und sofort ging es ihr besser. »Wenn du den Mantel ausziehst, gieße ich dir schon mal Kaffee ein.«

»Und Plätzchen?«, fragte sie, während sie den Parka an den Haken hängte.

»Die Chocolate Chip Crunches sind noch warm. Möchtest du ein oder zwei?«

»Mehr als zwei.« Hannah setzte sich an die Backinsel. »Bring mir für den Anfang vier.«

Lisa arbeitete auch beim Servieren effizient, und ein paar Augenblicke später trank Hannah lächelnd ihren heißen Kaffee und knabberte Plätzchen. Wenn Schokolade obligatorischer Bestandteil des Frühstücks wäre, würde man morgens keinen mürrischen Menschen begegnen.

»Ich sollte doch überlegen, was wir heute Abend in der Sendung backen«, erinnerte Lisa sie. »Wie wär's mit Plätzchen? Du hast dort noch keine gebacken, und immerhin bist du für Plätzchen berühmt.«

Hannah zog die Brauen hoch. »Gute Idee! Welche sollen wir nehmen?«

»Molasses Crackle Cookies. Die mag jeder, und sie sehen toll aus, wenn sie aus dem Ofen kommen.«

»Perfekt. Hast du Zeit, den Teig zuzubereiten? Ich habe heute Vormittag etwas anderes zu tun, und er muss ja vor dem Backen durchkühlen.«

Lisa grinste selbstgefällig. »Schon erledigt. Ich habe ihn

gestern Abend gemacht. Er steht in der Kühlkammer. Ich habe vorhin auch schon ein Blech voll zur Probe gebacken, damit sie auch wirklich perfekt werden.«

»Warst du dir so sicher, dass ich auf den Vorschlag eingehe?«

»Eigentlich nicht. Aber wenn du dich für etwas anderes entschieden hättest, würde ich die Molasses Crackle Cookies backen und für die Kinderweihnachtsfeier einfrieren. Sie sehen echt hübsch aus, wenn man sie mit grünem Zuckergussrand und einer roten Zuckergussschleife verziert.«

Hannah bekam ein schlechtes Gewissen. Sie hatte zugesagt, zehn Dutzend Plätzchen zu der Feier zu liefern, und hatte das völlig vergessen. Doch Lisa hatte das im Kopf und plante bereits. Sie leistete viel mehr als eine Angestellte, und Hannah sah sich darin bestärkt, ihr eine Partnerschaft anzubieten.

»Ich werde gleich die Zutaten für heute Abend einpacken«, sagte Lisa. »Es bleibt reichlich Zeit dafür, bis wir öffnen. Möchtest du noch Kaffee? Ich hole ihn.«

»Nein, ich kann selbst gehen. Meine Beine sind ja nicht gebrochen.« Hannah grinste sie an. Sie trat durch die Schwingtür ins Geschäft und riss verblüfft die Augen auf. Lisa hatte nicht nur gebacken, die Tische gedeckt, die Plätzchengläser aufgefüllt und das Tagesangebot auf die Tafel geschrieben, sondern auch das Geschäft weihnachtlich geschmückt.

Definitiv eine Partnerschaft, dachte Hannah. Die Tannenzapfen-Zuckerstangen-Deko auf den Tischen sah nett aus. Das Fenster war mit einer Lichterkette eingerahmt, ringsherum an der Zierleiste der Wandvertäfelung hingen Weihnachtsstrümpfe, ein Kranz schmückte die Ladentür, und in der Ecke stand ein Weihnachtsbaum. *Wenn ich sie angemessen bezahlen würde, wäre ich schnell pleite.*

Sie ging zu dem Weihnachtsbaum, um ihn sich näher anzusehen. Lisa hatte sich selbst übertroffen. Er war wunderschön geschmückt mit winzigen Lichtern, einer Lamettagirlande und Anhängern, die wie echte Plätzchen aussahen.

»Ich wollte dich überraschen.« Lisa stand im Durchgang und lächelte glücklich. »Ich weiß, ich hätte dich vorher fragen sollen, aber du hattest so viel um die Ohren. Da wollte ich dich nicht behelligen. Gefällt es dir?«

»Das fragst du noch? Es sieht hinreißend aus, besonders der Baum. Sind das echte Plätzchen?«

Lisa nickte. »Ich habe sie mit Lack überzogen. Nach den Empfehlungen in einem Bastelbuch, und da stand, die halten noch Jahre.«

»Das glaube ich.« Hannah kicherte, als sie einen befühlte. »Die sind steinhart.«

»Dann bist du nicht verärgert, weil ich eigenmächtig gehandelt habe?«

»Im Gegenteil, ich bin beeindruckt. Der Laden hat noch nie so schön ausgesehen. Letztes Jahr habe ich bloß eine Lichterkette aufgehängt, und das war's.« Während sie sich an dem Anblick erfreute, dachte sie über Lisas Fähigkeiten nach. Sie war nicht nur verlässlich und loyal, sie konnte auch traumhaft backen, ging hervorragend mit den Kunden um und konnte besser Plätzchen verzieren als Hannah selbst. Und nun zeigte sich auch noch, dass sie den Laden schmücken konnte wie ein Profi. Höchste Zeit, etwas zu unternehmen, bevor jemand anders in Lake Eden entdeckte, wie talentiert Lisa war. Hannah drehte sich zu ihr um und nickte anerkennend. »Gute Arbeit, Partnerin.«

In Lisas Gesicht malten sich lebhafte Reaktionen ab. Einerseits hoffte sie, dass sie richtig gehört hatte, andererseits hatte sie Angst nachzufragen. Schließlich rang sie sich dazu durch. »Partnerin?«

»Ja, Partnerin«, bekräftigte Hannah lächelnd. »Das ist das Mindeste, was ich tun kann, nachdem du hier die meiste Arbeit leistest. Ich werde die Einzelheiten mit Howie Levine besprechen und ihn bis Weihnachten einen Vertrag aufsetzen lassen. Ich werde nicht riskieren, dich zu verlieren.«

Lisa schüttelte den Kopf. »Wirst du nicht. Ich liebe meine Arbeit hier. Du brauchst mich nicht zur Partnerin zu machen, um mich zu behalten.«

»Eine ganz schlechte Antwort, Lisa.« Hannah konnte nicht widerstehen und zog sie ein bisschen auf. »Wenn dir jemand eine Partnerschaft anbietet, solltest du es ihm nicht ausreden. Sag einfach Danke oder: Ich nehme das Angebot an. Das genügt.«

In Lisas Augen schimmerten Tränen. »Du hast recht, Hannah. Ich nehme das Angebot an.«

Nach einem kurzen Anruf bei Charlotte Roscoe fuhr Hannah zur Schule. Sie hatte zwei Dinge erfahren: Mike hatte Charlotte angerufen und von ihr die Spielerliste der Gulls per Fax bekommen, und Craig Kimball verbrachte die erste Schulstunde von Viertel vor neun bis zwanzig vor zehn in der Bibliothek, um für seine Zwischenprüfung in englischer Literatur zu pauken.

Als Hannah auf dem Lehrerparkplatz in eine Parkbucht fuhr, fiel ihr ein, dass sie die Zutaten für den Abend schon hatte mitnehmen wollen. Stirnrunzelnd stieg sie aus. Wieso fiel ihr so etwas immer erst ein, wenn es zu spät war? Sie hatte eine Tüte Molasses Crackle Cookies bei sich, die Lisa am Morgen gebacken hatte. Wenigstens hatte sie an die gedacht. Sie würde sie Craig schenken, um ihn freundlich zu stimmen, damit er ihre Fragen beantwortete.

Vor dem Haupteingang stand ein gelber Schulbus voll besetzt mit Grundschülern, einem Lehrer und drei Elternteilen. Offenbar würden sie zu einer Exkursion aufbrechen, und als Hannah daran vorbeilief, wurden mehrere Fenster heruntergezogen, und Kinder beugten sich heraus, um der »Cookie Lady« zu winken. Hannah winkte zurück und verbarg den Beutel Molasses Crackle Cookies unter dem Mantel. Sie wünschte, sie hätte mehr Plätzchen eingepackt und könnte welche verschenken.

Im Foyer war es still. Der Unterricht musste schon begonnen haben. Es roch wie immer nach Bodenreiniger, alten Turnschuhen und Tafelkreide. Den Geruch hatte sie schon immer geliebt. Hier strengten junge Menschen ihren Grips an. Sie ging den Korridor hinunter am Direktorzimmer vorbei und winkte Charlotte zu, die gerade die Nase in einen Aktenschrank steckte und sie gar nicht sah.

Die Bibliothek war noch am selben Platz wie früher, im hinteren Teil des Gebäudes neben dem Verbindungsgang zwischen Highschool und Grundschule. Hannah erinnerte sich, dass sie in der vierten Klasse mit einer schriftlichen Erlaubnis in der Hand in das Highschool-Gebäude hinübergegangen war. Sie hatte nämlich wahnsinnig gern in der Bibliothek gestöbert, und Miss Parry, ihre Lehrerin, hatte ihr erlaubt, dorthin zu gehen, wenn sie mit ihren Aufgaben früher als die anderen fertig war.

Der Hauptraum der Bibliothek sah noch genauso aus wie damals, nur der Computerraum darin war neu. Sie schaute über die langen Eichentische und entdeckte Craig an dem Tisch neben dem Magazin. Er war allein, Hannah dankte ihrem Glücksstern. Wenigstens brauchte sie ihn nicht von seinen Freunden loszueisen.

»Hallo, Craig.« Hannah flüsterte, wie das in Bibliotheken verlangt wurde. Mrs Dodds hatte ihr das beim ersten Betreten eingeschärft. Sie war vor einigen Jahren in den Ruhestand gegangen, und ihren Platz hinter dem alten gebogenen Pult an der Tür hatte eine Frau eingenommen, die für eine Bibliothekarin fast zu jung aussah. »Hast du eine Minute?«

»Sicher.« Craig blickte sie überrascht an, zog ihr aber höflich einen Stuhl unter dem Tisch hervor.

Hannah setzte sich freundlich lächelnd. Sie würde ihm zuerst ein bisschen schmeicheln und abwarten, was sich weiter ergab. »Gratuliere zu deinem Spielrekord. Ich habe dir Plätzchen mitgebracht.«

»Danke, Miss Swensen.« Er griff erfreut nach der Tüte. »Ich wusste nicht, dass Sie zu unseren Spielen kommen.«

»Wann immer es geht.« Eine kleine Notlüge. Sie hatte für Basketball nie viel übriggehabt, auch nicht während der Highschool, und zuletzt war sie vor zehn Jahren bei einem Spiel gewesen. »Ich muss mit dir über die Gulls sprechen, Craig.«

»Okay.« Er legte einen Kuli als Lesezeichen in sein Buch und klappte es zu.

Hannah gelang es nur mit Mühe, nicht das Gesicht zu verziehen. Gut, dass Mrs Dodds schon pensioniert war. Sie hätte bei dem Anblick gelitten. »Bücher sind deine Freunde«, pflegte sie zu sagen, »und seinen Freunden bricht man nicht den Rücken.«

Craig sah sie erwartungsvoll an. »Ich möchte nicht unhöflich sein, Miss Swensen, aber ich habe nur ganz wenig Zeit. Ich muss für meine Prüfung lernen.«

»Englische Literatur?«

»Stimmt. Woher wissen Sie?«

»Ich habe Mrs Roscoe angerufen und nach deinen Unterrichtsstunden gefragt. Worüber wirst du geprüft?«

»Englische Dichter des neunzehnten Jahrhunderts.« Er rollte die Augen.

»Vielleicht kann ich dir helfen.« Sie rückte mit dem Stuhl

näher an den Tisch. »Das ist nämlich mein Fachgebiet. Ich habe im Hauptfach englische Literatur studiert.«

»Wirklich?« Craig betrachtete sie mit neuem Respekt. »Wissen Sie was über … äh … Byron?«

»Lord Byron. Sein berühmtestes Gedicht war *Ritter Harolds Pilgerfahrt*, und er hinkte durch den Lake District und schaute melancholisch vor sich hin, während die Frauen hinter ihm her waren.«

Craig zog die Brauen hoch. »Lord Byron hinkte?«

»Ja.« Vielleicht wäre sie doch eine gute Lehrerin geworden. »Sein rechter Fuß war von Geburt an deformiert, aber das hat niemanden abgeschreckt. Er hatte immer eine Schar Anhänger um sich.«

»Dann war er so was wie ein Rockstar?«

»So könnte man sagen. Er heiratete sehr plötzlich, hatte eine Tochter, wurde geschieden und verließ das Land. In Griechenland starb er an einem Fieber.«

»An Fieber?«

»Ja. Damals starben die Leute sogar an einer starken Erkältung. Es gab keine Medizin, wie wir sie heute haben.«

Craig staunte. Seine Lehrerin hatte offenbar vergessen, auf die gesellschaftlichen Verhältnisse einzugehen. »Nicht mal Aspirin?«

»Nur in der Form von Weidenrindenextrakt. Wenn jemand krank wurde, konnte ein Arzt nicht viel tun. Entweder erholte man sich von selbst, oder man starb.«

»Das steht alles nicht hier drin.« Craig tippte auf sein Schulbuch. »Lord Byrons Leben war doch viel interessanter, als man denkt. Das könnte man glatt verfilmen.«

»Ich weiß.« Hannah konnte ihm nur beipflichten. Verzeichnisse, wer wann was geschrieben hatte, fand sie auch langweilig. »Man kann sich vieles besser merken, wenn man ein paar persönliche Details über einen Dichter weiß.«

Craig neigte sich nach vorn. »Sagen Sie … wissen Sie so was auch über Shelley und Keats?«

»Und ob.« Hannah nahm sein Buch und schaute nach, welche Dichter darin behandelt wurden. »Und ich kann dir auch die spannenden Details über Coleridge, Wordsworth und Southey erzählen.«

Craig runzelte skeptisch die Stirn. »Über die habe ich was gelesen. Das sind doch Langweiler.«

»Das kommt dir so vor, weil du nichts über ihr Leben weißt. Coleridge wurde von seiner Familie verleugnet, weil er offen mit der Französischen Revolution sympathisierte. Wordsworth sagte, dass er sein bestes Gedicht geschrieben hat, als er high war, und Southey verlor den Verstand und starb in geistiger Umnachtung. Das ist nicht langweilig, oder?«

»Wirklich nicht!« Craig schüttelte den Kopf.

Hannah wühlte in ihrer Handtasche und holte einen Kuli hervor. Es war der, den P. K. ihr am vergangenen Abend gegeben hatte. Sie hatte vergessen, ihn zurückzugeben, doch das ließ sich rasch nachholen. Gleich nach dem Gespräch mit Craig würde sie zum Ü-Wagen gehen und ihn P. K. wiedergeben.

»Okay, Craig. Ich mache dir ein Angebot.« Sie hatte sich etwas zurechtgelegt. »Nimm deinen Stift, schlag dein Heft auf, und ich erzähle dir alles über die Dichter in deinem Buch.«

»Okay, aber ich muss Sie warnen. Ich bin nicht gut im Mitschreiben.«

»Ist auch nicht nötig«, versicherte sie ihm. »Schreib nur Stichworte hin, die deinem Gedächtnis auf die Sprünge helfen.«

»Zum Beispiel?«

»Schreib *Lord Byron* hin und unterstreiche das. Darunter notierst du *Klumpfuß, Groupies, starb in Griechenland*. Ich schreibe für dich die Stichworte zu den anderen auf. Gib mir nur ein leeres Blatt.«

»Bitte sehr.« Craig riss ein Blatt aus dem Spiralheft und schob es ihr herüber. »Aber was ist mit den Gulls? Sie wollten mich doch etwas fragen.«

»Darüber sprechen wir später, wenn ich dir geholfen habe, für die Prüfung zu büffeln.« Sie wusste, sie tat das Richtige. Wenn sie ihm half, würde er mehr geneigt sein, auch ihr zu helfen. »Beginnen wir mit John Keats. Wusstest du, dass er eigentlich Arzt werden wollte?«

Craigs Kugelschreiber schwebte über dem Papier, und die Plätzchen waren vergessen. Hannah lächelte im Stillen. Vielleicht sollte sie darüber nachdenken, im *Cookie Jar* eine Arbeitsgruppe für englische Literatur anzubieten.

Molasses Crackle Cookies

Den Backofen noch nicht vorheizen,
der Teig muss vor dem Backen durchkühlen.

360 g Butter
400 g weißer Zucker
125 ml Rübensirup (nehmen Sie sehr dunklen)
2 Eier (mit der Gabel geschlagen)
4 TL Backnatron
1 TL Salz
3 TL Zimt*
1 TL Muskat (am besten frisch gerieben)
480 g Mehl (Sieben ist nicht nötig)

* Für einen würzigeren Geschmack nehme ich manchmal 2½ TL Zimt und ½ TL Kardamom.

Die Butter zerlassen, den Zucker und den Rübensirup einrühren und abkühlen lassen. In eine Backschüssel umfüllen, dann nach und nach die geschlagenen Eier sowie das Backnatron, Salz, Zimt und Muskat unterrühren. Das Mehl zugeben und unterkneten. Der Teig wird ziemlich fest sein.

Abdecken und für mindestens 2 Stunden in den Kühlschrank stellen (über Nacht geht auch).

Den Backofen auf 175 °C vorheizen. Das Blech einfetten.

Aus dem Teig walnussgroße Kugeln formen, in einer Schale in Zucker wälzen und aufs Blech setzen (jeweils 12 Stück). Ein wenig flach drücken, damit sie nicht wegrollen, wenn Sie das Blech zum Backofen tragen.

10 bis 12 Minuten backen. Sie werden von selbst zu flachen Plätzchen. Anschließend 2 Minuten abkühlen lassen und auf ein Abkühlgitter legen.

Molasses Crackle Cookies lassen sich gut einfrieren. In Folie und einem Gefrierbeutel halten sie sich etwa 3 Monate. (Besser, Sie schließen die Gefriertruhe ab, wenn die Cookies längere Zeit überdauern sollen.)

Das waren Dads Lieblingsplätzchen. Er bat mich oft, sie sonntagsmorgens zu backen, damit er sie beim Zeitungslesen essen konnte. Mutter ist auch verrückt danach, obwohl keine Schokolade drin ist.

23

Kopfschüttelnd ging Hannah am Schulgebäude vorbei zum Parkplatz. Craig würde seine Prüfung vermutlich bestehen, doch er hatte für ihre Hilfe null Gegenleistung erbracht. Sowie die Worte »Steroide« und »Gulls« gefallen waren, war der Mannschaftskapitän verschreckt und gereizt gewesen. Er stritt ab, etwas von einer Sperrung oder dem Gebrauch von Drogen zu wissen, seien es leistungssteigernde oder andere. Aber Hannah hatte in seinen Augen die nackte Angst gesehen. Sie war sich sicher, dass er wusste, welcher Spieler Steroide nahm, doch sie war auch überzeugt, dass ihn keine Macht der Welt dazu bewegen könnte, ihr das zu verraten. Craig hätte sich ihr gern anvertraut, aber seine Loyalität war stärker gewesen.

An der Tür des Übertragungswagens klebte ein Zettel, und sie stieg die Stufen hoch. *Teambesprechung – bin bald zurück*, stand da.

Hannah klopfte, nur für den Fall, dass derjenige, der heute im Ü-Wagen Dienst hatte, wieder da war und vergessen hatte, den Zettel zu entfernen, aber niemand kam zur Tür. Aus der Rückgabe des Kugelschreibers würde erst mal nichts werden.

Sie wollte gerade gehen, als ihr eine Idee kam. Vielleicht sollte sie den Kuli Herb geben. Der könnte ihn an jemanden vom Fernsehteam weitergeben und der schließlich P. K. Hannah nahm den Kuli aus der Handtasche und verwarf die Idee, als sie las, was darin eingraviert war. Der goldene Cross-Kugelschreiber gehörte Mason Kimball und war ihm offenbar geschenkt worden, als er bei einem Studentenwettbewerb den Preis für die beste Kurzdokumentation gewonnen hatte. Er war ein Andenken, und sie wollte nicht riskieren, dass ihn jemand verlegte.

Seufzend dachte sie an Craig. Wenn sie sich die Zeit genommen und die Gravur gelesen hätte, als sie bei ihm in der Bibliothek gesessen hatte, hätte sie ihm den Kuli geben können, damit er ihn seinem Vater zurückgab. Aber vielleicht wäre das nicht klug gewesen. P. K. würde womöglich Ärger mit Mason bekommen, weil er den wertvollen Kugelschreiber verliehen hatte.

Sie blickte auf den Zettel. »Bald zurück« konnte »in zehn Minuten« oder »in einer Stunde« heißen, und so lange konnte sie nicht warten. Sie würde P. K. am Abend beim Wettbewerb zu fassen bekommen, und das war früh genug.

Hannah stieg die Stufen hinunter und lief über den verschneiten Parkplatz zu ihrem Wagen. Der Vormittag war schon fast vorüber, und ihr schwirrte der Kopf. Was sie jetzt brauchte, war ihre warme Backstube und eine zweite Dosis Schokolade.

»Und was hat Craig gesagt?« Andrea saß an der Arbeitsinsel. Sie war zur Lunchzeit hereingeschneit, um sich von Hannah auf den neuesten Stand bringen zu lassen. Sie kannte bereits das Bärenabenteuer und wusste von den schönen Tracey-Aufnahmen und der Nachhilfe für Craig Kimball.

»Nichts.«

»Er hat sich geweigert, auf deine Fragen zu antworten?«

»Er hat geantwortet, aber nicht das Geringste verraten. Angeblich weiß er von keinem Spieler der Gulls, der Steroide oder andere Drogen nimmt.«

Andrea zuckte mit den Schultern. »Ich dachte mir, dass er das sagt. Er wäre nicht so beliebt, wenn er seine Kameraden verpfeifen würde. Meinst du, er weiß Bescheid?«

»Ja. Zumindest war ihm klar, wie ernst die Sache ist. Er sagt, er wurde in dem Basketballcamp über Steroide aufgeklärt. Ich hatte den Eindruck, dass er mit dem Teamkameraden reden und ihm helfen will.«

»Und Mike? Glaubst du, er kann mit der Spielerliste etwas anfangen?«

Jetzt war es Hannah, die mit den Schultern zuckte. »Keine Ahnung. Ich habe seit dem Frühstück in der *Corner Tavern* nichts von ihm gehört.«

»Frühstück?« Andrea sah Hannah scharf an. »Du hast mit ihm die Nacht verbracht?«

Hannah wusste genau, was ihre Schwester jetzt vermutete, und lachte. »Fast die ganze Nacht, aber nicht so, wie du denkst. Wir haben uns die Outtakes zu Ende angesehen, haben hinterher Steak und Spiegelei gegessen und sind dann nach Hause gefahren … getrennt.«

»Ach.« Andrea sah enttäuscht aus. »Was willst du jetzt tun?«

»Ich fahre in meine Wohnung, gebe Moishe sein Fressen und hole mein Outfit für heute Abend. Wenn ich Glück habe, kann ich noch ein Stündchen schlafen.«

»Und der Mörder?«

»Der wird warten müssen. Im Moment bin ich ratlos, und ich kann nicht denken, wenn ich dermaßen müde bin. Ich muss zuerst meine Batterien aufladen.«

»Okay. Dann werde ich jetzt in Lucys Nachbarschaft

Flyer verteilen. Beim letzten Mal habe ich dabei einiges erfahren.«

»Wenn jemand noch was aus ihnen rauskriegen kann, dann du.« Hannah stand auf und nahm ihren Parka vom Haken. Sie war so müde, dass sie mehrere Versuche brauchte, um in das Ärmelloch zu finden. »Ruf mich zu Hause an, wenn du etwas Wichtiges erfährst.«

»Ich dachte, du willst schlafen.«

»Werde ich.« Hannah gähnte herzhaft. »Aber dafür kannst du mich wecken.«

Als Hannah um Viertel nach drei wach wurde, ging es ihr zu neunzig Prozent besser. Sie tappte in die Küche, setzte Kaffee auf und wartete, bis er durchgelaufen war. Moishe ging sofort an seinen Futternapf und schien überrascht zu sein, dass der voll war. Anstatt sein Futter gleich zu verschlingen, hatte er mit ihr zusammen ein Nickerchen gehalten.

»Es ist nicht Morgen, sondern Nachmittag, Moishe.«

Er neigte den Kopf zur Seite und blickte sie an, als wäre er verwirrt, und Hannah lachte. »Macht nichts. Zeit ist eine schwierige physikalische Größe. Ich verstehe sie manchmal auch nicht.«

Der Kaffee war fertig, und sie goss sich eine Tasse voll ein. Als sie den Dampf einatmete, ging es ihr noch mal zehn Prozent besser. Es ging nichts über die erste Tasse Kaffee am Morgen, selbst wenn der Morgen ein Nachmittag war.

Nach der dritten Tasse war sie so weit, sich dem Rest des Tages zu stellen. Viel war davon nicht übrig. Der Himmel war bewölkt, und in ihrer Küche wurde es schon dämmrig.

»Ich muss jetzt los, Moishe.« Und wie aufs Stichwort klingelte das Telefon. Delores? Andrea? Mike? Hannah wollte eigentlich warten, bis der Anrufer auf den AB sprach, doch sie war zu neugierig. Sie schob den Stuhl zurück, griff zum Telefon und meldete sich.

»Hannah?« Es war Mason Kimball. »Wir haben ein Problem, und ich brauche Sie früher am Set.«

»Okay. Was für ein Problem ist es?«

»Wir ändern den Ablauf der heutigen Show, und ich muss ein paar Dinge mit Ihnen durchgehen.«

»Wann soll ich dort sein?«

»Am besten sofort. Das könnte einige Zeit in Anspruch nehmen. Und bringen Sie das Outfit mit. Sie können sich in Dee-Dees Garderobe umziehen. Wie schnell können Sie hier sein?«

Hannah sah zur Uhr. Es war halb vier. »Ich bin gerade im Aufbruch, muss aber noch meine Zutaten für heute Abend holen. Ich müsste dann um Viertel nach vier bei Ihnen sein.«

»Gut. Kommen Sie direkt zum Set. Hier ist im Moment niemand, und das ist die beste Gelegenheit, um die Aufnahmewinkel mit Ihnen durchzuprobieren.«

Hannah beeilte sich, ihr Zeug einzupacken und die Wohnung zu verlassen.

Es war nicht viel Verkehr, sodass sie gut vorankam. Um Viertel vor vier sauste sie ins *Cookie Jar* und durch die Schwingtür.

»Hi, Lisa.« Hannah traf ihre neue Partnerin dabei an, wie sie eine Tannengirlande am Spiegel hinter dem Ladentisch aufhängte. »Das sieht hübsch aus.«

»Danke. Die hat mein Dad im Seniorenzentrum gebastelt. Kommst du, um zu bleiben?«

Hannah schüttelte den Kopf. »Nur, um die Zutaten für heute Abend zu holen. Mason Kimball hat angerufen, er braucht mich am Set.«

»Die stehen auf der Arbeitsplatte neben der Spüle. Nimm

nur die eine Box. Ich bringe später den gekühlten Teig mit, und Dad kann mir die Box mit den Blechen und Schüsseln tragen.«

»Dein Dad sitzt wieder im Zuschauerraum?«

»Mr Drevlow schafft es heute Abend nicht, aber Mrs Beeseman hat angeboten, sich zu ihm zu setzen, solange ich auf der Bühne bin.«

»Ach so?« Hannah versuchte, nicht zu überrascht zu klingen. Marge Beeseman saß gewöhnlich bei ihren Freundinnen.

»Herb hat sie darum gebeten. Dad hat ihm gesagt, wie gern er heute Abend in der Aula wäre, und Herb hat versprochen, das zu arrangieren.«

Hannah lächelte. Offenbar wurde es zwischen Herb und Lisa allmählich ernst.

»Nach der Sendung werden wir alle zusammen zur Drehschluss-Party gehen. Dad will Mrs Beeseman zum Tanz auffordern. Er ist noch immer ein guter Tänzer. Und sie wird nicht ablehnen, das hat sie Herb versprochen.«

Hannah malte sich das Doppel-Date schon aus, und ihr Lächeln wurde breiter. »Ich muss los, Lisa. Bis später dann. Wenn Mike anruft, bevor du aufbrichst, sag ihm, ich wüsste nicht mehr als gestern Abend.«

»Mach ich.« Lisa trat einen Schritt zurück und betrachtete kritisch ihr Werk. »Ein paar rote Schleifen wären gut.«

»Du bist die Expertin. Wenn du Schleifen kaufen willst, nimm dir Geld aus der Kasse. Lass dir eine Quittung geben und leg sie in die Steuerschachtel unter dem Ladentisch.«

»Rote Samtschleifen sind absetzbar?«

»Stan Kramer macht unsere Steuererklärungen, und bei ihm ist alles absetzbar.«

Als Hannah auf den Schulparkplatz einbog, sah sie auf die Uhr. Sie war zehn Minuten früher da, und das war ein Wunder. Dadurch würde sie P. K. den Kuli zurückgeben können, bevor sie zum Set ging.

Als sie um das Gebäude herum- und auf den Ü-Wagen zufuhr, stand er rauchend auf der Metalltreppe. Sie kurbelte das Fenster herunter. »Ich bringe Ihnen den Kugelschreiber, den Sie mir gestern Abend überlassen haben. Augenblick, ich stelle nur kurz den Wagen ab.«

P. K. kam angeschlendert, als sie einparkte. Sie ließ den Kleidersack im Fond am Haken hängen. Den konnte sie später noch holen, wenn Mason mit der Kameraprobe fertig war. P. K. nahm ihr die Transportbox ab und ging mit ihr zum Ü-Wagen.

»Ich kann Sie reinlassen, muss jetzt aber weg.« Er stellte die Box ab und schloss die Tür auf. »Ich muss zum Sender und ein paar Sachen holen. Soll ich Ihnen die Box noch schnell zum Set tragen?«

»Nein danke. Ich gehe jetzt sowieso dorthin. Soll ich den Kuli auf Masons Schreibtisch legen?«

»Ja. Stellen Sie ihn in den Stifthalter, und wenn Sie wieder gehen, achten Sie darauf, die Tür gut zuzuziehen.«

»Geht klar.« Sie trat zur Seite, damit er die Stufen hinuntersteigen konnte, und betrat den Ü-Wagen.

Masons Büro lag ganz hinten, gleich neben dem Raum, in dem sie sich die Outtakes angesehen hatten. Mit der Hand am Türknauf hielt sie inne. Sie wusste, er war nicht da, klopfte aber sicherheitshalber an. Vielleicht benutzte das Büro gerade jemand anderes. Als keine Reaktion kam, ging sie hinein.

Der Raum war viel kleiner als vermutet, praktisch eine Abstellkammer mit einem Schreibtisch, einem Drehstuhl und nackten Wänden. Einen Moment lang fragte sie sich, warum keiner dem Chef das Büro wohnlicher gestaltete, dann fiel ihr ein, dass es sich in einem Lkw befand. Bilder würden bei einer Fahrt herunterfallen und zerbrechen.

Aber auf dem Schreibtisch standen Fotos. Die fielen ihr auf, als sie den Kugelschreiber in den Halter stellte. Wahrscheinlich legte Mason die Fotorahmen in die Schublade, bevor der Wagen losfuhr. Aber da der jetzt tagelang stand, hatte Mason sie herausgeholt und aufgestellt. Ein goldgerahmtes Foto von Ellen war darunter. Sie lächelte in die Kamera und sah zehn Jahre jünger aus. Daneben entdeckte Hannah eines von Mason und Craig. Es war ein neueres, wie sie sehen konnte. Vater und Sohn strahlten und hielten zusammen einen silbernen Pokal hoch, beide stolz und glücklich.

Sie starrte auf das Foto. Es musste bei der Siegesfeier gemacht worden sein, nachdem Craig den Schulrekord gebrochen hatte. Craig trug noch sein Trikot und Mason einen blauen Blazer, ein weißes Hemd und …

Hannah schnappte nach Luft, als ihr Blick auf ein Detail fiel. Der Blazer-Ärmel war so weit hochgerutscht, dass der Manschettenknopf zu sehen war. Sie nahm das Foto in die Hand, um ihn genauer zu betrachten, und hätte es fast fallen gelassen, als sie den Pferdekopf darauf erkannte. Das Auge bestand aus einem Diamanten.

Die Erkenntnis traf sie wie ein Schlag. Ihre Knie zitterten, ihr Herz raste. Mason hatte sie belogen. Er war der Besitzer der Manschettenknöpfe.

Und das hieß, er war der Mörder.

Sie erstarrte. Draußen näherten sich Schritte. Da kam jemand auf den Ü-Wagen zu. Sie musste Masons Büro schleunigst verlassen. Er durfte nicht erfahren, dass sie das Foto gesehen hatte.

Einen furchterregenden Moment lang verweigerten ihre

Füße den Dienst. Dann setzte sich ihr Fluchtinstinkt durch, und sie sauste hinaus und den Gang hinunter zu dem Telefon auf P. K.s Schreibtisch. Sie musste sofort Mike anrufen und ihm sagen, dass Mason Kimball der Mörder war.

Sie hatte das Telefon schon in der Hand, als schwere Schritte die Metallstufen hochkamen. Und kurz darauf ging auch schon die Tür auf, und Mason kam herein. Sein Lächeln jagte ihr einen Schauder über den Rücken, und das Telefon entglitt ihren tauben Fingern.

24

»Hier sind Sie, Hannah.« Mason lächelte sie kalt an. »Steht unsere Verabredung noch?«

Hannah holte tief Luft. Ihr blieb nichts anderes übrig, sie musste so tun, als wäre nichts. Vielleicht wusste er gar nicht, dass sie ihn überführt hatte, und ihre Angst spielte ihr nur einen Streich.

»Natürlich. Gehen wir, Mason.« Sie drängte an ihm vorbei zur Tür. »Ich habe nur einen Kugelschreiber zurückgebracht, den P. K. mir gestern Abend geliehen hat. Er ist kurz weggefahren und hat mich gebeten, die Tür sorgfältig zuzuziehen.«

Mason sagte kein Wort, doch sie spürte die Bedrohung, die von ihm ausging, als sie zum Türknauf griff. Sie musste schnellstmöglich den Wagen verlassen, durfte nicht länger mit ihm allein bleiben. Auf dem Parkplatz waren vielleicht Leute. Da wäre sie sicherer.

Ihre Hände zitterten derart, dass sie den Türknauf nicht drehen konnte. Sie versuchte es, hatte aber keine Kraft in den Fingern. Dann griff Mason an ihrer Taille vorbei, und fast hätte sie aufgeschrien.

»Ich mach das.« Er drehte den Knauf und öffnete die Tür, doch anstatt sie vorbeizulassen, blockierte er den Ausgang mit dem Arm und drehte sich zu ihr um. »Warum zittern Ihre Hände so stark?«

»Weil mir kalt ist.« Sie sprach das Erste aus, das ihr in den Sinn kam. Wenn er den Eindruck bekam, dass sie Angst hatte, könnte ihm ein Licht aufgehen. »In meinem Wagen ist die Heizung kaputt.«

Mason lächelte sie wieder an. »Sehr gut, Hannah. Wenn ich nicht Bescheid wüsste, würde ich Ihnen das glatt abkaufen.«

»Wie bitte?« Sie setzte eine Unschuldsmiene auf.

»Ich weiß, dass Sie dahintergekommen sind. Das kann ich von Ihrem Gesicht ablesen.«

Hannah sah ihre Hoffnung schwinden, doch sie unternahm noch einen Versuch. »Wohinter soll ich gekommen sein?«

»Solche Spielchen haben keinen Zweck mehr.« Er lachte bitter. »Sie haben sich in die Karten sehen lassen, als sie mich nach den Manschettenknöpfen fragten. Da wusste ich, dass Sie Lucys Fotos gesehen haben. Aber ich dachte, niemand bringt die Manschettenknöpfe mit mir in Verbindung, und selbst wenn, ließe sich nichts beweisen. Dann kam Craig vorhin zum Ü-Wagen. Er hat mir erzählt, dass Sie ihn auf Steroide angesprochen haben. Mir wurde klar, dass Sie bald eins und eins zusammenzählen würden. Jammerschade, Hannah. Denn jetzt muss ich Sie umbringen.«

Sie schluckte mühsam gegen die aufsteigende Panik an. »Sie können mich hier nicht töten. P. K. kommt jeden Moment zurück.«

»Nein. Wird er nicht. Aber im Grunde haben Sie recht. Jemand könnte vorbeifahren und den Schuss hören.« Er packte sie beim Arm. »Kommen Sie mit. Wir gehen zum Set. Wenn man Ihre Leiche heute Abend findet, wird das die Zuschauerzahlen in die Höhe treiben.«

Hannah stemmte die Füße gegen den Boden und weigerte sich mitzugehen. Mason war stark, sie jedoch auch. Sie brauchte ihn nur hinauszustoßen und die Tür zuzuziehen und könnte Mike anrufen.

»Vergessen Sie's.« Mason zog eine Pistole aus der Tasche und stieß ihr den Lauf in die Seite. »Ich töte Sie gleich hier, wenn Sie mir keine Wahl lassen.«

Er meinte es ernst. Hannah sah das an seinem entschlossenen Gesichtsausdruck. Er würde sie tatsächlich auf der Stelle erschießen. Aber wenn sie sich fügte und zu den Showküchen mitginge, würde sie Zeit gewinnen und könnte vielleicht einen Ausweg finden.

»Sie haben gewonnen, Mason. Ich komme mit.« Mit einer geladenen Pistole ließ sich nicht gut streiten. Als sie die Stufen hinuntergingen, sah sie ihre Transportbox dort stehen, und ihr Verstand schaltete sich ein. Wenn P. K. zurückkam und die noch dastünde, würde er sie ihr bringen und sie dadurch retten.

»Was ist das?« Mason trat mit der Fußspitze dagegen.

Hannah war versucht zu lügen, aber Mason konnte man nicht für dumm verkaufen. »Das sind meine Backzutaten für heute Abend.«

»Nehmen Sie sie mit«, befahl er, zögerte dann jedoch. »Nein. Moment. Was ist drin?«

Sie rasselte die Zutaten herunter. »Butter, Zucker, Eier, Rübensirup und Gewürze.«

»Mitnehmen.«

Hannah hob die Box auf und schaute durch den Klarsichtdeckel. Seufzend sah sie, dass Lisa alles in Plastikdosen verpackt hatte. Sie hatte gehofft, Mason die Sirupflasche auf den Kopf schlagen zu können, doch selbst der Sirup war in Plastik umgefüllt, das als Waffe nicht taugte.

»Vorwärts.«

Mit der Pistole in der Jackentasche stieß er sie an, und sie ging los. Sie fühlte sich wie ein Häftling auf dem Weg zur Hinrichtung, bis ihr einfiel, dass Herb im Foyer der Aula Dienst tat. Vielleicht könnte sie ihm unauffällig ein Zeichen geben oder ihn mit einer geschickten Bemerkung veranlassen, Bill und Mike anzurufen. Nach solch einer Formulierung suchte sie noch, als Mason die Tür öffnete und sie vor sich her ins Foyer schob.

Herb war nicht da. Beim Anblick des leeren Stuhls rutschte ihr das Herz in die Hose. Sie hätte es sich denken können. Mason hatte das genau geplant. Sicher hatte er Herb auf einen Botengang geschickt, genau wie P. K.

»Das ist eine schlechte Idee.« Hannah versuchte, möglichst sachlich zu klingen. Sie musste mehr Zeit schinden, sich etwas ausdenken, um ihn aufzuhalten. P. K. könnte zurückkommen und die Sachen in die Aula bringen, Herb könnte früher von seinem Botengang zurückkehren, Mike könnte Lisa angerufen haben und zur Schule kommen, Mr Purvis könnte nach dem Rechten sehen wollen – praktisch jeder könnte zufällig reinschneien. Und das würde ihr nichts mehr nützen, wenn sie da schon tot wäre. Also musste sie handeln.

»Im Gegenteil, sie ist ausgezeichnet. Ich habe dafür gesorgt, dass uns niemand stört.«

Er deutete auf ein Schild, das am Zuschauereingang hing: *Dreharbeiten – Kein Zutritt!* stand da in schwarzen Großbuchstaben und darunter klein in Masons Handschrift: *Hannah, habe eine Teambesprechung um 16.45 Uhr. Kommen Sie um 17 Uhr in den Ü-Wagen.*

»Wenn sie Ihre Leiche finden, wird man annehmen, dass Sie das Schild ignoriert haben und reingegangen sind, um die Box abzustellen. Man wird ebenfalls annehmen, dass der Mörder Ihnen zum Set gefolgt ist und Sie dort erschossen hat.« Mason klang, als wäre er sehr stolz auf sich.

Hannahs Angst wuchs und beeinträchtigte ihr Denkvermögen, aber sie zwang sich, sich zu konzentrieren. Mason würde sie nur töten, wenn sie es nicht verhinderte. »Sie haben es vermasselt. Man wird Sie verdächtigen, wenn Sie nicht zur Teambesprechung erscheinen.«

»Aber ich werde hingehen. Es ist jetzt fünf nach halb fünf. Ich habe noch zehn Minuten Zeit. Sie zu erschießen dauert höchstens eine Minute. Öffnen Sie die Tür, Hannah. Ich habe einen straffen Zeitplan.«

Sie überlegte, herumzufahren und ihm die Transportbox ins Gesicht zu knallen, doch sie wusste, sein Finger am Abzug wäre schneller als sie. Sie zog die Tür auf, betrat die Aula und ging den Mittelgang entlang zu den Stufen, die auf die Bühne führten.

»Sie zuerst.« Mason stieß sie mit dem Pistolenlauf an. »Ich bin direkt hinter ihnen.«

Hannah stieg die Treppe hoch und hielt auf ihre Showküche zu. Dabei fiel ihr auf, dass Rudy seine Handkamera auf der Arbeitsplatte abgelegt hatte. Vielleicht würde sie Mason nicht daran hindern können, sie zu erschießen, aber sie würde Bill und Mike ein Beweismittel liefern. Sofern ein Band in der Kamera steckte und die Batterie genügend Saft hatte.

»Ups!« Sie tat, als stolperte sie über das dicke Kabel am Boden, und fing sich an der Arbeitsplatte ab. Dafür ließ sie die Box fallen. Die kippte auf die Seite, der Deckel sprang ab und die Plastikdosen purzelten raus.

Mason betrachtete das Malheur, und in den drei Sekunden schaltete sie die Kamera ein. Als er aufblickte, hatte sie die Hände wieder bei sich.

Er deutete mit der Pistole auf die Backzutaten. »Heben Sie das Zeug auf und packen Sie es wieder ein. Beeilung.«

Sie kniete sich davor und räumte eine Plastikdose nach anderen zurück in die Box. Als sie die Mehldose in die Hand nahm, erinnerte sie sich an ihre Urgroßmutter, die immer eine Schale voll Mehl an ihrem Bett stehen gehabt hatte, um es einem eventuellen Einbrecher ins Gesicht zu schleudern. Soweit sie wusste, hatte Urgroßmutter Elsa diese Waffe nie einsetzen müssen.

Es schien nicht gerade so, als könnte man mit Mehl gegen eine Schusswaffe etwas ausrichten, doch Hannah stellte die Dose obenauf. Als letztes Mittel, wenn ihr nichts Besseres einfiel. Das Wichtigste war, das Gespräch in Gang zu halten, und das könnte schwierig werden. »Eine Frage, Mason.«

»Was?«

Er dirigierte sie mit der Pistole zur Spüle hinüber, und sie stellte die Box dort auf einen Hocker. Dabei gelang es ihr, den Deckel der Mehldose anzuheben, sodass er nur noch locker auflag. »Haben Sie den Mord an Boyd Watson geplant?«

»Wenn ich ihn geplant hätte, hätte ich die Pistole mitgenommen.« Mason zog die Brauen zusammen. »Ich wollte ihn nur überreden, Craig nicht zu sperren.«

»Aber wenn das bloß ein Streit war, der eskaliert ist, warum haben Sie nicht die Polizei angerufen? Sie hätten auf Notwehr plädieren können.«

»Dann hätte ich den Grund des Streits angeben müssen, und das durfte ich nicht. Wenn Craig in ein gutes College-Team aufgenommen wird, kann er zum Profi aufsteigen. Aber wenn die Anwerber hören, dass er Steroide nimmt, kann er sich von dem Sportstipendium verabschieden.«

»Wird man ihn denn nicht auf Steroide testen, bevor man ihm ein Stipendium anbietet?« Während Mason selbstgefällig lächelnd zu Boden blickte, griff Hannah hinter sich nach der Mehldose und wartete auf den richtigen Moment.

»Natürlich, doch da wird man nichts feststellen. Ich habe ihm nämlich ein ganz neues Mittel besorgt, und dafür gibt es noch keinen Test, der das anzeigt. Alles wäre bestens gelaufen, wenn Craig sich nicht wegen ein paar Nebenwirkungen Sorgen gemacht hätte. Er hat die ganze Sache bei seinem Coach ausgeplaudert und ihn um Hilfe gebeten. Nach allem, was ich für ihn getan habe!«

Hannah wurde übel. Mason hatte die Steroide beschafft und seinen Sohn gezwungen, sie zu nehmen. Und als Craig sich an jemanden um Hilfe gewandt hatte, hatte Mason denjenigen umgebracht. Aber Abscheu brachte sie jetzt nicht weiter. Sie musste Mason mit Reden ablenken. »Hat Lucy Richards von den Steroiden gewusst?«

»Natürlich nicht. Nachdem ich Watson ausgeschaltet hatte, war die undichte Stelle behoben.«

Hannah schauderte. So wenig sie Boyd Watson hatte leiden können, er war ein Mensch gewesen, kein undichtes Rohr. »Warum haben Sie Lucy dann umgebracht?«

»Sie sagte, sie hätte mich bei Watson fotografiert.« Er wirkte amüsiert. »Ist es zu glauben, dass sie den Nerv hatte, mich zu erpressen?«

Hannah war sich nicht sicher, ob sie nicken oder den Kopf schütteln sollte. Anstatt vielleicht falsch zu reagieren, stellte sie lieber noch eine Frage. »Hatte sie denn solche Fotos?«

»Sagen Sie es mir. Angeblich hatte sie noch keine Zeit gehabt, sie zu entwickeln, und bot an, mir den Rollfilm zu verkaufen.«

»Aber darauf haben Sie sich nicht eingelassen.«

»Nein. Ihr Wohnungsschlüssel hing an ihrem Schlüsselring. Ich bin am nächsten Tag hingegangen und habe sämtliche Rollfilme in ihrer Wohnung vernichtet.«

»Warum nicht gleich nach dem Mord? In der Zwischenzeit hätte sie doch ein anderer finden und entwickeln können.«

»Wer denn?« Mason grinste, als wäre das ein köstlicher

Witz. »Lucy hatte keine Freunde und bekam nie Besuch. Ich wusste, es würde einige Zeit vergehen, bis jemandem auffiel, dass sie von der Bildfläche verschwunden war. Ich hatte also genügend Zeit. Apropos Zeit. Ihre ist jetzt um.«

Hannah überlegte fieberhaft, was sie ihn noch fragen könnte, doch ihr fiel nichts ein. Mason würde sie erschießen. Er hatte das gut geplant.

»Sehen Sie die Plane da drüben?« Er deutete zu einer blauen Plastikplane, die ein paar Schritte entfernt auf dem Boden lag. »Purvis ist so was von kleinlich wegen des Bühnenbodens, ich möchte keine Flecken auf die Dielen machen. Das ist doch sehr rücksichtsvoll von mir, nicht wahr?«

Hannah überlief es kalt. Sie wusste, was für Flecken er meinte. Blutflecken. Von ihrem Blut. Sie musste schleunigst etwas dazu sagen und sprach einfach aus, was ihr durch den Kopf ging. »Sie sorgen sich mehr um den Bühnenboden als um Lisa. Bedenken Sie, wie schrecklich es für sie sein wird, mich tot hier liegen zu sehen.«

»Das kann ich nicht ändern.« Er zuckte mit den Schultern. »Sie tut mir durchaus leid. Sie ist ein kluges Mädchen. Ich konnte sie immer gut leiden, aber ich muss auch an die Einschaltquoten denken.«

Hannah wurde wütend. Mason war ein Monster, und wenn sie jetzt irgendeine Schlagwaffe hätte, würde sie sie ihm ohne Bedenken über den Kopf ziehen. Doch sie hatte nur eine Plastikdose mit Mehl.

»Schätze, sie wird bald allein diese überbewerteten Plätzchen backen. Aber es wird immer später.« Mason schaute auf seine Armbanduhr. Das war die Gelegenheit! Als er aufblickte, schleuderte sie ihm das Mehl ins Gesicht. Er schrie auf, fuhr sich mit beiden Händen an die Augen, und Hannah hechtete auf ihn zu und packte seinen Waffenarm.

Mason war stark, doch Hannah trieb ein glühender Zorn

an. Dieser Kerl hatte seinen Sohn auf Steroide gesetzt, Boyd Watson und Lucy Richards ermordet, wollte die Einschaltquoten hochtreiben, indem er Lisa vor laufender Kamera ihre Leiche finden ließ, und er nannte ihre Plätzchen »überbewertet«. Hannah hätte nicht sagen können, was sie davon am schlimmsten fand, aber sie war stinksauer.

Der Kampf schien ewig zu dauern. Mason versuchte, den Arm runterzureißen und die Pistole auf sie zu richten, doch Hannah hatte sich aus Krimis ein paar Tricks abgeguckt. Sie zog das Knie hoch und traf ihn, wo es am meisten wehtat. Und während Mason sich vor Schmerzen krümmte, stieß sie ihn mit voller Wucht gegen die Küchenzeile und knallte sein Handgelenk gegen den Griff der Backofentür.

Er wurde blass vor Schmerzen, und deshalb tat sie es noch mal und noch mal. Beim dritten Mal knackte es, und die Pistole glitt ihm aus den Fingern und polterte auf den Boden.

Mason heulte auf und ging in die Knie. Hannah hatte kein Mitleid mit dem Mann, der sie gerade noch hatte erschießen wollen. Er krümmte sich am Boden und hielt sich laut stöhnend das Handgelenk. Sie hob die Pistole auf und kniete sich auf seinen Rücken.

»Eine Bewegung und Sie sind tot«, drohte sie. »Und glauben Sie nicht, das würde mir keine Freude machen.«

»Hannah! Bist du verletzt?«

Das war Mikes Stimme. Hannah blickte auf und sah ihn und Bill auf die Bühne zurennen. Da kamen ihre Retter, doch sie drückte die Mündung weiter fest an Masons Kopf.

»Hannah?«

Mike rannte die Stufen hoch, und Hannah lächelte ihn an, so gut es ging. »Mir ist nichts passiert. Aber Mason hat Ärger am Hals. Er hat Boyd und Lucy ermordet. Ich habe sein Geständnis mit der Kamera aufgenommen.«

»Du hast *was?*« Mike flog praktisch über die Bühne, Bill dicht hinter sich.

»Erzähle ich dir gleich.« Sie drückte die Mündung noch fester an Masons Kopf. »Leg ihm Handschellen an und schaff ihn hier raus, bevor ich etwas tue, was ich später vielleicht doch bereuen müsste. Sei so gut, ja?«

25

Hannah rollte Teigkugeln und ließ sie in die Zuckerschale fallen, die Lisa ihr hinhielt. Sie wirkte ruhig, aber nur, weil sie noch unter Schock stand. Mason Kimball hätte sie beinahe umgebracht. Nur Urgroßmutters »Mehlverteidigung« hatte sie davor bewahrt. Aber im Augenblick wagte sie nicht, daran zu denken. Sie musste die Teigkugeln aufs Blech setzen und in den Ofen schieben.

»Geht es dir gut?«, flüsterte Lisa, als Hannah zwölf Stück auf dem Backblech verteilt hatte und leicht andrückte, damit sie nicht wegrollen konnten.

»Alles gut«, antwortete sie ebenfalls im Flüsterton.

»Du kommst mir noch zittrig vor. Soll ich das Blech zum Ofen tragen?«

»Ich kann das schon.« Hannah dachte lächelnd an den alten Grundsatz des Theaters. *»The show must go on.«*

Nachdem sie die Molasses Crackle Cookies in den Ofen geschoben hatte, fiel ihr Blick auf das gelbe Absperrband, das die Deputies vor der vierten Showküche gespannt hatten. Sheriff Grant hatte erlaubt, den Backwettbewerb fortzusetzen, diese Küche durfte aber niemand mehr betreten. Das war für den Wettbewerb kein Problem, da nur drei Kandidaten im Finale antraten, die Gewinner von Mittwoch, Donnerstag und Freitag. Dennoch führte die leere Küche mit dem verstreuten Mehl Hannah deutlich vor Augen, dass sie fast so geendet wäre wie Boyd und Lucy.

In dem Moment traf die Realität sie mit Wucht. Sie musste sich an der Arbeitsplatte festhalten. Wenn sie nicht den Deckel von der Mehldose hätte lösen können oder wenn Mason beschlossen hätte, sie gleich im Übertragungswagen zu erschießen oder wenn …

Später, sagte sie sich. Später kannst du darüber nachdenken. Jetzt musst du Plätzchen backen und lächeln.

Wingo Jones verlas die Sportnachrichten, alles über Mannschaften, die ihre Gegner haushoch geschlagen, niedergebügelt, vom Platz gefegt und völlig vernichtet hatten. Hannah schaute zum Publikum hinüber und sah ihre Mutter bei Carrie Rhodes sitzen, Marge Beeseman und Lisas Vater ein paar Reihen vor ihnen.

Das Absperrband war so tief angebracht, dass es aus dem Zuschauerraum nicht zu sehen war. Die Leute wussten noch nicht, was sich vor knapp zwei Stunden in der vierten Showküche abgespielt hatte. Die Polizei würde das erst am nächsten Morgen bekannt geben, und dann würde Hannah zur lokalen Berühmtheit werden. Die Rolle hatte sie gewiss nicht angestrebt. Wenn schon eine Berühmtheit, dann doch lieber die »Cookie Lady«.

Doc Knight hatte Masons gebrochenes Handgelenk gerichtet, und der Mörder saß nun im County-Gefängnis in einer Zelle. Mike hatte den Film aus Rudys Kamera an sich genommen. Der würde beim Prozess als Beweis dienen. Wenn die Verhandlung vorbei und Mason verurteilt war, würde er den Rest seines Lebens hinter Gittern verbringen, sodass niemand in Lake Eden ihn mehr zu fürchten brauchte.

Die Backofenuhr klingelte gerade, als Rayne Phillips aufstand, um das Wetter zu verkünden. Hannah zog die Bleche aus dem Ofen und trug sie zu Lisa hinüber, die die Plätzchen auf das Abkühlgitter legen würde. Sie waren gut in der Zeit. Sie brauchten sie nur noch dem Nachrichtenteam zu servieren, und anschließend würde Hannah sich zu den Preisrichtern begeben. Nach der Wahl des Siegers würde der grauenhafte Tag endlich vorüber sein.

Hannah schaute zu Rayne Phillips, der neben der Bluebox stand und auf Dinge zeigte, die nur das Fernsehpublikum sehen konnte. Er kündigte für die nächsten Tage Kälte und gelegentliche Schneeschauer an. Natürlich würde es kalt sein, es war Winter in Minnesota. Und natürlich würde es schneien, es schneite hier im Winter schließlich immer.

Lisa rückte an Hannah heran und klopfte ihr auf den Rücken. »Du bist ein Held. Ohne dich hätten sie Mason nie geschnappt.«

»Heldin«, verbesserte Hannah, aber davon abgesehen musste sie ihr recht geben. Sie hatte den Film mit der Aufnahme von Boyds Mörder gefunden und von Norman entwickeln lassen. Andernfalls wäre er Mason vielleicht in die Hände gefallen, und er hätte ihn belichtet wie Lucys übrige Filme.

Während Rayne Phillips über International Falls als »den kältesten Flecken des Landes« berichtete, dachte Hannah an die übrigen Hinweise, auf die sie zusammen mit Andrea gestoßen war. Mrs Kalick hatte der Polizei gegenüber den dritten Wagen nicht erwähnt, das hatte sie erst Andrea erzählt. Und Danielle hatte den Anruf für Boyd nicht erwähnt, weil sie ihn für unwichtig gehalten hatte. Norman hatte die Erpressung nicht angezeigt, sondern sich Hannah anvertraut, weil er wusste, dass sie es für sich behalten würde. Und weil Mike und Bill nichts von Boyds Elterngespräch gewusst hatten, hatten sie auch Gil Surma nicht befragt.

Dass Mike und Bill rechtzeitig in die Aula gekommen waren und Mason hatten verhaften können, war ein Glück gewesen. Hannah hatte dazu die Vorarbeit geleistet, indem sie ihnen Lucys Foto gezeigt und von Gils Hinweis auf die Steroide berichtet hatte. Mike und Bill hatten den Vormittag über die Spieler der Gulls befragt. Als einer von ihnen sagte, dass Craig im Laufe des Sommers viel muskulöser geworden sei, fuhren sie zur Schule, um Mason zu befragen. Und als sie Hannahs Suburban neben dem Übertragungswagen stehen sahen, der jedoch abgeschlossen war, gingen sie in die Aula, mit der Absicht, sie zu fragen, ob sie Mason irgendwo gesehen habe.

Mike und Bill hätten irgendwann den Richtigen verhaftet, schließlich waren sie beide gute Cops, doch Hannah und Andrea hatten ganz entscheidende Teile des Puzzles gefunden und die Lösung des Falles beschleunigt.

»Geht es dir wirklich gut?«

»Ja.« Hannah lächelte Lisa breit an. Es war verdammt gut, dass sie sich in Mikes Ermittlung eingemischt hatte. Andernfalls würde Mason jetzt noch frei herumlaufen und seinen Sohn zwingen, Steroide zu nehmen, was Craigs Zukunft ruiniert hätte.

»Es ist so weit, Hannah.« Lisa machte sie auf Rudy aufmerksam, der ihnen das Zeichen gab. Er hatte die Aufgabe des Inspizienten übernommen, denn der saß im Übertragungswagen, um Masons Arbeit zu machen.

Hannah nahm den Teller mit den Plätzchen und zwinkerte Lisa zu. Sie fühlte sich wieder okay und konnte ihren Auftritt kaum erwarten. Wenn Dee-Dee Hughes angesichts der Molasses Crackle Cookies auch nur ein Wort über Kalorien verlor, würde Hannah erzählen, was sie in Dee-Dees Garderobe gesehen hatte: eine aufgerissene, nur noch halb volle Schachtel Schokocremeplätzchen.

Epilog

In der Bar im *Lake Eden Inn* war es rappelvoll. Die letzte Drehschluss-Party wurde ausgelassen gefeiert. Die Gewinnerin des Backwettbewerbs saß von Leuten umringt am Mitteltisch. Es war dieselbe Dame, die am ersten Abend mit ihrer Zitronen-Tarte gewonnen hatte. Und am heutigen Finalabend waren sich die Preisrichter einig gewesen, dass ihr Apfelkuchen der beste war, den sie je gegessen hatten. Wenn man ihn nur sah, wurde einem schon der Mund wässrig.

Gleich zu Beginn der Party hatte Mr Hart seine Absicht bekannt gegeben, den Hartland-Flour-Backwettbewerb nun immer in Lake Eden zu veranstalten. Jetzt saß er bei Bürgermeister Bascomb und Rod Metcalf am hinteren Ende der Theke. Vermutlich unterhielten sie sich darüber, wie sie die Publicity bestmöglich nutzen könnten.

Claire Rodgers hatte am Tisch von Reverend Knudson und seiner Großmutter Platz genommen. Hannah hatte sie vorher beiseitegenommen und ihr einen Umschlag mit Lucys belastenden Fotos und Negativen gegeben. Weder der Reverend noch Priscilla waren als unterhaltsame Gesprächspartner bekannt. Vielleicht tat Claire auf diese Weise Buße für vergangene Missetaten. Trotzdem wirkte sie so zufrieden und entspannt wie schon seit Monaten nicht mehr. Deshalb vermutete Hannah, dass sie mit Bascomb Schluss gemacht hatte.

Mr und Mrs Avery saßen mit den übrigen Kandidaten zusammen. Hannah hatte ihnen das Geld zurückgegeben, zusammen mit Lucys Fotos und den Negativen. Mrs Avery hatte vor, es einem guten Zweck zukommen zu lassen, und ihr Mann war anscheinend damit einverstanden. Gerade sah Hannah, dass Mrs Avery seine Hand tätschelte. Wie es schien, war alles vergeben und vergessen. Hannah würde darauf wetten, dass Mr Avery solch einen Fehler nicht noch einmal begehen würde.

Danielle befand sich noch im Krankenhaus. Hannah war auf dem Weg zur Party auf einen kurzen Besuch bei ihr gewesen und hatte mit ihr zusammen Lucys Erpressermaterial zerrissen und die Toilette hinuntergespült. Niemand würde je von Boyds Problem erfahren, es sei denn, Danielle vertraute es jemandem an. Doch das glaubte Hannah nicht. Seine Schüler verehrten Boyd nach wie vor, und deshalb war es besser, diese schmähliche Sache geheim zu halten.

Hannah saß allein an ihrem Vierertisch. Mike und Norman waren zum Büfett gegangen. Sie nahm sich eines der Plätzchen, die sie in Sallys Küche gebacken hatte, und kostete es. Das Rezept hatte sie kürzlich perfektioniert und ihre Kreation »Chocolate Highlander Cookie Bars« genannt. Es handelte sich um Mürbeteig mit einer cremigen dunklen Schokoladenschicht obendrauf, und sie schmeckten köstlich. Sie würde sie ihrem Sortiment im *Cookie Jar* hinzufügen. Und zur Feier des Tages, weil Mason Kimball hinter Gittern saß, hatte sie den dunklen Guss mit dünnen Streifen hellerer Schokolade verziert.

Norman und Mike lachten miteinander, während sie sich eine Portion von Sallys Gemüselasagne nahmen, und Hannah beobachtete sie lächelnd. Die beiden waren grundverschieden. Mike sah so gut aus, er hätte in einer romantischen Komödie die Hauptrolle spielen können. Im Gegensatz zu Norman. Seine Anziehungskraft beruhte nicht auf seinem Äußeren, aber Hannah fand seine solide stämmige Statur und seine Stirnglatze liebenswert. Während Mike so sexy war, dass ihr Herz höherschlug, strahlte Norman Sicherheit und Geborgenheit aus wie ein Teddybär. Wenn sie zaubern könnte, würde sie aus den beiden den perfekten Mann zusammensetzen. Sie würde sogar auf den Rat ihrer Mutter hören und noch am selben Abend heiraten.

»Hi, Hannah.« Lisa kam an ihrem Tisch vorbei, in der Hand einen leeren Dessertteller. »Dad und Mrs Beeseman haben mich zum Büfett geschickt, damit ich noch welche von deinen Plätzchen hole, aber die sind schon alle verputzt.«

»In der Küche steht noch ein volles Blech. Geh und bediene dich.«

Lisa steuerte auf die Küche zu, und Hannah trank einen weiteren Schluck von ihrem Wein. Mike hatte ihn eigens für sie bestellt als Dankeschön, weil sie geholfen hatte, den Mord aufzuklären. Hannah wusste, es war ein guter und sehr teurer, doch ihr »Château Schraubverschluss« war ihr immer noch lieber.

Herb kam an ihren Tisch, aber er ließ den Blick durch die Bar schweifen. »Wo ist Lisa? Ihr Dad hat meine Mutter gerade um einen Tanz gebeten, und das wollte Lisa unbedingt sehen.«

»Sie kommt jeden Moment zurück. Sie ist nur schnell in die Küche gehuscht, um Plätzchen zu holen.« Hannah fasste ihn am Handgelenk, um ihn aufzuhalten, und beschloss, der Einfachheit halber zum Du überzugehen. »Fährst du noch zu den Cowboy-Wochenenden, Herb? Bei denen immer das Wettschießen veranstaltet wird?«

»Wenn es irgend geht, ja. Wieso?«

»Ich muss mich mit Handfeuerwaffen vertraut machen. Meinst du, du kannst mir da helfen?«

»Kein Problem. Mein Schützenverein hat einen Schießstand. Ich kann dich am Sonntag dorthin mitnehmen. Hast du vor, dir eine Waffe zu kaufen, um dich wehren zu können?«

»Eigentlich nicht.« Hannah schaute sich um, ob jemand zuhörte. »Hat Lisa dir erzählt, wie ich Mason mit seiner Pistole in Schach gehalten habe?«

»Ja.«

»Es ist so, Herb: Ich weiß, wie man mit einer Schrotflinte umgeht. Mein Vater hat es mir beigebracht. Aber in dem Fall war es keine Schrotflinte, und ich … äh …«

»Du wusstest nicht, wie du sie handhaben musst?«

»Genau. Natürlich wusste ich, wie ich abdrücken muss. Das weiß doch jeder. Aber ich konnte nicht erkennen, ob die Waffe entsichert ist oder ob ich das erst noch tun muss.«

»Ich werde meine diversen Handfeuerwaffen mitbringen und dir jede einzelne erklären. Wenn du das Wesentliche weißt, wirst du generell klarkommen. Ich habe das auch Lisa schon gezeigt, und sie hat beim letzten Cowboyschießen den zweiten Platz belegt.«

»Beachtlich.« Hannah lächelte. Lisa hatte ungeahnte Talente.

Nachdem Herb zu seinem Tisch gegangen war, kam Norman zurück. Er fing von dem Computerprogramm an, das er installiert hatte, damit sie das Haus für den Wettbewerb entwerfen konnten, und kurz darauf kam auch Mike vom Büfett zurück.

Hannah lächelte ihn flüchtig an und wandte sich Norman wieder zu, um auf eine Frage einzugehen. »Ich finde, drei Bäder müssen es schon sein. Wir brauchen eins am Elternschlafzimmer, eins zwischen den Kinderzimmern und eins neben dem Gästezimmer.«

»Wie wär's, wenn wir ein weiteres im Keller einbauen neben dem Hobbyraum? Das könnte man unter die Treppe legen.«

»Gute Idee«, stimmte Hannah zu, und dann sah sie aus dem Augenwinkel, dass Mike sie anstarrte. Er wirkte bestürzt. »Was ist, Mike?«

»Du und Norman, ihr kauft euch zusammen ein Haus?«

»Nein, wir entwerfen zusammen ein Haus«, stellte Norman klar. Und im nächsten Moment kniff er die Lippen zusammen und sagte kein Wort mehr.

Hannah blickte von einem zum anderen und las in ihren Gesichtern. Normans Augen glitzerten triumphierend. Er genoss es, dass Mike schwitzte. Und Mike schaute wie ein Rancher, der mitten in der Nacht zum Stall geht und einen Pferdedieb mit seiner besten Stute davonreiten sieht.

Hannah wusste, sie sollte die Sache erklären, bevor die Atmosphäre noch unbehaglicher wurde, doch sie hatte einen anstrengenden Tag hinter sich. Sie wäre beinahe ermordet worden, und ob sich Norman und Mike auf die Füße getreten fühlten, war im Großen und Ganzen betrachtet ziemlich unbedeutend.

»Möchtest du mir vielleicht etwas sagen, Norman?«, fragte Mike in angriffslustigem Ton.

»Nein. Aber du mir vielleicht, Mike?«

Hannah wartete nicht auf die Antwort. Ihre Schwester wüsste genau, wie man sich in solch einer Situation am besten verhielt, doch Hannah fand, dass sie auf eifersüchtige Männer gar nicht einzugehen brauchte. Sie schob ihren Stuhl zurück, richtete sich zu voller Größe auf und blickte auf sie hinunter. »Ich muss jetzt los. Zu Hause wartet jemand in meinem Bett, der es für mich anwärmt.«

Mike blickte sie verblüfft an, und Norman wirkte genauso baff. Keiner sagte ein Wort. Hannah hatte Mühe, sich das Lachen zu verkneifen.

»Wer?« Norman brach das Schweigen, und dabei wirkte er sehr gekränkt.

»Ja, wer?«, fragte Mike bekräftigend und sah auch nicht gerade glücklich aus.

Hannah kam einer der Elternsprüche aus ihrer Kindheit in den Sinn: »Das wirst du irgendwann selbst herausfinden.« Aber sie schluckte ihn hinunter. Nur weil sich die beiden wie Schuljungen benahmen, brauchte sie sie nicht wie Schuljungen zu behandeln. Stattdessen lächelte sie süß und ging. Doch schon nach einem Schritt meldete sich ihr Gewissen, und sie drehte sich grinsend zu ihnen um. »Moishe. Wer denn sonst?«

Zufrieden ging sie zur Tür. Sie hatte einen glänzenden Abgang hingelegt. Fast so gut wie ihr großes Leinwandidol Katharine Hepburn.

Chocolate Highlander Cookie Bars

Den Backofen auf 175 °C vorheizen,
das Blech mittelhoch einschieben.

240 g weiche Butter
110 g Puderzucker (ungesiebt, es sei denn, er ist sehr klumpig)
¼ TL Salz
240 g Mehl
4 Eier (mit der Gabel geschlagen)
240 g zerlassene und abgekühlte Butter
200 g weißer Zucker
1 TL Backpulver
¼ TL Salz
60 g Mehl
425 g Schokolade
30 g Puderzucker zum Verzieren

Erster Schritt: Die weiche Butter mit dem Puderzucker und dem Salz verrühren. Das Mehl unterkneten. Den Teig mit den Händen in eine gefettete quadratische Springform (24 x 24 cm) drücken.

Bei 175 °C 15 Minuten backen. Das ergibt den Mürbeboden. Aus dem Backofen nehmen, ihn aber nicht abschalten.

Zweiter Schritt: Die Eier und den Zucker in die zerlassene, abgekühlte Butter geben und mit dem Handmixer verrühren. Backpulver, Salz und Mehl zugeben und gründlich unterrühren.

Die Schokolade im Wasserbad verflüssigen, zugeben und gründlich unterrühren.

Die Mischung auf den gebackenen Mürbeboden gießen und die Form nach allen Seiten neigen, damit der Boden gleichmäßig bedeckt wird.

In den heißen Backofen schieben und weitere 25 Minuten backen. Anschließend Puderzucker darübersieben.

Völlig auskühlen lassen und in schmale längliche Stücke schneiden. Sie können die Cookie Bars einfrieren, aber am besten vorher schneiden.

Andrea sagt, sie sind so schwer, dass niemand mehr als einen essen kann. (Bei der Drehschluss-Party habe ich sie drei Stück essen sehen.)

Verzeichnis der Rezepte

LETTERS ONLY
8.30am

JULIA CHAPMAN
Rendezvous mit Todesfolge
KATE HIGH
Die Katze und die Leiche in der Scheune
C. C. BENISON
Tod im Buckingham Palast
JOANNE FLUKE
Das Geheimnis der Schokoladenkekse
HELEN COX
Mord am Münster